Thomas Koehler
&
Konstantin Zorn

LAMBACHS LETZTER FALL

SALOMO

IMPRESSUM

salomo publishing
1. Auflage: Dezember 2018

© **salomo publishing**
Weimarische Str. 7, 01127 Dresden
www.salomo-publishing.de
kontakt@salomo-publishing.de

Alle Rechte vorbehalten, insbesondere das der Übersetzung, des öffentlichen Vortrags sowie der Übertragung durch Rundfunk und Fernsehen. Kein Teil des Werkes darf in irgendeiner Form (durch Fotografie, Mikrofilm oder andere Verfahren) ohne schriftliche Genehmigung des Verlages reproduziert oder unter Verwendung elektronischer Systeme verarbeitet, vervielfältigt oder verbreitet werden.

Urheberrecht am Text: Thomas Koehler, Konstantin Zorn
Cover/Layout: Jörg Hausmann • www.heizfrosch-werbung.de
Satz: salomo publishing
Druck und Bindung: Printgroup sp. z.o.o.

ISBN: 978-3-941757-76-9

Thomas Koehler
&
Konstantin Zorn

LAMBACHS LETZTER FALL

Für
Meret, Ronja & Leonie

PROLOG

GUT APPENRODE,
31. OKTOBER 1998

Über dem gesamten Gelände lag eine Mischung aus dem bissigen Rauch verbrannter Holzbalken und dem stickigen Geruch nasser Asche. Die Feuerwehr hatte zwei Stunden gebraucht, um die Tür zu öffnen. Von Stetten war der erste Kriminalbeamte vor Ort. Er ließ sich ein Atemschutzgerät und eine Taschenlampe geben, bevor er in den schweren Lederstiefeln der Feuerwehr über die Außentreppe in den Keller des abgebrannten Gutshofes stapfte. Unten erwartete ihn ein Feuerwehrmann, der bis zu den Knöcheln im Löschwasser der vergangenen Nacht stand. Er wies ihm den Weg durch das rußgeschwärzte Labyrinth. Nur das leise Plätschern seiner Schritte und das rhythmische Fauchen des Druckluftgeräts begleiteten seinen Weg durch den verwinkelten Keller.

Am Ende des Ganges warteten zwei weitere Feuerwehrmänner. Gemeinsam zogen sie die schwere Tür gerade so weit auf, dass ein Mann hindurchpasste. Beton bröckelte aus dem massiven Stahlrahmen. Mit dem unsäglichen Lärm, der aus dem Raum kam, konnte von Stetten in dieser Situation nichts anfangen. Er schaute die Männer hinter sich an, die nur mit den Achseln zuckten.

„Ich gehe erst mal alleine rein", sagte er und stieg über einen kleinen Mauerabsatz durch die Tür. Die Druckluftflasche auf seinem Rücken und die Maske vor seinem Gesicht beengten ihn. Die Gläser beschlugen. Seine Ohren gewöhnten sich an die unerwartete Geräuschkulisse und aus dem quälenden Lärm wurde klassische Musik. Eine Opernsängerin sang eine Arie.

Im Schein seiner Taschenlampe entdeckte er eine Musikanlage, deren Stecker er kurzerhand zog. Was an Geräuschen blieb, war das sonore Brummen eines Notstromaggregats. Auf Knopfdruck verstummte auch dieses.

Stille. Nur das Geräusch seines Atmens erfüllte den Raum. Von Stetten suchte im Lichtkegel seiner Lampe die Umgebung nach weiteren Besonderheiten ab. Vergeblich. Eigentlich hatte er gelernt, sich in solchen Situationen lautstark bemerkbar zu machen, doch etwas schnürte ihm die Kehle zu. Sein Herz pumpte mit aller Kraft Blut in den Kopf. Schweiß lief ihm am Rand der Maske über das Gesicht und tropfte vom Kinn. Er hielt den Atem an und lauschte. Rechts von sich entdeckte er einen Streifenvorhang aus trübem PVC. Instinktiv griff er nach seiner Waffe, entsicherte sie und teilte mit ihr den Vorhang. Langsam ließ von Stetten den Schein seiner Taschenlampe durch den Raum wandern. Fliesen bis unter die Decke an allen vier Wänden. Links eine Gefriertruhe, daneben ein Edelstahltisch. Die Fliesen warfen das Licht seiner Lampe nur spärlich zurück. In der Mitte machte er einen Schatten aus, der von der Decke hing.

Diese verdammte Maske! Er konnte die Luft nicht mehr anhalten, musste atmen, schneller als ihm lieb war. Die Gläser beschlugen nun stärker. Was war das in der Mitte des Raums? Hing da eine Schweinehälfte? Hinter einer Panzertür? Mit Musik?

Von Stetten wurde schwindelig, seine Atmung noch hektischer. Ruhig! Ganz ruhig! Er hatte die Maske nur für den Fall bekommen, dass in diesem Raum noch etwas schwelte oder irgendetwas Giftiges lagern würde. Ruhig! Nimm die Maske ab!

Mit der Waffe in der Hand zog er sich die Maske herunter. Der Schweiß brannte in seinen Augen. Er wollte tief durchatmen, doch sein Körper weigerte sich. Ein widerwärtiger Gestank schlug ihm entgegen. Sofort drückte er sich die Maske wieder aufs Gesicht. Er musste würgen. Was – zum Teufel ...

Er nahm einen tiefen Zug aus der Druckluftflasche, hielt den Atem an und nahm die Maske ab. Mit dem Ärmel wischte er sich den Schweiß aus den Augen. Da hing tatsächlich eine Schweinehälfte in einem Netz von der Decke. Das Netz schnürte sich tief ins Fleisch. Die Haut war übersät mit eitrigen Wunden.

Wieder drückte er sich die Maske aufs Gesicht, nahm zwei tiefe Züge und hielt die Luft an. Langsam ging er vorwärts.

Für ein Schwein war dieser Fleischklumpen zu klein. Das Netz erschwerte von Stetten die Bestimmung zusätzlich. Einen Schritt näher. Und noch einen. Dann erkannte er ihn: den menschlichen Kopf.

Großer Gott! Wieder presste er sich die Maske aufs Gesicht und nahm fünf, sechs tiefe Züge. Unzählige Gedanken tobten ihm durchs Hirn. Er begann zu zittern und musste sich zwingen, die Maske abzunehmen und hinzuschauen. Ein Penis und ein praller, schwarzer Hodensack hingen aus dem Netz heraus. Ein Mann.

Scheiße! Scheiße! Scheiße! Da sind keine Arme und keine Beine dran! Luft!

Gierig saugte er die Luft aus der Stahlflasche und beobachtete durch die schmierigen Gläser den verstümmelten Kadaver, bis er glaubte, eine Bewegung des Netzes wahrzunehmen. War er dagegengestoßen? Es war ein leichtes Schwingen, kaum wahrnehmbar. Vielleicht ein Luftzug, als wir die Tür geöffnet haben – oder sieht das durch die Maske nur so aus?

Wieder ein paar tiefe Atemzüge. Von Stetten zog die Maske herunter und starrte das an, was von dem Mann im Netz übrig geblieben war. Vorsichtig tippte er mit dem Lauf seiner Waffe durch die Netzmaschen an den Rumpf – und sofort begann der lebende Überrest des Mannes zu schreien. Von Stetten spürte eine warme Flüssigkeit im Gesicht. Beinahe hätte er geschossen. Reflexartig atmete er ein und schmeckte die Mischung aus Verwesung, Eiter und Fäkalien auf der Zunge. Der Schein seiner Taschenlampe fing eine augenlose Fratze ein. Der markerschütternde Schrei dieser Kreatur wandelte sich in unerträgliches Kreischen.

Von Stetten war unfähig, sich zu rühren. Er stand einfach nur da, den Finger am Abzug seiner Waffe.

Kräftige Hände packten ihn und zerrten ihn aus dem Keller an die frische Luft. Doch zu spät: Dieser Anblick und das Schreien hatten sich bereits in sein Hirn eingebrannt.

Erschöpft sank er an einem Löschfahrzeug zusammen und ließ die Taschenlampe und die Waffe neben sich ins Gras gleiten.

GÖTTINGEN,
3. DEZEMBER 2001

Vorsichtig steuerte die junge Frau die schwarze Limousine zwischen den parkenden Autos hindurch und bremste am Ende des Parkplatzes. „Du bleibst im Auto, Franziska! Konsbruch braucht dich nicht zu sehen. Es wird nicht lange dauern."
Franziska Parde nickte.
Kreisler nahm seinen Mantel vom Rücksitz des Daimlers und ging in Richtung Haupthaus. Die efeubewachsenen Kalksandsteinmauern der Gebäude warfen Schatten auf den Weg und Kreisler musste aufpassen, mit seinen Ledersohlen nicht auf den feuchten, teils überfrorenen Pflastersteinen auszurutschen. An einem Hinweisschild blieb er stehen und las: *Forensische Psychiatrie / Hochsicherheitsbereich*". Kreisler schaute hinüber zu dem von einer etwa sechs Meter hohen Mauer umschlossenen Sicherheitstrakt. Hinter einigen der vergitterten Fenster nahm er schemenhaft Personen wahr. Dann setzte er seinen Weg fort. Schon von Weitem sah er Johann Konsbruch unter dem Vordach des Eingangs stehen.
„Wartest du schon lange?"
„Zehn Minuten", antwortete Konsbruch und rieb sich die Hände. „Verdammt kalt heute. Dieses Winterwetter geht einem richtig in die Knochen."
Kreisler nickte.
„Du weißt, wo er liegt?"
Konsbruch deutete auf das alte Gebäude jenseits einer Kapelle.
„Na dann los", sagte Kreisler und ging voran.
Die beiden durchquerten den Park und betraten den Kreuzgang, als Kreisler stehen blieb, sein Zigarettenetui aus der Manteltasche zog und es Konsbruch entgegenhielt. Dieser schüttelte den Kopf.
„Ist alles in Ordnung?", erkundigte sich Kreisler, der Konsbruchs Nervosität bemerkt hatte.
Konsbruch zögerte einen Augenblick, bevor er antwortete.
„Was meinst du, Gerhard, ob er eine Gefahr darstellt?"
Kreisler schob sich eine Zigarette zwischen die Lippen, entzün-

dete sie, nahm einen tiefen Zug und sah Konsbruch an. „Sonst wäre er nicht hier. Alles Weitere wird sich ergeben."

Konsbruch schaute nachdenklich, dann nickte er Kreisler wortlos zu.

„Alle Indizien deuten darauf hin, dass er Riedmann auf dem Gewissen hat."

„Wenn du meinst ...", erwiderte Konsbruch.

„Mein Gott, Johann, jetzt hör endlich auf! Die Ballistiker sind sich sicher und die Beweise sind erdrückend."

Kreisler machte eine Pause und schaute Konsbruch in die Augen. „Johann, nun denk dich da mal nicht so rein! Es ist für alles gesorgt; es wird alles seinen Lauf nehmen", sagte er und schnipste seine Zigarette in die Hecke jenseits des Weges.

„Wir sollten jetzt reingehen. Verhaaren wartet sicher schon."

1. KAPITEL

DREI JAHRE ZUVOR

HAMBURG,
31. OKTOBER 1998

Der Querverkehr fuhr los.
„Was für eine blöde Sache!", murmelte Lambach.
Er hatte an der Kreuzung angehalten, um sich zu orientieren. Die Grindelallee kannte er. Überall mehrstöckige Wohnblöcke aus den verschiedenen Epochen. Bäckereien, Imbisse, Blumengeschäfte und Kioske. Nichts, woran man sich wirklich orientieren konnte. Jeder Block schien ein eigenes kleines Dorf zu sein.

Ein älterer Herr kam aus einem Kiosk, griff in seinen verschlissenen Stoffbeutel und öffnete eine kleine Bierflasche mit dem Feuerzeug. Hastig trank er ein paar Schlucke. Den Kronkorken warf er nicht weg, sondern steckte ihn in die Hosentasche.

Die Grünphase der Ampelanlage hatte Lambach verpasst. Er stand nun als Linksabbieger halb auf der Kreuzung und blockierte die Busspur. Die Fahrer lenkten kopfschüttelnd die Busse um ihn herum. Fahrgäste lachten oder zeigten mit dem Finger auf ihn. Er seufzte und fokussierte seinen Hintermann im Rückspiegel, um dessen Anfahrt abzupassen.

„Das gibt's doch nicht!", sagte Lambach laut zu sich selbst, zog die Stirn kraus und drehte sich umständlich um. Er meinte ... ja, wen eigentlich? ... erkannt zu haben. Er hatte das Gesicht vor sich, die Situation: Der Mann saß mit versteinerter Miene auf einem Sofa neben seiner Frau.

Es hupte. Der Mann im Wagen hinter ihm gab ihm ein Zeichen. Lambach machte eine dankende Handbewegung, nickte höflich und fuhr los. Er war sich sicher, dass er den Mann kannte. Nur woher?

GÖTTINGEN,
2. NOVEMBER 1998

Als Lambach zwei Tage später sein Büro betrat, trank er wie gewöhnlich einen Kaffee und überflog die Lokalnachrichten im *Tageblatt*. Bis auf einen abgebrannten Gutshof in der Nähe von Göttingen gab es nichts Nennenswertes. Die Polizei schloss Brandstiftung offensichtlich aus.

Lambach schaute von der Zeitung auf und blickte sich um. Nichts hatte sich verändert; nicht in den letzten Wochen, nicht in den letzten Jahren. Von seinen achtundfünfzig Lebensjahren hatte Richard Lambach knapp zweiunddreißig im Polizeidienst verbracht, davon einundzwanzig Jahre bei der Kriminalpolizei in Göttingen. Im Frühjahr 1992 hatte sich der damalige Präsidiumsleiter Heinrich Coordes nach Hamburg beworben und Lambach hatte gehofft, in seine Fußstapfen treten zu können. Zu seiner Enttäuschung wurde jedoch nicht er, sondern Johann Konsbruch zum Nachfolger ernannt. Lambach leitete seither die Ermittlungen des 1. Kommissariats.

Ihm wurde eng bei diesem Gedanken. Er stand von seinem Schreibtisch auf und öffnete das Fenster. Die kalte Morgenluft drang ins Zimmer. Auf den Ästen der alten Kastanie im Innenhof des Präsidiums lag Raureif.

„Guten Morgen, Lambach."

Lambach fuhr herum. In der Tür stand Johann Konsbruch.

„Darf ich reinkommen?"

„Nimm Platz." Lambach deutete auf den Stuhl gegenüber.

„Wie war der Urlaub? Hast du dich erholt?"

„Ich habe über deinen Vorschlag nachgedacht."

„Und?", fragte Konsbruch und lehnte sich vor.

„Ich werde meinen Schreibtisch räumen", antwortete Lambach. Konsbruchs Gesicht zeigte keine Regung.

„Langsam! Ich habe dich lediglich gebeten, über den vorzeitigen Ruhestand nachzudenken. Du sollst ja nicht schon heute mit einem Pappkarton unter dem Arm hier rausspazieren. Gern lasse ich dich sowieso nicht gehen. Es wäre nur für deine Gesundheit das Beste. Du schienst mir in letzter Zeit seelisch angeschlagen zu sein."

„Seelisch angeschlagen? Soll das heißen, ich hätte sie nicht mehr alle?"

Konsbruch holte tief Luft, lehnte sich im Stuhl zurück und schlug die Beine übereinander.

„Ich meinte, dass du ausgebrannt wirkst. Richard, es ist dir nicht zu verdenken. Du bist ein guter Polizist, hast dir nie etwas zuschulden kommen lassen."

„Bis auf die beiden Toten in der Tankstelle", unterbrach Lambach seinen Vorgesetzten.

„Du hättest es nicht verhindern können."

„Jaja, ich weiß. Das hätte jedem passieren können, ich habe keine Schuld und so weiter. Ich kann es nicht mehr hören! Ich fühle mich nun mal schuldig. Wäre mir der Dreckskerl aufgefallen, dann wäre ich noch im Verkaufsraum geblieben und hätte sofort einschreiten können. Dann hätte es keinen Überfall, kein erschossenes Mädchen und keinen getöteten Vater gegeben."

„Was hättest du denn machen wollen ohne Waffe? Dich auch erschießen lassen? Womöglich hätte es dann noch mehr Tote gegeben, vielleicht noch die Kassiererin oder die Mutter des Mädchens. Richard, es war nicht zu verhindern! Dass es dir nahe geht, zeichnet dich aus, aber es ist nicht gut für deine Arbeit. Und das fällt nicht nur mir auf."

„Ach ja, wem denn noch?"

„Entscheidend ist doch, du hast selbst eingesehen, dass dir das Ganze hier zu schaffen macht. Außerdem hast du dir nach all den Jahren ein bisschen Ruhe verdient. Hattest du nicht erzählt, du wollest mit einem Freund auf einem Hausboot durch Frankreich schippern? Jetzt ist die Zeit gekommen. Wer weiß, wie lange du das noch kannst. Sieh es als Chance. Als Chance, die nicht jeder bekommt."

„Wenn ich gehe, dann nicht, weil ich psychisch labil bin oder so was."

Lambach schloss das Fenster.

„Wo ist von Stetten? Sein Wagen stand nicht auf dem Parkplatz. Er ist sonst immer vor mir hier."

„Nun ja, ich mache es kurz: Wir haben nach einem Feuer auf einem alten Gutshof eine männliche Brandleiche gefunden. Nach bisherigem Wissensstand handelt es sich um den Besitzer. Die Leiche befindet sich derzeit in der Rechtsmedizin. Wir gehen von einem Unfall oder einem technischen Defekt aus. Brandbeschleuniger waren laut Spurensicherung wohl nicht im Spiel, darum schließen wir vorerst Brandstiftung aus. Das Opfer wurde allem Anschein nach im Schlaf von den Flammen überrascht. Bolz ist an der Sache dran. Bei der anschließenden Durchsuchung des Anwesens fand von Stetten in einem Kellerverlies einen total verstümmelten Männerkörper. Er hing in einem Netz an der Kellerdecke. Der Mann hatte weder Arme noch Beine; alle Extremitäten waren fachmännisch vom Rumpf entfernt worden."

Konsbruch zog hörbar die Luft ein, bevor er weitersprach.

„Allerdings lebte er noch, der arme Teufel. Er wurde auf die Intensivstation des Uniklinikums gebracht. Von Stetten musste nach seinem makabren Fund von Broda und Hansch nach Hause gefahren werden. Natürlich nicht, bevor sich der Polizeipsychologische Dienst um ihn gekümmert hat. Eigentlich sollte er die Ermittlungen in deiner Abwesenheit leiten. Aber wie du dir vorstellen kannst, ist er zurzeit nicht dienstfähig und fällt bis auf Weiteres aus. Ich will den Fall Steiger übergeben."

„Steiger? Das ist nicht dein Ernst! Steiger hat noch nie die Leitung einer Ermittlungsgruppe übernommen. Dazu ist er nicht fähig. Das kannst du nicht machen."

Lambach war außer sich.

„Auch die jüngeren Kollegen müssen mal ihre Chance bekommen", entgegnete Konsbruch.

Lambach schaute aus dem Fenster. Was ist aus dem Polizeidienst geworden, fragte er sich. Es ging nur noch darum, einen Fall irgendwie abzuschließen.

Inzwischen war Konsbruch aufgestanden und ging zur Tür.

„Ach, Lambach, eine Sache noch …" Er ließ seine Stimme betont beiläufig klingen. „Deine Ex-Frau wäre letzten Freitag beinahe überfahren worden. Sie hatte Glück, ihr ist fast nichts passiert."
Ohne eine Reaktion abzuwarten, verließ Konsbruch das Zimmer.
„Beinahe überfahren?"
Hastig nahm Lambach seine Jacke von der Stuhllehne.

2. KAPITEL

Um Viertel nach zehn erreichte Lambach das Gelände der Rechtsmedizin im Windausweg. Da der Pförtner seinen Wagen kannte, wurde er durchgewunken. Auf dem Parkplatz angekommen, saß er noch etwas in seinem Volvo und dachte an die frühen Tage seiner Polizeikarriere, daran, wie er gelegentlich unter einem Vorwand in der Rechtsmedizin anrief, um Carolas Stimme zu hören und eventuell eine Verabredung zu arrangieren. Lange hatte es gedauert, bis sich die beiden näherkamen. Dann, während einer gemeinsamen Ermittlung, hatte es auch bei ihr gefunkt. Die Erinnerung an die darauffolgenden gemeinsamen Jahre machte ihn schwermütig.

Um fünf vor halb elf traf er Carola in dem kleinen Frühstücksraum im Untergeschoss des Instituts.

„Ich frage mich manchmal, wie du es hier aushältst. Selbst in eurem Frühstücksraum bekomme ich immer ein beklemmendes Gefühl."

„Man gewöhnt sich an alles", antwortete Carola.

„Konsbruch hat mir von deinem Unfall erzählt."

„Ich hatte Glück im Unglück."

„Was ist denn passiert?"

„Ich war mit dem Rad auf dem Weg zur Arbeit und wollte gerade die Kiesseestraße überqueren, als meine Tasche hinten vom Gepäckträger rutschte. Ich habe gebremst, um sie wieder aufzuheben, als ein silberner Wagen mit hoher Geschwindigkeit mein

Vorderrad gestreift hat. Das hat mich umgeworfen, aber mir ist zum Glück nicht viel passiert."

Erst jetzt bemerkte Lambach ihr leichtes Humpeln.

„Was ist denn mit deinem Fuß?"

Carola streckte ihm ihr Bein entgegen. „Knöchel verstaucht. Ist aber schon wieder am Abklingen. Wäre mir die Tasche nicht runtergefallen, dann hätte er mich voll erwischt. Der Mistkerl hat nicht mal angehalten."

„Du hast dir doch hoffentlich das Kennzeichen gemerkt?"

„Ich lag mit weichen Knien da und war froh, das Bodenblech nicht von unten gesehen zu haben. Was denkst du dir denn?"

„Hätte ja sein können", beschwichtigte Lambach.

„Nein, hätte es nicht!"

„Hattest du den Eindruck, der Fahrer ist mit Absicht auf dich zugerast?"

„Blödsinn! Der hat mich einfach übersehen. Es war ja noch dämmerig und ich hatte den dunklen Mantel an, den du mir damals zu Weihnachten geschenkt hast. Aber anhalten und sich erkundigen, ob alles okay ist, das hätte er schon müssen."

„Was für ein Wagen war es denn?"

„Ein silberner, das sagte ich ja schon. Und jetzt hör auf!"

„Hauptsache, dir ist nichts passiert."

„Ich habe mir ein wenig das Bein geprellt und den Knöchel verknackst, mehr nicht, Richard. Ich konnte sogar noch arbeiten am Freitag."

Carola sah Lambach in die Augen und neigte ihren Kopf zur Seite.

„Sag mal, Richard, das ist doch nicht der einzige Grund, weshalb du hier bist."

„Ich soll dich von Antonia grüßen. Ich habe sie kurz auf dem Rückweg von Dänemark besucht. Sie bat mich, dir deine Sonnenbrille zu geben."

Lambach griff in die Innentasche seiner Jacke und zog ein Etui hervor.

„Wie lange warst du bei ihr?"

„Wir waren gemeinsam essen und haben uns unterhalten."

„Und? Was machte sie für einen Eindruck?"

„Sie wirkte erwachsen und selbstbewusst. Das ist nicht mehr unsere *Kleine*."

„Ja, so ist das halt. Sie hatte in den vergangenen Wochen viel um die Ohren."

„Ach ja? Davon hat sie mir gar nichts erzählt."

„Dafür wird sie ihre Gründe haben, mach dir keine Sorgen."

„Carola, ich muss jetzt wieder los. War schön, dich zu sehen."

„Ja, ich muss auch wieder an die Arbeit. Pass auf dich auf, Richard."

Sie richtete seinen Hemdkragen. Lambach hätte Carola am liebsten kurz in den Arm genommen, verkniff sich aber jegliche Berührung.

„Ach, Carola, eine Frage habe ich noch."

Sie zog ihre rechte Augenbraue hoch und spitzte die Lippen. Lambach kannte diesen Blick.

„Am Freitag habt ihr eine Brandleiche reinbekommen. Kannst du mir sagen, wer die auf dem Tisch hatte?"

Carola schüttelte ungläubig den Kopf.

„Ich wusste es, Richard. Ich kenne dich viel zu gut. Wie konnte ich nur annehmen, dass hinter deinem Besuch nichts Dienstliches steckt?"

Lambach schaute zu Boden.

„Carola, es ist wichtig."

„Wenn du es genau wissen willst: Ich selbst habe die Sektion durchgeführt. Mein Kollege Hagen Strüwer hat assistiert. Der Obduktionsbericht dürfte deinem Chef vorliegen. Noch weitere Fragen?"

„Nein, das war's." Er sah sich hilflos um. „Was soll ich denn machen? Soll ich privat rausgehen und gleich noch mal dienstlich reinkommen?"

Carola winkte ab.

„Lass gut sein. Ist schon okay."

Sie verschwand durch eine Schwingtür. Lambach verspürte den

Impuls, die Kaffeetassen vom Tisch zu schlagen, riss sich jedoch zusammen. Er musste an die frische Luft.

Kurze Zeit später befand er sich schon auf dem Weg zu seinem Kollegen von Stetten. Er kannte ihn als einen aufstrebenden und eher zur Sachlichkeit neigenden Polizisten. Aber da gab es diesen Mann im Netz, dessen Entdeckung von Stetten so zugesetzt hatte und über den niemand richtig redete.

Lambach sah schon beim Einbiegen in die Bramwaldstraße Madeleine, die langjährige Freundin von Stettens, die den Wocheneinkauf aus ihrem Cabrio lud. Sie leitete die Filiale einer bekannten Boutiquenkette in der Göttinger Innenstadt. Lambach hasste es, Menschen in Schubladen zu stecken, auch wenn es das Leben oft ungemein vereinfachte, aber Madeleine war eine Person, die ihn förmlich dazu zwang. Wenn Lambach einen Abend bei von Stetten verbrachte, überlegte er danach oft, was sein Kollege an Madeleine fand. Sie hatte etwas unbeschreiblich Beliebiges. Ihren Haushalt führte sie penibel, aber das Haus wirkte so lieblos und unpersönlich eingerichtet wie eine Präsentationsbox bei IKEA. Trotz häufiger Besuche bei von Stetten kam es in der Vergangenheit nie zu einem längeren Gespräch mit Madeleine. Wahrscheinlich war es gerade ihre Beliebigkeit, die es von Stetten ermöglichte, mit ihr zu leben. Sie war einfach da und hielt den Alltag am Laufen.

Lambach parkte hinter Madeleines Golf am Straßenrand und als sie ihn erblickte, entdeckte er das erste Mal eine echte Emotion in ihrem Gesicht. Es war Wut, beinahe schon Verachtung, die Lambach entgegenschlug. Sie trug den Klappkorb mit Lebensmitteln ins Haus und stieß die Tür mit dem Fuß hinter sich zu. Der Schlüssel, der noch außen im Schloss steckte, schlug gegen den Alurahmen der Haustür.

Lambach griff sich die beiden Sechserträger Mineralwasser, die im Fußraum des Golfs standen, und ging zum Eingang. Die Haustür wurde aufgerissen, bevor er sie erreichte.

„Lass die Scheißflaschen da stehen! Das schaffen wir auch alleine!", schrie sie ihn an, zog den Schlüssel von der Haustür ab und schlug die Tür zu.

Er setzte sich auf die kleine wacklige Holzbank vor dem Haus. Es widerstrebte ihm, jetzt einfach zu gehen, aber was sollte er sagen, wenn er von Stetten gegenüberstand? Daran, dass er zu Hause war, bestand kein Zweifel. Sein Mercedes Coupé hatte Lambach schon von Weitem entdeckt.

Lambach stand auf und klingelte.

Nichts tat sich.

Er klingelte ein zweites Mal. „Max, mach auf! Ich bin's, Lambach."

Er ging rückwärts vom Haus weg und versuchte dabei jemanden am Fenster zu entdecken. Ein mechanisches Geräusch setzte ein: Die Elektromotoren der Außenrollos waren in Gang gesetzt worden. Gleichzeitig machte sich in der Jackentasche Lambachs Handy bemerkbar, eine Kurznachricht. *„Lasst mich in Ruhe!"*

Lambach aktivierte die Tastensperre seines Handys und schloss die Tür von Madeleines Golf. Dann stieg er in seinen Wagen und fuhr ins Präsidium. Wütend eilte er die Treppen hinauf und stürmte in Konsbruchs Büro.

„Kannst du nicht anklopfen, Lambach?"

„Ich war gerade bei von Stetten. Hier läuft irgendwas richtig schief. Von Stetten scheint es mehr als schlecht zu gehen, er wollte nicht mal mit mir reden, und seine Freundin war außer sich."

Konsbruch schaute zu Boden, stand auf, ging zum Fenster und starrte auf die gegenüberliegende Hauswand.

„Der Brand in Appenrode und der Kerl in dem Netz dort sind 'ne ziemlich blöde Sache."

„Blöde Sache? In einer Großstadt mitten auf der Kreuzung im Querverkehr zu stehen, ist eine blöde Sache. Das hier ist ja wohl deutlich mehr – und das weißt du selber, verdammt noch mal! Konsbruch, du verbietest meinen Kollegen, darüber zu reden, von Stetten ist kurz davor durchzudrehen und du erzählst mir hier was von einer blöden Sache."

Lambach zog seine Jacke aus und warf sie über die Rückenlehne eines Stuhls.

„Weißt du was, Konsbruch?"

Lambach setzte sich ganz gemächlich auf einen anderen Stuhl.

„*Ich* werde den Fall übernehmen. Du hast selbst gesagt, dass ich nicht so ohne Weiteres in den Vorruhestand gehen kann, und Steiger ist der falsche Mann für einen Fall, der deutlich mehr ist als eine blöde Sache."

Konsbruch schaute aus dem Fenster wie eingefroren. Obwohl er nur ein Hemd trug, sah man nicht einmal, dass er atmete.

Lambachs Blick schweifte durch das Zimmer, das *ihm* zugestanden hätte, und blieb an einem Pokal für den zweiten Platz bei den Landesmeisterschaften 1983 im Faustball hängen. Lambach maß solchen Pokalen, Medaillen und Urkunden den Stellenwert eines Trostpreises bei, den es für das Versagen im richtigen Leben gab. Da stand nun der Vizelandesmeister von 1983 im Faustball und war nicht in der Lage, eine notwendige Entscheidung zu treffen.

Lambachs Wut wuchs. „Johann?"

Konsbruch neigte den Kopf etwas zum Fenster hin, so als könne er dann besser sehen, was unten auf der Straße passierte. Am liebsten hätte Lambach den Pokal neben Konsbruch durchs Fenster geworfen, um ihn aufzurütteln. Stattdessen stand er auf und stellte sich neben ihn. Zellermann und Busse begleiteten eine ältere Dame im Nachthemd in den Haupteingang.

„Komm, Johann, wir gehen jetzt oben einen Kaffee trinken und du erzählst mir was über diese blöde Sache."

Lambach nahm seine Jacke und ging langsam den Flur entlang zum Treppenhaus, die Treppen hoch, in die Cafeteria. Keine Schritte hinter ihm. Er setzte sich mit zwei Tassen Kaffee an einen Tisch in der Ecke. Nach einer Weile hörte er endlich Konsbruch in seinem Rücken fragen: „Hast du schon Zucker drin?"

Sein Vorgesetzter setzte sich zu ihm.

„Also gut ... In Appenrode ist dieser Hof abgebrannt. Eine männliche Leiche im Schlafzimmer. Furchtbar, aber für uns nichts Besonderes. Doch dann entdeckte von Stetten diesen verborgenen Kellerraum. Feuerfest. Schalldicht und gefliest. Und schließlich den verstümmelten Torso in einem Netz unter der Decke."

Konsbruch hob seine Tasse, schüttelte den Kopf und stellte sie zurück auf die Untertasse, ohne getrunken zu haben.

„Von Stetten war sicher, dass der Kerl tot war. Keiner wäre auf einen anderen Gedanken gekommen. Doch plötzlich hat er losgeschrien wie am Spieß. Das muss für von Stetten grauenvoll gewesen sein. Er ist ein harter Hund, aber das hat ihn mitgenommen. Der Polizeipsychologische Dienst hat gleich draufgeschaut. Hansch hat ihn nach Hause gefahren. Ich glaube, von Stetten braucht jetzt einfach ein bisschen Ruhe und Abstand."

Konsbruch nahm einen Schluck von seinem Kaffee.

„Wer ist der Typ in dem Netz?", fragte Lambach.

Konsbruch schüttelte wieder den Kopf.

„Willst du nicht lieber Steiger den Fall überlassen?"

„Hältst du mich für blöd? Ich sitze nicht mit dir hier, weil ich will, dass Steiger das macht."

„Gut", antwortete Konsbruch. „Dann übernimm den verfluchten Fall. Aber mach mir hinterher keine Vorwürfe."

Er sah Lambach mit versteinerter Miene an.

„Der Typ im Netz ist Udo Mahnke."

Lambach wurde schwindelig. Sein Blickfeld verengte sich. Er griff nach seiner Tasse und zwang sich, etwas zu trinken. Wie aus der Ferne hörte er die Namen Opinelli, Wieseler und Mortag.

„Bist du sicher, Konsbruch? Das ist *mein* Mahnke?"

Lambach kam wieder zu sich. Erinnerungen stiegen auf, wurden klarer und gruppierten sich um diesen Namen.

Die junge Maria Opinelli will 1991 Urlaub bei Verwandten in Italien machen. Sie möchte mit dem Taxi zum Bahnhof, mit dem ICE nach Hamburg zum Flughafen fahren. Sie schafft es nur bis ins Taxi. Udo Mahnke ist der Taxifahrer. Er lässt nach kurzer Fahrt seine Bekannten und Mittäter Gerd Wieseler und Carsten Mortag zusteigen. Letzterer schlägt die Frau brutal bewusstlos. Sie verschleppen sie in Mahnkes Kellerwohnung und ketten sie an Metallringe, die extra zu diesem Zweck in die Wand eingelassen worden waren. Maria Opinelli wird fast eine Woche lang von

Mahnke und Wieseler schwer misshandelt und missbraucht. Sie stirbt am sechsten Tag an Erschöpfung und inneren Verletzungen. Ihr Unterleib war regelrecht zerrissen.

„Du siehst blass aus. Bist du sicher, dass du das machen willst, Lambach?"
„Ja. Wenn das wirklich Mahnke ist, dann schließe ich den Fall ab und nicht Steiger oder irgendein anderer. Ich bringe ihn vor Gericht. Du weißt selber, wie lange ich den Drecksack gesucht habe, und jetzt ..." Lambach rieb sich mit beiden Händen über den Kopf. „Jetzt hängt der hier in einem kleinen Kaff bei uns rum. Wer soll denn das verstehen?"
Er lachte bitter.
„Schließ den Fall ab. Jetzt haben wir ihn – und so wie der aussieht, tut der auch nie wieder jemandem etwas an. Mach erst mal Feierabend für heute."
Auf dem Weg nach unten ging Lambach kurz zu Traudel, seiner Sekretärin. „Ich möchte morgen früh gleich die Opinelli-Akten auf meinem Schreibtisch haben. Regeln Sie das?"
„Alle?", fragte Traudel.
„Ja, alle."

MONTAG, 13. AUGUST 2001

Obwohl er nur kurz geschlafen hatte, fühlte er sich nun besser. Dennoch stand er nur mit Mühe von seinem Bett auf und ging durch den kleinen Raum hinüber zum Tisch. Alles lag noch genau so da, wie er es verlassen hatte. Aus der Thermoskanne goss er Pfefferminztee in den Becher, dann machte er sich wieder an die Arbeit. Viel Zeit würde ihm nicht bleiben. Vielleicht fünf oder sechs Stunden.

Er arbeitete so konzentriert, wie es unter diesen Umständen möglich war. Als es zu dämmern begann und die ersten Stimmen zu hören waren, hatte er sein nächtliches Werk beendet. Müde hatte er alles wieder verstaut. Niemand sollte davon wissen.

3. KAPITEL

Die Tür der Intensivstation öffnete sich mit einem pneumatischen Zischen. Über den langen Flur eilte eine Frau Mitte dreißig in blauer OP-Kleidung auf ihn zu. Das Namensschild wies sie als Schwester Christina aus.

„Guten Morgen. Hauptkommissar Lambach, Kripo Göttingen. Ich suche Herrn Udo Mahnke. Er soll hier bei Ihnen auf der Station sein."

„Kann ich Ihren Dienstausweis mal sehen? Wir dürfen niemanden zu Herrn Mahnke lassen."

Lambach zog sein Portemonnaie aus der Innentasche seiner Jacke und öffnete es mit einer Hand. Der Ausweis klappte heraus. Die Schwester musterte ihn mit kritischem Blick.

„Ja, Herr Lambach, dann kommen Sie bitte mit. Ich werde Doktor Levi anpiepen."

Die Schwester ging voraus und wies ihm einen Plastikstuhl zu, bevor sie mit schnellen Schritten über den Flur verschwand.

Lambachs Blick suchte auf dem gelben Linoleumboden nach Regelmäßigkeiten, nach einem Muster. Wenige Meter von ihm entfernt sollte der Mann liegen, der ihn so viele Nächte wach gehalten hatte, der vielleicht auch seine Ehe auf dem Gewissen hatte. Zum Teil zumindest … Wer hatte Mahnke in dieses Verlies gebracht? Wie lange war er dort gefangen gewesen?

Lambach betrachtete sein verschwommenes Spiegelbild auf dem glänzenden gelben Boden.

Und wer war überhaupt der Tote in dem Haus? Hatte der die Amputationen bei Mahnke durchgeführt?

Vermutlich.

Das plötzlich einsetzende Zischen der Tür riss ihn aus seinen Gedanken. Quietschende, schnelle Schritte kamen näher. Ein etwa fünfzigjähriger Mann steuerte auf ihn zu. Weißer Kittel über grüner OP-Kleidung. Lambach stand auf, um den Arzt zu begrüßen, doch dieser sah ihn nicht einmal richtig an.

„Herr Lambach? Mein Name ist Levi. Kommen Sie bitte mit."

Lambach hatte Mühe, den schnellen Schritten des Arztes zu folgen. In einem separaten Raum angekommen, bot ihm Doktor Levi einen Sitzplatz an.

„Was kann ich für Sie tun?", fragte er in den Spiegel über dem Waschbecken, während er sich die Hände wusch und seine Zähne betrachtete, um nach Essensresten zu suchen.

Bevor Lambach etwas sagen konnte, fuhr der Arzt fort: „Ich habe mit Ihrer Dienststelle telefoniert und mir das Okay geben lassen, dass ich Sie über den Gesundheitszustand Herrn Mahnkes in Kenntnis setzen darf. Die Klinikleitung hat zugestimmt."

Levi setzte sich auf einen Rollhocker, zog sich an seinen Schreibtisch heran und begann umgehend, Papiere zu unterzeichnen, ohne seinen Monolog zu unterbrechen.

„Ich will versuchen, mich verständlich auszudrücken. Sollte Ihnen etwas unklar erscheinen, fragen Sie bitte. Keine falsche Scheu, aber meine Zeit ist kostbar. Für Sie auch einen Kaffee?"

Nun schaute Doktor Levi Lambach das erste Mal an und wartete tatsächlich auf eine Antwort.

„Gerne. Mit Zucker, wenn's geht."

„Schwester Christina, bitte einen Kaffee für mich und einen für Hauptkommissar Lambach. Mit Zucker. Danke."

Der Pieper, den Levi am Bund seiner OP-Hose trug, gab einen kurzen schrillen Laut von sich. Er griff sofort zum Telefon.

„Levi. Ja. Schon vorbereiten. Bin in fünf Minuten drüben."

Er rollte mit seinem Hocker zu einem Wagen, in dem Patientenakten hingen, und dann mit Schwung zu Lambach, um ihm eine Mappe auf die Oberschenkel zu legen.

„Ich muss Sie warnen: Die Bilder zeigen grausame Entstellungen. Sie sehen dort Fotos eines menschlichen Körpers, die in die Fachliteratur eingehen werden."

Lambach fühlte sich fast wie in einem Improvisationstheater und schaute gebannt und wortlos auf den Hauptdarsteller in Grün-Weiß. Die Schwester stellte zwei Plastikbecher Kaffee auf den Schreibtisch und ging ohne Text von der Bühne.

„Stört es Sie, wenn ich rauche?"

Ohne eine Antwort abzuwarten, steckte sich Doktor Levi eine Zigarette an und rollte ein Stück zurück. Entschuldigend zeigte er nach oben. „Abluft!"

Er schaute auf die Uhr über der Tür.

„Herr Mahnke weist Amputationen der Arme bis in die Schultergelenke auf. Auch die unteren Extremitäten wurden komplett bis in die Gelenkpfannen amputiert."

Lambach öffnete mit gemischten Gefühlen die graue Akte. Er war auf das Schlimmste gefasst. Doktor Levi kannte wahrscheinlich die Reihenfolge der Fotos, denn das Erste, was zu sehen war, war der Rumpf eines Männerkörpers, ohne Beine, ohne Arme, eingewickelt in ein grünes Netz.

„Herr Mahnke hing über Monate in diesem Netz, das bereits an mehreren Stellen in den Körper eingewachsen war. Und immer noch ist. Wir haben es noch nicht operativ entfernt, da die psychische Stabilisierung des Patienten oberste Priorität hat."

Lambachs Blicke wanderten über den vernarbten Körper auf den Fotos. Die Aufnahmen erinnerten ihn an einen Rollbraten.

„Seine Augen wurden entfernt", fuhr Doktor Levi sachlich fort. „Statt seiner Ohrmuscheln bilden narbige Fleischwülste die Eingänge in seine äußeren Gehörgänge. Anzunehmen ist, dass Herr Mahnke noch hören kann, zumindest reagiert er auf Geräusche. Ob eine kognitive Verarbeitung des Gehörten stattfindet, können wir noch nicht sagen."

„Doktor Levi, eine Zwischenfrage."

„Nur zu!"

„Was hat er auf diesem Foto im Mund? Sind das Würmer?", fragte Lambach unsicher und wollte die Antwort eigentlich gar nicht wissen.

„Nein, das ist seine Zunge. Sie wurde der Länge nach in Streifen geschnitten. Er kann weder essen noch sprechen. Ernährt wurde Herr Mahnke während seiner Gefangenschaft mittels Sondenkost. Das haben wir, gezwungenermaßen, so weitergeführt."

Die Hand, die die Zigarette hielt, zitterte. Der Überschwang war gewichen.

„Inzwischen haben wir ihn ins Koma gelegt."

Lambach schloss langsam die Mappe, ohne einen weiteren Blick auf die folgenden Fotos zu werfen, und fragte fast flüsternd: „Wer macht denn so was? Wer kann so was und wer ist dazu imstande?"

Doktor Levi nahm noch einen tiefen Zug, dann drückte er die Zigarette aus.

„Ein Chirurg kann so etwas. Wer dazu imstande ist, kann ich nicht sagen. Gefunden wurde Herr Mahnke, wie Sie sicherlich wissen, im Keller bei unserem Doktor Sachse. Dass der Kollege in dem Haus verbrannt ist, wird ihm einiges an Unannehmlichkeiten ersparen. Ich kann mir nicht vorstellen, dass er so etwas gemacht hat, aber es sieht fast so aus."

Lambach hörte das Blut in seinen Ohren rauschen.

„Sie meinen den Doktor Sachse, dessen Tochter damals getötet wurde?"

„Ja. Vielleicht hat ihn das verrückt gemacht. Vielleicht wird man ja wirklich zu dem, was man hasst?"

4. KAPITEL

Benommen saß Lambach in seinem alten Volvo und sortierte seine Gedanken. Er war verwirrt, versuchte sich zu erinnern. Vor Jahren hatte er in einem grausamen Kinderschändungsfall ermittelt. Ein abgängiger pädophiler Forensikpatient namens Thorsten Riedmann hatte sich an einem kleinen Mädchen vergangen und es anschließend erdrosselt. Er selbst musste damals, im Juli 1988, Ulrich und Marianne Sachse die Nachricht überbringen, dass ihre achtjährige Tochter auf dem Weg zur Schule entführt, vergewaltigt und erwürgt worden war. Ihr Körper wurde dreizehn Tage nach der Entführung an einem Baggersee in der Nähe von Göttingen gefunden. Krähen hatten sich schon an der Leiche zu schaffen gemacht. Familie Sachse wohnte damals im Ostviertel von Göttingen. Marianne Sachse, Herzchirurgin an der

Uniklinik, tötete sich etwa ein halbes Jahr nach Auffinden ihrer Tochter selbst. Doktor Ulrich Sachse zog nach dem Verlust der Tochter und seiner Frau auf den einsamen Hof.

Lambach fragte sich, was Sachse mit Mahnke zu schaffen haben könnte. Hatte Mahnke etwas mit dem Tod von Sachses Tochter zu tun? Konnte der Arzt solch eine Gräueltat begangen haben?

Niemals würde er Sachses Gesicht vergessen. Es war Lambach völlig unverständlich, dass ein Mensch, der einerseits Menschenleben rettete, zeitgleich einen anderen Menschen so gequält haben sollte.

Lambach wurde Zuschauer seiner Gedanken. Er hörte sie nicht, er sah sie als Bilder, als Symbole. Eine unglaubliche Klarheit durchströmte ihn und er kniff die Augen leicht zusammen, so, als würde er auf diese Weise noch schärfer denken können. „Sachse war es nicht", hörte er sich sagen. „Sachse war nicht in dem Haus. Sachse ist nicht in dem Haus verbrannt. Er lebt."

Indem er diese Worte langsam und laut aussprach, wurde ihm klar, dass es Doktor Ulrich Sachse gewesen war, den er am Samstag in Hamburg im Rückspiegel gesehen hatte.

Er rief Traudel an.

„Haben Sie die Akten von dem Opinelli-Fall schon in mein Zimmer gebracht?"

„Ja, habe ich. Guten Morgen."

„Entschuldigung. Guten Morgen. Sie haben sie, ja? Das ist gut. Dann jetzt bitte noch dringend die Akten von dem Sachse-Fall von 1988. Ich bin gleich da. Es ist wichtig."

Lambach wurde unruhig. Er hatte das Gefühl, ganz klar zu denken, aber es fehlte ihm ein roter Faden. Wo war der Zusammenhang? Er wählte von Stettens Nummer, doch statt der Stimme seines Kollegen hörte er eine weibliche computergenerierte Ansage: *„The number you have called is temporary not available!"*

Lambach schlug mit der Faust aufs Lenkrad. „Verdammter Mist! Wie soll ich das alles allein zusammenkriegen?"

Woher er die plötzliche Eingebung hatte, wusste er nicht. Er startete den Wagen und fuhr los.

Auf der Fahrt nach Rosdorf, einem Vorort von Göttingen, machte er einen Umweg über die Bramwaldstraße. Was er dort sah, stimmte ihn nachdenklich. Die Rollos waren noch immer geschlossen.

Er schrieb eine SMS.

„Lass uns reden. Ich war bei Mahnke im Krankenhaus. Lambach."

Nichts rührte sich. Lambach war sich sicher, dass von Stetten und seine Freundin zu Hause waren. Er überlegte, ob die beiden ihn durch die schmalen Schlitze in den Rollläden beobachten würden.

Noch eine Weile saß er regungslos in seinem Volvo und starrte das Haus an. Eine ältere Dame, die sich mit ihren Einkaufstaschen abmühte, ging vorüber und nahm Lambachs Aufmerksamkeit in Anspruch. Sein Blick folgte ihr, bis sie um eine Hausecke verschwand. Dann kurbelte er die Scheibe der Fahrertür hoch, drehte den Zündschlüssel und fuhr los.

Als er auf den Rosdorfer Baggersee zusteuerte, überkam ihn ein ungutes Gefühl. Vollbeladene Laster kamen ihm entgegen und zwangen ihn, in den unebenen Randbereich des geschotterten Weges zu fahren. Grob konnte er noch den See in den Ausmaßen von damals erkennen. Durch den Kiesabbau hatten sich Größe und Form des Gewässers stark verändert. Für einen Moment befürchtete Lambach, dass die Stelle, an der damals die Leiche der kleinen Sachse entdeckt wurde, den Abbauarbeiten zum Opfer gefallen war. Es war wichtig für ihn, an Orten Stimmungen und Schwingungen aufzunehmen. Er brauchte den Bezug zu solchen Plätzen. Er verglich es immer mit trauernden Menschen, die etwas Greifbares haben mussten, um den Verlust zu verschmerzen – das letzte Betrachten des Verstorbenen oder das Wissen um den Ort, an dem der nahe Angehörige oder Freund gestorben war, ein Kleidungsstück oder ein Kuscheltier des Liebsten. Aus keinem anderen Grund gab es Friedhöfe, Pilgerstätten oder Mahnmale, da war er sich sicher. Es sind Orte, um in Kontakt zu kommen, um Kontakt zu halten. Daher suchte Lambach bedeutungsvolle Orte auch für seine Ermittlungen auf.

Schon bald erkannte er die Pappeln, zwischen denen ein Arbeiter den grausamen Fund gemacht hatte. Seinen Wagen stellte er neben den Kiesbergen ab, sodass er niemanden behinderte. Hier und da fielen kleine Steine klappernd zwischen den Stahlstreben der hohen, rostigen Förderanlage hinab.

Als er unter den Förderbändern hindurchging, verringerte Lambach das Tempo und richtete seine ganze Aufmerksamkeit auf die Stelle zwischen den Pappeln. Die Bäume bewegten sich im Wind. Der Himmel war herbstgrau, eine keilförmige Formation von Kranichen zog lautstark über ihn hinweg. Lambach schloss die Augen. Er atmete den Wind und genoss es. Den Wind, der Hunderte oder Tausende Kilometer über die Erde gefegt war, sog er tief in seine Lungen, hielt ihn eine Weile in sich und ließ ihn wieder frei. Es hatte für ihn etwas Reinigendes. Er spürte, dass er Teil eines Ganzen war. Wind bedeutete Freiheit. Er atmete Freiheit.

Lambach erinnerte sich, wie er damals mit Annegret, einer jungen, sehr motivierten Kollegin, an diesem Ort war. Er öffnete die Augen, schaute sich um, als ob er hoffte, noch eine Spur zu entdecken. Blätter verfingen sich im hohen trockenen Gras; genau an der Stelle, an der damals der kleine zerfressene Mädchenkörper gelegen hatte. Schutzlos. Immer wenn er einen Fall hatte, bei dem eine Minderjährige Opfer eines Gewaltverbrechens geworden war, fragte er sich, was wohl ein Kind in den letzten Momenten denkt. Denkt es an die Eltern? Ist es traurig? Ist es böse auf die Eltern, weil sie es alleine gelassen haben? Kann ein Kind in solch einer Situation überhaupt noch denken oder nur noch Angst und Schmerz empfinden? Wie lange hofft ein Kind, dass die Eltern es retten?

Lambachs Augen wurden feucht. Er empfand Dankbarkeit dafür, dass seine kleine Antonia unbeschadet in dieser Welt erwachsen werden durfte.

Der Wind wurde stärker. Im Norden konnte Lambach den Stadtrand von Göttingen sehen. Er dachte an den Abend im Juli 1988, an dem er mit Annegret vor der Haustür der Sachses im Nonnenstieg stand, um die traurige Nachricht zu überbringen, daran, wie er klingelte und ihm speiübel wurde. Damals war es bereits dunkel gewesen. Er erinnerte sich, wie das Licht aus dem Hausflur auf ihn fiel, als sie die Tür öffneten und Herr Sachse ihn und seine Kollegin hereinbat. Es war so ziemlich das Grausamste, was er in seiner bisherigen Laufbahn hatte tun müssen. Nichts hatte ihn bislang so mitgenommen wie das Überbringen dieser Schreckensnachricht. Er sah die verängstigten Menschen wieder vor sich, wie sie auf ihrem Sofa saßen und die schlimmste Nachricht ertragen mussten, die Eltern bekommen können. Jedes Mal, wenn er daran dachte, fühlte Lambach sich elend, fühlte sich mitschuldig, ohnmächtig, wütend und schwor sich, nicht eher zu ruhen, bis er den Täter gefasst hätte. Er sah die Gesichter der Sachses, Marianne schrie auf, schluchzte. Ulrich Sachse blieb ausdruckslos. Er starrte stumm vor sich hin. Ohne seine Frau anzusehen, nahm er sie in den Arm und drückte sie an sich.

Kein Zweifel, es war Ulrich Sachse, den er in Hamburg gesehen hatte!

Mit dem Handrücken wischte sich Lambach die Tränen aus den Augen und drehte sich zu der Stelle, wo vor Jahren die Leiche der Kleinen gelegen hatte. Mit gesenktem Kopf und ineinandergelegten Händen stand er da. Er verspürte das Bedürfnis zu beten, doch es kam ihm irgendwie albern vor.

5. KAPITEL

Lambach fühlte sich nach dem Besuch am See noch mehr in seinem Entschluss bestärkt, den Fall zu lösen. Er klopfte an Konsbruchs Bürotür und trat ein, ohne eine Antwort abzuwarten.

„Lambach, was kann ich für dich tun?"

Lambach setzte sich, stand wieder auf, zog sich die Jacke aus und setzte sich erneut. Er atmete tief ein und bemühte sich, ruhig zu bleiben. Die richtigen Worte waren ihm wichtiger als sonst.

„Johann, wie steht's mit der Obduktion des Brandopfers?"

„Zahnstatus und DNA-Analyse werden wohl die Identität von Sachse bestätigen."

„Als ich am Samstag aus Dänemark zurückgekommen bin, hatte ich mich mit meiner Tochter Antonia in Hamburg verabredet und wollte danach eigentlich zu einem Feinkostgeschäft fahren, um für meinen dänischen Freund ein Geschenk zu kaufen. Sozusagen als kleines Dankeschön für das Ferienhaus, in dem ich meinen Urlaub verbringen durfte."

„Gut. Und was hat das mit Sachse zu tun?"

Lambach holte tief Luft.

„Sachse ist nicht das Brandopfer. Ich habe ihn am Samstag noch in Hamburg gesehen."

Konsbruch runzelte die Stirn.

„Ach, Lambach, weißt du, was du da erzählst? Das ist doch ... Das heißt ja ... So ein Quatsch! Mach's doch nicht komplizierter, als es ist. Entschuldige, aber ..."

Lambach sprach mit ruhiger Stimme, langsam, Wort für Wort: „Ich habe ihn gesehen. Ich stand an einer Ampel. Hinter mir ein dunkler Geländewagen. Und Ulrich Sachse saß am Steuer. Kein Zweifel. Verstehst du? Wenn es nicht Sachse war, der dort verbrannt ist, dann war es vielleicht auch nicht Sachse, der Mahnke so zugerichtet hat."

Konsbruch setzte sich an seinen Schreibtisch und überlegte.

„Wenn es nicht Sachse war, der dort verbrannt ist, dann läuft der Täter noch frei herum. Dann war das Feuer nur ein Ablenkungsmanöver."

Lambach nickte und sah Konsbruch erwartungsvoll an.

„Das kann ich kaum glauben, Lambach. Du bist dir hundertprozentig sicher?"

„Johann, ich bin mir absolut sicher!"

Konsbruch rieb sich das Kinn und starrte ins Leere. Nach einer Weile atmete er tief ein. „Nun gut. Dann müssen wir ihn kriegen, bevor er untertaucht. Ich werde alles Notwendige für eine Fahndung in die Wege leiten. Wir bilden eine Sonderkommission. Und du leitest sie, die *SoKo Netz*."

Konsbruch schaute Lambach entschlossen an.

„Die Obduktion läuft noch", fuhr er fort. „Bei dem bisschen Material, das da übrig war, wird uns nur die DNA-Analyse zweifelsfrei sagen, wer in diesem Haus verbrannt ist. Aber verlier den Opinelli-Fall nicht aus den Augen! Ich möchte, dass der schnell abgeschlossen wird."

„Ich mache mich gleich an die Arbeit."

Lambach nahm seine Jacke und verließ Konsbruchs Zimmer.

In seinem Büro angekommen, sah er, was er Traudel zugemutet hatte. Es standen dort vier große Kartons, gefüllt mit Akten, neben seinem Schreibtisch. Einer der Kartons war beschriftet mit *„Sachse/1988"* und drei der Kartons mit *„Opinelli/1991"*.

In den nächsten Stunden verschaffte sich Lambach einen Überblick über die Inhalte. Er las mal hier und mal dort, mal vertiefte er sich in ein Protokoll des Sachse-Falls, dann wieder in eine Opinelli-Akte. Er griff zum Telefon und rief seinen Kollegen Hansch an.

„Hansch, ich möchte, dass du herausfindest, ob in den letzten Wochen in Göttingen ein dunkler Geländewagen gestohlen wurde. Außerdem musst du in Erfahrung bringen, ob Ulrich Sachse sich in letzter Zeit einen Wagen hier oder in Hamburg gemietet hat."

Lambach legte auf, ohne eine Antwort abzuwarten. Noch immer hatte er das Gefühl, ganz klar denken zu können, aber er fand keine Zusammenhänge. Er wusste, dass es mit dem Brandopfer anders war, als es schien. Einiges ergab zwar auf den ersten Blick Sinn, war dafür aber in sich nicht stimmig. War es möglich, dass ein Mensch wie Sachse, der es sich zur Aufgabe gemacht hatte, Menschen zu heilen, nebenbei einen anderen Menschen in seinem Keller so quälen konnte? Einen, mit dem er nicht einmal etwas zu tun hatte? Das passte nicht. Doch wo war der rote Faden? Lambach konnte nicht einmal genau benennen, was er dachte. Es war eher ein Fühlen als ein Denken. Er spitzte seinen Bleistift an und versuchte, seine Ungeduld zu zähmen.

Das Telefon klingelte. Hansch war am Apparat.

„Sachse in Hamburg? Ich denke, der ist in Appenrode verbrannt?"

„Das wissen wir nicht hundertprozentig", antwortete Lambach. „Vielleicht ist nicht Sachse in dem Bett verbrannt, sondern jemand anderes. Aber beide Autos von Sachse standen auf dem Gutshof. Sollte er sich also aus dem Staub gemacht haben, hätte er sich einen Wagen mieten müssen."

„Hätte er sich nicht auch ein Taxi nehmen können?", fragte Hansch.

„Dann hätte es einen Fahrer gegeben und somit einen Zeugen."

„Hm, einleuchtend."

„Hansch, falls es diesen Wagen tatsächlich gibt, brauchen wir ihn umgehend. Die Spurensicherung muss das Material daraus sofort der KTU schicken."

Lambach hielt es nicht für klug, den Kollegen mit seiner Beobachtung vom Samstag zu verwirren. Was er jetzt brauchte, waren Fakten.

Er rutschte so tief in den Stuhl, dass er seinen Kopf auf der Rückenlehne abstützen konnte, schloss die Augen und legte sich die Handrücken auf die Stirn. Ihm wurde klar, dass es nicht nur darum ging, den Opinelli-Fall abzuschließen. Es war fast auf den Tag sieben Jahre her, dass Maria Opinelli gekidnappt wurde. Die Opferauswahl war so beliebig, es hätte jede Frau treffen können, die an dem Tag mit dem Taxi gefahren wäre. Er hatte die grausamen Einzelheiten abermals vor sich: Sie wurde unheimlich schlimm verprügelt. Das linke Jochbein, Schläfenbein und die Knochen der linken Augenhöhle waren gebrochen, der Augapfel nach innen abgesackt. Man vergewaltigte und misshandelte sie tagelang. Brutal und rücksichtslos. Mortag und Wieseler waren als Täter verhaftet worden, Mahnke blieb spurlos verschwunden. Offensichtlich gab es keine Verbindung zwischen den Tätern des Opinelli-Falls und dem Fall Sachse.

Aus einem Impuls heraus wollte Lambach von Stetten anrufen. Bei dem Versuch, sich aufrecht hinzusetzen, schmerzte sein Rücken. Doch auch diesmal hatte er kein Glück. Er rief vergebens sowohl bei von Stetten zu Hause als auch auf dessen Handy an.

Inzwischen war auf dem Flur Ruhe eingekehrt. Ein Blick auf seine Armbanduhr verriet ihm, dass es bereits nach 18 Uhr war. Lambachs Computer war in den Energiesparmodus gegangen.

Noch lange saß er so zurückgelehnt im Stuhl und dachte über die nächsten Schritte nach.

SONNTAG, 26. AUGUST 2001

Eine Zeit lang herrschte Ruhe, dann hörte er wieder die Krähen vor dem Fenster. Sein Zustand hatte sich verschlechtert. Nur unter größten Anstrengungen gelang es ihm, an den Aufzeichnungen weiterzuarbeiten.

Ich muss die verdammten Pillen weglassen, dachte er. Gedankenräuber! Sie stehlen mir die Gedanken.

Für einen Moment überlegte er, sich wieder hinzulegen.

Ich werde durchhalten! Niemand wird mich stoppen!

Langsam kratzte die Spitze seines Stifts über das zerknitterte Papier. Draußen auf dem Flur hörte man Schritte.

6. KAPITEL

Als Lambach auf das *Le Bistro* zusteuerte, war es bereits dunkel. Die Straßenlaternen warfen ihr fahles Licht über die parkenden Autos am Straßenrand. Lambachs Schuhe rutschten auf dem nassen Kopfsteinpflaster. Der Klang einer Kirchenglocke vermischte sich mit der Musik und den Stimmen, die aus Elviras Kneipe drangen. Schon seit Jahren fand Lambach gelegentlich den Weg ins *Le Bistro*, um dem Alltag zumindest für einige Stunden zu entkommen. Hier, fernab vom Polizeistress, konnte er abschalten. Die meisten Besucher waren Stammgäste und Lambach seit Jahren bekannt. Seit Werner Kern, Elviras Mann, im Winter 1994 an einem Herzinfarkt verstorben war, führte sie klaglos die Gaststätte allein weiter. Der liebevoll mit allerlei französischem

Interieur ausgestattete Gastraum hatte ein besonderes Flair. Die Regale hinter der Theke waren eingerahmt von zwei geschnitzten Holzpferden. An den freigelegten dunklen Deckenbalken hingen kleine angestaubte Lavendelsträußchen und Accessoires, Schwarz-Weiß-Fotografien von Édith Piaf und Charles Aznavour an den Wänden. An der Tür, die zu den Toiletten führte, prangte ein vergilbtes Plakat aus den Siebzigern. All das war Lambach wohlbekannt und vermittelte ihm ein Gefühl von Geborgenheit. Die immer wiederkehrenden Gesichter, der Geruch von Elviras selbst gemachter französischer Zwiebelsuppe und die musikalische Untermalung des Ganzen durch Jazz und Chansons halfen ihm gelegentlich, die Alltagssorgen abzuwerfen. Hier fühlte er sich wohl.

Nachdem er die Gaststätte betreten hatte, hängte er seinen Mantel an den gusseisernen Garderobenständer im Eingangsbereich und begab sich zur seitlichen Öffnung der Theke. Elvira begrüßte ihn mit einem Kuss auf die Wange. „Lambach, sieht man dich auch mal wieder? Ich dachte schon, du wärst mir untreu geworden. Wie geht es dir?"

Lambach hielt Elvira an beiden Händen.

„Wo denkst du hin, meine Liebste? Ich war einige Wochen im Urlaub. Auch ein alter Gaul braucht mal Ruhe, wenn er sein Ziel noch erreichen will. Ich musste mal raus. Immer der gleiche Trott, das macht auf Dauer mürbe. Da bin ich für ein paar Wochen zu Svend gefahren. Wir haben über unsere Bootsfahrt gesprochen."

„Alter Gaul? Nun hör aber auf! Ein Mann in den besten Jahren, würde ich sagen." Sie nippte an ihrem Ricard. „Ach, Lambach, ein paar Tage Urlaub könnte ich auch mal gebrauchen. Muss ja nicht mal Frankreich sein. So wie du, in Dänemark entspannen. Habt ihr denn für eine alternde Witwe noch einen Platz auf eurem Hausboot frei?"

Elvira griff unter die Theke und hielt ihm ein Päckchen Zigaretten hin.

„Du weißt doch, ich will nicht mehr so viel …"

Elvira fiel ihm ins Wort: „Stell dich nicht so an, Lambach! Mein

Werner hat im Leben nicht eine Zigarette geraucht – und genützt hat es ihm auch nichts."

„Na dann", sagte Lambach, zog eine *Gitanes* aus der Schachtel und griff hinter die Theke in den mit Streichholzschachteln gefüllten Sektkühler.

„Möchtest du etwas essen? Die Zwiebelsuppe habe ich gestern frisch angesetzt."

„Gegessen habe ich schon. Aber ein Glas Bordeaux wäre fein."

„Ich muss nur schnell runtergehen und eine neue Flasche holen", sagte sie. „Du hältst solange die Stellung hier?"

Lambach zwinkerte Elvira zu. „Mach ich."

Seit er ohne Carola herkam, hatte er sich immer nur an die Theke gestellt, Schulter an Schulter mit anderen Gästen und doch irgendwie allein. Lambach stellte fest, dass ihm selbst von den Stammgästen, die er seit Jahren kannte, nicht einmal alle Namen geläufig waren. Es war eine seltsam oberflächliche Vertrautheit, nur Elvira gab ihm ein bisschen das Gefühl, etwas Besonderes zu sein.

Nach zwei Bordeaux und einem Pastis, der aufs Haus ging, schlenderte Lambach nach Hause. Um halb elf war er bereits tief eingeschlafen.

„Ich komme!", schrie Lambach. „Halten Sie durch!"

Die Frau war mit ihrem Absatz zwischen den Pflastersteinen hängen geblieben und versuchte, sich unbeholfen zu befreien. Obwohl nirgends Schienen zu sehen waren, fuhr eine Straßenbahn direkt auf sie zu. Die Straßenbahn schien sie weder zu hören noch zu sehen.

„Halten Sie an, verdammt noch mal! Sehen Sie denn nicht?"

Lambach rannte über das Kopfsteinpflaster in der Hoffnung, die Frau vor dem sicheren Tod zu bewahren. Seine Beine bewegten sich schneller und schneller, doch er rutschte, kam auf dem nassen Untergrund nicht von der Stelle. „Halten Sie an, um Gottes willen! Was machen Sie denn?"

Lambach rannte und rannte, doch eine unsichtbare Kraft schien ihn nicht vorankommen zu lassen. Wie von einem verborgenen Gummiband wurde er zurückgehalten. Jetzt war die Bahn schon ganz nah. Lambach starrte den Fahrer an. Unter der schwarzen Schirmmütze erkannte er ein weißes Gesicht, wie mit Wachs übergossen. Aus dem Mund krochen Würmer. Lambach schrie, aber weder die Frau noch der Fahrer reagierten.

Nach einem dumpfen Aufprall verschwand die Frau unter dem tonnenschweren Stahlkoloss.

Lambach saß aufrecht. Durchgeschwitzt und zitternd versuchte er sich im Halbdunkel zu orientieren. Neben dem Bett lagen einige Bücher auf dem Boden verstreut. Er hatte sie wohl im Traum vom Nachtschrank gestoßen. Der Wecker war nicht zu sehen, die dazugehörigen Batterien rollten über den Dielenboden des Zimmers. Lambach ließ sich zurück aufs Kissen fallen und starrte in die Dunkelheit. „Verdammt, was war das denn?"

Er musste sofort an von Stetten denken und bekam den Hauch einer Ahnung, wie es ihm wohl gehen musste. Aber wer war die Frau? Warum reagierte sie nicht? Warum kam er nicht vorwärts? Warum hörte ihn niemand? Lambach versuchte, Parallelen zu seiner aktuellen Situation zu ziehen.

Ein flaues Gefühl machte sich in seiner Magengegend breit, so, als ob er ahnte, dass da etwas äußerst Hässliches auf ihn zukommen würde.

7. KAPITEL

„Guten Morgen, Traudel."
„Guten Morgen, Herr Lambach. Kaffee?"
„Gerne. Den kann ich gebrauchen."
„Sie sehen aus, als hätten Sie nicht geschlafen."
„Hab wildes Zeug geträumt, ich weiß auch nicht."
Traudel schenkte Lambach, der immer noch im Türrahmen lehnte, eine Tasse Kaffee ein.
„Schwarz, mit zwei Löffeln Zucker", sagte sie leise, als wollte sie sich selbst bestätigen.
„Und hätten Sie dann noch Zeit für mich?"
„Gerne. In zehn Minuten? Ich komme zu Ihnen rüber, Herr Lambach."
Nach all den Jahren irritierte es ihn noch immer, wenn Traudel ihn *Herr Lambach* nannte. Überhaupt war sie die Einzige im Präsidium, die ihn so nannte. Selbst sein Vorgesetzter sagte meist nur *Lambach*.
„Hat sich von Stetten eigentlich mal gemeldet? Ich erreiche ihn nicht."
Kopfschüttelnd ging er, ohne eine Antwort abzuwarten.
„Bis gleich."

Lambach rührte seinen Kaffee um und schaute gedankenversunken in den Morgenhimmel. Es schien, als würde es heute aufklaren und ein sonniger Tag werden. Eine Krähe machte lautstark in der Kastanie auf sich aufmerksam. Der Zucker knirschte in der Tasse.
„So, da bin ich. Ich habe die Kanne und das Zuckerglas gleich mitgebracht. Noch einen?"
Lambach leerte den Pott bis auf einen bräunlich verfärbten Zuckerrest am Boden.
„Gerne."
Er stellte seine Tasse auf den Schreibtisch und drehte sich wieder zum Fenster. Die Krähe war weg und er hatte das Gefühl, als

wäre es jetzt schon ein bisschen heller draußen. Da war es wieder, ganz leise: „Schwarz, mit zwei Löffeln Zucker."

„Hatten Sie eigentlich einen schönen Urlaub, Herr Lambach?"

Lambach drehte sich zu Traudel um.

„Es war der erholsamste Urlaub, den ich je gemacht habe. Dänemark ist ein sehr weitläufiges, ruhiges Land. Alles geht ein bisschen langsamer als bei uns und die Menschen sind sehr freundlich. Und wie läuft es hier? Wollny hat mir von Grams' Unfall erzählt."

„Ach ja, er wollte Holz machen und war wohl auch ziemlich vorsichtig, aber ein Ast verkantete und riss seine Hand in die Kreissäge. Den rechten Zeigefinger hat es erwischt. Eigentlich hätte man ihn wohl wieder annähen können, aber dadurch, dass er Handschuhe trug, ging das nicht."

„Was haben die Handschuhe damit zu tun?"

„Die Fasern haben sich wohl so fest um den Finger geschnürt, dass die Gefäße und Nerven total gequetscht und unsauber abgeschnürt wurden. Er ist noch zu Hause."

Lambach lächelte Traudel an.

„Vielen Dank für die Akten. Mir war gar nicht bewusst, dass es so viele sind. Haben Sie sich tatkräftige Unterstützung geholt?"

„Es ging schon. Ich hatte einen Wagen, da musste ich die Kartons nicht tragen."

„Traudel, ich frage mich, was wir hier haben. Im Oktober 1991 begingen Wieseler, Mahnke und Mortag ein schweres Sexual- und Tötungsdelikt. Wieseler ist seit 1991 in Hamburg-Ochsenzoll im Maßregelvollzug. Mortag hat seine Gefängnisstrafe abgesessen und wurde vor ein paar Monaten in Hamburg vor das Auto von Nicole Goldmann aus Konstanz geschubst. Der ist hin. Wer das damals getan hat, weiß man noch nicht. Gegen Mahnke wurde zwar seinerzeit ermittelt, aber man hat ihn nicht erwischen können."

„Zumindest wir nicht ...", unterbrach Traudel kurz die Ausführungen.

Lambach nahm die Tasse von seinem Schreibtisch, lächelte Traudel an und begann, auf und ab zu gehen. Er drehte langsam seine Runden um den Tisch und Traudel, die aufrecht auf einem Stuhl davor saß. „Stimmt. Wäre auf jeden Fall besser für ihn gewesen. So wurde er selber zum Opfer. Er hing in einem Kellerverlies und wurde aufs Schlimmste verstümmelt und gequält, aber man ließ ihn nicht sterben. Glauben Sie, er wurde zufällig ausgewählt, so wie die Opinelli damals?"

Ohne zu überlegen, kam ein deutliches „Nein!" aus Traudels Mund.

„Ich auch nicht. Wer so etwas macht, der weiß, wen er sich da in den Keller hängt. Die Fakten sprechen scheinbar dafür, dass der Chirurg Doktor Ulrich Sachse, in dessen Keller Mahnke gefunden wurde, auch der Täter ist. Aber ich glaube es nicht. Der Mann hat bis vor einer Woche noch Menschen operiert und tadellos gearbeitet. Keine Auffälligkeiten."

„Keine, die bemerkt wurden", warf Traudel ein.

„Gehen wir mal davon aus, dass Sachse sich rächen wollte, dass er, nachdem ihm seine Tochter so grausam genommen wurde und sich seine Frau aus Kummer und Schmerz selbst getötet hat, seinen Schmerz und seine Wut irgendwie kanalisieren musste. Das könnte ich noch nachvollziehen. Wenn er sich den Riedmann in den Keller gehängt hätte, gut. Aber warum Mahnke? Das macht keinen Sinn. Ich erkenne keine Verbindung."

Lambach blieb stehen und sah Traudel wortlos an. In ihren Augen konnte er keine Regung erkennen. Dann ging er weiter und fuhr mit seinen Ausführungen fort. „Lassen wir mal das Motiv außer Acht. Sachse entführt einen Mann: Mahnke. Macht er das alleine, oder wie? Quält ihn wer weiß wie lange bei sich zu Hause und sorgt dafür, dass er am Leben bleibt. Er inszeniert ein Flammeninferno, in dem er scheinbar stirbt und sein Opfer überlebt."

Traudel unterbrach ihn: „Wieso sind Sie sich so sicher, dass Sachse noch lebt? Alles spricht dafür, dass er in seinem Bett verbrannt ist. Zumindest, was ich so gehört habe."

Lambach blieb wieder stehen. Seine Miene verfinsterte sich.

„Doktor Ulrich Sachse soll am Freitag verbrannt sein, ich selbst habe ihn aber am vergangenen Samstag noch in Hamburg gesehen." Er hielt inne.

„Aber wer ist dann der Tote in Sachses Haus?", fragte Traudel. Lambachs Gesichtsausdruck wurde wieder etwas freundlicher.

„Genau! Und wer hat ihn dahin geschafft?"

Er blieb wieder am Fenster stehen, schaute hinaus, schwieg und nippte an seinem Kaffee. Die Baumkrone schien in der Morgensonne orangefarben zu glühen.

So leise, dass Traudel es gerade noch verstehen konnte, fuhr Lambach fort: „So oder so, Sachse muss involviert sein. Ich werde aus der ganzen Sache nicht schlau. Was ist denn das für ein Mensch, der morgens einem Mann den Finger annäht, um ihm zu helfen, und abends einem anderen den Finger abschneidet, um ihn zu quälen? Wer ist da verbrannt? War das ein Komplize? War der Brand ein Unfall oder hat Sachse noch einen Mord auf der Rechnung? Wenn ich ihn in Hamburg nicht gesehen hätte, wäre er damit durchgekommen. Das darf er aber nicht." Die Gedanken überschlugen sich in seinem Kopf.

„Vielleicht ist er ja damit nicht durchgekommen, sondern einfach verbrannt?", sagte Traudel.

Krachend stellte Lambach seine Tasse auf den Schreibtisch, sodass der Löffel herausfiel.

„Ich habe ihn gesehen! Punkt!" Er dreht sich zum Fenster und atmete hörbar aus. Traudel stand auf, zog ihren Rock zurecht und verließ wortlos das Büro.

Nun saßen zwei Krähen in der Kastanie und krächzten um die Wette. Lambach biss sich kleine Hautfetzen von den Innenseiten seiner Wangen. Er hob den heruntergefallenen Löffel auf und spülte ihn zusammen mit der Tasse im Handwaschbecken ab. Dann nahm er die Kaffeekanne und ging in Traudels Zimmer.

„Ich möchte um 14 Uhr die gesamte Mannschaft im kleinen Besprechungsraum haben."

Traudel griff, ohne ihn anzusehen, sofort zum Telefon, als Lambach sie unterbrach: „Und danke, dass Sie mir zugehört haben. Das hilft mir immer, klarer zu denken, weil ich es ja schlüssig formulieren muss, und jetzt ist von Stetten nicht da. Es tut mir leid, ich wollte nicht ... also ..."

Sie schaute zu Lambach auf und kürzte die unangenehme Situation für ihn ab: „Schon gut. Bringen Sie den Zucker bitte wieder her, ich habe sonst keinen da, und es gibt noch andere Kollegen, die gerne Zucker in den Kaffee nehmen."

„Ich bringe ihn gleich vorbei. Eine Bitte noch: Sie gehen doch mittags manchmal in die Stadt. Könnten Sie mir beim nächsten Mal bitte meinen Anzug aus der Reinigung holen? Aber nur, wenn es Ihnen nichts ausmacht."

Traudel lächelte Lambach beinahe mütterlich an.

„Legen Sie mir den Abholschein da auf das Regal."

„Und fragen Sie bitte bei Grams an. Sagen Sie ihm, dass ich ihn gerne dabeihätte."

Traudel stutzte. „Aber der ist doch krankgeschrieben."

„Sie sollen ihn ja auch nur fragen. Er hat sich nicht in den Kopf geschossen, sondern nur einen Finger abgesägt. Denken kann er also noch – und bei dieser Sache brauchen wir jeden hellen Kopf. Er soll nicht arbeiten, sondern nur, wie immer, alles kritisch hinterfragen." Lambach lächelte schief. Ihm war klar, dass er seinen Kollegen mehr bieten musste als ein Bauchgefühl, um sie davon zu überzeugen, dass es nicht nur darum ging, einen Fall abzuschließen, sondern die Wahrheit ans Licht zu bringen. Er setzte sich an seinen Schreibtisch und durchsuchte die Akten nach stichhaltigen Argumenten, mit denen er überzeugen konnte.

Die Stunden vergingen viel zu schnell.

8. KAPITEL

Genau um fünf nach zwei betrat Lambach den kleinen Besprechungsraum im zweiten Obergeschoss. Wie erwartet, war auch Konsbruch anwesend, der demonstrativ am Kopf des Tisches saß. Als Lambach die Tür hinter sich schloss, sprang Konsbruch auf. „Liebe Kolleginnen und Kollegen, unser lieber Lambach ist erholt aus Dänemark zurück. Zugleich hat uns Kommissar Zufall

Udo Mahnke in die Hände gespielt, sodass wir nun den Opinelli-Fall abschließen können. Sie haben die Bilder der Brandruine in Appenrode gesehen und auch die vom Kellerverlies. Das alles ist so bizarr, dass wir die *SoKo Netz* einrichten müssen. Aber das ist lediglich eine Fleißarbeit. Die Fakten sprechen für sich. Mit Ihrer Hilfe liegt die Akte schnell im Archiv. Viele Hände, schnelles Ende." Konsbruch lachte jovial.

Lambachs Kollegen schauten betreten aus dem einzigen Fenster, durch das etwas Sonnenlicht fiel, ließen ihre Blicke über die weiße Melaminfläche des Tisches schweifen oder kritzelten in ihren Notizbüchern herum. Lambach konnte sich nur schwer beherrschen, Konsbruch nicht vor versammelter Mannschaft für diese Unverschämtheit zur Rede zu stellen.

„Richard, dann übernimm doch bitte und denk dran, dass Grams krankgeschrieben ist. Viel Erfolg!"

Mit diesen Worten verließ Konsbruch den Besprechungsraum.

Niemand bewegte sich. Man hätte eine Stecknadel fallen hören können. Die Anspannung löste sich erst, als man die Brandschutztür des Treppenhauses nebenan ins Schloss fallen hörte. Lambach nickte Grams mit einem leichten Lächeln zu.

„Ja, liebe Kollegen, ganz so einfach, wie mein Vorredner es sich vorstellt, wird sich das Schließen der Opinelli-Akte nicht gestalten. Auch die Brandleiche wird sich nicht so schnell abhandeln lassen, wie sich Konsbruch das wünscht. Lasst mich kurz zusammenfassen."

Lambach blickte in die Runde. Er sprach von den Vorfällen im Oktober 1991, von den Verbrechen an Maria Opinelli und schließlich von den Ereignissen danach. Vom Haftaufenthalt Gerd Wieselers, dem Unfalltod Carsten Mortags und am Ende von den Vorfällen um Udo Mahnke.

„Der Dritte im Bunde, Udo Mahnke, wurde zwar damals ermittelt, aber wir haben ihn leider nicht verhaften können. Ich bin mir sicher, kein Mensch bereut es mehr, nicht verhaftet worden zu sein, als er selbst. Traudel, Sie lassen bitte weitere Kopien der Fotos seiner Verstümmelungen machen. Ich möchte, dass jeder diese Abzüge erhält. Das ist verdammt starker Tobak. Mir wurde ganz anders bei dem Anblick. Selbst die Ärzte im Klinikum haben so etwas noch nicht gesehen. Kein Wunder also, dass Max, der Mahnke gefunden hat, etwas Zeit braucht, um die Bilder und das Schreien aus dem Kopf zu bekommen. Ich habe versucht, ihn zu erreichen, aber er schottet sich ab. Wir lassen ihn erst einmal in Ruhe."

Lambach stand auf und ging nach vorn. Leise und eindringlich sprach er weiter: „Warum ließ sein Peiniger Udo Mahnke nicht sterben?"

Die Kollegen sahen sich zunächst gegenseitig und dann Lambach fragend an.

Der wurde nun laut. Kathrin Adams, die jüngste Kollegin im Team, zuckte leicht zusammen, setzte sich aufrecht hin und strich sich eine Strähne ihrer schulterlangen blonden Haare hinter das Ohr. Ihr schmales Gesicht wirkte ernst.

„Glaubt ihr, er wurde zufällig ausgewählt, so wie Maria Opinelli damals? Ich denke nicht. Doch wenn nicht zufällig, wieso dann gerade er? Oder anders gefragt: Wieso von Doktor Sachse, in dessen Keller er gefunden wurde? Doktor Sachse wäre handwerklich sicher in der Lage gewesen, diese Tat zu begehen. Er war Chirurg am Uniklinikum."

Grams meldete sich zu Wort: „Ist das der Sachse, dessen Tochter missbraucht und getötet wurde?"

Lambach zog sich einen Stuhl heran, setzte sich auf die vorderste Kante, lehnte sich zurück und steckte beide Hände in die Taschen seiner olivgrünen Cordhose. Sein Plan war aufgegangen. Grams hatte angebissen.

„Ja, Matthias, genau der."

Grams hakte nach: „Ist Mahnke für Sachse so eine Art Opfer- beziehungsweise Tätersubstitut, also eine Person, an der er sich rächen kann?"

Lambach schaute skeptisch in die Runde.

„Genau das ist die Frage. Wieso nimmt er ein Substitut? Warum nicht Riedmann selber? Warum nicht den Typen, der damals wahrscheinlich seine Tochter missbraucht und getötet hat? Die Indizien und Beweise sind erdrückend."

Hansch kritzelte auf einem Blatt herum, er schaute nicht hoch, als er sagte: „Riedmann wurde, so weit ich weiß, noch nicht gefasst, oder?"

„Genauso wenig wie Mahnke bis vor Kurzem", warf Traudel ein.

„Meinst du, Sachse hält den auch noch irgendwo gefangen?", fragte Kathrin Adams erschrocken.

„Das ist doch Quatsch, Kathrin", echauffierte sich Steiger. „Du hast zu viele schlechte Krimis gelesen. Wenn ihr mich fragt, dann ist dieser Sachse nicht einen Fatz besser als die anderen Psychopathen. Und was er mit Mahnke gemacht hat, ist ekelhaft, aber deshalb aus ihm einen Serientäter zu machen, der sich an Hinz und Kunz rächt, ist übertrieben. Sachse ist tot und er wird ein paar Antworten auf einige offene Fragen mit ins Grab nehmen. Wichtig ist, dass wir Mahnke haben. Wir können den Fall Opinelli abschließen. Hat ja lange genug gedauert, bis er uns quasi *ins Netz gegangen* ist. Versteht ihr?"

Lambach und Bolz zogen gleichzeitig die Augenbrauen hoch.

„Mal im Ernst", gab Lambach zu bedenken. „Die Wahrscheinlichkeit, dass Sachse sich Riedmann schnappt und quält oder beseitigt, ist doch viel höher als bei Mahnke, denn bei Riedmann hätte Sachse ein Motiv."

Steiger schüttelte den Kopf.

„Das kann nicht dein Ernst sein, Lambach. Ihr wisst doch alle, dass diese SoKo eine reine Formalität ist. Wir sollen lediglich den Opinelli-Fall abschließen. Sachse werden wir für die Sauerei, die er Mahnke angetan hat, nichts mehr am Zeug flicken können, der Fall hat sich quasi von selbst erledigt."

Lambachs Miene verfinsterte sich. „So? Hat er das? Ich wüsste zum Beispiel gerne, Detlev, wie es einem Chirurgen möglich ist, tagsüber Menschen zu retten und abends einen anderen zu quälen. Wie geht das? Kannst du dir das vorstellen? Ich nicht!"

„Mensch, Lambach, das ist ein Psychopath! Und du kommst uns mit der Moral?"

Zorn stieg in Lambach auf.

„Ich wüsste auch gerne, ob Sachse Komplizen hatte, die für die Mithilfe an einem solchen Verbrechen zur Rechenschaft gezogen werden müssen. Hat ein Chirurg nicht immer ein Team am OP-Tisch stehen? Oder weißt du mehr als wir? War Sachse ein Einzeltäter? Lass uns an deinem Wissen teilhaben!"

„Lambach! Du verrennst dich!"

„Ich wüsste auch gerne, ob irgendwo noch eine arme Kreatur in einem Netz hängt und leidet, während du die Akten schließt und deine Hände in den Schoß legst. Wie kannst du den Gedanken von Kathrin einfach so vom Tisch wischen? Er kann vielleicht ein Leben retten, vielleicht auch nur Leiden verkürzen – und du setzt dich hier hin mit deiner Arroganz und willst nur mal schnell eine Akte schließen! Ich will nicht für die anderen sprechen, aber ich bin nicht Polizist geworden, weil man hier so gut verdient und man sich das Leben schön einfach gestalten kann, indem man Akten schließt, sobald es möglich erscheint. Es kotzt mich an! Es geht hier nicht nur um den Fall Opinelli, den wir abschließen können. Wir haben auch immer noch einen Fall Sachse, in dem Riedmann der Täter ist. *Du* hast den Eltern nicht sagen müssen, dass ihre Tochter vergewaltigt und erwürgt wurde, dass sie von Krähen angefressen am Baggersee lag. *Du* hast den Vater nicht kennengelernt, der nun so etwas Schreckliches getan haben soll."

Lambachs Augen wurden glasig.

„Wo ist denn Riedmann, du Schlaumeier? Vergewaltigt und tötet er immer noch? Hängt er selbst irgendwo in einem Netz? Hat er ein eigenes Kellerverlies bei Sachse auf dem Grundstück?"

„Lambach!", unterbrach ihn Freddie Bolz. „Es reicht! Lass uns zehn Minuten Pause machen."

Bolz stand auf und klatschte in die Hände.

„Los, Kollegen, raus an die frische Luft!"

„Steiger, es ist wohl besser, wenn du für heute Feierabend machst", sagte er, als sie den Flur betraten.

„*Was* soll ich? Wieso? Das soll er mir selber sagen."

In diesem Moment tönte Lambach schon aus dem Besprechungszimmer: „Mach Feierabend, Steiger! Ich kann dich hier nicht brauchen!"

Steiger warf noch einen feindseligen Blick in die Runde und verschwand, ohne ein weiteres Wort zu sagen.

Nachdem alle wieder auf ihren Plätzen saßen und – dank Traudel – mit Kaffee versorgt waren, bat Lambach für seine Überreaktion um Entschuldigung.

„Ich werde es kurz machen: Kathrin, ich möchte über die Ermittlungen zum Fall Mortag auf dem Laufenden gehalten werden. Daniel", wandte er sich an Wollny, „du durchleuchtest Sachses Umfeld. Hat er noch weitere Familienangehörige? Ich will wissen, wo er eingekauft hat, wo er getankt hat, ob er in die Kneipe oder zum Fußball ging. Joggte er im Wald? Hatte er eine Freundin? Einfach alles."

Wollny notierte und steckte das Notizbuch in die Innentasche seiner Jacke. Dann wandte sich Lambach an Hansch. „Stefan, du findest heraus, wo Sachse diese Sondenkost herbekommen hat. Dass er sie aus dem Klinikum mitgenommen hat, ist das Naheliegendste. Allerdings besteht durchaus die Möglichkeit, dass er das Zeug irgendwo bestellt hat. Halte bitte mit Daniel und vor allem mit Freddie engen Kontakt. Mach dich bei Freddie schlau, ob er die Marke oder die Firma der Sondenkost herausfinden konnte. Ihr müsst Hand in Hand arbeiten. Alles klar?"

Hansch nahm kurz Blickkontakt zu Bolz auf und notierte sich einige Stichworte auf einem Zettel. „Alles klar, Lambach."

„Gibt es noch Fragen? Wir müssen herausfinden, ob die Sachse-Mahnke-Geschichte eine Eins-zu-eins-Geschichte ist, oder ob Sachse Mitwisser oder Komplizen hatte beziehungsweise Mahnke vielleicht nicht sein einziges Opfer war."

Nun wandte sich Lambach an Grams.

„Matthias, ich habe eine kleine Hausaufgabe für dich. Eigentlich für alle. Die Untersuchung der Brandstelle hat ergeben, dass das Bett stark ausgeglüht war. Allem Anschein nach handelt es sich bei dem Bett also um den Brandherd. Soweit wir wissen, war Sachse Nichtraucher und bis zur Adventszeit ist es noch eine Weile hin, sodass ich mir nicht erklären kann, wie das Bett Feuer fangen konnte. Wenn wir jetzt eins und eins zusammenzählen, dann haben wir es hier entweder mit einem Suizid oder aber mit einem Mord zu tun. Welchen Sinn ergibt ein Suizid? Welchen Sinn würde ein Mord ergeben? Ihr seht, der Opinelli-Fall ist nicht so einfach zu schließen. Ich danke euch."

Traudel blieb als Einzige im Besprechungsraum sitzen. Erst als die anderen im Treppenhaus verschwunden waren, meldete sie sich zu Wort: „Darf ich mal frei sprechen, Herr Lambach?"

Lambach ging um den Tisch herum und schob die Stühle ran.

„Ich bitte darum."

„Sind Sie sicher, dass Sie nicht mit der teilweisen Lösung leben können? Ich habe das Gefühl, dass Sie diese Sache mehr beschäftigt, als es Ihnen guttut."

„Sie haben recht: Diese Geschichte tut mir nicht gut. Dieser Fall, Max, Konsbruch ... Wie einfach wäre das Leben, wenn ich – wie Steiger – immer nur unter den nächsten Stein zu kriechen bräuchte, falls jemand mal einen hochnimmt. Ich bin aber nicht Steiger, ich kann nicht wegsehen. Ich muss hinschauen, es beschäftigt mich, es geht mir nahe." Lambach setzte sich wieder auf den Stuhl am Kopfende und sank regelrecht in sich zusammen.

„Wieso haben Sie nicht gesagt, dass Sie Doktor Sachse an dem Samstag nach dem Brand noch in Hamburg gesehen haben?"

„Es ist für die jetzigen Ermittlungen schlicht uninteressant, ob Sachse noch lebt oder verbrannt ist. Ich bin mir sicher, dass die Wahrheit ans Licht kommen wird, und dann ist es zweitrangig, ob ich ihn gesehen habe oder nicht. Fakt ist, dass es hier um einen weiteren Mord geht, wenn ich recht habe und die Brandleiche nicht Doktor Ulrich Sachse ist. Dann muss da jemand anderes verbrannt sein. Und auf diesen Mord sind die Kollegen durch das kleine Gedankenspiel als Hausaufgabe schon gut vorbereitet. Ich habe nicht mehr die Kraft, an der Front zu stehen. Sie müssen, gerade in diesem Fall, selber eins und eins zusammenzählen können, sonst habe ich ein Team von Zweiflern um mich herum. Das übersteigt meine Kräfte."

9. KAPITEL

Als Lambach seinen Wagen aufschloss, ließ er den Blick an der Fassade des Polizeipräsidiums entlangschweifen. Es fühlte sich wie ein Abschied an. So wie damals, als er nach seinem Abschluss die Landespolizeischule verließ.
Aber warum hatte er dieses Gefühl? Wünschte er sich, nicht mehr herkommen zu müssen? War er doch dienstmüder als gedacht, als er sich eingestehen wollte?
Lambach fuhr an den südlichen Rand von Göttingen und parkte an einem Feldweg. Er stieg aus, ging zügig den schlammigen Pfad entlang, seinen Blick fest auf den Boden geheftet. Der Wind wehte von Westen zu ihm herüber.
Nach hundert Metern fiel ihm auf, dass er seine Jacke vergessen hatte. Er blieb stehen und schaute ins Leinetal, atmete tief ein. Er spürte, wie sich seine Muskeln verkrampften. Es begann bereits dämmrig zu werden. Man konnte von hier aus die Pappeln sehen, deren Zweige sich am Ufer des Rosdorfer Baggersees im Wind wiegten. Er nahm noch einen tiefen Atemzug, schloss die Augen für wenige Sekunden und genoss den Wind, die Kälte und das Gefühl, am Leben zu sein. Als er zu frösteln begann, schlug Lambach den Kragen seines Hemdes hoch und ging genauso zügig, wie er gekommen war, zurück zum Auto, die Hände dabei in den Hosentaschen vergraben, die Schultern hochgezogen.
Am Wagen angekommen, klingelte sein Handy. Auf dem Display stand Carolas Nummer.
„Carola, schön, dass du anrufst! Was gibt's?"
„Hallo, Richard. Ich wollte fragen, ob du mich nachher abholst?"
Es traf ihn wie ein Faustschlag. Er hatte ganz vergessen, dass er mit Carola zum Essen im *Schillingshof* verabredet war.
Er malte mit dem Zeigefinger Sterne und Herzen in den Staub auf dem Autodach.
„Sicher. Wann soll ich da sein?"
„Och, ich denke, wenn du 'ne halbe Stunde vorher da bist, reicht das."

Wann waren sie verabredet gewesen? Lambach wusste es nicht mehr genau. Er wischte die Sterne und Herzen mit einer hektischen Bewegung weg. Intuitiv tippte er auf 20 Uhr.

„Ich bin um halb acht bei dir", sagte er zögerlich.

„Ich komme dann runter. Dachte schon, du hättest es vergessen."

„Quatsch! Bis später dann. Ich habe noch was zu erledigen."

Er legte auf und warf sein Handy auf den Beifahrersitz. Seine Knie zitterten, die Kälte kroch ihm regelrecht in die Knochen.

Zu Hause angekommen, drehte er die Heizung voll auf, bevor er sich aufs Sofa fallen ließ und von Stettens Nummer wählte. Vergebens. Wie er bereits vermutet hatte. Von Stetten schien abgetaucht zu sein.

Müdigkeit machte sich in Lambach breit, seine Augenlider wurden schwer. Nur ein paar Minuten, dachte er, während er den Wecker seines Handys stellte. Er fühlte sich auf einmal so unendlich schlapp. Mit letzter Kraft zog er die Wolldecke über sich.

„Spürst du deine Beine auch nicht mehr?", hörte Lambach von Stetten fragen und fühlte dessen Hand auf seiner Schulter.

Sofort schnellte er auf seinem Sofa hoch. „Max?"

Er lauschte in seine Wohnung hinein. Nur das Rauschen der Heizung und der Straßenlärm waren zu hören. Von Stettens Stimme war so deutlich, so realistisch, so laut gewesen. Er schaute auf die Uhr. Knapp zwanzig Minuten hatte er geschlafen. Er versuchte sich zu erinnern, ob er geträumt hatte.

„So eine Scheiße!", sagte er schließlich und schlug die Decke zurück. Pfeifend ging er ins Bad. Unter der Dusche genoss er das warme Wasser, ließ es über Nacken und Rücken laufen. Er schloss die Augen, versuchte, an nichts zu denken. Dennoch tauchten sofort die Bilder von Mahnke, seinem verstümmelten Torso, der gespaltenen Zunge und des misshandelten Gesichts vor ihm auf. Wie konnte jemand nur zu einer solchen Tat fähig sein? Und gab es Menschen, die eine derartige Behandlung verdienten?

Lambach stellte den Hebel der Armatur auf kalt. Der eisige Wasserstrahl raubte ihm den Atem. Aus dem Wohnzimmer hörte er den Weckton seines Handys. Er stieg aus der Dusche, schlang sich ein Handtuch um und ging hinüber, um den Alarm abzustellen. Dabei ertappte er sich, wie er den Raum nach von Stetten absuchte. Das war doch absurd! Lambach schüttelte den Kopf. Im Schlafzimmer setzte er sich auf die Bettkante und betrachtete sich im Spiegel. War er dabei, verrückt zu werden?

Was wäre, wenn er Doktor Ulrich Sachse doch nicht in Hamburg gesehen hätte? Vielleicht war es ja ein Doppelgänger? Sachse könnte tatsächlich zu diesem Menschen quälenden Monster mutiert und in seinem eigenen Haus verbrannt sein. Vielleicht war es einfach ein Kabelbrand, ein Unfall gewesen? Er könnte den Fall Opinelli abschließen und den Fall Sachse gäbe es quasi nicht. Er wäre raus, endgültig.

Obwohl Lambach die ganze Zeit sein Spiegelbild angestarrt hatte, nahm er sich in diesem Moment zum ersten Mal wahr: einen auf der Bettkante zusammengesunkenen Mann. Kleine Speckröllchen oberhalb des Handtuchs. Blasse Haut, eine fahle Gesichtsfarbe. Seine Schultern fielen kraftlos nach vorn.

Er zog den Bauch ein, setzte sich gerade hin, streckte die Brust raus. Seine Brustbehaarung war schon leicht ergraut.

Langsam ließ sich Lambach nach hinten fallen. „Nein, das alles kann kein Zufall sein", dachte Lambach laut. „Aber warum ist Mahnke in dem Keller gefangen gewesen? Mahnke ist ein Opfersubstitut, er hat nichts mit Sachses Tochter zu tun. Aber er muss was mit Riedmann zu tun gehabt haben. Scheiße!"

Lambach setzte sich auf. Da war er wieder: der Mann im Spiegel.

„War Mahnke Mittäter bei der kleinen Sachse?"

Er ging ins Wohnzimmer und schrieb auf einen Notizzettel: *Mahnke Mittäter?*

Ein Blick auf die Uhr, die Zeit drängte. Schnell rasierte er sich, zog sich an und machte sich auf den Weg zu Carola. Während der Fahrt sprangen Lambachs Gedanken zwischen der Taufe seines Enkels, den Erinnerungen an die schönen Tage mit seiner Ex-Frau und den Bildern von Mahnke hin und her. Alles verschmolz zu einer perversen Collage.

Endlich stand er vor Carolas Haus. Als sie herauskam, hatte Lambach gerade den Motor abgestellt. Das fahle Licht der Straßenlaterne ließ sie blass erscheinen, aber ihre Bewegungen waren schwungvoll und lebendig wie immer. Sie trug einen dunklen Rollkragenpullover mit einer silbernen Kette, den Mantel hatte sie über dem Arm. Ihre Brüste wippten bei jedem Schritt. Schnell stieg er aus, um ihr die Wagentür zu öffnen. Aber Carola war ihm schon zuvorgekommen. Sie lachte herzlich.

„Da musst du schon früher aufstehen, Richard."

Wortlos nahm er wieder auf dem Fahrersitz Platz. Carola lächelte immer noch, als sie im Wagen neben ihm saß.

„Ach, Mensch, nun sei doch nicht so griesgrämig! Machen wir uns einfach einen netten Abend, ohne Streit, ohne Mord und Totschlag. Ich habe Lust, Wein zu trinken."

„An mir soll es nicht liegen. Dann können wir auch in Ruhe besprechen, was wir Felix zur Taufe schenken und wie wir unsere Tochter bei der Feier unterstützen können."

Er war stolz, den Grund des Treffens nicht vergessen zu haben.

Carola rutschte in ihrem Sitz herum, sodass sie Lambach besser sehen konnte. Dann piekste sie ihm in die Seite. „Sag mal, muss sich Sheriff Lambach nicht anschnallen?"

Er griff nach ihrer Hand.

„Was soll denn das? Ich schnalle mich ja gleich an, wir sind doch noch gar nicht richtig losgefahren."

Carolas überschwängliche Stimmung irritierte ihn.

„Du bist aber heute gut drauf. Gibt's was Besonderes?"

„Vielleicht", antwortete sie, zwinkerte ihm zu und schaute geheimnisvoll aus dem Fenster.

Während der Fahrt nach Groß Schneen unterhielten sie sich über vergangene Zeiten, darüber, wann sie das erste Mal im *Schillingshof* aßen, die exzellente Küche und wie sich allgemein die Gastronomie in und um Göttingen in den letzten Jahren verändert hatte. Es war ein nettes, ruhiges Gespräch, in dem sie sich endlich mal wieder einig waren: Nur im *Schillingshof* konnte man noch wirklich gut essen gehen.

Um Viertel vor acht erreichten sie die Gaststätte. Nachdem sie das Restaurant betreten hatten, fiel Lambachs Blick unweigerlich auf den knielangen Rock und die schwarze Strumpfhose, die Carolas schlanke Beine betonte. Er fühlte sich geschmeichelt, mit einer so attraktiven Frau essen gehen zu dürfen. Ein Ober begrüßte die beiden zurückhaltend, aber freundlich.

„Einen schönen guten Abend. Sie hatten reserviert?"

„Auf den Namen Lambach", sagte Carola.

Der Ober wies ihnen einen ruhigen Tisch zu, brachte die Karte und kurz darauf den bestellten Wein. Carola hatte sich in der Zwischenzeit für den Fisch entschieden und Lambach nahm das Hüftsteak. Während sie auf das Essen warteten, sprachen sie über Antonia und die Taufe. Sie waren sich einig, dass sie nur eine Kleinigkeit schenken und stattdessen ein Sparbuch für den kleinen Felix anlegen wollten. Uneins waren sie sich hingegen darüber, ob Antonia und ihr Mann finanzielle Unterstützung zur Ausrichtung benötigten.

Lambach fixierte während der Unterhaltung unaufhörlich Carolas Mund. Jedes Mal, wenn sie einen Schluck Wein getrunken hatte, sah er kurz ihre Zungenspitze, mit der sie sich den letzten Tropfen von den Lippen leckte. Das Foto von Mahnkes zerschnittener Zunge tauchte vor ihm auf und er hatte die irrationale Angst, dass er zwischen Carolas Lippen irgendwann ebenfalls eine in Streifen geschnittene Zunge entdecken würde.

Ihm wurde heiß. „Langsam wirst du paranoid, Lambach", flüsterte er sich selbst zu.

„Sag mal, hörst du mir überhaupt zu?" Carolas Tonfall klang erbost.

„Wie? Na klar", log Lambach, wohl wissend, dass Carola ihm nicht glauben würde.

Mit den Worten „So? Was habe ich denn gerade gesagt?" versetzte sie ihm auch gleich den Todesstoß.

„Carola, wir wollten doch einen schönen Abend zusammen verbringen. Lass uns noch schnell klären, was Antonia für die Feier bekommen soll, und dann bestellen wir dir einen sündhaft teuren Nachtisch", versuchte Lambach zu beschwichtigen.

„Wir schauen eben nicht, wie viel Geld Antonia für die Feier bekommen soll! Das habe ich dir die letzten fünf Minuten auch versucht zu erklären. Ich sehe es überhaupt nicht ein, dafür Geld auszugeben. Und ich habe dir auch gerade gesagt, warum ich das nicht will. Aber du hörst mir wieder einmal nicht zu und bist mit deinen Gedanken ganz woanders. Ich wette, es geht um die Arbeit. Wie früher auch immer."

Lambach blickte sich um. Warum musste ihm Carola in aller Öffentlichkeit eine solche Szene machen?

„Es tut mir leid. Ja, ich war gerade kurz unaufmerksam, ich gebe es zu. Es ist die Mahnke-Sache. Es beschäftigt mich ganz schön. Auch, dass ich von Stetten nicht erreiche. Mir geht's nicht gut. Ich habe manchmal Angst, dass ich durchdrehe." Die letzten Sätze hatte Lambach mit gesenkter Stimme gesprochen.

„Hör auf, immer die Arbeit vorzuschieben! Das war damals schon so und es ist immer noch so. Kannst du nicht mal für ein paar Stunden die Arbeit vergessen? Du hast nicht nur mich mit deiner Arbeit vergrault, du hast damit auch dafür gesorgt, dass deine Tochter die letzten Jahre ohne Vater aufwachsen musste. Und jetzt? Wir sitzen hier und reden über deinen dir doch so wichtigen Enkel, und du kannst nicht mal für zwei Stunden bei der Sache bleiben. Du hast dir doch gerade erst eine Auszeit genommen. Wozu warst du bei Svend? Du erzählst mir immer, die Arbeit täte dir nicht mehr gut, dass du darunter leidest. Aber was tust du dagegen? Nichts. Im Gegenteil, ich höre immer nur Arbeit, Arbeit, Arbeit."

Sie war wütend und Lambach wusste, dass sie in Teilen sogar das Recht dazu hatte.

„Es tut mir leid, wirklich. Ich habe mich auf den Abend gefreut. Du siehst gut aus, der Wein ist gut und ich glaube, das Essen wird auch wieder sehr lecker sein. Aber es ist ein schwieriger und sehr hässlicher Fall. Eigentlich sind es mehrere Fälle. Es geht drunter und drüber. Ich träume wieder schlecht. Das war in Dänemark fast weg."

„Und warum schaltest du nicht mal ab?"

„Weil es mich verfolgt. Ich habe die Fotos von Mahnke gesehen. Das geht mir nicht mehr aus dem Kopf. Ich muss immer wieder an von Stetten denken. Wie es ihm wohl geht?"

„Ich sehe auch schlimme Sachen, aber damit muss man einfach lernen umzugehen. Du bist doch kein Anfänger. Du bist bald im Ruhestand, und Max wird es auch irgendwie verkraften. Denk an Svend und eure Reisen."

Carola beruhigte sich. Lambach sah, wie sie ihre kleine Hand auf die seine legte, einen Schluck Wein nahm und sich automatisch mit der Zunge über die Lippen fuhr.

„Muss das sein?", fragte er und drehte das Gesicht zur Seite.

Carola zog ihre Hand zurück.

„Was meinst du?"

„Dass du dir nach jedem Schluck mit der Zunge über die Lippen fährst."

Carola hob die Augenbrauen.

„Falls du Angst haben solltest, dass ich dich verführen will, da kann ich dich beruhigen."

„Nein, es ist ..."

„Ich höre", unterbrach ihn Carola.

„Es ist ...", setzte Lambach neu an.

„Es ist *was*?"

„Die Zunge von Mahnke war in Streifen geschnitten."

„Du bist doch krank!", empörte sich Carola. „Jetzt darf ich mir nicht mehr über die Lippen lecken, weil du ein paar Fotos gesehen hast."

„Ich bin krank? Vielleicht bin ich ja noch der Gesündere von uns beiden. Ich frühstücke nicht zwischen verstümmelten, aufgeschnittenen oder verbrannten Leichen. Ich bin nicht so abgestumpft und mich beschäftigt es noch, wenn es meinem Kollegen nicht gut geht. Das ist dir ja alles scheißegal. Hauptsache, du kannst deinen Wein trinken, hast einen schönen Abend und alle hören dir zu."

Carolas Stimme war kalt, als sie antwortete: „Vielleicht würde es dir ja besser gehen, wenn du nicht immer alles so nah an dich heranlassen würdest. Dir ist alles und jeder wichtiger, als deine Familie es jemals war. Überall musstest du deine Nase reinstecken, nie konntest du mal eine Sache ruhen lassen, abwarten, mal Fünfe gerade sein lassen. Für dich gab es immer nur Dienst – Schnaps gab es nie. Heute bist du immer noch so besessen wie damals. Und was hast du davon? Nichts! Unsere Familie hast du kaputt gemacht und auf der Arbeit lachen sie dich aus."

Sie nahm einen Schluck Wein und leckte sich demonstrativ über die Lippen.

„Ach ja? Lachst du mich auch aus? Dann war es wohl eine gute Entscheidung, dass wir getrennte Wege gehen."

„Entschuldigen Sie, darf ich Ihnen vielleicht noch etwas zu trinken bringen?"

Der Ober stand hinter Lambach und deutete auf sein leeres Glas.

„Bringen Sie mir bitte ein Pils."

Lambach lächelte den anderen Gästen verlegen zu.

„Mir ist der Appetit vergangen. Das hier geht auf deine Rechnung, Richard."

Carola stand auf, griff nach ihrem Mantel und verließ wortlos das Restaurant.

Lambach blieb zurück, biss sich einmal mehr kleine Hautfetzen von der Innenseite seiner Wange und strich mechanisch über eine Falte in der Tischdecke. Irgendwann stand er auf, ging zur Theke, bezahlte das noch nicht erhaltene Essen, trank sein Bier in einem Zug aus und verließ das Gasthaus ebenfalls.

Im Auto ließ er die letzten zehn Minuten noch einmal an sich vorüberziehen. Wie bezeichnend sie doch für sein Leben waren.

Es dauerte eine Weile, bis die Heizung des Volvos die beschlagenen Scheiben freibekam.

Lambach machte einen Umweg, fuhr über die Dörfer. Mit dieser Strecke verband er viele Erinnerungen an bessere, schon längst vergangene Tage. Gemeinsam mit Carola. Wie war sie eigentlich nach Hause gekommen? Ein Taxi hatte sie sich im Restaurant nicht gerufen. Er hätte ihr nachlaufen sollen, wenigstens, um dafür zu sorgen, dass sie sicher nach Hause kam. Er beschloss, bei Elvira noch schnell eine Flasche Bordeaux zu holen.

Die Ruhe auf der Rheinhäuser Landstraße und die kühle Nachtluft taten Lambach gut, als er gegen zwei Uhr aus dem *Le Bistro* kam. Sein Gang war unsicher, er hatte zu viel getrunken. Aber wer sollte ihm das verübeln nach so einem Abend? Unter dem Arm trug er zwei weitere Flaschen Rotwein. Er überlegte kurz, ob er mit dem Auto fahren sollte, verwarf den Gedanken jedoch wieder. Lambach schlug den Kragen seiner Jacke hoch und machte sich auf den Heimweg. Er sah sich selbst die Straße hinuntergehen: einen Mann mit zwei Flaschen Rotwein unter dem Arm, der angetrunken nach Hause torkelte. In diesem Moment verachtete er sich selbst. Er hatte keine Frau, zu der er hätte gehen können, nicht einmal einen Freund, der ihm zuhörte. Von Stetten war ein Kollege und ein Vertrauter für ihn gewesen. Doch nicht einmal er war für ihn da. Niemanden kümmerte es, wie es ihm ging. Würde es überhaupt jemanden interessieren, wenn er jetzt tot umfiele?

Ein lautes Klirren holte ihn aus seinem Selbstmitleid. Er hatte eine der Rotweinflaschen fallen lassen. Lambach sah sich um, aber niemand war zu sehen. Mit dem Fuß schob er vorsichtig die Scherben an den Gehwegrand.

Nun umschloss er den Hals der zweiten Flasche mit festem Griff und ging zügig die letzten Meter bis zu seiner Wohnung in der Riemannstraße. Wie sehr wünschte er sich, dass jemand auf ihn warten und ihn fragen würde, wo er erst jetzt herkäme. Doch in seiner Wohnung brannte kein Licht.

10. KAPITEL

Es dämmerte, als Lambach auf seinem Sofa erwachte. Alles drehte sich. Der Rücken tat ihm weh. Die Rotweinflasche stand leer auf dem Couchtisch, vor dem Sofa lagen seine Schuhe und die Hose. Er erhob sich stöhnend, stellte die leere Flasche in die Küche, warf Schuhe und Hose in die Dusche und legte sich ins Bett.

Sein Schlaf war unruhig.

Im Traum sah er sich eine Kellertreppe hinuntergehen, deren Stufen unterschiedlich hoch waren. Schwere, durchsichtige PVC-Streifen hingen von der Decke und verzerrten die Sicht. Als er am Ende der Treppe angekommen war, ließ ihn die Atmosphäre erschaudern. Er durchquerte ein Abteil nach dem nächsten, alle waren mit Streifenvorhängen aus PVC abgetrennt. Einmal glaubte er, sich in einem riesigen Kühlhaus zu befinden, dann wiederum in einem Operationssaal. Das nächste Abteil konnte er nur erahnen. Alles, was er in diesem Raum sah, war sauber, fast schon steril, wies aber deutliche Gebrauchsspuren auf. Die nächsten Abteile glichen einander. Sie waren bis unter die Decke gefliest und hell erleuchtet. Lambach versuchte sich in diesem Labyrinth zu orientieren. Immer weiter drang er in den Keller vor. Ganz leise war Musik zu hören. *„Wenn Finsternis den klaren Blick verhüllt, kein Sinn mehr eine Sehnsucht stillt, ruf ich mir herbei den einen Traum"*, sang jemand.

Lambach schreckte auf. Die Musik kam aus dem Radiowecker. Er atmete erleichtert auf und drückte den Aus-Schalter. Er hatte das Gefühl, wieder klar denken zu können. Was wäre, wenn Sachse nicht nur Mahnke in dem Keller gefangen gehalten hätte. Was, wenn es noch mehr Verliese auf dem Gelände gäbe? Dann gäbe es vielleicht gar keinen direkten Zusammenhang zwischen Sachse und Mahnke, sondern Mahnke war nur einer von vielen?

Er erschrak über seine eigenen Gedanken. Lambach wollte gar nicht daran denken, was sich da in seiner Fantasie auftat. Er griff nach dem Telefon und wählte die Nummer von Manfred Bolz.

„Bolz! Mit wem spreche ich?" Er klang genervt.

„Freddie, ich bin's, Lambach. Ich brauche deine Hilfe. Hast du Zeit?"

„Mann, Lambach, das ist jetzt ganz ungünstig. Ich habe heute Urlaub und will nachher ins Autohaus."

„Hattest du einen Unfall?"

„Ich will mir einen neuen Wagen kaufen. Schon vergessen?"

„Ach ja, ich erinnere mich. Wie lange dauert das denn? Ich brauche deine Unterstützung."

„Was ist denn so dringend, dass es nicht bis morgen Zeit hat?"

„Wir müssen uns zusammen noch mal dieses Gut ansehen. Du weißt schon, Appenrode."

„Das ist doch alles schon passiert. Wir haben etliche Spuren sichern können, aber die müssen wir erst abarbeiten und auswerten. Konsbruch hat meinen vorläufigen Bericht längst erhalten."

„Ja, ich weiß. Unabhängig davon müssen wir noch einmal rausfahren. Ich habe kein gutes Gefühl bei der Sache. Ich weiß zwar noch nicht, was es ist, aber ich bin mir sicher, da ist mehr, als man auf den ersten Blick sieht."

„Nun hör aber auf! Ich hatte meine besten Leute mit da draußen. Wir haben nichts übersehen."

„Das will ich damit ja auch nicht sagen. Aber wie heißt es so schön: *Das Ganze ist mehr als die Summe seiner Teile.* Irgendetwas stimmt da nicht."

„Du raubst mir den letzten Nerv. Also gut, wann und wo?"

„Kannst du mich abholen? Ich ... Es ist gestern ziemlich spät geworden."

„Verstehe." Bolz seufzte. „In einer Dreiviertelstunde bin ich da. Sei fertig, ja?"

„Ja, kein Problem."

Als Bolz in die Riemannstraße einbog, wartete Lambach bereits vor der Tür. Die letzte Nacht war ihm noch deutlich anzusehen.

In einem Waldstück, kurz vor der kleinen Ortschaft Bremke, bogen sie ab. Die Straßen wurden immer schmaler und boten gerade noch Platz für ein Fahrzeug. Nach ungefähr einem Kilometer kam ihnen ein Geländewagen entgegen und Bolz musste den Wagen zurücksetzen. Die Befürchtung, dass sie sich festfahren würden, stand ihm ins Gesicht geschrieben. Sträucher und Äste kratzten am Auto, als sie rückwärtsfuhren. Bolz stöhnte.

„Halb so wild", sagte Lambach. „Den fährt eh bald ein anderer."

Sein Kollege sparte sich die Antwort.

Nach drei weiteren Kilometern erreichten sie den heruntergebrannten Gutshof. Sie stiegen aus und Bolz gab Lambach ein paar Schuhüberzieher aus Folie.

„Ich möchte den Kellerraum sehen."

„Viel mehr ist von dem Hof auch nicht übrig", entgegnete Bolz.

Die Asche hatte sich mit dem Löschwasser vermischt und bildete eine graue schlammige Masse. Sie stiegen über die Trümmer des Gehöfts, verkohlte Balken und Reste von eingestürztem Mauerwerk. Der Brandgeruch lag noch immer in der Luft.

Nachdem sie den ehemaligen Kellereingang erreicht hatten, schalteten sie die Taschenlampen ein, stiegen die noch intakte Treppe hinab und fanden sich vor einer etwa sechzig Zentimeter starken Betontür wieder. Bolz betrat den Raum zuerst, Lambach folgte ihm. „Die Tür wurde später eingebaut", begann Bolz mit seinen Ausführungen. „Siehst du die Scharniere? Das sind Spezialanfertigungen. Jede normale Vorrichtung hätte dem enormen Gewicht dieser Konstruktion nicht standhalten können. Auch die Verriegelung ist sehr durchdacht. Das in Stahlbeton eingelassene Drehkreuz bewegt vier Sicherungsbolzen in die Aufnahmen, die ins Mauerwerk eingelassen sind. Nach der Verriegelung ist das Öffnen von innen unmöglich. Wir nehmen an, dass die Tür hier vor Ort gegossen wurde; man hätte sie sonst mithilfe eines mobilen Hubwerkzeugs transportieren müssen. Dafür war aber hier unten kein Platz. Wie du siehst, ist der Raum, abgesehen von der Decke, vollständig gefliest. Alles Kacheln aus den späten 80er Jahren. Entweder wurde er schon damals hergerichtet oder es wurden Restbestände aufgebraucht."

Lambach folgte schweigend Bolz' Worten.

„Zwei Wasseranschlüsse hat es hier anscheinend schon zuvor gegeben, die Rohre sind aus Blei und nicht aus Kupfer, wie heutzutage üblich. Alle Öffnungen, Mauerfugen oder Ähnliches, wurden mit Silikon und Bitumen-Isolieranstrich abgedichtet und versiegeln diesen Raum gegen eindringende und austretende Dämpfe. Sprich: Nichts konnte nach außen dringen. Übrigens ein Grund dafür, dass kein Rauch in diesen Raum gelangte", fuhr Bolz fort und richtete seinen Handstrahler auf die gegenüberliegende Wand. „Die Belüftung fand durch zwei extra verlegte Rohre statt, die ungefähr fünfzehn Meter von den Grundmauern entfernt auf einer Wiese ins Freie führen."

„Mal langsam, Freddie! Soll das heißen, dieses Verlies wurde schon in den 80er Jahren angelegt?"

„Das habe ich nicht gesagt. Ich habe lediglich darauf hingewiesen, dass die Fliesen aus dieser Zeit stammen."

„Und wieso liegt ringsum alles in Schutt und Asche, nur dieser Raum nicht?"

„Ganz einfach: Er wurde feuerfest angelegt beziehungsweise umgebaut. Der- oder diejenigen haben dabei nicht nur an alles gedacht, sondern auch extrem viel Aufwand betrieben. So etwas schafft kein Mensch in ein paar Wochen. Das hat Zeit gekostet."

Lambach nickte.

„Der Gutshof stammt aus dem späten 18. Jahrhundert und wurde mit den Materialien gebaut, die für diese Region und für die Zeit typisch sind. Also, Fachwerk in Verbindung mit der guten alten Lehmbauweise. Einige Fachwerke scheinen im Laufe der Jahre marode geworden zu sein. Sie wurden ersetzt und mit Backsteinen ausgemauert. Im südlichen Teil des Hofes ist das deutlich zu erkennen. Beton wurde, abgesehen von einer Treppe vor dem Gesindehaus, so gut wie gar nicht verwendet."

„Und hier unten, wie sieht es da aus?", fragte Lambach.

„Hier sind Unmengen an Beton reingeflossen. Und nicht nur das. Wir haben da vorne die Wandverkleidung entfernt, um zu sehen, was sich dahinter verbirgt. Der Raum ist hinter den sichtbaren Wänden zusätzlich mit einem Schallschutz verkleidet. Sehr aufwendig, sehr professionell gemacht."

Lambach ging langsam durch den Raum. „Das wird ja immer verrückter. Wie kam es überhaupt zu dem Brand?"

„So wie es aussieht, war es ein Kabelbrand", erwiderte Bolz.

„Und der Mann in dem Bett ist nicht davon aufgewacht? Kohlenmonoxidvergiftung und anschließend verbrannt?"

„Sieht so aus. Passiert immer wieder. Eine vergessene Kerze oder eine Kippe im Bett sind die Klassiker."

Lambach blieb abrupt stehen und sah Bolz an. „Was ist von der Brandleiche übrig? Konsbruch hat mir erzählt, dass eine DNA-Analyse noch möglich wäre."

„Zahnstatus müsste auch noch gehen. Ich bin dabei, die entsprechenden Unterlagen und Asservate zu besorgen."

Lambachs Blick fiel auf einen Herd und eine Kühltruhe, die am Ende des Raumes standen.

„Was war in der Truhe?", fragte er Bolz, ohne seinen Blick davon abzuwenden.

„Die war fast leer. Nur zwei Gefrierbeutel mit genau fünfhundert Gramm Püriertem, wahrscheinlich Nahrung für Mahnke."

„Und der Herd?"

„Funktioniert. Diente wohl der Zubereitung des Tiefgefrorenen."

„Wie lange werdet ihr brauchen, bis ihr genau wisst, was in den Beuteln ist?"

„Wir sind dran. Meine Leute arbeiten auf Hochtouren."

Die beiden schritten durch einen Lamellenvorhang aus schwerem durchsichtigen PVC, der den vorderen Teil des Raumes vom hinteren trennte. Der hintere Teil war bedeutend größer. Alles war wie im Bericht beschrieben und wich dennoch von Lambachs Vorstellungen ab. Der Schein der Taschenlampen traf auf die grünen Wandfliesen und tauchte die Umgebung in ein unbehagliches Licht. Lambach betrachtete das Verlies. Sein Blick wanderte von einer Wand zur anderen, von einem Gegenstand zum nächsten. Sein Handstrahler erhellte einen Stahltisch, der etwas abseits stand.

„Was ist das denn?", wandte er sich an Bolz.

„Ich würde mal sagen: höhenverstellbarer Seziertisch der Firma MAQUET, 1968er Baujahr, Ausführung Edelstahl 1.4301."

„Woher weißt du das?" Lambach stutzte.

„Steht auf dem Schild am Säulenfuß", entgegnete Bolz.

„Sehr witzig, Freddie! Das ist jetzt wirklich nicht der richtige Ort für Späße!"

Lambach sah sich weiter um. Ein Hochdruckreiniger stand vor einem Wasseranschluss, gleich daneben steckten zwei Hochdrucklanzen in einer Wandhalterung. Lambach nahm eine davon in die Hand und betrachtete sie ausgiebig.

„Alles bis ins Kleinste geplant", murmelte er.

„Das kann man wohl sagen", bestätigte Bolz. „Der oder die Täter haben an alles gedacht. In der Nische da hinten steht sogar ein Notstromaggregat. Der Raum ist im Bedarfsfall völlig unabhängig vom Hausstromnetz."

Er zeigte auf einen etwa vierzig mal vierzig Zentimeter großen Abfluss in der Mitte des Raums.

„An dieser Stelle stand früher der Seziertisch."

„Wie kommst du darauf?", fragte Lambach.

„Die Schraubenaufnahmen am Säulenfuß und die Bohrungen im Beton sind kompatibel. Kein Zweifel, der Tisch stand früher einmal genau an dieser Stelle."

„Und wozu das Ganze?"

„Üblicherweise hat jeder Seziertisch einen integrierten Ablauf. Das vereinfacht das Reinigen und ist auch während der Sektion sinnvoll. Du hast deine Waschmaschine zu Hause ja wahrscheinlich auch in der Nähe des Ablaufrohrs aufgestellt und nicht am anderen Ende des Raums. Später wurde der Tisch dann versetzt. Vielleicht wurde er nicht mehr benötigt."

Bolz zog die Schultern hoch.

„Was weiß ich, was in Sachses krankem Hirn so vor sich ging. Auf jeden Fall stand der Seziertisch früher nicht dahinten, sondern genau über dem Gully. Das ist sicher. Die Bohrlöcher wurden im Nachhinein provisorisch mit Silikon verschlossen."

„Ist das der Haken, an dem das Netz hing?" Lambach deutete auf die Decke oberhalb des Gullydeckels.

„Ja, so stabil, dass du einen Ochsen dranhängen könntest."

„Ich frage mich, wozu die Sprühpistole benutzt wurde, die da neben den Hochdrucklanzen hängt", sagte Lambach.

Bolz starrte ihn an. „Du meinst doch nicht, dass Mahnke mit dem Dampfstrahler ...?"

„Ich befürchte es", entgegnete Lambach. „Ich sehe hier zumindest keine Badewanne oder Ähnliches."

„Das ist doch alles total krank!", erwiderte Bolz. „Wie kann man so was machen?"

„Natürlich ist es krank. Aber damit ist es nicht getan. Hier passt eins nicht zum anderen. Sachse hat mit Mahnke nicht das Geringste zu tun gehabt. Nach meinem Wissensstand kannten sich die beiden nicht einmal. Und ich sag dir noch was, Freddie: Spätestens, wenn der Abgleich der DNA und des Zahnstatus aus der Rechtsmedizin da sind, wird hier 'ne Bombe platzen."

Bolz sah Lambach an und zog die Augenbrauen hoch.

„Was meinst du?"

„Ich meine, dass der Tote in dem Bett nicht Doktor Sachse ist."

Bolz runzelte die Stirn.

„Und wie kommst du darauf, wenn ich fragen darf?"

„Ganz einfach: Ich habe ihn am vergangenen Samstag noch gesehen."

„Sachse?" Bolz sah Lambach entgeistert an.

„Du hast richtig gehört. Letzten Samstag stand unser Doktor Sachse mit einem Mietwagen von *Sixt* eine halbe Wagenlänge hinter mir auf einer Kreuzung in Hamburg."

„Sag mal, Lambach, spinnst du jetzt?"

„Nein, Freddie, es ist, wie ich es sage. Und die Ergebnisse der Rechtsmedizin werden es beweisen. Wart's ab!"

„Na, da bin ich aber gespannt", entgegnete Bolz ungläubig.

Lambach ging in die Mitte des Raums und betrachtete den Gully.

„Habt ihr den auseinandergenommen?"

„Selbstverständlich. Was denkst du denn von uns?"

„War ja nur 'ne Frage. Ich möchte wissen, was ihr in dem Abfluss gefunden habt. Könnt ihr das analysieren?"

„Wir sind dabei", antwortete Bolz.

„Das ist gut. Wie lange?"

„Wie lange wir dafür brauchen?"

„Nur ungefähr."

„Wenn's wichtig für dich ist, werde ich Druck im Labor machen."

„Danke", sagte Lambach. „Habt ihr eigentlich die amputierten Extremitäten gefunden?"

„Nein. Wir haben das ganze Gehöft abgesucht. Keine Spur. Allerdings hat das Anwesen fünfzehntausend Quadratmeter. Die haben wir natürlich nicht umgegraben. Das wäre ohnehin unsinnig. Die Wildschweine hätten nicht viel von dem Fleisch übrig gelassen."

Lambach überlegte.

„Aber die Knochen, die müsste es noch geben."

„Das ist nicht dein Ernst, Lambach! Du erwartest doch nicht, dass wir hier anderthalb Hektar Land aufreißen?"

„Das nicht, aber ich will wissen, ob sich noch Leichenteile auf dem Grundstück befinden. Vielleicht ist Mahnke nicht der Einzige, der hier zeitweise gewohnt hat."

Die ersten zehn Minuten der Rückfahrt schwiegen sie. Bolz fuhr einen anderen Weg, der quer durch den Wald verlief. Lambach erinnerte sich an diese Strecke, hier hatte er vor Jahren mal einen Christbaum besorgt. Er dachte an das Weihnachtsfest mit Carola und Antonia. Bilder tauchten in seiner Erinnerung auf, wie er mit einer Bügelsäge in der Hand durch den Schnee gestapft war, dicht gefolgt von Carola. Gemeinsam mit Antonia hatte sie den Baum ausgesucht. Lambach ahnte damals nicht, dass es das letzte Weihnachtsfest sein sollte, das sie gemeinsam verbrachten.

„Hast du den Kugellautsprecher unter der Decke gesehen?", fragte Bolz plötzlich.

„Ja", antwortete Lambach knapp.

„Der war an einen CD-Player und einen Verstärker im vorderen

Teil des Raumes angeschlossen. Ich frage mich, welchen Sinn das hatte?"

„War eine CD drin?"

„Ja, mit zwölf klassischen Arien. Alle für Frauen. Wechselnde Sängerinnen, wechselnde Komponisten. Der Lautstärkeregler des Verstärkers stand auf Anschlag. Ist doch verrückt, oder? Man sperrt doch niemanden in einen Keller und spielt ihm dann klassische Musik vor."

„Ja", entgegnete Lambach nachdenklich. „Das ist verrückt. Mach dich bitte schlau, was es mit dieser CD auf sich hat. Sie muss eine Bedeutung haben."

Um Viertel vor zwölf erreichten sie die Riemannstraße und Lambach war froh, dass Bolz das Angebot eines Kaffees in seiner Wohnung abgelehnt hatte. Er fühlte sich müde und die vergangene Nacht steckte ihm noch immer in den Knochen.

Als er im Flur seine Schuhe auszog, bemerkte er, dass sie – trotz der Plastiküberzieher – voller Dreckspritzer waren. Sein rechter Strumpf hatte ein Loch, sodass man den großen Zeh sehen konnte, und er beschloss, sich im Laufe des Tages einige Paar neuer Strümpfe zu kaufen. Er dachte an das bevorstehende Konzert am Abend und überlegte kurz, ob er Traudel daran erinnern sollte, seinen Anzug aus der Reinigung abzuholen. Traudel kannte ihn lange genug, sie würde schon daran denken.

Als er sich aufs Sofa setzte, spürte er die Müdigkeit.

11. KAPITEL

Die Wanduhr zeigte halb drei. Lambach hatte über zwei Stunden geschlafen. Er stand auf und ging ins Bad, um sich frisch zu machen.

Das kalte Wasser in seinem Gesicht holte ihn in die Realität zurück. Beim Blick in den Spiegel bemerkte er, dass er an den Schläfen langsam grau wurde. Bisher war ihm das noch nicht aufgefallen. Vielleicht hatte er auch nie darauf geachtet. Seit einiger Zeit machte ihm allerdings das Alter immer mehr zu schaffen. Er hatte erste Pigmentflecken auf seinen Handrücken entdeckt und auch immer tiefer werdende Falten unter den Augen.

„Der Lack ist ab", sagte er zu seinem Spiegelbild.

Eine Birne des Spiegelschranks flackerte. Lambach ging in die Küche und machte sich eine Notiz: *„Anzug, Strümpfe, Glühbirnen, Arien".*

Um 15 Uhr verließ er die Wohnung.

Es hatte angefangen zu regnen. Der Wind kam jetzt aus Nordost und brachte die Kälte mit.

Wir werden dieses Jahr einen frühen Winter bekommen, dachte Lambach und fuhr Richtung Präsidium.

Schon auf dem Flur sah Lambach, dass die Tür seines Dienstzimmers einen Spalt offen war. Traudel stand mit dem Rücken zu ihm im Büro und bearbeitete seinen dunklen Anzug mit einer Fusselbürste. Er hatte sich nicht getäuscht, wie selbstverständlich hatte sie seine Sachen aus der Reinigung geholt. Traudel summte leise vor sich hin, bis sie sein Eintreten bemerkte.

„So, das hätten wir", sagte sie und verstaute die Bürste in ihrer Handtasche. Offenbar kam sie direkt aus der Stadt, denn sie trug noch ihren Mantel und ihr Schirm lag auf Lambachs Schreibtisch.

„Ich wusste, auf Sie ist Verlass. Schön, dass Sie daran gedacht haben."

„Oh, ich bitte Sie, Herr Lambach. Ich musste sowieso in die Stadt. Wollny hat doch nächste Woche Geburtstag, da habe ich eine Geburtstagskarte besorgt. Morgen hole ich noch eine kleine Aufmerksamkeit. Sie können sich auch beteiligen."

„Wollny hat Geburtstag? Davon wusste ich nichts. Natürlich beteilige ich mich. Wie viel gibt denn jeder?"

„Ich dachte so an zehn Mark pro Person. Dafür sollte man schon einen anständigen Blumenstrauß bekommen."

„Ja, sicher. Sie werden schon etwas Nettes finden. Wie wäre es mit einem Buch über Motorräder anstatt der Blumen? Er will sich nächstes Jahr ein Motorrad kaufen, hat er mir erzählt."

„Das ist mir neu", antwortete Traudel erstaunt. „Ich weiß nur, dass er sich momentan sehr für Blumen interessiert, denn er hat seit längerer Zeit einige Bienenvölker und produziert in seiner Freizeit Honig. Das hat er *mir* erzählt."

„Wenn er nichts Besseres zu tun hat ..."

„Jeder Mensch braucht seinen Ausgleich. Übrigens – mit Blumen macht man nie etwas falsch. Ich muss dann ..."

„Vergessen Sie Ihren Schirm nicht", murmelte er leise, nachdem sie das Zimmer längst verlassen hatte.

„Honig? Wollny macht Honig? Warum weiß Traudel das und ich nicht? Bin ich so ein schlechter Kollege, dass ich mich für niemanden mehr interessiere?"

Er dachte an von Stetten. Daran, wie dessen Freundin ihn eiskalt und verbittert vor der Haustür hatte stehen lassen. Er überlegte, zum Telefon zu greifen, verwarf den Gedanken jedoch wieder. Sein Anzug fiel ihm ins Auge. Eigentlich hatte er nicht die geringste Lust auf den bevorstehenden Konzertbesuch am Abend. Allerdings hatte ihm Antonia die Konzertkarte zu seinem 58. Geburtstag geschenkt; es war also unmöglich, nicht hinzugehen. Sie würde ihn fragen, ob ihm das Konzert gefallen hätte, und er würde es nicht übers Herz bringen, sie anzulügen. Traudels Worte schossen ihm durch den Kopf: *„Jeder Mensch braucht seinen Ausgleich."*

Mit einem frischen Kaffee setzte er sich an den Schreibtisch und studierte die Opinelli-Akte. Wie schon zahlreiche Male zuvor blätterte er die Seiten durch.

„Das weiß ich alles, das hilft mir nicht. Aber irgendwo muss doch die Verbindung zu finden sein!"

Plötzlich stockte Lambach. Da war er – der rote Faden, nach dem er so fieberhaft gesucht hatte! Es lag alles klar vor ihm, er hatte es schlichtweg überlesen, die Zusammenhänge nicht erkannt.

Seine Hände wurden schweißnass, in seinem Kopf überschlugen sich die Gedanken. Wie bei einem Puzzle fügten sich plötzlich die Teile zusammen. Jetzt sah er alles ganz klar vor sich.

„Ein feuerfest gebautes Verlies", wiederholte er laut. „Das Feuer war kein Zufall. Alles war schon geplant, als das Verlies gebaut wurde. Mahnke sollte überleben. Er sollte gefunden werden. So muss es gewesen sein. So und nicht anders. Das Datum, wo ist das verdammte Datum?"

Rasend schnell durchsuchte er die Akte, schlug schließlich mit der flachen Hand auf den Tisch, sodass die Kaffeetasse wackelte. „Ich hab's gewusst! 29. Oktober 1991."

Wieder und wieder las er das Datum, als würden sich daraus noch mehr Zusammenhänge ergeben.

„Wie konnte ich das nur übersehen?", fragte er sich und schlug sich mit der Hand vor die Stirn. „Mahnke sollte genau in dieser Nacht gefunden werden. Der Tag des Feuers stand bereits beim Bau des Kerkers fest."

Auf seiner Schreibtischunterlage notierte er: *„Todestag Maria Opinelli: 29. Oktober 1991. Befreiungstag Udo Mahnke: 29. Oktober 1998."*

Lambach überkam das starke Bedürfnis, Konsbruch von seiner Entdeckung in Kenntnis zu setzen. Nach kurzer Überlegung entschied er sich jedoch dagegen. Zu viele Fragen waren noch offen. Welche Verbindung gab es zwischen Sachse und Mahnke? Warum hatte Sachse sich nicht den Mörder seiner Tochter, Thorsten Riedmann, geholt? Welche Verbindung gab es zwischen den beiden Fällen? Abgesehen davon, dass Doktor Sachse der Vater eines Opfers und Mahnke der Täter in einem anderen Mordfall war.

Lambachs Euphorie schlug innerhalb von Sekunden um. Konnte es ein Zufall sein, dass der Todestag von Maria Opinelli und der Befreiungstag von Udo Mahnke identisch waren?

„Ich muss versuchen, alles nüchtern und objektiv zu sehen."

Sein früherer Dienststellenleiter, Heinrich Coordes, hatte Lambach einige der wichtigsten Lektionen seiner Karriere erteilt, darunter eine, die er auch heute noch für grundlegend hielt: *Man darf niemals etwas nur aus einem Blickwinkel betrachten. Objektivität und Ausgewogenheit sind das A und O.* Immer und immer wieder hatte Coordes ihm dies im Laufe ihrer Zusammenarbeit gepredigt.

Eine andere Sichtweise, ein anderer Blickwinkel, überlegte Lambach. Ich weiß, was ich weiß. Ich habe Sachse in Hamburg gesehen.

Das Klingeln des Telefons riss ihn aus seinen Gedanken.

„Herr Lambach, ich hoffe, ich störe nicht. Ich wollte Sie nur bitten, die Karte für Wollny noch zu unterschreiben, bevor Sie gehen. Alle anderen haben schon."

„Sie stören nie, Traudel", entgegnete Lambach. „Ich schaue gleich noch mal rein."

Lambach schob die Opinelli-Akte beiseite, zog seine Jacke an und legte sich den Anzug über den Arm. Sein Blick fiel auf Traudels Schirm, der noch immer auf seinem Schreibtisch lag. Er nahm ihn an sich und ging auf direktem Weg in ihr Zimmer.

12. KAPITEL

Lambach stand vor dem großen Ankleidespiegel in seinem Schlafzimmer und versuchte, die Krawatte zu binden. Es hatte in letzter Zeit nicht viele Gelegenheiten gegeben, zu denen er einen Schlips tragen musste. Er probierte sich gerade zum dritten Mal vergebens an einem Windsorknoten.

„Das kann doch nicht so schwer sein!", fluchte er.

Nach dem fünften Versuch gab er auf und begnügte sich mit einem *Four in Hand*.

Er griff nach einem schlichten Paar Manschettenknöpfe, ging ins Wohnzimmer und schenkte sich einen Cognac ein. Die Kaminuhr schlug gerade sieben, er hatte also noch genügend Zeit. Der Cognac wärmte seinen Magen und er begann sich auf das Konzert, auf die Atmosphäre und auf die Akustik in der Stadthalle zu freuen. Um halb acht verließ er das Haus, kaufte am Kiosk nebenan noch eine Tüte Salbeibonbons und schlenderte in Richtung Stadthalle. Er überquerte die Reinhäuser Landstraße und ging die Fußgängerzone entlang. Die meisten Geschäfte hatten bereits geschlossen. Eine ältere Frau kehrte heruntergefallenes Gemüse vor ihrer Auslage zusammen.

Lambach schritt über den Albaniplatz und dachte an seinen letzten Besuch in der Stadthalle. Der lag schon fast fünf Jahre zurück. Carola hatte ihm die zwei Eintrittskarten damals ohne besonderen Grund geschenkt. Gemeinsam sahen sie *„Die Teufelskäthe"*, eine dreiaktige Oper von Antonín Dvořák. Lambach liebte Dvořák. Besonders die Sinfonie Nr. 9 *„Aus der Neuen Welt"* hatte es ihm angetan. Stundenlang konnte er sie hören, immer und immer wieder. Dabei schaltete er ab, dabei entspannte er sich.

An der Garderobe gab er seinen Mantel ab und schaute auf die Platzkarte: Parkett Mitte, Reihe 8, Platz 22.

Derselbe Platz wie vor fünf Jahren. Carola hatte Platz 21, ich 22, dachte er etwas wehmütig und ging durch das Foyer. Zwei junge Frauen bestückten die Theke mit Sektgläsern. Eine der beiden erinnerte ihn an Antonia. Es war nicht ihr Aussehen, das ihr glich, sondern ihr Habitus, die Art, wie sie sich bewegte und wie sie mit kritischem Auge die Theke und die polierten Gläser betrachtete. In der Pause würde es sicher wieder Erfrischungen und einen kleinen Imbiss geben, dachte er.

Um 20.15 Uhr betrat der Dirigent das Podium und begrüßte den Konzertmeister.

Trotz ihres Alters verfügte die Stadthalle über eine außerordentlich gute Akustik. Oft wurde ihr Äußeres von den Göttingern verspottet, doch die Akustik war ohne Zweifel fabelhaft. Völlig entspannt saß Lambach auf seinem Platz und folgte der Hauptmelodie des zweiten Satzes. Erst jetzt merkte er, wie sehr er die Musik in den letzten Jahren vermisst hatte. Viel zu lange war es her.

Als am Ende nur noch ein Trio die Melodie spielte, öffnete Lambach zum ersten Mal seit Beginn des Konzerts die Augen.

FREITAG, 7. September 2001

Das Rauschen der Heizung schien von Tag zu Tag lauter zu werden. An manchen Tagen war es unerträglich, tat in den Ohren weh, schmerzte im Kopf.
Dieses undefinierbare Rauschen bestimmte zunehmend seine Welt, wurde immer aufdringlicher und machte es ihm schwerer, einen klaren Gedanken zu fassen. Er konnte nur noch einzelne Worte auf das Papier bringen, dann ging es nicht mehr. Wutentbrannt schlug er mit einem Stuhl auf den gusseisernen Heizkörper ein.

13. KAPITEL

Lambach fuhr im Schritttempo durch das Klinikgelände in Hamburg-Ochsenzoll und suchte nach dem Gebäude mit der Nummer 18. Es war ein großer roter Backsteinbau. Er zog seine Jacke über und verschloss das Auto. Mit raumgreifenden Schritten ging er den breiten Plattenweg entlang zum Eingang der Forensischen Psychiatrie. Er kannte die Psychiatrie in Göttingen und auch die Forensische Psychiatrie in Moringen, einem beschaulichen Städtchen in der Nähe seiner Heimatstadt. Das hier schien allerdings etwas anderes zu sein.

„Sie wünschen?", quäkte eine elektronisch verzerrte Männerstimme aus der Gegensprechanlage. Er hatte noch nicht einmal geklingelt. Videoüberwachung, musste Lambach unweigerlich denken.

„Lambach, Kripo Göttingen. Ich würde gern mit dem leitenden Arzt sprechen. Meine Kollegin hat mich telefonisch angemeldet."

„Einen Moment bitte. Es kommt jemand."

Lambach musste nicht lange warten, bis die Tür geöffnet wurde. Ein hünenhafter Mann Ende fünfzig in ziviler Kleidung begrüßte ihn mit kräftigem Händedruck, ohne jedoch ein Wort zu sagen. In seiner Linken hielt er einen Schlüsselbund, der mit einem Lederband an seiner Hose befestigt war. Er schloss die Tür hinter Lambach und ging zu einer weiteren. Ohne seine Miene zu verziehen, öffnete der Pfleger auch diese und ließ den Kommissar eintreten. Sie gingen einen Flur entlang, vorbei an einer Panzerglasscheibe, hinter der ein Pfleger vor einer Reihe Monitore saß.

„Die Zentrale", brummte Lambachs Begleiter, der anscheinend seinen interessierten Blick bemerkt hatte. „Nicht einmal wir kommen hier raus, wenn der Kollege uns nicht öffnet."

Lambach überlegte, was er erwidern könnte, nickte dann jedoch nur. Die Situation begann beklemmend zu werden.

Während der Pfleger die Tür gegenüber der Zentrale aufschloss, betrachtete Lambach den Flur. Kein Fenster, kein Möbelstück, kein Bild, keine Pflanze, lediglich beigefarbene glänzende Ölfarbe an den Wänden, eingelassene Neonröhren und zwei Überwachungskameras unter der Decke.

„Herzlich willkommen im Haus Nummer 18, Herr Lambach. Mein Name ist Gerhard Groterjahn, ich bin hier Funktionsbereichsleiter und stellvertretender Sicherheitsbeauftragter."

Freundlich wurde Lambach eine Hand entgegengestreckt. Groterjahn war aus dem Zimmer getreten, das der Pfleger aufgeschlossen hatte. Er war schlank, dunkelhaarig, etwa 1,80 Meter groß und trug ein etwas aus der Mode gekommenes kariertes Hemd.

„Zunächst bitte ich Sie, sich auszuweisen. Sie kennen ja schon den Kollegen Heutelbeck, er wird Ihre Daten dokumentieren. Alle metallischen Gegenstände sowie Ihr Handy und Ihre Dienstwaffe schließen Sie hier in diesem Schließfach ein. Bitte keine Ladetätigkeiten an der Waffe. Einfach mit Holster einschließen. Den Schlüssel behalten Sie natürlich am Mann."

Groterjahn spulte augenscheinlich sein Routineprogramm ab. Lambach legte die Dienstwaffe, den Autoschlüssel, das Handy und seinen *Montblanc*-Kugelschreiber in das Schließfach.

„Den Umschlag mit den Unterlagen kann ich mit reinnehmen? Nichts geklammert, nichts geheftet."

„Natürlich. Schreibgeräte bitte hierlassen, wir werden Ihnen drinnen bei Bedarf einen Kuli zur Verfügung stellen", erläuterte Groterjahn, während er einen Notfallpieper aus der Ladestation nahm.

„Schon geschehen", antwortete Lambach und steckte sich den Schließfachschlüssel in die Hosentasche.

„Sollten Sie sich drinnen bedroht oder bedrängt fühlen, bitte hier die Schnur abreißen; aber Sie werden ja immer in unserer Obhut sein. Klingt erst einmal schlimm, aber Sie werden sehen, drinnen ist es teilweise ganz nett, und wir gehen auch nur auf Station 5."

Groterjahn klemmte Lambach das Alarmgerät an die Jacke und schlug ihm aufmunternd auf die Schulter. Es fühlte sich fast wie ein Ritterschlag an.

„Möchten Sie erst mal einen Kaffee oder ein Wasser?"

„Kaffee wäre schön, ohne Milch und mit viel Zucker bitte."

Herr Groterjahn bereitete nebenan drei Kaffee zu, während Heutelbeck auf einem für ihn zu kleinen Stuhl hockte und verschiedene Formulare ausfüllte.

„Weiß Frau Doktor Bescheid, dass Herr Lambach da ist?", fragte er seinen Vorgesetzten, ohne von den Akten aufzuschauen.

„Ja, ich habe sie angepiept, als ihr durch die Schleuse gekommen seid."

„So, einen Kaffee ohne Milch. Zucker nehmen Sie sich bitte selber. Dieter, ich stelle dir deinen hier auf den Tisch. Setzen Sie sich doch, Herr Lambach."

Der Funktionsbereichsleiter deutete mit seiner Tasse auf eine Sitzecke. Er selbst nahm an der Stirnseite Platz.

„Sind Sie gut durchgekommen?", fragte Groterjahn höflich.

„Ja, danke. Ich bin sogar zu früh, sehe ich gerade. Ich hoffe, das macht keine Umstände."

„Frau Doktor kommt bestimmt gleich. Ach, Dieter, gehst du dann mal auf die Fünf und sagst den Kollegen dort, dass Wieseler sein Essen etwas später bekommt? Und sag ihm Bescheid, dass Polizei für ihn da ist."

Heutelbeck hatte sich zu ihnen an den Tisch gestellt. Erst jetzt wurde Lambach sich dessen Größe und Masse bewusst. Er schätzte den Pfleger auf knapp zwei Meter und hundertvierzig Kilo. Heutelbeck leerte die Tasse in wenigen Schlucken und verließ das Dienstzimmer.

„Ist gut zu wissen, dass man so einen hinter sich hat, oder?"

„Das Beste ist, dass er auf die Patienten nicht beängstigend wirkt, sondern beruhigend. Und wen seine Erscheinung nicht beeindruckt, den beeindruckt seine Stimmgewalt. Dieter redet nicht viel – und wenn, dann ganz ruhig und bestimmend. Der ist noch vom alten Schlag. Wir sind nicht bewaffnet, deshalb ist es doppelt wichtig, dass man Autorität und Ruhe ausstrahlt. Wenn so eine Statur dazukommt, umso besser."

„Was ist Station 5 für eine? Also, welche Patienten sind dort?"

„Auf Station 5 befinden sich Frauen und Männer, deren Vollzug entweder gelockert werden soll oder die akut aufgenommen wurden. Es ist die einzige gemischtgeschlechtliche Station von insgesamt zehn in unserem Bereich."

Lambach verschluckte sich fast.

„Und auf dieser Station ist Wieseler? Sie wissen doch, was er gemacht hat. Und jetzt soll sein Vollzug gelockert werden? Ich denke, hier kommt man nicht so schnell raus?"

„Kommt man auch nicht", entgegnete Groterjahn. „Der Maßregelvollzug hat zwei Aufgaben: erstens Besserung und zweitens Sicherung. Manche haben andere Prioritäten und stellen die Sicherung vor die Besserung. Fakt ist, dass wir häufig jahrelang therapeutisch mit unseren Patienten arbeiten. Sie sind hier untergebracht, weil sie Straftaten begangen haben und entweder nur teilweise schuldfähig oder schuldunfähig sind. Letztere sind faktisch freigesprochen und hier, um sich in einem geschützten und schützenden Rahmen dahingehend zu entwickeln, dass ihre Krankheit geheilt wird oder zumindest die Symptome zu steuern sind."

Lambach wurde unruhig.

„Aber es ist doch wahrscheinlich, dass ein Mensch wie Wieseler rückfällig wird, wenn er rauskommt."

„Es besteht eine gewisse Wahrscheinlichkeit, das bestreitet niemand. Aber diese Menschen sind keine tollwütigen Tiere, die man einschläfert, weil sie gebissen haben. Es sind Kranke, denen geholfen werden muss."

Lambach stand auf und lief im Zimmer auf und ab.

„Das habe ich verstanden: Sie haben den Auftrag, für Besserung zu sorgen. Ich glaube, dass Sie sich alle Mühe geben, um den Straftätern zu helfen. Aber Sie haben auch den Auftrag, diese Täter zu sichern."

„Falsch", unterbrach Groterjahn. „Die Besserung bezieht sich auf den Patienten, aber die Sicherung bezieht sich auf die Bevölkerung. Wir haben auch ihr gegenüber eine Verantwortung. Sicherung heißt nicht, dass wir psychisch kranke Straftäter wegsperren, sondern wir haben vor allem mit Therapien, auch medikamentös, dafür zu sorgen, dass von den Patienten keine Gefahr ausgeht. Besserung und Sicherung gehen Hand in Hand. Wir erfahren aber nur, ob ein Patient sich gebessert hat, wenn er sich bewährt. Eine zweite Chance hat jeder verdient. Wenn ein Patient Fortschritte in der Therapie macht, bekommt er zunächst kleinste Chancen, sich zu bewähren. Das findet in einem geschützten Rahmen statt. Doch einige Patienten erreichen nach Jahren eine Lockerungsstufe, die ihnen unbegleiteten Ausgang erlaubt."

Lambach zog sich einen Stuhl zu Groterjahn heran und setzte sich auf die Kante.

„Und Sie sagen, dass Wieseler so weit ist und irgendwann alleine draußen herumläuft?"

„Wieseler war schon alleine draußen. Begleitete Ausführungen wechseln sich mit unbegleiteten Ausgängen ab. Bisher gab es keine Vorkommnisse."

„Aber wie lange geht das gut? Was, wenn er wieder eine Frau missbraucht? Was, wenn er wieder tötet? Sitzen Sie dann immer noch so ruhig hier? Was ist mit den Frauen auf der Station? Die werden wohl kaum wissen, dass sie mit einem Vergewaltiger und Mörder eingesperrt sind."

Lambach stand auf und lehnte sich mit dem Rücken an die Wand, sein Blick ging ins Leere.

Die Tür des Dienstzimmers öffnete sich. Eine stark untersetzte Frau Ende dreißig in einem ausgebeulten weißen Kittel kam herein. Ihre leicht ergrauten langen Haare trug sie zu einem grob geflochtenen Zopf gebunden. Die Frisur wirkte struppig, die Haut glänzte fettig. Sie trug keinen Schmuck und kein Make-up. Auf Lambach wirkte sie ungepflegt.

Groterjahn stand sichtlich erleichtert auf. „Ah, Frau Doktor Meineke-Conolly."

Lambach machte einen Schritt auf die Ärztin zu, um ihr die Hand zu geben.

„Lambach mein Name, Kripo Göttingen."

Die Ärztin baute sich breitbeinig vor ihm auf, legte den Kopf in den Nacken und stemmte die Hände in die Hüften. „Es geht um Herrn Wieseler? Was kann ich für Sie tun?" Lambach glaubte, Schweiß und abgestandenen Kaffee zu riechen.

„Wir haben in Göttingen einen merkwürdigen Fall von extremer Körperverletzung und Misshandlung. Das Opfer ist der damalige Komplize von Herrn Wieseler. Leider ist er nicht vernehmungsfähig. Wir haben einen konkreten Verdächtigen, allerdings tappen wir beim Motiv im Dunkeln. Ich hoffe, dass uns Herr Wieseler in dieser Angelegenheit weiterhelfen kann."

Die Ärztin drehte sich zu Groterjahn um. „Dieter ist schon bei Herrn Wieseler. Dann gehen wir auch gleich. Wir wollen es für den Patienten nicht nervenaufreibender gestalten als nötig."

Geführt von Groterjahn gingen Lambach und Doktor Meineke-Conolly auf Station 5. Keiner sprach ein Wort. In einer freundlich gestalteten Sitzgruppe wartete Heutelbeck mit Wieseler und einem verbittert wirkenden älteren Herrn.

„Lassen Sie uns bitte kurz allein", bat Groterjahn.

Der ältere Mann stand umgehend auf.

Groterjahn legte seine Hand auf Lambachs Schulter, während er sprach: „Herr Wieseler, das ist Herr Lambach von der Kripo in Göttingen. Er hat einige Fragen an Sie. Ist es in Ordnung, wenn er sich mit Ihnen unterhält? Sie können das Gespräch jederzeit abbrechen."

Lambach setzte sich in einen der Korbsessel. Wieseler folgte ihm mit Blicken.

„Guten Tag, Herr Wieseler, wir kennen uns ja. Ich höre, dass Sie große Fortschritte machen. Das ist gut", heuchelte Lambach. „Meinen Sie, wir können unter vier Augen reden?"

Wieseler überlegte, schaute erst die Ärztin an, dann Groterjahn und schließlich Heutelbeck.

„Das müssen Sie nicht", gab ihm Frau Meineke-Conolly zu bedenken.

„Ist schon in Ordnung", sagte Wieseler. „Aber ich verpfeife niemanden."

„Deswegen bin ich auch nicht hier", beruhigte ihn Lambach. „Lassen Sie uns dann bitte kurz allein? Nur ein paar Minuten?"

„Wenn Sie meinen ... Herr Heutelbeck ist bei den Kollegen im Stationszimmer. Ich darf mich von Ihnen verabschieden und wünsche Ihnen eine gute Heimreise."

Herr Groterjahn gab Lambach die Hand und nickte der Ärztin zu, bevor er schnellen Schrittes verschwand.

„Kann ich Ihnen noch irgendwie weiterhelfen?", fragte Frau Meineke-Conolly mit hochgezogenen Augenbrauen. Ihre fettig glänzende Stirn warf deutliche Falten.

„Ich möchte Ihnen keine Umstände machen, Frau Doktor. Ich habe nur ein paar Fragen und dann bin ich schon wieder weg, wenn mich Herr Heutelbeck lässt."

Mit einem aufgesetzten Lächeln wandte sich Lambach Herrn Wieseler zu.

„Und? Was gefällt Ihnen am besten auf dieser Station? Scheint wohnlich und human zu sein", sagte er. Ihm wurde fast schlecht vor Verlogenheit.

„Es ist beinahe wie draußen. Alle sind sehr nett und man lernt auch mal eine Frau kennen. Dauert nicht mehr lange, dann bin ich wieder ganz draußen."

Das „*Wieder ganz draußen*" ließ Lambach die Haare zu Berge stehen. Am liebsten hätte er Wieseler gesagt, dass – seiner Meinung nach – solche Verbrecher wie er nie wieder rausdürften.

„Das ist schön, wenn es Ihnen wieder gut geht", log Lambach weiter. Er musste etwas aus Wieseler herausbekommen. Koste es, was es wolle. „Bleiben Sie dann in Hamburg oder wollen Sie ein neues Leben in einer anderen Stadt anfangen?"

„Och, mal sehen, was sich so ergibt." Wieseler grinste. „Ich habe eine Frau kennengelernt. Mit der würde ich eventuell nach Lüneburg ziehen. Ein ganz anderes Leben, Sie wissen schon."

In Lambach zog sich alles zusammen. Er presste seine Kiefer so fest aufeinander, dass es schmerzte. Am liebsten hätte er Wieseler mitten in das grinsende Gesicht geschlagen.

„Das ist gut, denke ich. Das gibt Halt und Sicherheit, oder?"

Lambach war sich sicher, dass die Frau keine Ahnung hatte, auf wen sie sich einließ.

„Aber Herr Wieseler, ich bin wegen der Vergangenheit hier, die bis in die Gegenwart reicht. Wir haben Udo Mahnke verhaftet. Leider erst jetzt. Er hätte sich sicher gewünscht, wir hätten ihn früher gefunden."

Wieseler stutzte. „Wieso? Wo hatte er sich denn versteckt? Wir hatten ewig keinen Kontakt."

„Das glaube ich Ihnen gerne."

Lambach legte eine rhetorische Pause ein. Jetzt kam es drauf an.

„Kennen Sie einen Doktor Ulrich Sachse aus Göttingen, oder haben Sie den Namen schon mal gehört?"

Wieseler runzelte die Stirn, zog die Mundwinkel nach unten und schüttelte den Kopf. „Sagt mir nichts. Hat Udo sich bei ihm versteckt?"

„Wissen Sie, was Herr Mahnke in letzter Zeit so gemacht hat, wo er sich aufgehalten hat?"

„Nein. Ich sagte doch, wir hatten seit Jahren keinen Kontakt."

„Auch nicht zu Herrn Mortag?"

Wieseler zuckte mit den Achseln. „Gelegentlich. Gleich, als er aus dem Knast kam. Ich wusste, dass er Udo suchte, aber ihn nicht gefunden hat. Auch in der Szene war nichts bekannt. Als wir mitbekommen haben, dass die Bullen Carsten beschatten, haben wir unseren Kontakt einschlafen lassen."

„Hat er gesagt, dass er beschattet wird?"

„Nicht direkt. Aber das spürt man. Immer die gleichen Leute, denen man begegnet. Er sagte, dass die noch hinter ihm her sind, wohl, um an Udo ranzukommen. Warum fragen Sie ihn eigentlich nicht selbst?"

„Das kann ich Ihnen sagen: Carsten Mortag ist tot. Er wurde vor vier Monaten überfahren."

Wieseler schluckte, sein Blick wurde leer.

„Hm ... Ein Unfall?"

„Scheint so", antwortete Lambach. „Muss was Großes, Schweres gewesen sein. Ein Geländewagen vielleicht."

Wieseler saß immer noch mit leerem Blick da.

„Das war kein Unfall."

„Kann auch sein, dass ihn jemand auf die Straße gestoßen hat und jemand anderes drübergefahren ist. Keine Zeugen."

Nun schaute Wieseler Lambach an.

„Scheiße! Und Udo, was ist mit dem? Warum hätte er froh sein können, wenn Sie ihn früher gefunden hätten? Hat er wieder Scheiße gebaut?"

„Doktor Sachse hat Herrn Mahnke Unterschlupf bei freier Kost und Logis gewährt, jedoch nicht ganz uneigennützig."

Wieseler verzog angewidert das Gesicht.

„So 'ne Schwulengeschichte? Udo war doch nicht schwul."

„Nein, in die Richtung ging es nicht. Doktor Sachse ist wahrscheinlich bei einem Brand ums Leben gekommen. Herr Mahnke konnte ohne Brandverletzungen von dessen Anwesen gerettet werden."

Lambach fühlte sich großartig, Wieseler die grausamen Einzelheiten zu beschreiben, und freute sich auf den Moment, in dem er ihm die Fotos von Mahnke zeigen würde.

„Was sagt denn Udo dazu?", wollte Wieseler wissen.

Lambach wiegte seinen Kopf hin und her.

„Das ist nicht ganz einfach. Herr Mahnke redet nicht mit uns, deshalb bin ich hier. Ihm geht es nicht besonders gut."

Wieseler rutschte unruhig auf seinem Stuhl vor und zurück.

„Was heißt das?"

„Er ist schlicht nicht in der Verfassung, mit uns zu kooperieren. Der Mord an Frau Opinelli ist eine Sache, aber nun ist *er* der Leidtragende."

„Was soll das?", fragte Wieseler sichtlich beunruhigt.

„Nun, Herr Wieseler, ich kann es nicht so recht umschreiben. Das Beste wird sein, Sie schauen es sich an."

Lambach legte den Stapel der Mahnke-Fotos auf den Tisch und strich sie mit einer Handbewegung auseinander, sodass Wieseler alle auf einmal sehen konnte. Entsetzt sprang er auf. Er wurde blass, schaute Lambach ungläubig an.

„Wann ist Udo gestorben?"

„Herr Mahnke lebt. Er kann nur nichts mehr sagen." Lambach nahm das Foto, auf dem die zerschnittene Zunge zu sehen war, und hielt es Wieseler vor die Nase. „Die Zunge will nicht mehr so."

Dieses Bild in der Hand war kraftvoller und vernichtender, als jeder Schlag hätte sein können. Das Grinsen in Wieselers Gesicht war Angst und Entsetzen gewichen. Lambach verspürte Genugtuung.

„Der das gemacht hat, ist tot?", wollte Wieseler wissen.

„Ja, wahrscheinlich. Wir haben eine Brandleiche, die erst untersucht werden muss. Also, Doktor Ulrich Sachse sagt Ihnen nichts? Chirurg an der Uniklinik in Göttingen? Dessen Tochter wurde missbraucht und getötet. Könnten Sie sich vorstellen, dass das irgendwie zusammenhängt?"

„Lassen Sie mich in Ruhe! Reden Sie mit niemandem darüber, dass ich hier bin! Ich will neu anfangen!" In Wieselers Stimme lag etwas Flehendes. Er stand auf. „Herr Heutelbeck, wir sind fertig. Herr Lambach muss jetzt gehen!"

Lambach schob die Bilder zusammen und verstaute sie in dem

braunen Umschlag. Er ließ seinen Blick durch den Aufenthaltsraum schweifen.

„Möchten Sie nichts dazu wissen, Herr Wieseler? Ich komme Montag noch einmal wieder, vielleicht fällt Ihnen noch etwas ein."

„Ich habe genug gesehen. Lassen Sie mich in Ruhe!", zischte er und ging.

Lambach wäre am liebsten sitzen geblieben und hätte die Leute beobachtet, die Stimmung auf sich wirken lassen. Es kam ihm unwirklich vor – eine ganz eigene Welt, von der die Menschen draußen keine Ahnung hatten.

„Wollen wir dann?", hörte er Heutelbecks tiefe Stimme hinter sich.

„Ja, klar. Entschuldigen Sie."

Heutelbeck wies Lambach mit dem Schlüssel den Weg zum Dienstzimmer.

„Der ältere Herr zuvor am Tisch. Was hat so einer verbrochen?", fragte Lambach vorsichtig, als sie im Stationszimmer waren.

„Der hat Kunst zerstört. Für etliche Millionen. Immer wieder."

„Und so einer ist auf derselben Station wie ein Sexualstraftäter und Mörder?"

„Es geht nicht darum, was sie gemacht haben. Sie sind krank und können ihr Verhalten nicht steuern. Sie stellen eine Gefahr für die Gesellschaft dar. Die Höhe des Risikos hat Einfluss auf die Lockerungen."

Nachdem Lambach die Dienstwaffe und sein restliches Eigentum entgegengenommen hatte, ging er nachdenklich hinter Heutelbeck her. Dem Mann hinter der Panzerglasscheibe in der Sicherheitszentrale nickte er freundlich zu. Die letzte Tür öffnete sich automatisch.

Draußen wehte ein frischer Novemberwind. Blätter wirbelten durch die Luft. Lambach atmete tief ein, schloss kurz die Augen, spürte die Kälte in seinem Gesicht und fühlte sich so lebendig wie schon lange nicht mehr.

14. KAPITEL

Selten hatte sich Lambach in einem Hotel so wohl gefühlt wie in diesem. Das Haus im Herzen der Hansestadt war ein Haus der Standardklasse, besaß aber ein ganz besonderes Flair. Alter Baustil, kombiniert mit modernen Elementen, freundliches Personal und guter Service. Lambach war bereits mehrfach Gast im „*Graf Moltke*" gewesen und nie gab es einen Anlass zur Klage. Jetzt wartete er mit einem Plastikbeutel unter dem Arm an der Rezeption. Kurz darauf stand der Nachtportier freundlich lächelnd vor ihm.

„Zimmer 21", sagte Lambach und nickte dem jungen Mann im dunkelblauen Einreiher zu.

„Zimmer 21", wiederholte dieser, nahm einen Schlüssel vom Bord und legte ihn vor Lambach auf den Tresen. „Ich wünsche eine angenehme Nachtruhe."

Lambach nahm den Schlüssel und bedankte sich.

Müde stieg er die Treppen zum zweiten Stock hinauf. Die neuen Schuhe hatten ihm schon am ersten Tag zwei daumennagelgroße Blasen an den Fersen eingebracht. Er hatte das starke Bedürfnis gehabt, sich etwas Gutes zu gönnen, und die teuren Schuhe gekauft. Seine alten Halbschuhe trug er schon den ganzen Tag in der Plastiktüte mit sich herum. Nun saß er auf dem Rand seines Betts und suchte in der Reisetasche vergeblich nach einem Pflaster. Carola hatte auf Reisen stets Nähzeug und Pflaster dabeigehabt.

Lambach ließ sich rückwärts aufs Bett fallen und schaltete den Fernseher ein. Er zappte durch die Kanäle und blieb schließlich bei einer Dokumentation über eine Kleinstadt im US-Bundesstaat Pennsylvania hängen, in der alljährlich am 2. Februar ein Murmeltier namens Punxsutawney Phil aus dem Winterschlaf geweckt wurde, um anschließend den Fortgang des Winters zu prophezeien.

Das Brummen seines Handys riss ihn aus dem Schlaf. Der Fernseher lief. Es war kurz vor drei. Lambach nahm das Telefon vom Nachtschrank und sah auf das Display.

„Ich bin wieder da. Wir sehen uns im Präsidium. Gruß, Max", las er.
Bevor er wieder einschlief, hörte er die Glocke der Domkirche St. Marien dreimal schlagen.

15. KAPITEL

„Sie wünschen?", quäkte die Stimme aus der Gegensprechanlage.
„Kripo Göttingen. Lambach ist mein Name. Ich war am Freitag schon einmal hier und würde gerne mit dem Patienten Herrn Wieseler auf Station 5 sprechen. Frau Doktor Meineke-Conolly weiß Bescheid."
„*Wer* ist da bitte?", erwiderte der Mann auf der anderen Seite der Sprechanlage.
Das kann doch nicht sein, dachte Lambach.
Laut und möglichst gut artikuliert wiederholte er: „Kripo Göttingen. Lambach."
„Einen Moment bitte. Es kommt jemand."
Lambach wartete. Minuten vergingen. Er dachte daran, ein weiteres Mal zu klingeln, doch dann nickte er einfach freundlich in die Kamera. Es nieselte und gleichzeitig schien die Sonne. Hinter dem Haus Nummer 18 war ein Regenbogen zu sehen. Hier und da liefen Menschen mit hochgezogenen Schultern über das Krankenhausgelände. Er hatte sich schon öfter gefragt, ob diese Leute glaubten, sie würden weniger nass, wenn sie geduckt gingen.
Die Tür öffnete sich und Frau Meineke-Conolly stand ihm mit ernster Miene gegenüber. Lambach war verwundert, das hatte er nicht erwartet.
„Guten Tag, Frau Doktor. Tja, da bin ich wieder. Wie heißt es so schön: *Man sieht sich immer zweimal im Leben*", scherzte Lambach.
Die Ärztin ließ ihn eintreten und schloss die Tür. Wortlos folgte er ihr durch die Gänge bis in das Zimmer, in dem er am Freitag von Herrn Groterjahn begrüßt worden war. Groterjahn, Heutelbeck und zwei weitere Herren saßen am Tisch.

„Das ist Herr Lambach von der Kripo Göttingen. Er hat am Freitag noch mit Herrn Wieseler gesprochen. Vor dessen Abgang", stellte die Ärztin Lambach vor.

Lambach schaute jedem der Anwesenden in die Augen. Heutelbeck stand hinter Groterjahn, links daneben saßen die beiden Männer. Aus den Augenwinkeln sah er die Ärztin, die sich neben ihm aufbaute. Die Stimmung schien feindselig.

„Sie wissen nun, wer ich bin. Jetzt wüsste ich gerne, wer Sie sind", sprach Lambach den Herrn neben Groterjahn an.

„Mein Name ist Falkenstein, ich bin der Ärztliche Leiter der Forensischen Abteilung dieser Klinik. Guten Tag. Ich nehme an, Sie sind über den Abgang von Herrn Wieseler noch nicht informiert worden?"

„Abgang heißt Flucht?", versicherte sich Lambach.

Der zweite Mann ergriff das Wort. Lambach schätzte ihn etwa auf Anfang vierzig. Sein Aussehen entsprach den Klischeevorstellungen eines Psychologen: beigefarbene Cordhose, kariertes Sakko und schwarzer Rollkragenpullover.

„Abgang bedeutet, dass er nach einem regulären Ausgang nicht wieder in die Einrichtung zurückgekehrt ist. Das war am Freitagnachmittag. Seitdem ist Gerd Wieseler nicht wieder aufgetaucht."

„Und Sie haben keine Ahnung, wo er sich aufhalten könnte?", fragte Lambach.

„Nein, Sie?", meldete sich in vorwurfsvollem Ton Frau Doktor Meineke-Conolly. „Sie waren ja praktisch der Letzte, mit dem Herr Wieseler gesprochen hat. Hat er Ihnen gegenüber etwas angedeutet?"

„Frau Doktor, ich bin Polizist, glauben Sie im Ernst, dass Herr Wieseler mir etwas von seiner Flucht sagen würde? Und selbst wenn – denken Sie, ich würde Ihnen so etwas verschweigen?"

Lambach zog seine Jacke aus, setzte sich auf einen Stuhl und lächelte entspannt. Er hatte also recht gehabt.

Dann wandte er sich an Herrn Groterjahn: „Wird denn nach Herrn Wieseler gefahndet? Also, sind Zielfahnder an ihm dran?

Ich meine, Herr Wieseler ist nicht ungefährlich – oder haben Sie ihn hier zu einem Lamm gemacht?"

Groterjahn warf einen prüfenden Blick zu Doktor Falkenstein, bevor er antwortete: „Nun, gefahndet wird natürlich sofort, so auch jetzt. Allerdings wird die Zielfahndung nicht immer zeitnah von Ihren Kollegen eingesetzt."

Lambach richtete sich an Heutelbeck: „Ist Ihnen denn am Freitag irgendetwas aufgefallen, nachdem ich gegangen bin?"

„So im Nachhinein könnte man sagen, dass er vielleicht etwas nachdenklicher wirkte als sonst. Das ist mir am Freitag aber noch nicht aufgefallen. Sonst wäre er ja auch nicht in den Ausgang gekommen."

Nun meldete sich die Ärztin wieder zu Wort: „Herr Heutelbeck berichtete, dass Sie Herrn Wieseler Fotos gezeigt hätten, die ihm zugesetzt haben könnten. Was waren das für Fotos, wenn ich fragen darf?"

„Das ist richtig. Es handelte sich dabei um die aktuellsten Fotos von Udo Mahnke. Mit ihm hatte Wieseler damals das Gewaltverbrechen verübt. Fotos helfen einem ja manchmal, sich besser zu erinnern. Ist so 'ne Polizistenmacke. Wir zeigen gerne Fotos. Kennen Sie bestimmt aus dem Fernsehen. Aber was mich noch interessiert, ist, ob es einen Patienten gibt, dem sich Wieseler eventuell anvertraut haben könnte. Hat er hier so etwas wie Freunde? Hat er einen Zimmergenossen?"

„Kalldasch", schoss es aus Heutelbeck heraus. „Sie sind schon lange auf einem Zimmer und verstehen sich auch ganz gut." Falkenstein nickte wohlwollend.

„Meinen Sie, ich könnte mal mit Herrn Kalldasch reden?", fragte Lambach den Ärztlichen Leiter.

„Wenn Sie mir noch vertrauen ...", fügte er an Frau Doktor Meineke-Conolly gewandt hinzu. „Ich werde das Gefühl nicht los, dass mir die Schuld an Wieselers Flucht gegeben werden soll."

Er stand auf und stellte sich vor Herrn Falkenstein.

„Herr Doktor Falkenstein, nur dass keine Missverständnisse entstehen: Den Schuh mit Wieselers Flucht ziehe ich mir nicht an, aber ich bin gerne bereit, den Kollegen hier in Hamburg und Ihnen meine Unterstützung anzubieten. Es macht sich nicht gut, wenn ein Sexualstraftäter und Mörder abgängig ist und wenn er bei seinem Abgang auch noch beweist, dass die Therapie nicht gefruchtet hat. Sie verstehen, was ich meine?" Nur mit Mühe konnte Lambach ein hämisches Grinsen unterdrücken.

„Herr Lambach, wir unterstellen Ihnen gar nichts, aber von Therapie und Therapieerfolgen verstehen wir mehr als Sie. Lassen Sie uns unsere Arbeit machen, und wir lassen Sie Ihre Arbeit tun. Wir stehen auf derselben Seite. Lassen Sie es mich wissen, wenn Sie noch etwas brauchen und wenn Sie eine Spur von Herrn Wieseler haben. Ich würde mich jetzt gern verabschieden. Es war mir ein Anliegen, Sie kennenzulernen. Herr Heutelbeck wird Sie in den Besucherraum bringen und Herrn Kalldasch holen lassen."

„Danke, Herr Doktor. Einen schönen Tag und hoffen wir das Beste."

Lambach blieb allein mit Groterjahn und Heutelbeck zurück.

Nachdem Herr Falkenstein, der Psychologe und die Ärztin das Zimmer verlassen hatten, forderte Herr Groterjahn Lambach wieder auf, seine Waffe abzugeben. Heutelbeck kauerte sich auf den kleinen Hocker und dokumentierte den Besuch des Kommissars.

„Hätten Sie vielleicht einen Kaffee für mich, Herr Groterjahn? Nur einen Schluck?"

Groterjahn nahm eine Thermoskanne vom Tisch und schwenkte sie. „Hier ist noch eine Pfütze drin. Müsste noch heiß sein. Ich hole Ihnen eine Tasse."

„Danke, wunderbar. Sagen Sie mal, Herr Heutelbeck, wie schätzen Sie denn Herrn Wieseler ein? Ich meine, Sie sind doch den ganzen Tag mit den Patienten zusammen und nicht diese Therapeuten. Glauben Sie, er ist noch gefährlich? Meinen Sie, er hat wieder etwas vor?"

„Herr Kommissar, ich sag's mal, wie ich es denke: Wieseler war schon oft draußen und ist immer wiedergekommen. Es sieht schon komisch aus, dass er quasi direkt nach Ihrem Besuch abgängig wird. Ich denke, Sie haben da etwas ausgelöst, wenn auch nicht beabsichtigt ... Was war denn wirklich auf den Fotos zu sehen?"

„Sie passen besser auf als die Herren und Damen Akademiker."

Lambach konnte sich ein Schmunzeln nicht verkneifen.

„Es sind tatsächlich Fotos von Wieselers damaligem Komplizen gewesen. Allerdings wurde dieser Herr Mahnke stark verstümmelt. Der vermutliche Täter ist tot, es gibt im Grunde kein Motiv und wir hatten gehofft, dass Wieseler uns weiterhelfen kann. Es gab damals bei der Vergewaltigung noch einen dritten Mann. Dieser ist allerdings vor wenigen Monaten überfahren worden. Wir müssen davon ausgehen, dass es zwei Täter waren, die das zu verantworten haben. Es gibt aber leider keine Verdächtigen und kein Motiv. Wieseler könnte also helfen, zwei Verbrechen aufzuklären."

„Und Sie haben Wieseler gesagt, dass seine Komplizen Opfer dubioser Verbrechen geworden sind?", fragte Groterjahn. Er stellte Lambach eine Tasse und den Zuckerstreuer hin.

„Klar, deswegen bin ich doch hier. Wieseler ist die Verbindung zwischen Mahnke und Mortag. Beide hat es erwischt. Wir tappen im Dunkeln."

„Wenn das so ist, dann habe ich zwei Nachrichten für Sie", sagte Groterjahn. „Ein gute und eine schlechte. Die gute ist, dass Wieseler nichts anstellen wird. Von dem geht – meiner Meinung nach – keine Gefahr aus. Die schlechte ist, Sie werden auch weiterhin im Dunkeln tappen. Wieseler ist garantiert untergetaucht. Wer nicht entdeckt werden will, der wird es auch nicht. Entweder sitzt er irgendwo in einem Keller und lässt sich dort versorgen, oder er ist schon im Ausland und dann wahrscheinlich ganz weit weg."

„Was macht Sie da so sicher?"

„Nun, es gibt unter Straftätern etwas, was wir eine *urban legend* nennen."

„Urban legend?"

„Eine Geschichte, die angeblich auf wahren Begebenheiten beruht, aber die seltsamerweise in jeder Stadt passiert ist. Ein Großstadtmärchen. In Knästen und Anstalten wird erzählt, dass draußen Racheengel auf Straftäter warten, um sie zu lynchen."

„Und? Ist da was dran?"

„Ich bitte Sie, Herr Kommissar, das ist dummes Zeug. Da sind ein paar Halunken, die Jahre im Knast gesessen haben. Wenn die rauskommen, müssen die sich natürlich erst wieder zurechtfinden. Viele haben das Gefühl, dass man ihnen ansieht, dass sie im Knast waren, was ja bei den Tätowierungen, Knasttränen und so weiter keine Kunst ist. Sie fühlen sich beobachtet. Vielleicht ist das auch eine richtige Wahrnehmung, aber sie werden bestimmt nicht verfolgt. Hier und da brechen Entlassene auch ihre alten Kontakte ab, um ein neues Leben anfangen zu können. Diese gelten dann in der Szene als verschwunden und die merkwürdigsten Gerüchte entstehen. Und wenn dann einer stirbt, wird immer ein Verbrechen dazu erfunden."

„Hm. Was sagen Sie, Herr Heutelbeck?"

„Sicher kommt eine ehemalige Kiezgröße eher auf dem Kiez durch ein Verbrechen ums Leben als ein rechtschaffener Mensch. Und natürlich kann es passieren, dass ein Junkie oder Dealer sich mit der Qualität oder Dosis des Heroins verschätzt, aber eine Verschwörung gibt's sicher nicht. Die haben einfach Schiss und sehen nur, was sie sehen wollen. Da spielen auch ihre Krankheiten mit rein. Sie trifft keine Schuld, Herr Lambach, aber vor diesem Hintergrund gibt es Schlaueres, als Wieseler zu erzählen, dass einer seiner Komplizen auf dubiose Weise überfahren und der andere Mittäter verstümmelt aufgefunden wurde und er nun derjenige ist, der das Verbindungsglied zwischen beiden darstellt."

Lambach rieb sich mit beiden Händen über den Kopf.

„Scheiße. Ist das tatsächlich so? Davon wusste ich nichts. Wieseler hat auch solche Spinnereien im Kopf gehabt?"

„Eigentlich nicht, aber bei den Geschichten mit seinen Kumpels reicht das vielleicht schon aus."

„Kann ich jetzt bei Kalldasch das Thema ansprechen oder haut der dann auch gleich ab?"

„Am besten wäre es, wenn Dieter bei dem Gespräch dabeibliebe. Er kennt Kalldasch gut. Falls er bemerkt, dass sich etwas in die falsche Richtung entwickelt, kann er eingreifen. Dann können wir auch nach dem Gespräch Vorsichtsmaßnahmen ergreifen."

„Ja, das scheint mir sinnvoll. Herr Heutelbeck hat eine sehr beruhigende Ausstrahlung."

Lambach lächelte schief. Erst jetzt war ihm bewusst geworden, dass ihn wirklich eine gewisse Schuld an der Flucht Wieselers traf.

„Dann gehe ich mal mit Herrn Lambach ins Besucherzimmer 2. Rufst du auf Station an, dass Löns den Kalldasch bringt?"

„So machen wir das", antwortete Groterjahn und nickte Heutelbeck zu. Dieser war schon aufgestanden und im Begriff, den Raum zu verlassen.

Wenige Minuten später saß Lambach Herrn Kalldasch gegenüber. Er hätte ihn auf weit über siebzig geschätzt, in Wirklichkeit aber war Kalldasch deutlich jünger. Sein Aussehen erinnerte an die Fotografien von KZ-Häftlingen. Dem Körper schien jede Kraft entzogen worden zu sein. Eine pergamentartige Haut spannte sich über die Knochen. Überall konnte man den Verlauf der blauen Adern durchscheinen sehen. Sein rasierter Schädel wirkte wie ein Totenkopf, bei dem blassblaue Augen in tiefen Höhlen saßen. Nur langsam und scheinbar unter Schmerzen setzte er sich auf den Stuhl neben dem Kommissar.

„Das ist Herr Lambach?", flüsterte Kalldasch dem Pfleger Löns zu.

„Ja, ich bin Herr Lambach von der Kripo in Göttingen. Sie waren mit Herrn Wieseler auf einem Zimmer?"

„Das wissen Sie doch. Was wollen Sie?"

Kalldasch rutschte auf dem Stuhl hin und her. Offensichtlich hatte er keine Kraft für ein langes Gespräch.

„Gut, Herr Kalldasch ... Hat Herr Wieseler mit Ihnen über seine Flucht gesprochen? Oder darüber, dass er sich bedroht oder verfolgt gefühlt hat?"

„Er war im Sommer mal nervös gewesen, weil sein Kumpel Mortag von Nemesis verfolgt wurde. Sonst war aber nie was. Bis gestern Abend, als Sie ihm diese Horrorgeschichten erzählt haben. Wenn Sie's genau wissen wollen: Gerd ging der Arsch auf Grundeis – und alles nur wegen diesem Itakerflittchen."

„Nemesis? Wer ist das?"

„Wie groß ist Göttingen? Kennen Sie Nemesis nicht?"

„Göttingen hat – mit Studenten – ungefähr hundertzwanzigtausend Einwohner. Und nein, kenne ich nicht."

„Nemesis ist eine Göttin. Sie ist die Göttin des gerechten Zorns, sie ist die Rachegöttin. Sie können es mit dem Ku-Klux-Klan vergleichen. Die jagen die Neger und Nemesis jagt Verbrecher wie Gerd und mich. Was glauben Sie, weshalb so viele rückfällig werden? Es heißt, sie würden mit der Freiheit und den Regeln in der Gesellschaft nicht zurechtkommen. Das ist aber Quatsch. Es ist die Angst vor dem Mob, die uns zurück in den Knast und in die Psychiatrie treibt. Das Problem ist, dass man hier nicht reinkommt, wenn man ein unbescholtener Bürger ist, also wird man rückfällig. Lieber ein Leben im Knast als der Tod in Freiheit."

Lambach überlegte, zu widersprechen, verwarf den Gedanken jedoch. Könnte da wirklich etwas dran sein? Oder war es eine reine Wahnvorstellung?

„Wenn Sie keine Fragen mehr haben ... Ich kann nicht mehr sitzen, meine Narben tun weh."

„Danke, Herr Kalldasch. Sie haben mir sehr geholfen."

Heutelbeck gab Löns ein Zeichen, den Patienten wieder auf die Station zu bringen.

Lambach starrte durch die vergrauten Gardinen auf die Backsteinmauern des Innenhofs. „Herr Heutelbeck", sagte er, ohne den anderen anzusehen. „Was soll man denn davon halten? Ich meine ... das klingt irgendwie total verrückt, aber andererseits ..." Lambach rieb sich das Kinn.

„Andererseits klingt es auch schlüssig", beendete Heutelbeck Lambachs Gedanken. „Wir haben diese Nemesis-Racheengel-Geschichte schon oft durchgesprochen, auch untereinander im Team mit den Therapeuten. Das Schwierige an solchen Wahngebilden ist, dass sie in sich sehr schlüssig klingen und keine Widersprüche von außen zulassen. Sie können mir glauben, dieses

Thema wurde ausführlich diskutiert. Es gibt keine Belege für eine solche Vereinigung. Zumindest sind mir keine bekannt. Diese Nemesis-Geschichte wird allerdings von mehreren Menschen, auch von psychisch gesunden Straftätern, als wahr angenommen. Es hat schon was von einer Verschwörungstheorie."

Jetzt erst sah Lambach Heutelbeck an. „Man muss sich also für oder gegen diesen Wahn beziehungsweise die Theorie entscheiden. Es gibt Argumente für beide Seiten."

„So ungefähr, Herr Lambach. Fest steht, dass sich medikamentös nichts dagegen machen lässt. Das spricht eher für eine Verschwörungstheorie."

„Oder dafür, dass es wahr ist", bemerkte Lambach. „Was hat es denn mit Kalldaschs Narben auf sich?"

„Kalldasch ist ein Pyromane. Wir nennen ihn den *Lagerfeuermann*. Seit seiner Kindheit hat er Feuer gelegt. Hat bereits zahlreiche Menschen, darunter eine fünfköpfige Familie, auf dem Gewissen. Er war immer wieder in Einrichtungen. Als er das letzte Mal draußen war, hat er erneut gezündelt und ist dabei nicht rechtzeitig aus der Gartenlaube rausgekommen. Hat sich ordentlich den Rücken, die Beine und den Hintern verbrannt. Das ist jetzt knapp zwei Jahre her. Seitdem isst er auch nur noch sporadisch und wird immer dünner. Er sagt, seine Haut würde ihm so besser passen, er habe nicht mehr das Gefühl von Enge."

Lambach öffnete die oberen Knöpfe seines Hemds.

„Wie halten Sie es hier drinnen nur aus? Selbst wenn ich aus dem Fenster schaue, kann ich keine fünf Meter weit sehen, dann kommt schon wieder eine Mauer. Man muss ja verrückt werden."

„Kommen Sie, Herr Lambach, wir gehen nach draußen", entgegnete Heutelbeck und zog seinen Schlüssel aus der Hosentasche.

Jeder seinen Gedanken nachhängend, gingen sie durch die Gänge zurück.

„Es ist ein interessanter Ansatz mit der übermächtigen Gefahr, die sich die Patienten einreden, um es hier drin besser ertragen zu können", sagte Heutelbeck, als er gemeinsam mit Lambach vor dem Haupteingang des Gebäudes stand. „Kalldasch behauptete immer, er habe die Gartenlaube nicht angesteckt, er habe da nur schlafen wollen und sei selber Opfer des Feuers geworden. Lassen Sie es uns wissen, wenn Sie Wieseler finden, Herr Lambach. Gute Fahrt!"

Noch bevor der Kommissar etwas erwidern konnte, fiel die schwere Tür von Haus 18 ins Schloss.

16. KAPITEL

Nach einer halben Stunde fand Lambach die Straße, die ihm Traudel notiert hatte. Er suchte nach der richtigen Hausnummer und hielt schließlich vor einem beigefarbenen verklinkerten Mehrfamilienhaus. Eine magere Katze machte sich an einem gelben Wertstoffsack zu schaffen.

„Ich hätte mir unterwegs ein Brötchen kaufen sollen", ärgerte sich Lambach, als er auf das Haus zuging. Es roch nach Spaghetti mit Tomatensoße.

Insgesamt wohnten zehn Parteien in dem Haus. Lambach überflog die Klingelschilder. Eine Reihe nicht-deutscher Namen. *Opinelli* wohnte im zweiten Stock, Appartement 11.

Ein dunkelhaariger Mann von gedrungener Gestalt trat aus der Haustür und nickte Lambach kurz zu. Der griff nach der Tür, bevor sie ins Schloss fiel. Im Treppenhaus brannte eine schwache Glühbirne, der Geruch von Bohnerwachs lag in der Luft. Lambach ging in den zweiten Stock, fand das gesuchte Appartement und drückte die Klingel. Die Tür wurde einen Spalt geöffnet. Ein Augenpaar musterte ihn.

„Herr Opinelli? Mein Name ist Richard Lambach von der Kriminalpolizei in Göttingen. Darf ich reinkommen?"

Die Tür schloss sich und Lambach hörte, wie innen eine Kette entfernt wurde. Als sie wieder offen war, stand ihm ein kleiner, hagerer Mann gegenüber, Ende sechzig, bekleidet mit einer schwarzen Stoffhose und einem weißen kurzärmligen Hemd. Er erkannte Salvatore Opinelli sofort.

„Kommen Sie! Ich habe auf Sie gewartet", sagte er und machte eine einladende Geste.

Lambach ging hinter ihm den dunklen Flur entlang und betrachtete den Rücken des Mannes. Sein Körper schien krank und ausgezehrt, die Schulterblätter waren deutlich unter dem Hemd zu sehen. Schon jetzt empfand Lambach Mitleid mit ihm.

Im Wohnzimmer bot Opinelli seinem Gast einen Platz auf dem Sofa an, er selbst setzte sich in einen lindgrünen Sessel mit abgewetzten Lehnen. Der überheizte Raum roch nach süßlichem Parfüm. Die Wohnung war klein, aber aufgeräumt, alles schien seinen Platz zu haben. Lediglich die Gardinen hatten einen leichten Graustich. Auf dem Tisch zwischen Sofa und Sessel standen zwei Kaffeetassen, ein Schälchen mit Würfelzucker und eine Thermoskanne. Anscheinend war Salvatore Opinelli auf den Besuch vorbereitet.

„Eine Tasse Kaffee, Commissario?"

„Gern", sagte Lambach.

„Milch habe ich nicht. Habe ich vergessen. Sie werden verzeihen."

„Kein Problem", erwiderte Lambach. „Ich trinke meinen Kaffee nur mit Zucker. Machen Sie sich keine Umstände."

Opinelli sagte nichts, saß nur da, die Kaffeetasse in der Hand, und fixierte Lambach mit seinen dunklen, tief liegenden, aber wachsamen Augen.

„Herr Opinelli", begann Lambach. „Vielen Dank, dass Sie sich Zeit nehmen."

Er machte eine Pause.

Opinelli sah ihn wortlos an. Keine Regung.

„Ich bin derzeit mit einem Fall betraut, der anscheinend mit dem Tod Ihrer Tochter in Verbindung steht. Ich weiß, es war ein schwerer Schicksalsschlag für Sie."

„Commissario, haben Sie Kinder?", unterbrach ihn der alte Mann.

„Ja, eine Tochter, die ist aber schon erwachsen."

„Haben Sie schon ein Kind verloren? Ist Ihnen schon ein Kind genommen worden?"

Lambach ahnte, worauf das Ganze hinauslaufen würde.

Die Miene des Alten verfinsterte sich, seine Lippen wurden noch schmaler, als sie es ohnehin schon waren.

„Schifoso! In meiner Heimat gibt es ein Sprichwort: *Wenn die Eltern sterben, dann stirbt die Vergangenheit. Wenn der Partner stirbt, dann stirbt die Gegenwart. Wenn die Kinder sterben, dann stirbt die Zukunft.* Schauen Sie mich an. Ich habe keine Zukunft, Commissario."

Lambach schwieg und schaute zu Boden. Er konnte nicht ermessen, was ein solcher Verlust bedeutete. Er dachte an Antonia und das letzte Treffen.

„Natürlich, Herr Opinelli. Ihr Schicksal wünscht sich niemand."

Er stellte seine Kaffeetasse ab.

„Sie kommen aus der Provinz Palermo?", fragte er behutsam und nickte dem Alten freundlich zu.

„Lercara Friddi", antwortete Opinelli knapp.

„Das ist ein Dorf auf Sizilien?", entgegnete Lambach fragend.

„Eine Stadt. Siebentausend Menschen leben da. Früher waren es weniger."

„Und wann kamen Sie nach Deutschland?"

„Als ihr uns noch brauchtet. Als alles noch besser war."

Opinelli stellte seine Tasse ebenfalls auf den Tisch. Lambach erfasste ein Gefühl der Ohnmacht. Es gelang ihm nicht, das Gespräch in die richtigen Bahnen zu lenken. Meistens konnte man mit viel Fingerspitzengefühl das Ruder herumreißen und noch zu einem passablen Ergebnis kommen, aber diese Sache entglitt ihm. Opinelli schien verbittert. Trotz seines Mitleids fühlte sich Lambach diesem alten Mann unterlegen.

„Sie wohnen schon lange in Hamburg?"

„Seit wir in dieses Land kamen, meine Frau und ich."

„Ihre Frau ist in einer Anstalt untergebracht?"

Schon bevor er den Satz ausgesprochen hatte, bereute Lambach seine Worte.

„Was wollen Sie sagen, Commissario? Meine Francesca ist in einem Heim zur Erholung. Ich besuche sie jeden zweiten Tag. Es geht immer besser, jeden Tag."

„Ich wollte Ihnen nicht zu nahetreten, Herr Opinelli."

„Commissario Lambach, ich werde Ihnen erzählen von meinem Leben. Das wollen Sie doch hören, sì? Und dann werden Sie mir erzählen, was Sie wollen, bene?"

„Ich höre", sagte Lambach und hoffte, nun eine gemeinsame Basis für ein Gespräch gefunden zu haben. Coordes hatte ihn damals gelehrt, dass man traumatisierte Menschen erst mal kommen lassen muss. Diese Menschen müssen sich selber freireden.

„Als meine Francesca und ich in dieses Land kamen, hatten wir viele Pläne. In unserer Stadt in Italien war ein großes Chaos. In den Städten in der Nähe gab es Familien, die nicht gut miteinander waren. In den Zeiten gab es viele Fehden zwischen den Familien in Prizzi und Lercara Friddi. Mein Vater fand sein Ende vor der Kirche Santa Maria delle Nevi. Ich wollte nicht, dass mein Engel in so einer Welt aufwachsen muss. So habe ich bestimmt, dass wir verschwinden aus Lercara Friddi, dass wir verschwinden aus Sicilia. Eine neue Heimat haben wir gefunden in Hamburg. Ich habe gearbeitet unten im Hafen und habe gutes Geld verdient. Eine eigene Pizzeria, das war mein Traum. Meine Francesca hat sich um unsere Maria gesorgt, unseren Engel. Ich gebe zu, es war ein großer Fehler. Wir hätten bleiben sollen in Lercara Friddi. Aber ich habe es nicht besser gewusst."

Salvatore Opinelli stand auf und ging wortlos in den Nachbarraum. Lambach blieb auf dem Sofa sitzen und wartete ab. Als der Alte zurückkam, hatte er ein Fotoalbum in der Hand.

„Commissario, schauen Sie: Das ist meine Francesca. Ist sie nicht eine wunderschöne Frau?"

Auf dem verblichenen Foto war eine Frau mittleren Alters in einem Abendkleid zu sehen. Ihr langes schwarzes Haar fiel über eine weiße Stola. Es schien auf einer Feier entstanden zu sein, denn im Hintergrund konnte man verschwommen ein Büffet und weitere Gäste erkennen.

„Wie haben Sie sich kennengelernt, wenn ich fragen darf?"

„Vor der Scala in Milano. Ich ging die Piazza della Scala hinunter, habe sie gesehen und wusste: Sie ist die Frau meines Lebens. Ein halbes Jahr habe ich mich um sie bemüht, dann hat sie mich erhört. Francesca-Alessia Opinelli, meine Francesca! Sie war eine Diva, meine Francesca. Sie verstehen?"

„Ja, das verstehe ich", entgegnete Lambach.

Einen Moment saßen sich die beiden gegenüber und schwiegen, als gäbe es eine unsichtbare Verbundenheit zwischen ihnen.

Plötzlich klappte Opinelli das Album zu und schaute Lambach an. „Was soll ich Ihnen erzählen, Commissario?"

„Es geht um Ihre verstorbene Tochter Maria."

„Meine Maria ist nicht gestorben, sie wurde ermordet! Mit dreißig Jahren!"

„Sie wissen, dass wir zwei der Täter hinter Gitter bringen konnten", sagte Lambach mit ruhiger Stimme. „Leider ist einer davon zurzeit wieder auf freiem Fuß."

Ruckartig schaute Opinelli auf.

„Porca miseria! Wie kann das sein?"

„Er saß in der Psychiatrie und ist von einem Ausgang nicht zurückgekehrt."

Herr Opinelli schien außer sich vor Wut. Seine kleinen Augen glitzerten und er ballte die Fäuste. „Ausgang? Wie kann so ein Schwein Ausgang bekommen? Wissen Sie denn nicht, was diese Bestie meiner Maria angetan hat? Seid ihr alle verrückt?"

Der Alte saß da, stützte seine Ellbogen auf die knochigen Knie und verbarg das Gesicht in den Händen.

Lambach redete mit ruhiger Stimme weiter: „Einen der Täter konnten wir damals nicht schnappen. Wir kannten zwar seinen Namen, aber er war untergetaucht. Es handelte sich um den Taxifahrer Udo Mahnke, wie Sie sicher wissen."

Opinelli saß in seinem Sessel und sah Lambach mit versteinertem Gesicht an.

„Wir haben diesen Mann jetzt gefunden."

Lambach schaute dem Alten in die Augen, um eine Reaktion feststellen zu können. Doch nichts. Opinelli saß nur da, ohne jegliche Mimik.

Lambach fuhr fort: „Udo Mahnke wurde in einem Kellerverlies übel zugerichtet. Ein gewisser Doktor Sachse hat ihn dort festgehalten. Bis heute ist es nicht gelungen, Sachse aufzuspüren. Man könnte fast sagen, er ist wie vom Erdboden verschluckt."

Opinelli lehnte sich zurück und legte seine Arme auf die Lehnen des Sessels.

„Und was habe ich damit zu tun?", fragte er langsam.

„Herr Opinelli, ich frage mich, welchen Zusammenhang es zwischen dem Mörder Ihrer Tochter und Doktor Sachse geben könnte. Es muss eine Verbindung existieren! Der einzige Zusammenhang, den ich bislang erkenne, ist der Tod Ihrer Tochter. Darum bin ich hier."

„Warum soll ich Ihnen helfen, den Mann zu finden, der Marias Mörder bestraft hat? Das können Sie nicht verlangen."

„Ich kann nachvollziehen, dass es Ihnen Genugtuung verschafft, dass Herr Mahnke *bestraft* wurde, wie Sie es nennen. Aber was er erlitten hat, ist schlimmer als eine Haftstrafe. Wer auch immer Herrn Mahnke dieses Leid zugefügt hat, darf genauso wenig davonkommen wie Herr Mahnke selbst. Sie müssen mir helfen!", sagte Lambach mit Nachdruck.

Wie vom Blitz getroffen sprang der Alte aus seinem Sessel auf, fuchtelte mit den Armen und machte seinem Unmut Luft. „Col cavolo che lo faccio!", schrie er.

Lambach verstand kein Wort, merkte jedoch, dass die Situation zu eskalieren drohte.

„Herr Opinelli, ich werde jetzt gehen. Denken Sie noch einmal über alles nach. Sie erreichen mich im Polizeirevier in Göttingen. Fragen Sie einfach nach mir."

Als Lambach im Treppenhaus stand, drehte er sich noch einmal um. Salvatore Opinelli stand mit hochrotem Kopf im Türrahmen.

„Commissario!", rief er. „Wenn Sie etwas Gutes tun wollen, dann lassen Sie dieses Schwein nie wieder unter Menschen!"

Er knallte die Tür zu.

Lambach wurde übel, als er daran dachte, dass er nun Francesca Opinelli einen Besuch abstatten musste. Was würde ihn dort erwarten?

17. KAPITEL

„Sie können den Fahrstuhl hier vorne benutzen, um in den Wohnbereich der ersten Etage zu kommen. Dort wird Ihnen eine Kollegin das Zimmer von Frau Opinelli zeigen."

Lambach bedankte sich und fuhr mit dem Lift nach oben. Er schaute links und rechts den langen Flur entlang, an dessen Ende sich jeweils ein Fenster im grünen Linoleumboden spiegelte. Ein älterer Herr tastete sich an einem Handlauf vorwärts. Eine Mischung aus Urin, Zitrusöl und billigem Rasierwasser lag in der Luft und ließ Lambachs Atem kurz stocken.

„Entschuldigen Sie, mein Herr, wo finde ich hier eine Schwester?"

Der ältere Mann drehte sich umständlich zu Lambach um und musterte ihn.

„Im Pausenraum. Die sind immer im Pausenraum, wenn man sie mal braucht", knurrte er und schlich weiter.

Lambach sah ihm hinterher und musste an seine Eltern denken, die schon früh verstorben waren.

Da er keinen Hinweis auf einen Pausenraum entdeckte, entschied er sich, den Flur nach links hinunterzugehen. An den Türen standen Nachnamen mit großen Buchstaben, darunter waren einfache Symbole wie Sterne, ein Dreieck oder eine Sonne angebracht. Lambach musste an die Garderobe eines Kindergartens denken.

In der Mitte des Flurs wurde er fündig. Auf der linken Seite stand die Tür zu einem Raum offen, in dem eine Schwester, sie war etwa Ende vierzig, und ein junger Mann, vermutlich ein Zivildienstleistender, an einem Esstisch saßen. An der Tür genau gegenüber las Lambach den Namen *Opinelli*. Er klopfte an die offene Tür des Pausenraums, trat einen Schritt hinein und zeigte seinen Dienstausweis.

„Guten Tag, mein Name ist Lambach. Ich bin von der Kripo Göttingen. Die Schwester vom Empfang hat mich zu Ihnen hochgeschickt. Ich bin der ermittelnde Beamte in einem lange zurückliegenden Fall. Zu diesem gibt es neue Erkenntnisse und ich möchte gerne Frau Francesca-Alessia Opinelli befragen. Wären Sie so freundlich, mich bei ihr anzumelden?"

Die Schwester stand auf, ging lächelnd auf Lambach zu und nahm den Dienstausweis an sich.

„Hallo, ich bin Schwester Hedi. Darf ich mal sehen?" Aufmerksam studierte sie Namen und Foto, dann gab sie Lambach den Ausweis zurück.

Schwester Hedi ging zum Tisch zurück und bot Lambach einen Platz an.

„Ich fürchte, Sie haben die Reise nach Hamburg umsonst gemacht. Frau Opinelli ist schon lange nicht mehr wirklich zu erreichen. Der Einzige, der noch zu ihr durchdringt, ist ihr Mann. Danach ist sie immer etwas ruhiger. Frau Opinelli ist nicht gefährlich, aber problematisch. Gut möglich, dass sie sich Fremden gegenüber aggressiv verhält."

Lambach zog fragend die Augenbrauen hoch.

„Sie unterhalten sich auf Italienisch ... also Herr Opinelli und seine Frau", entgegnete Schwester Hedi. Es ist traurig, das mitansehen zu müssen. Der arme Herr Opinelli! Erst die Tochter – und dann verliert er im Grunde auch noch seine Frau. Aber er hält ihr all die Jahre die Treue und besucht sie regelmäßig."

„Da haben Sie recht, das ist hart. Wenn Sie erlauben, Schwester Hedi, möchte ich es dennoch bei Frau Opinelli versuchen. Vielleicht habe ich Glück und sie beantwortet mir die eine wichtige Frage, die ich habe."

Schwester Hedi stand achselzuckend auf, ging über den Flur zur Zimmertür der Patientin und klopfte an. Lambach blieb draußen stehen, sodass Frau Opinelli ihn nicht sehen konnte. Die freundliche Stimme der Schwester klang fast unterwürfig.

„Frau Opinelli, da ist ein Herr aus Göttingen. Er möchte Sie gerne etwas fragen. Er ist von der Polizei."

„Wo ist er? Ist Maria bei ihm?"

Lambach sah durch die geöffnete Tür eine hagere, blasse Frau. Ihre weißen Haare waren zu einem Dutt hochgesteckt, die Augen wirkten finster, beinahe schwarz, die Lippen schienen nur ein Strich zu sein unter einer spitz zulaufenden Nase. „Guten Tag, Frau Opinelli, mein Name ist Lambach."

Bevor er den Satz zu Ende bringen konnte, platzte es aus der alten Dame heraus: „Vieni al sodo!"

Lambach verstand nicht, was sie sagte, aber ihm war klar, dass es nichts Freundliches war.

„Ich wollte Ihnen nur mitteilen, dass wir einen weiteren Täter von damals verhaftet haben."

Ihr Gesicht verzerrte sich zu einer gehässigen Fratze. Dann schrie sie los: „Che cazzo voi! Nach all den Jahren! Willst du jetzt einen Orden von mir? Du kommst zu der Mutter, die ihre einzige Tochter verloren hat, und erzählst ihr so einen Unsinn? Piú scemoa non potevi nascere. Bring mir die Eier und die Augen von diesen Schweinen – und selbst dann werde ich keine Ruhe finden!"

Die Augen der Alten schienen nun vor Hass zu glühen, ihre Lippen wurden weiß. In den Mundwinkeln sammelte sich Speichel. Dann verlor sich das Schreien der Frau in einem leisen Wimmern.

Lambach stand bestürzt im Türrahmen und starrte sie an.

„Ich konnte nicht bei meiner kleinen Maria sein, als sie mich gebraucht hat!", schrie sie ihn an, griff nach einer Zeitung und schleuderte sie quer durch den Raum. Geistesgegenwärtig zog Schwester Hedi Lambach am Arm hinaus auf den Flur.

„Das wird nichts mehr, Herr Lambach. Tut mir leid", sagte sie. Die Beschimpfungen von Francesca Opinelli waren durch die geschlossene Tür noch deutlich zu vernehmen. „Es hat ihr das Herz zerrissen. Das machen wir fast jeden Tag mit ihr durch."

Lambach nickte verständnisvoll.

„Sagen Sie mal einer Mutter, die ihre Tochter auf diese Weise verloren hat, dass sie nach vorne schauen soll und das Leben weitergeht." Sie schüttelte den Kopf. „Das bringt nichts. Möchten Sie einen Kaffee, Herr Lambach?"

„Ach, Sie haben sicher viel zu tun. Ich möchte Sie nicht aufhalten", entgegnete er.

Schwester Hedi lächelte. „Ist schon gut. Wir sind heute zu zweit. Setzen Sie sich dort ans Fenster. Milch? Zucker?"

Lambach nahm auf einem Stuhl Platz und betrachtete Schwester Hedi, wie sie ihm einen Kaffee zubereitete.

„Milch oder Zucker, Herr Lambach?", fragte sie erneut.

Lambach war noch immer bestürzt.

„Ohne Milch bitte. Gerne etwas mehr Zucker."

Aufmerksam beobachtete er, wie die Schwester in jede Tasse drei Löffel Zucker gab.

„Sie nehmen auch gerne viel Zucker, Schwester Hedi?"

Wieder lächelte sie, fast schon liebevoll.

„Ja, so versüße ich mir mein Leben."

Schwester Hedi kam Lambach wie ein Engel vor, so sanftmütig und bescheiden.

Er lauschte. „Sie scheint sich beruhigt zu haben."

Schwester Hedi rührte nachdenklich ihren Kaffee um.

„Sie liegt jetzt im Bett, hat sich ein Foto ihrer Maria an die Brust gedrückt und weint. Wie jeden Tag."

Lambach nahm einen Schluck Kaffee. „Der ist gut", stellte er fest und wischte am oberen Rand der Tasse einen Tropfen ab.

„Bekommt Frau Opinelli sonst von jemandem Besuch, außer von ihrem Mann?"

„Nein, seit Jahren kommt nur ihr Mann. Jeden zweiten Tag. Er geht einen Tag auf den Friedhof und den nächsten kommt er hierher zu seiner Frau. Immer abwechselnd. Seit Jahren."

„Hat sie etwa noch weitere Verwandtschaft hier in Deutschland?", fragte Schwester Hedi plötzlich.

Lambach zog die Stirn in Falten.

„Nein ... also ... Wie soll ich es sagen? Sie kennen den Fall von Maria Opinelli?"

„Ja, wir sind hier alle vertraut mit dem Schicksal der Opinellis, von der Einwanderung damals bis heute."

Lambach nickte bedächtig.

„Wir haben jahrelang nach dem dritten Täter gesucht und ihn jetzt gefunden. Wie es aussieht, hat sich jemand grausam an ihm gerächt. Dieser Jemand scheint aber keinerlei Beziehung zu dem Opinelli-Fall zu haben. Das Ganze ist sehr verworren."

„Ich wüsste jetzt auch nicht, wie ich Ihnen helfen könnte", antwortete Schwester Hedi ratlos. „Vielleicht wenden Sie sich an Herrn Opinelli?"

Lambach nahm seine Tasse und führte sie zum Mund. „Da war ich schon. Leider erfolglos. Herr Opinelli muss seine Frau sehr lieben. Er spricht immer noch von *seiner Diva*."

„Ja, da hat ihr Mann wohl recht. Sie war eine große Opernsängerin in Italien."

Die Antwort auf seine rhetorische Feststellung traf ihn wie ein Schneeball. „Sie war Opernsängerin? Sie hat also Arien gesungen?"

Lambach konnte kaum glauben, was ihm Schwester Hedi da mitteilte. In der Opinelli-Akte war kein Wort davon zu finden gewesen.

Schwester Hedi zuckte verlegen mit den Schultern. „Das weiß ich leider nicht", druckste sie. „Ich kenne mich da nicht so aus."

„Sie haben mir sehr geholfen. Wirklich. Ich bin durch unser Gespräch einen ganzen Schritt weitergekommen."

Schwester Hedi runzelte die Stirn. „Tatsächlich? Ich hab doch gar nichts gesagt."

„Oh doch, das haben Sie. Sie haben etwas Entscheidendes gesagt. Es hat mich sehr gefreut, Ihre Bekanntschaft zu machen. Ich finde allein zum Fahrstuhl."

MONTAG, 10. SEPTEMBER 2001

Niemand hatte seine Aufzeichnungen bemerkt, die er vorsorglich unter dem Einlegeboden einer seiner Taschen versteckt hatte. Noch etwas wacklig auf den Beinen schritt er den langen schwach beleuchteten Kellergang in Richtung Altbau entlang. Ein kurzes Schmunzeln huschte über sein Gesicht, als die beiden kräftigen Männer die Taschen von dem glänzenden Rollwagen hoben und in seine ehemalige Zelle trugen.

Er schaute sich um. Nichts hatte sich verändert. Bis auf einen neuen Stuhl befand sich der Raum in dem Zustand, wie er ihn vor drei Tagen verlassen hatte.

„So, das war's", sagte einer der *Pfleger und nickte ihm wohlwollend zu.*
„Ich hoffe, wir sehen uns sobald nicht wieder. Machen Sie es gut."
Aus der Ferne waren Schlager der 70er Jahre zu hören.

18. KAPITEL

Den Nachmittag des 8. November verbrachte Lambach allein in Hamburg. Gleich nach dem Aufstehen hatte er vergeblich versucht, Freddie Bolz zu erreichen. Er hatte keine Mailbox eingerichtet, sodass Lambach ihm eine SMS schicken musste. Bolz sollte nach einem Zusammenhang zwischen der Opernsängerin Francesca-Alessia Opinelli und der CD aus dem Verlies suchen. Lambach war sich sicher, dass es einen Bezug gab. Und Bolz würde ihn finden.

Das Frühstück im *„Graf Moltke"* ließ Lambach bewusst aus; er hasste es, alleine in einem Hotel zu essen. Auf seinen Dienstreisen suchte er sich stets ein Restaurant in der Nähe. Als Lambach diese kleine Marotte vor Jahren einmal seinem Freund Svend Mose gegenüber erwähnt hatte, erkannte dieser darin ein Bedürfnis nach Unabhängigkeit und Individualität.

Nach einem ausgiebigen Mittagessen machte Lambach einen langen Spaziergang an der Binnenalster. Die Luft war angenehm frisch und einige Sonnenstrahlen brachen durch die Wolken. Er ging langsam, genoss das Wetter und die Ruhe. Hin und wieder überholten ihn einige Jogger, ein älteres Paar mit zwei Möpsen an der Leine kam ihm entgegen. An einer hochgewachsenen Trauerweide blieb er stehen und blickte über das Wasser. Kleine Wogen schwappten mit leisem Plätschern an das kieselsteinige Ufer. Für einen Moment dachte Lambach an seine Tochter Antonia, die nur wenige Autominuten von hier entfernt wohnte. Warum ging er lieber alleine spazieren, anstatt sie zu besuchen?

Das Klingeln seines Telefons riss ihn aus den Gedanken.

„Hallo, Richard, ich bin's. Wo treibst du dich denn rum?"

Lambach erkannte Carolas Stimme.

„Ich bin in Hamburg. Ist etwas passiert?"

„Nein, es ist alles in Ordnung. Ich wollte dir nur sagen, dass es mir leidtut wegen neulich Abend. Und es gibt neue Erkenntnisse in dieser Brandsache. Du weißt schon, der Gutshof."

„Ja, natürlich. Deswegen bin ich ja in Hamburg. Erzähl schon!"

„Also gut", begann Carola. „Die Obduktion der Leiche ergab, dass es sich bei der verbrannten Person tatsächlich um Doktor Ulrich Sachse handelt."

„Das ist nicht möglich!", entwich es Lambach.

„Sowohl Zahnstatus als auch DNA lassen keinen Zweifel zu."

„Wie kann das sein? Da habt ihr doch Mist gebaut, Carola! Ich habe Sachse mit meinen eigenen Augen hier in Hamburg gesehen. Ich bin doch nicht verrückt."

„Richard, ich kann dir nur sagen, was unsere Untersuchungen ergeben haben. Was du daraus machst, ist deine Sache. Im Übrigen habe ich alle Tests persönlich durchgeführt. Ich dachte nur, es sei dir wichtig, es so schnell wie möglich zu erfahren."

„Ja, natürlich. Das ist es ja auch. Und du bist dir wirklich ganz sicher, dass sich da kein Fehler eingeschlichen hat?"

„Ja", sagte Carola barsch.

„Ich frag ja nur."

„Richard, kein Zweifel: Es ist Ulrich Sachse."

„Danke, Carola. Ich melde mich."

Wie konnte das sein? Krampfhaft bemühte sich Lambach, einen klaren Kopf zu bekommen. Er ging gedanklich noch einmal alle Fakten durch, wiederholte die Beweise immer und immer wieder, wägte Argumente ab. Das konnten doch keine Zufälle sein!

„Ich bin nicht verrückt", murmelte er und musste daran denken, was Heutelbeck über Wahnvorstellungen erzählt hatte. Sollte er jetzt hinschmeißen und sich gegen seine Überzeugung den scheinbaren Beweisen ergeben?

„Nein, das wäre feige. Wie sollte ich jemals wieder in den Spiegel schauen?", entfuhr es ihm.

„Entschuldigen Sie, ist Ihnen nicht gut?", hörte Lambach die weiche Stimme einer Dame. Erst jetzt nahm er das ältere Paar wahr, das vorhin noch an ihm vorbeigegangen war.

Er lächelte verlegen. „Nein, alles in Ordnung, vielen Dank. Mir war nur kurz schwindlig. Der Kreislauf. Aber geht schon wieder."

Besorgt sah die Dame ihn weiter an.

„Einen schönen Tag wünsche ich noch."

Lambach steckte sein Handy in die Manteltasche, nickte dem Paar noch einmal zu und machte sich wieder auf den Weg. Jetzt, da die Sonne hinter den Wolken verschwunden war, wurde der Wind eisig kalt.

19. KAPITEL

Es war nur eine Sekunde, die Lambach fast das Leben gekostet hätte.
Schon auf halbem Weg zwischen Hamburg und Göttingen wäre er fast auf seinen Vordermann aufgefahren. Auf Höhe der Northeimer Seenplatte touchierte sein Wagen schließlich die Leitplanke der A7 mit etwa 120 Kilometern pro Stunde. War es die Monotonie der Autobahnfahrt oder die zwanghafte Grübelei? Eine unerträgliche Schwere hatte sich über seinen Geist gelegt. Er war müde und erschöpft. Lambach hatte das Seitenfenster ein Stück heruntergelassen und sich an der Raststätte Seesen einen Becher Kaffee gekauft. Er wollte nur nach Hause. Als ihn der Sekundenschlaf übermannte, war er gerade auf der Überholspur.

Mit weichen Knien beobachtete er, wie der Abschleppwagen seinen demolierten Volvo auf die Ladefläche zog. Um 23.45 Uhr setzte ihn einer der Kollegen von der Autobahnpolizei in der Göttinger Riemannstraße ab.

Seine Wohnung war unbehaglich kühl. Ohne seine Reisetasche auszupacken, ging Lambach ins Wohnzimmer, drehte die Heizung auf fünf und legte sich aufs Sofa. Es dauerte nur Sekunden, bis er eingeschlafen war.

„Guten Morgen, Herr Lambach. Wie sehen Sie denn aus? Sie sind ja pudelnass. Sind Sie zu Fuß gekommen?"

Traudel befüllte gerade die Kaffeemaschine, als Lambach die Abteilung betrat.

„Guten Morgen. Mein Wagen musste in die Werkstatt", antwortete er, ohne den Unfall vom Vortag zu erwähnen.

„Na, dann reichen Sie mir mal Ihre Jacke rüber! Ich hänge sie zum Trocknen auf. Übrigens, von Stetten wartet in Ihrem Büro."

„Er ist hier?"

„Schon seit halb acht. Es scheint ihm besser zu gehen."

Schnellen Schrittes ging Lambach den Flur hinunter und steuerte direkt auf sein Arbeitszimmer zu.

„Max, wie ich mich freue, dich zu sehen!", rief Lambach beim Betreten des Raums und stürmte mit ausgestreckter Hand auf von Stetten zu.

„Lass mal gut sein. Ich war krankgeschrieben, nicht im Krieg."

„Ich hab mir trotzdem Sorgen gemacht. Weißt du, wie oft ich versucht habe, dich zu erreichen?"

Von Stetten nickte.

„Ich brauchte Abstand. Mein Arzt meinte, ich sollte mich mal rausnehmen. Nach einer Woche fiel mir aber die Decke auf den Kopf. Madeleine und ich sind in das Ferienhaus meines Vaters nach Spiekeroog gefahren."

Lambach hörte aufmerksam zu.

„Ich wache immer noch jede Nacht auf. Es ist zum Kotzen."

„Kann dir dein Arzt nicht was verschreiben?"

„Ich nehme schon Pillen, inzwischen aber weniger. Ohne das Zeug würde ich vermutlich gar nicht einschlafen. Das bleibt aber bitte unter uns."

Lambach machte eine versichernde Handbewegung. „Meinst du nicht, dass du dir mehr Zeit nehmen solltest?", fragte er.

„Vielleicht sollte ich das wirklich machen, aber ich habe auf Spiekeroog gemerkt, dass mir Strandspaziergänge nicht helfen. Ich will, dass das Schwein gefasst wird, das Mahnke in das Netz gehängt hat. Ich glaube, das ist die beste Therapie für mich. Die

Herren vom Polizeipsychologischen Dienst sehen das natürlich anders."

Lambach konnte sich ein Grinsen nicht verkneifen. Er ging um den Schreibtisch herum und legte seine Hand auf von Stettens Schulter. „Ich bin froh, dass du wieder da bist. Ich brauche dich hier. Mehr als jeden anderen."

Bereits um halb neun versammelten sich die Mitglieder der Ermittlungsgruppe im kleinen Konferenzraum. Lambach hatte Traudel gebeten, einige Kannen Kaffee zu kochen und weitere Getränke bereitzustellen. Alle außer Bolz waren bereits anwesend, als Lambach den Raum betrat. Selbst Grams war wieder erschienen. Er zupfte gedankenverloren an seinem Gips, während ihm Kathrin Adams Kaffee eingoss.

Lambach schaute in die Runde. Hansch unterhielt sich mit Wollny, Steiger blätterte im *Tageblatt*. Konsbruchs Platz am Kopf des Tisches war unbesetzt und auch Kreislers Stuhl war leer. Als Staatsanwalt nahm er ohnehin meist nur an den Besprechungen teil, bei denen wichtige Entscheidungen gefällt wurden. Ansonsten ließ er Lambach freie Hand. Nach so vielen Jahren der Zusammenarbeit vertraute Kreisler ihm und seinen Mitarbeitern blind. Auch wenn er immer kritisch war und durch seine konservative Denkweise so manchen Ermittlungsverlauf ausgebremst hatte, verstanden sich die beiden gut und respektierten einander. Zudem vereinfachten seine guten Kontakte zu Wirtschaft und Politik häufig die Ermittlungsarbeit.

„Guten Morgen. Wir sind ja fast vollzählig. Hat jemand Freddie gesehen?", wollte Lambach wissen.

Traudel hob die Hand.

„Freddie Bolz kann nicht kommen. Er musste raus nach Löwenhagen. Irgendeine Einbruchsgeschichte."

„Hm, ärgerlich. Ich schlage vor, wir beginnen ohne ihn. Vielleicht kommt er ja noch." Lambach setzte sich auf Konsbruchs Stuhl und schlug sein Notizbuch auf. „Wie ihr mitbekommen habt, ist Max wieder mit von der Partie." Lambach schaute zu von

Stetten, der kurz in die Runde nickte. „Er hat einiges durchmachen müssen. Umso mehr freue ich mich, dass es ihm besser geht und er uns jetzt unterstützen kann."

Lambach wandte sich an Kathrin Adams. „Kathrin, ich möchte, dass du Max über den Stand der Dinge informierst. Er sollte jedes Detail kennen."

Kathrin Adams bestätigte durch ein kurzes, aber bestimmtes Kopfnicken.

„Während unserer letzten Sitzung sind einige Fragen aufgekommen. Unter anderem nach Sachses Tatmotiv. Des Weiteren muss die Verbindung zwischen Sachse und Mahnke geklärt werden."

„Kathrin, ich hatte dich gebeten, zum Fall Mortag Informationen einzuholen. Bist du da weitergekommen?"

„Ich habe die Kollegen in Hamburg kontaktiert, leider erfolglos. Bislang gibt es keine Erkenntnisse darüber, wer Mortag vor das Auto gestoßen hat. Die Fahrerin des Fahrzeugs, eine gewisse Nicole Goldmann aus Konstanz, kann leider keine nennenswerten Angaben zum Aussehen der Person machen. Die Kollegen aus Hamburg sind sich nicht einmal sicher, dass so eine Person überhaupt existiert. Frau Goldmann könnte sie auch schlicht erfunden haben."

Lambach drehte einen Bleistift zwischen den Fingern hin und her. „Nun gut, das bringt uns momentan nicht weiter. Du bleibst dran?"

„Natürlich", antwortete Kathrin.

„Was haben wir noch?"

Lambach schaute in die Runde. Niemand sagte etwas, bis Wollny sich räusperte.

„Ja, Daniel?"

„Na ja, ich habe mir Sachses Umfeld angeschaut. Die meisten Nachbarn haben ihn als arroganten Arzt gesehen, der mit ihnen nichts zu tun haben wollte. Ich habe mir dann Gedanken gemacht, was Sachse wohl für ein Mensch war. Abgesehen davon, dass er ein ausgezeichneter Chirurg gewesen ist, muss er ja auch außerberufliche Kontakte gehabt haben. Jeder hat doch irgendwelche

Menschen, mit denen er sich umgibt, die etwas über einen wissen, Stärken und Schwächen kennen und einen Einblick in das Gefühlsleben haben. Im Fall Doktor Ulrich Sachse liegen die Dinge anders."

„Was meinst du damit?"

„Anscheinend gibt es keinen einzigen Menschen auf der Welt, dem Sachse nahestand. Seine Ehefrau Marianne hat sich ein halbes Jahr nach dem Tod der gemeinsamen Tochter das Leben genommen. Somit war von Sachses Familie nur die Mutter, Krimhild Sachse, übrig und ein sechs Jahre älterer Bruder. Die Mutter lebt in einem Pflegeheim in Dresden."

„Stopp! Der Bruder! Konntest du etwas über den Bruder in Erfahrung bringen?", fragte Lambach.

Wollny schlug sein Notizbuch auf.

„Sein Name ist Helmut Sachse, fünfundsechzig Jahre alt, verheiratet, vier Kinder. Er lebt in Adelaide im Süden Australiens. Von Beruf ist er Schiffbauingenieur mit einer Professur für Schiffbau. Mehr konnte ich in der kurzen Zeit nicht herausfinden."

„Bleib dran! Ich will alles über diesen Bruder wissen!", unterbrach Lambach.

Wollny fuhr fort: „Sachse hatte also weder Freunde noch weitere Familienangehörige. In den umliegenden Ortschaften kannte man ihn praktisch gar nicht. Er kaufte nicht einmal regelmäßig dort ein. Nach seinem Umzug von Göttingen auf diesen Gutshof hatte er, abgesehen von seiner Arbeit, nur wenige Kontakte. Und das über Jahre. Wenn man jetzt noch berücksichtigt, unter welchen Qualen seine Tochter sterben musste ... Der Mann hat einfach jede Bodenhaftung verloren. Ich kann mir daher schon vorstellen, dass er etwas getan hat, was sich ein gesunder Mensch nicht mal ansatzweise ausdenken kann."

Betroffenes Schweigen erfüllte den Raum.

„Vielleicht war er einfach nicht in der Lage, anders zu handeln. Das ist natürlich keine Entschuldigung, aber das sollten wir nicht vergessen."

Lambach war froh, dass Wollny selbst auf die Idee gekommen

war, Sachses soziales Umfeld zu durchleuchten. Wollny hatte Interesse an dem Fall, er dachte mit, das war gut für das Fortkommen und auch für das, was Lambach zu beweisen versuchte. Er stand auf, ging langsam mit vor der Brust verschränkten Armen durch den Raum und sah nachdenklich zu Boden. Die Anwesenden folgten ihm mit ihren Blicken.

„Wir werden nicht drum herumkommen, die alte Dame im Pflegeheim zu besuchen."

„Solange wir nicht noch nach Australien fliegen müssen ...", flüsterte Steiger seinem Nachbarn zu.

Lambach ignorierte die Bemerkung. Er durfte sich nicht aus der Ruhe bringen lassen.

„Ich hatte gestern auf der Rückfahrt von Hamburg nach Göttingen einen Unfall. Mein Wagen ist in der Werkstatt. Max, deshalb bitte ich dich, mich nach Dresden zu begleiten. Vielleicht kann uns Frau Sachse ja etwas über ihren Sohn erzählen."

„Kein Problem. Madeleine ist noch bei ihrer Mutter in Hannover. Wann soll es losgehen?"

„Gleich morgen früh", sagte Lambach. „Wir besprechen alles Weitere in meinem Zimmer."

Lambach blickte erneut in die Runde.

„Stefan, kommst du mit der Sondenkost voran? Hast du schon was gefunden?"

„Ich bin mit Freddie ganz eng. Seine Leute schauen die Altglascontainer in der Umgebung durch. Die Buchhaltung im Klinikum kontrolliert, ob es Unregelmäßigkeiten im Bestellwesen gab. Allerdings sagte mir die Klinikleitung, dass die Verpflegung einer Einzelperson kaum auffallen würde. Die umliegenden Apotheken haben jedenfalls keine Bestellungen auf Sachses Namen."

Lambach zog seinen *Montblanc* aus der Hemdtasche und notierte sich den Stand der Dinge mit skeptischem Gesichtsausdruck.

„Die Auto-Sache?", fragte er mit beinahe flehendem Blick.

„Nichts. Aber ich warte noch auf einen Rückruf aus Hamburg", antwortete Hansch.

„Mach Druck, Stefan! Wenn eine Autovermietung den Wagen

erst grundgereinigt hat, brauchen wir nicht mehr nach Spuren zu suchen."

Hansch nickte und machte sich eine Notiz.

„Nur zur Info", erklärte Lambach mit lauter Stimme. „Sollte Sachse noch am Leben sein, muss er sich so bewegen, dass er nicht gesehen wird. Da beide Autos auf dem Gutshof gefunden wurden, nutzt er wahrscheinlich einen anderen Wagen. Stefan ist bereits dran."

Es entstand leises Gemurmel. Sachse sollte am Leben sein?

Lambach wandte sich erneut an Wollny: „Daniel, du erstellst bitte eine Liste des engeren Kollegenkreises von Sachse. Wenn möglich mit Namen und Funktion im Krankenhaus, eventuell auch Verbindungen untereinander. Es könnte sein, dass sich Sachse ein Team für seine Folter-OPs rekrutiert hat. Steiger wird dir helfen. Ist sonst noch etwas? Nein? Dann machen wir uns wieder an die Arbeit."

Lambach beendete die Sitzung.

Während Traudel die benutzten Kaffeetassen zusammenstellte, verließ er das Konferenzzimmer. In seinem Büro wartete bereits von Stetten auf ihn.

„Hansch hat mir die Adresse des Pflegeheims gegeben. Wie lange werden wir bleiben?"

„Heute ist Montag. Ich schätze mal, dass wir spätestens am Mittwochnachmittag zurück sind."

„Das passt. Madeleine hat am Donnerstag Geburtstag und ich möchte nicht, dass sie an diesem Tag allein zu Hause sitzt. Du weißt ja, seit Madeleines Vater den Schlaganfall hatte, ist alles nicht mehr so einfach für sie."

„Es ist gut, wenn man jemanden hat, der einem in der Not beisteht", entgegnete Lambach und atmete hörbar ein. „Kannst du um neun da sein?"

„Zehn wäre mir lieber. Ich wollte vorher noch in den Baumarkt, Tapeten abholen."

„Du renovierst?", fragte Lambach erstaunt.

„Nicht direkt", antwortete von Stetten schmunzelnd.

„Nun mach es nicht so spannend, Max! Du bist doch nicht gleich nach der Sitzung in mein Büro marschiert, um mir zu sagen, dass Hansch dir die Adresse des Pflegeheims gegeben hat. Also, raus mit der Sprache!"
„Madeleine ist schwanger!"
Mit allem Möglichen hatte Lambach an diesem Tag gerechnet, aber damit nicht.

20. KAPITEL

Pünktlich um zehn holte von Stetten Lambach in der Riemannstraße ab.
Nachdem sie vier Stunden unterwegs waren, legten sie eine Pause in der Raststätte „Teufelstal" zwischen Jena und Dresden ein. Nun saßen sie bei Rostbratwurst mit Bratkartoffeln. Von Stetten und Lambach hatten die ganze Fahrt über nur ein Thema gehabt: Madeleines Schwangerschaft. Max erzählte mit Freude, dass er gerade sein Arbeitszimmer in ein Kinderzimmer verwandelte und welchen Spaß es machte, dafür Tapeten und Möbel auszusuchen. Lambach dachte daran, wie Madeleine neulich den schweren Klappkorb allein ins Haus gewuchtet hatte. Die beiden unterhielten sich über einen passenden Vornamen und Lambach versuchte sich an Einzelheiten aus Antonias Kindheit zu erinnern. Einiges kam aus der Tiefe zurück. Die ersten Schritte, die Wandfarbe ihres Zimmers, das Drama, als Antonia nicht mehr in den Kindergarten gehen wollte, der erste Schultag, der erste Liebeskummer.
Von Stetten weiß gar nicht, was da auf ihn zukommt, dachte er und schmunzelte in sich hinein.

Gut zwei Stunden später standen Lambach und von Stetten mit einem Stadtplan in den Händen vor der *Yenidze*, einem Bürogebäude mit Restaurant im Stil einer Moschee. Lambach hatte mit Carola schon einige Male Dresden besucht und konnte von Stetten einiges über das imposante Bauwerk erzählen. Es handelte sich um eine ehemalige Zigarettenfabrik und die Form der zwanzig Meter hohen spitzbogigen Kuppel sollte angeblich den Kalifengrabmälern in Kairo entsprechen. Die beiden beschlossen, noch einige andere Sehenswürdigkeiten anzuschauen und dann den Tag mit einem Abendessen ausklingen zu lassen.

Nachdem sie die Semperoper, den Zwinger und die Frauenkirche besucht hatten, standen sie auf der großzügigen Freitreppe der Brühlschen Terrasse und blickten über die Elbe. Lichter spiegelten sich im ruhig dahinfließenden Wasser. Beide schwiegen, jeder hing seinen Gedanken nach. Erst, als es anfing zu nieseln und ihnen die Kälte in die Glieder kroch, brachen sie zum Gewölberestaurant *Sophienkeller* am Taschenbergpalais auf. Es war Zeit für ein Glas Wein.

Am nächsten Morgen standen Lambach und von Stetten vor dem Schreibtisch des Pflegeheimleiters und wünschten, Frau Sachse zu besuchen.

Dieser hörte sich in aller Ruhe an, was sie zu sagen hatten, griff dann zum Telefon und wählte.

„Lewandowski hier. Ildikó, seien Sie doch bitte so freundlich und kommen Sie in mein Büro."

Nach wenigen Minuten öffnete sich die Tür und eine Frau in weißer Schwesterntracht betrat den Raum.

„Meine Herren, das ist Frau Biró. Sie ist die Stationsschwester. Nehmen Sie bitte Platz, Ildikó."

Lewandowski erläuterte kurz das Anliegen der Beamten und bat die Schwester, die beiden zu Frau Sachse zu führen.

„Wenn Sie bitte kurz warten würden?", sagte diese, als sie die Station erreichten. „Ich möchte erst schauen, ob alles in Ordnung ist."

Ihr osteuropäischer Akzent war deutlich zu hören.

Kurz darauf winkte sie ihn zu sich.

„Sie können kommen", lächelte sie und hielt ihnen die Zimmertür auf. Frau Sachse saß mit gefalteten Händen an einem kleinen Tisch und blickte ins Leere. Sie trug einen großblumigen Morgenmantel sowie Hausschuhe aus Filz. Auf dem Tisch neben einem Trockengesteck stand eine durchsichtige, halb gefüllte Schnabeltasse aus Plastik. Die Frau zeigte keine Reaktion, als die Polizisten eintraten.

„Frau Sachse?", sprach Schwester Ildikó die alte Dame mit leiser Stimme an.

Geistesabwesend und bewegungslos saß sie da.

„Frau Sachse?", wiederholte die Schwester etwas lauter.

Die kleine Frau drehte den Kopf ganz langsam in ihre Richtung.

„Ja, das bin ich", antwortete sie.

Von Stetten sah Lambach an und verzog das Gesicht.

„Frau Sachse, hier sind zwei Herren von der Polizei. Sie möchten mit Ihnen reden."

Langsam wandte sich die Frau den beiden zu.

„Was wollen die denn von mir?", sagte sie ohne ein Anzeichen von Mimik.

„Es geht um Ihren Sohn Ulrich", antwortete die Schwester, bevor einer der beiden antworten konnte. Dabei rollte sie das R so, dass von Stetten trotz der bedrückenden Situation grinsen musste. Lambach gab ihm einen Stoß mit dem Ellbogen.

„Frau Sachse", begann Lambach. „Es geht um Ihren Sohn. Wir würden gerne wissen …"

Ehe er den Satz abschließen konnte, begann die alte Dame unruhig am Ärmel ihres Morgenmantels zu nesteln.

„Was wollen die von mir?", wiederholte sie, ohne die Schwester anzuschauen.

„Die Herren sind von der Polizei und möchten mit Ihnen über den Uli sprechen", wiederholte sie behutsam.

„Von der Polizei?"

Jetzt hatte sie anscheinend gefunden, wonach sie suchte. Ein besticktes Taschentuch kam aus dem Ärmel zum Vorschein. Sie tupfte sich damit die Mundwinkel ab.

„Das sind gute Jungs. Der Uli wollte der Uschi Lenz imponieren. Da ist er von der Brücke gefallen. Aber der Helmut hat ihn aus der Elbe gezogen. Der Helmut hat meinen Uli gerettet. Gute Jungs sind das. Alle beide."

„Von welcher Brücke ist der Uli denn gefallen?", fragte Lambach bedächtig.

„Na, von der Loschwitzer. Das habe ich Ihnen doch schon erzählt. Sie immer mit Ihren Fragen!"

„Ja, natürlich."

Lambach spielte mit.

„Und das Mädchen hieß Uschi Lenz?"

„Ja, sicher. Die Uschi aus der Tolkewitzer."

„Schreib das auf", wandte sich Lambach an von Stetten.

Der zog die Stirn kraus.

„Und der Helmut?"

„Der Helmut hat den Uli aus der Elbe gezogen. Der will mal Schiffe bauen, wenn er groß ist. Gute Jungs sind das. Alle beide."

Lambach nickte.

„Das glaube ich Ihnen, Frau Sachse."

Mühsam wandte sich die alte Dame der Schwester zu. „Der Uli kommt bald wieder aus dem Krankenhaus. Dann backe ich ihm einen Kuchen. Mit frischen Äpfeln. Wir haben doch Äpfel?" Sie sah die Schwester ängstlich an.

„Natürlich haben wir Äpfel. Das wird bestimmt ein ganz toller Kuchen."

„Wird wieder ganz gesund, der Uli. Die haben ihm ein Loch in den Kopf gebohrt im Krankenhaus."

Anfänglich dachte Lambach, er hätte sich verhört, aber die alte Frau wiederholte den Satz ein zweites Mal.

„Mit einem Bohrer aus Metall. Das haben sie gesagt. Aber bald kommt er wieder nach Hause, mein Uli. Dann backe ich ihm einen Kuchen. Mit Äpfeln. Mit frischen Äpfeln. Wir haben doch Äpfel?"

Lambach nickte Schwester Ildikó zu, um ihr zu signalisieren, dass er genug gehört hatte. Die beiden verabschiedeten sich von Frau Sachse und verließen das Zimmer.

Kaum standen sie auf dem Flur, konnte von Stetten nicht mehr an sich halten. „Das ist ja furchtbar!", wandte er sich an Schwester Ildikó.

„Ja, das ist es."

„Sie vergisst innerhalb von Sekunden. Sogar das, was sie selbst gesagt hat", sagte von Stetten erschüttert.

„Am Anfang war es noch nicht so schlimm, aber inzwischen ..." Sie machte eine Pause. „Sie weiß jetzt schon nicht mehr, dass Sie da waren. Was soll man machen?" Die Schwester zuckte hilflos mit den Schultern.

„Ist es möglich, den behandelnden Arzt zu sprechen?", mischte sich Lambach ein.

„Da haben Sie Glück. Doktor Sander ist mittwochs für gewöhnlich bis 15 Uhr im Haus. Wo er sich im Moment aufhält, kann ich Ihnen aber nicht sagen. Ist es wichtig?"

„Wir hätten da noch einige Fragen", antwortete Lambach knapp.

„Ich frage bei Herrn Lewandowski nach. Nehmen Sie bitte da vorne in der Sitzgruppe Platz."

Die Schwester verschwand in Richtung Treppenhaus.

„Max, hast du gehört, was sie gesagt hat?"

„Sie will den Heimleiter fragen, wo der Arzt ist."

„Doch nicht die Schwester. Frau Sachse meine ich."

Von Stetten sah Lambach verwundert an.

„Du meinst diese Sache mit dem Loch im Kopf?"

„Ja, sicher. Weißt du eigentlich, was das bedeutet?"

„Das ist nicht dein Ernst, Lambach!"

„Und ob! In Sachses Obduktionsbericht ist mit keinem Wort erwähnt, dass er ein Loch im Schädel hatte. Ich bin mir hundertprozentig sicher."

„Lambach, so traurig Frau Sachses Zustand ist, sie würde ihren eigenen Sohn nicht erkennen, wenn er vor ihrem Bett stünde. Und wenn doch, hätte sie es nach Sekunden vergessen."

„Ist mir egal. Wir sprechen mit dem Arzt, dann sehen wir weiter", antwortete Lambach barsch.

Schritte waren im Flur zu hören. Ein Mann Mitte vierzig mit

leicht ergrautem Haar, Bluejeans und weißem Ärztekittel kam auf sie zu. Sein Mund war zu einem breiten Lächeln verzogen.

„Meine Herren, Sie wollten mich sprechen?"

Lambach und von Stetten erhoben sich von ihren Plätzen.

„Mein Name ist Doktor Sander. Sie sind also von der Kriminalpolizei?"

„Hallo, Doktor Sander. Schön, dass Sie sich Zeit nehmen. Ich bin Richard Lambach und das ist mein Kollege Maximilian von Stetten. Wir hatten gerade eine Unterhaltung mit einer Ihrer Patientinnen."

„Ich weiß. Mit Frau Sachse. Herr Lewandowski hat mich in Kenntnis gesetzt. Ich behandele Frau Sachse schon länger. Ich nehme an, Ihre Bemühungen blieben erfolglos?"

Lambach strich sich mit Daumen und Zeigefinger übers Kinn.

„Nun ja", begann er. „Es war eine außergewöhnliche Unterhaltung. Allerdings kamen einige Dinge zur Sprache ..."

Doktor Sander zog die Augenbrauen hoch und sah die beiden interessiert an.

„Die da wären?"

„Frau Sachse sprach von ihrem Sohn Ulrich, der wohl in seiner Kindheit einen Unfall hatte. Er soll von einer Brücke gestürzt sein. Die alte Dame erscheint mir verwirrt. Mich wundert daher, dass sie sich sowohl an die Namen aller damals Beteiligten als auch an den Namen der Brücke erinnert."

Doktor Sander strich sich mit der Hand über den Hinterkopf und lächelte Lambach an. „Also", holte er aus, „etwa neunhunderttausend Menschen in Deutschland leiden an Morbus Alzheimer. Dabei werden die Nervenzellen langsam zerstört. Es ist eine klassische Alterskrankheit – und weil sie länger leben, erkranken mehr Frauen als Männer."

Lambach und von Stetten hörten aufmerksam zu.

„Das Sprachvermögen der Betroffenen ist reduziert, insbesondere im Sprachfluss und im Vokabular. Grundsätzlich ist der Erkrankte aber in der Lage, seine Gedanken und Ideen mitzuteilen. Zumindest bis zum Mittelstadium. Allerdings kann das Langzeitgedächtnis auch bei fortgeschrittener Krankheit immer noch funktionstüchtig sein."

„Ich verstehe", sagte Lambach. Er verschränkte die Armen vor der Brust, sah zu Boden und versuchte nachzudenken. „Inwieweit trifft das denn auf Frau Sachse zu?"

„Herr Lambach, Sie wissen, dass mir die Schweigepflicht derlei Auskünfte verbietet."

Lambach blickte Doktor Sander lange an, ohne darauf zu antworten.

„Gut", sagte der Arzt plötzlich. „Eine allgemeine Auskunft kann ich Ihnen geben: Während das Langzeitgedächtnis und emotionale Erlebnisse meist noch gegenwärtig sind, sind das Lernen und das Kurzzeitgedächtnis eingeschränkt. Ich vermute, Frau Sachse konnte sich nicht merken, wer Sie sind, aber warum ihr Sohn Uli damals diesen Unfall hatte, das weiß sie ganz genau. War es das, was Sie wissen wollten?"

Lambach reichte dem Arzt die Hand.

„Danke, Doktor Sander. Sie haben uns sehr geholfen. Wir finden alleine raus."

Er und von Stetten gingen den gleichen Weg zurück, den sie zuvor gekommen waren. Im Speiseraum begegneten sie Herrn Lewandowski. Als er die beiden sah, stellte er seinen Teller beiseite. „Und? Haben Sie alles zu Ihrer Zufriedenheit erledigen können?", fragte er.

„Ja, alles bestens", antwortete Lambach. „Vielen Dank nochmals für Ihre Unterstützung."

„Keine Ursache."

„Eine Frage habe ich aber bitte noch, Herr Lewandowski. Können Sie uns sagen, wie wir zur Loschwitzer Brücke kommen?"

Die Frage schien den Mann zu amüsieren.

„Immer an der Elbe entlang. Sie können das *Blaue Wunder* nicht verfehlen."

„Und was wollen wir da?", fragte von Stetten, als sie wieder im Auto saßen.

„Ich will mir einfach mal die Brücke anschauen", antwortete Lambach.

„Du willst dir einfach mal die Brücke anschauen?" Von Stetten schien fassungslos.

„Gut ... Ich will mir den Ort anschauen, an dem Ulrich Sachse fast ums Leben gekommen ist, als er ein Junge war. Ich möchte ein Gefühl dafür bekommen."

„Du bist wirklich der Meinung, dass an dem Geschwätz der alten Frau was dran ist?"

„Ich bin der Meinung, dass das Geschwätz zur Aufklärung dieses Falls beitragen könnte. Und was Doktor Sander dazu zu sagen hatte, dürfte dir doch auch nicht entgangen sein. Also los!"

Wortlos startete von Stetten den Mercedes.

21. KAPITEL

Von Stettens dunkelgraues Coupé rollte langsam über das Kopfsteinpflaster am Fuße der Stahlbrücke.

„Park' da vorne!", sagte Lambach und zeigte auf ein Restaurant.

„Da ist Parkverbot", erwiderte von Stetten.

„Na und? Wir sind die Polizei!"

Von Stetten steuerte das Fahrzeug vor den Eingang des Restaurants, stellte den Motor ab und sah Lambach an.

„Wenn mein Daimler auf einem Abschleppwagen landet, geht die Rechnung an dich."

„Mensch, Max, mir tun die Füße weh. Diese neuen Schuhe bringen mich noch um. Wir bleiben ja nicht lange. Zehn, fünfzehn Minuten."

Lambach und von Stetten betrachteten die gewaltige freitragende Konstruktion zunächst von unten, dann stiegen sie hinauf. Ein Schaufelraddampfer fuhr direkt auf die Brücke zu.

„Wir müssen diese Uschi Lenz finden", sagte Lambach plötzlich.
Von Stetten überlegte.
„Die Sache ist vierzig Jahre her. Selbst wenn es dieses Mädchen nicht nur in den wirren Gedanken einer alten Dame gibt, heißt das keineswegs, dass die Frau noch lebt. Abgesehen davon kann ich mir nicht vorstellen, dass sie noch ihren Mädchennamen trägt. Es wird verdammt schwer, sie zu finden."
„Einen Versuch ist es allemal wert", erwiderte Lambach.
Die beiden sahen nach unten auf den Fluss. Der Ausflugsdampfer hatte seinen Schornstein umgeklappt und passierte die Brücke unter ihnen.
„Angenommen, das Langzeitgedächtnis der alten Frau Sachse ist noch halbwegs intakt, ebenfalls angenommen, Sachse ist damals tatsächlich von dieser Brücke gestürzt und wurde in einem Krankenhaus operiert, dann müsste es auch eine Krankenakte geben, oder?"
„Nur – wo sollen wir danach suchen?", fragte von Stetten. „Wir können nicht alle Krankenhausarchive einer Fünfhunderttausend-Einwohner-Stadt durchforsten. Wie stellst du dir das vor?"
Lambach überlegte.
„Hm ... So kommen wir nicht weiter. Ohne diese Uschi Lenz sind uns die Hände gebunden. Sie ist der Schlüssel." Er tippte mit dem Zeigefinger auf das Geländer der Brücke. „Angenommen, wir würden sie finden und sie würde bestätigen, dass Ulrich Sachse von dieser Brücke gestürzt ist, dann könnte sie sich vielleicht auch erinnern, in welchem Krankenhaus er lag? Was meinst du?"
„Vermutlich", stimmte von Stetten zu.
„Und wie lernen sich Kinder im Alter von etwa zehn Jahren kennen? Durch die Schule. Nachbarskinder, das wäre auch noch eine Möglichkeit. Wir müssen erst mal rauskriegen, auf welche Schule Sachse ging. Es muss Unterlagen geben. Vielleicht finden wir eine Uschi Lenz in seinem Jahrgang. Der Rest ist dann Aufgabe des Einwohnermeldeamtes."
„Das wäre ein Weg", sagte von Stetten. „Ein anderer wäre, beim Standesamt anzufragen. Wenn Frau Lenz in Dresden geboren

worden ist, muss sie hier registriert sein. Dann müsste beim Standesamt eine Abstammungsurkunde liegen."

"Sehr gut, Max. Wir werden beides versuchen."

"Aber bitte erst später. Ich hab Hunger. Was hältst du davon, wenn wir einen Happen essen?", schlug von Stetten vor.

"Gute Idee", antwortete Lambach.

Die beiden gingen Richtung Schillerplatz und kehrten in ein Restaurant ein. Ein imposanter Wandbrunnen schmückte den Eingangsbereich der *„Villa Marie"*. Aus dem Maul eines massiven Löwenkopfs plätscherte Wasser. Die schlichte Einrichtung im toskanischen Stil stand im Kontrast zu den vielfarbigen Bildern an den Wänden. Die Speisekarte verhieß Gutes: Lambach entschied sich für das Carpaccio mit einem kleinen Salat und italienischem Tomatenbrot, von Stetten bestellte Kalbsmedaillon mit Parmaschinken und Salbei.

Nachdem die Bedienung die Getränke serviert hatte, ergriff von Stetten das Wort: „Was ich dich die ganze Zeit schon fragen wollte: Warum interessiert dich Sachses Unfall? Das spielt doch keine Rolle mehr, oder?"

Lambach schaute von Stetten an.

"Weil Doktor Sachse lebt."

"Weil Doktor Sachse lebt?", wiederholte von Stetten ungläubig.

"Ich habe ihn gesehen. In Hamburg. Und zwar zwei Tage nach dem Brand."

"Du hast ihn gesehen?", fragte von Stetten flüsternd. „Bist du dir da sicher?" Er starrte Lambach fassungslos an.

"Ja, ich habe ihn gesehen. Er saß in einem Geländewagen, der hinter mir an einer Ampel hielt."

"Das ist unmöglich. Sachse ist tot. Du selbst hast bei der Dienstbesprechung erzählt, dass Sachse in seinem Bett verbrannt ist."

"Nein, Max, das habe ich nicht. Ich habe lediglich gesagt, dass der Brandherd das Bett war, in dem die verkohlte Leiche lag. Ob es sich dabei um Doktor Sachse handelte, habe ich mit keinem Wort erwähnt."

Von Stetten zuckte mit den Schultern.

„So wahr ich hier sitze, Max: Ich habe ihn gesehen. Sachse lebt! Wir müssen diese Uschi Lenz und die Krankenakte finden! Begreifst du nicht, was das bedeuten würde?"

Von Stetten runzelte die Stirn.

„Du meinst, dass die Brandleiche ein Loch im Schädel haben müsste, wenn sie denn Ulrich Sachse wäre", sagte von Stetten langsam.

Lambach lehnte sich zufrieden zurück.

„Genau. Andernfalls haben wir den Beweis, dass es sich nicht um Sachse handelt."

Die Bedienung servierte das Essen, das Gespräch verstummte. Lambach nahm gerade den ersten Bissen, als von Stettens Handy klingelte.

„Es ist Bolz. Er will dich sprechen."

Lambach nahm kauend das Telefon.

„Lambach hier. Freddie? Was gibt's?"

„Mensch, Lambach, ich versuche dich schon den ganzen Vormittag zu erreichen. Warum gehst du denn nicht ran?"

„Ich habe mein Handy im Auto liegen lassen und das steht zurzeit in der Werkstatt. Ich bin mit von Stetten in Dresden. Wir sitzen in einem Restaurant. Was ist los?"

„Es geht um die beiden Gefrierbeutel in der Kühltruhe. Wir wissen jetzt, was da drin ist."

„Und?"

„Ich hoffe, du hast schon gegessen."

Lambach schluckte den Bissen herunter.

„Komm zur Sache, Freddie!"

„In den Beuteln waren exakt fünfhundert Gramm püriertes Fleisch."

„Hatten wir uns schon gedacht."

„Das ist richtig. Allerdings wussten wir bis dato nicht, dass es sich um Menschenfleisch handelt."

Angewidert starrte Lambach auf seinen Teller mit den rohen Rindfleischscheiben.

„Bist du noch dran?"

„Ja, sicher", antwortete er mit leiser Stimme.

„Nun halte dich fest. Ich habe einen Abgleich gemacht. Das Ergebnis ist eindeutig."

Lambach schwante Übles. Er presste sich die Hand vor den Mund. „Das Fleisch stammt von Udo Mahnke", brach es aus ihm hervor.

„Du hast es erfasst!"

Lambach wurde schlecht. Mit der freien Hand schob er seinen Teller weg.

„Gute Arbeit, Freddie. Danke für den Anruf."

Dann legte er auf.

Von Stetten kaute genüsslich sein Kalbfleisch.

„Was 'n los? Du siehst aus, als hätte dir jemand ins Carpaccio gespuckt."

Lambach schob ihm das Handy über den Tisch und stand auf.

„Alles in Ordnung. Ich muss nur auf die Toilette. Lass dich nicht stören." Dann ging er ins Untergeschoss und schloss sich in der Kabine ein.

„Das darf doch wohl nicht wahr sein!"

Lambach saß auf dem Klodeckel und dachte darüber nach, warum Sachse wohl Mahnkes Fleisch püriert hatte.

„Das ist widerlich!"

Nach einer Weile stand er auf, ging zum Waschbecken und wusch sich die Hände. Er ging zum Tisch zurück, schnappte sich nochmals von Stettens Handy und wählte Bolz' Nummer.

„Ich bin's wieder", meldete er sich. „Freddie, ist es sicher, dass Mahnke sich selbst gegessen hat?"

„Wir gehen dem nach. Wenn Mahnke sich selbst verspeisen musste, müssten in seinen Exkrementen Spuren von humanem Myoglobin nachweisbar sein."

„Humanem Myoglobin? Also irgendetwas Menschliches?"

Lambach bemühte sich, Freddies Gedanken zu folgen.

„Humanes Myoglobin – ein menschlicher Eiweißstoff, der für die Sauerstoffspeicherung in den Muskeln gebraucht wird. Zu finden im Skelett- und im Herzmuskelgewebe, nicht aber im Verdauungstrakt. Wenn es in seinen Exkrementen gefunden wird, kann es nur von Menschenfleisch stammen, das gegessen wurde."

„Das ist ekelhaft!"

„Kannibalismus gibt es seit Menschengedenken. Das ist aber ein besonderer Fall. Wie gesagt, wir gehen dem nach. Es gibt biochemische Methoden. Wir haben am Tatort Kotreste im Abfluss unter dem Netz gefunden. Wenn ich was weiß, melde ich mich."

„In Ordnung, Freddie."

Lambach legte auf. Er sah hinüber zu dem Löwenkopf. Noch immer plätscherte Wasser aus dem Maul.

Der Himmel hatte sich zugezogen. Schon von Weitem sah von Stetten den Strafzettel unter dem Scheibenwischer seines Mercedes. Wortlos reichte er ihn an Lambach weiter.

Während sie fuhren, prasselte der Regen auf die Windschutzscheibe. Von Stetten stellte den Wischer auf die höchste Stufe.

„Nun ras' doch nicht so!", murrte Lambach.

„Ich rase nicht, ich fahre zügig", gab von Stetten borstig zurück.

„Hast du Traudel erreicht?"

„Ja, sie war noch im Präsidium. Sie kümmert sich um alles."

„Hast du ihr auch gesagt, dass wir den aktuellen Wohnsitz von Frau Lenz brauchen?"

„Hab ich, Lambach. Und dass wir die Telefonnummer brauchen, habe ich ihr auch gesagt. Traudel wird das schon machen."

„Na, hoffentlich. Was meinst du, wie lange wir noch brauchen?"

„Die nächste Abfahrt ist Herleshausen. Von da aus anderthalb Stunden, schätze ich."

„Dann müssten wir etwa um 19 Uhr in Göttingen sein. Hoffentlich wird der Regen nicht schlimmer. Dir macht das Fahren bei Regen und Dunkelheit nichts aus?"

„Nee, ist mir völlig schnuppe. Habe ja Scheinwerfer."

„Ich fahre nicht gerne, wenn es dunkel ist. Und wenn es regnet, umso weniger."

Von Stetten sah Lambach kurz an. „Sag mal, was willst du eigentlich?"

„Ich? Was soll ich denn wollen? Ich will nur nicht, dass du bei Tempo einhundertvierzig einnickst und von der Fahrbahn abkommst. Mehr nicht."

„Warum sollte ich denn während der Fahrt einschlafen? Ich bin doch kein alter Mann."

Lambach verschränkte die Arme.

„Das ist schon ganz anderen passiert", antwortete er.

„Ich bin jedenfalls hellwach. Aber wenn du möchtest, können wir eine Pause machen und uns die Beine vertreten."

„Also doch! Hab ich's mir doch gedacht", sagte Lambach.

Von Stetten schüttelte wortlos den Kopf und seufzte.

Um 19.20 Uhr setzte von Stetten Lambach vor seiner Wohnung ab. „Ich komme morgen etwas später ins Präsidium."

„Soll ich dich abholen?", fragte von Stetten.

„Nein, danke", antwortete Lambach. „Ich nehme mir ein Taxi. Ich will noch in die Werkstatt, um zu sehen, wie weit mein Wagen ist."

„Wie ist das eigentlich passiert mit deinem Unfall? Das hab ich dich noch gar nicht gefragt."

„Ach, das erzähle ich dir ein andermal. Komm gut nach Hause."

„Bis morgen!", antwortete von Stetten und fuhr los.

22. KAPITEL

Gegen halb elf betrat Lambach den kleinen Konferenzraum im zweiten Stock des Präsidiums. Die Dienstbesprechung hatte er am Abend zuvor kurzfristig angesetzt. Einige Stühle waren leer: Konsbruch, Bolz und Grams fehlten. Stattdessen saß Gerhard Kreisler neben Hansch. Er wollte sich wohl einen Überblick über den Verlauf der Ermittlungen verschaffen.

Nachdem Lambach alle Anwesenden begrüßt hatte, setzte er sich ans Kopfende und wandte sich an Kathrin Adams.

„Kathrin, gleich kurz vorweg: Gibt's was Neues von den Kollegen in Hamburg?"

Kathrin schüttelte wortlos den Kopf.

„Wenn von denen nichts mehr kommt, müssen wir selbst nachforschen", stellte Lambach mit Nachdruck fest. Es klang fast wie eine Drohung.

Kreisler räusperte sich.

„Vielleicht könnte ich über den aktuellen Sachstand informiert werden? Nachdem die Presse mitbekommen hat, dass es bei dem Brand eine weitere Person gab, die zu Schaden gekommen ist, zeigen einige Journalisten reges Interesse an der Angelegenheit. Die Bluthunde wittern eine Story. Wir werden um eine Presseerklärung nicht herumkommen."

Lambach spürte, dass sich Kreisler übergangen fühlte.

„Ja, natürlich. Sie haben recht. Entschuldigen Sie bitte."

Lambach erläuterte ihm alles und versuchte, eine Verknüpfung zum Opinelli-Fall herzustellen.

Kreisler saß da, schaute wie abwesend aus dem Fenster und machte sich scheinbar ganz beiläufig Notizen zu Lambachs Ausführungen. Dass er Doktor Sachse in Hamburg gesehen hatte, behielt Lambach lieber noch für sich.

Plötzlich meldete sich Hansch zu Wort: „Du warst doch mit von Stetten in Dresden. Ist da was rausgekommen?"

„Wir haben die Mutter von Doktor Sachse im Pflegeheim besucht", antwortete Lambach. „Die Dame leidet an Alzheimer. Frau Sachse erinnert sich aber noch, dass ihr Sohn bei einer Mutprobe im Kindesalter von einer Brücke gestürzt ist. Anscheinend trug er dabei eine schwere Hirnverletzung davon. Sein Schädel musste aufgebohrt werden. Nach Aussage der alten Dame kam der ältere Bruder zur Hilfe. Frau Sachse berichtete außerdem, dass ein Mädchen der Grund für die Mutprobe gewesen sei. Eine gewisse Uschi Lenz. Ich hatte Traudel gebeten, herauszufinden, ob Frau Lenz noch lebt und ob sie auffindbar ist."

Lambach stockte.

„Apropos Traudel: Wo ist sie eigentlich?"

Kathrin meldete sich zu Wort: „Sie hat um halb zehn einen Arzttermin und kommt später."

„Gut, das lässt sich nicht ändern. Also weiter: Wir nehmen an, dass Ulrich Sachse damals in einem der umliegenden Krankenhäuser behandelt wurde. In welchem, das wissen wir bislang nicht."

In dem Moment bemerkte Lambach, dass mit Kathrin Adams etwas nicht stimmte. Sie saß stumm da und starrte zu Boden.

„Ist alles in Ordnung?"

Kathrin schien den Tränen nahe zu sein.

„Akutes subdurales Hämatom", sagte sie leise.

„Entschuldige, ich habe dich nicht verstanden."

„Akutes subdurales Hämatom", wiederholte sie.

Kreisler schlug vor, eine Pause zu machen und den Raum zu lüften.

Nachdem alle gegangen waren, kam Wollny auf Lambach zu.

„Kann ich dich kurz sprechen?"

„Selbstverständlich. Geht es um Kathrin? Was hat sie denn?"

Lambach war verunsichert.

„Ihr Mann hat sich doch mit dem Motorrad auf dem Bollert totgefahren."

Lambach wurde kalt und heiß zu gleich. Er blickte betreten nach unten.

„Das wusste ich nicht. Ich wusste nur, dass er gestorben ist."

Wollny vergewisserte sich mit einem Blick zur Tür, dass Kathrin ihn nicht hören konnte.

„Ihr Mann starb an einer Hirnblutung. Sein Helm hat dem Aufschlag auf der Leitplanke nicht standgehalten. Es war eine Tragödie. Er lag noch mehrere Wochen im Koma, bevor es vorbei war. Das Ganze sitzt offensichtlich noch tief. Du solltest Kathrin nach Hause schicken. Diese Besprechung ist nicht gut für sie."

Lambach war bestürzt. Zum einen über das Drama, das sich in seinem unmittelbaren Kollegenkreis abgespielt hatte, zum anderen darüber, wie wenig er von seinen Mitarbeitern wusste.

„Sicher, Daniel. Sie soll nach Hause gehen und erst mal zur Ruhe kommen. Würdest du ihr das sagen?"

„Natürlich", antwortete Wollny und verließ das Besprechungszimmer.

Kreisler hatte das Gespräch aus der Distanz verfolgt und stand nun neben Lambach. „Die Wunden sind noch nicht verheilt bei der jungen Kollegin."

„Ja, scheint so", antwortete Lambach nachdenklich.

Als die Ermittlungsgruppe wieder den Besprechungsraum betrat, war auch Traudel dabei.

„Ich habe Kathrin nach Hause geschickt, ihr ging es nicht so gut." Lambach nickte Traudel zu. „Schön, dass Sie es geschafft haben. Ich habe Sie in unserer Runde vermisst. Wir waren bei Uschi Lenz stehen geblieben. Konnten Sie etwas zu ihrem Aufenthaltsort in Erfahrung bringen?"

„Ja, heute Morgen. Frau Lenz heißt mit Vornamen Ursula. Sie hat in den Sechzigern geheiratet. Allerdings ist ihr Ehemann im Februar letzten Jahres gestorben. Sie heißt jetzt Ursula Hundertmark und wohnt in Berlin. Eine Telefonnummer habe ich auch."

„Gute Arbeit, Traudel. Das bringt uns hoffentlich weiter."

Lambach wandte sich wieder an die Runde.

„Wenn wir mit Frau Hundertmark Kontakt aufnehmen, werden wir wohl herausbekommen, in welchem Krankenhaus Ulrich Sachse behandelt wurde. Sollte die Krankenakte tatsächlich ergeben, dass Sachse ein Loch im Kopf hatte, steht die Sache in einem völlig anderen Licht da. Laut Autopsiebericht hatte die Leiche vom Gutshof nämlich einen unversehrten Schädel."

Ein Raunen ging durch die Runde. Dann herrschte Stille und alle Augen ruhten auf Kreisler. Dieser sah jedoch nur wieder regungslos aus dem Fenster und trommelte rhythmisch mit den Fingern auf der Tischplatte. Die Zeit schien stillzustehen. Niemand sagte etwas. Fragende Blicke wurden sich zugeworfen.

Das Trommeln verstummte.

„Das ist eine erstaunliche Theorie", sagte Kreisler verwundert, ohne sich zu bewegen. „Irre ich mich oder waren da nicht noch ein passender DNA- und Zahnstatusbefund?"

Lambach wusste, dass diese Frage irgendwann kommen musste. Allerdings hatte er keine passende Antwort parat.

„Genau das ist das Problem. Wir haben hier drei Ergebnisse, die nicht zueinander passen. Irgendetwas haben wir übersehen."

„Es liegt nahe, dass sich eine an Alzheimer erkrankte ältere Dame auch mal irrt", wandte Kreisler ein.

Sowohl Lambach als auch die anderen Anwesenden wussten genau, was er meinte.

Kreisler schloss sein Notizbuch und stand auf. „Meine Dame, meine Herren, ich denke, dass Herr Konsbruch die SoKo bald auflösen kann, und somit erwarte ich Ihren Abschlussbericht. Gute Arbeit."

Dann verließ er den Raum und schloss die Tür hinter sich. Die Kollegen sahen sich irritiert an. Lambach stellte sich hinter seinen Stuhl und stützte sich mit beiden Händen auf die Rückenlehne.

„Noch ist die SoKo nicht aufgelöst. Es gibt noch eine Sache, über die wir reden müssen." Er holte tief Luft. „In dem Verlies, in dem Udo Mahnke gefangen gehalten wurde, befand sich eine Tiefkühltruhe. Darin lagen zwei Gefrierbeutel mit püriertem Fleisch. Anfänglich gingen wir von einfacher Sondenkost aus. Allerdings hat sich Freddie Bolz Gedanken gemacht und das Gefriergut untersuchen lassen. Das Ergebnis ist schockierend."

Lambach machte eine Pause und schaute ernst in die Runde. Dann fuhr er fort: „Laut Analyse der KTU befindet sich in beiden Beuteln Udo Mahnkes eigenes Fleisch."

Wollny drehte angewidert den Kopf zur Seite, während Hansch ein „Mahlzeit!" herausrutschte.

„Es ist grausam, was auf diesem Gutshof geschehen ist, widerwärtig und an Erbarmungslosigkeit kaum zu überbieten. Dennoch wissen wir jetzt, wo Mahnkes Extremitäten geblieben sind."

Lambach machte ein paar Schritte durch den Raum.

„Okay ... Priorität hat erst mal diese Frau Hundertmark, auch wenn Kreisler anderer Meinung ist."

Lambach stand nun Wollnys Platz gegenüber. „Daniel, du und Steiger, habt ihr die Kollegen von Doktor Sachse befragt?"

„Ja, wir haben den ganzen Mittwoch im Klinikum verbracht. Es ergab sich ein homogenes Bild. Private Kontakte zwischen ihm und seinen Kollegen gab es nicht. Selbst an den Weihnachtsfeiern nahm er nie teil. Die meisten seiner Kollegen beschreiben ihn als nett, aber zurückhaltend. Fachlich schien er eine Koryphäe gewesen zu sein. Er war sehr angesehen, sowohl bei Mitarbeitern, bei seinem Vorgesetzten als auch in der Fachwelt."

Lambach überlegte. „Haben sie berichtet, ob er sich in den vergangenen Jahren verändert hat?"

„Negativ. Er war wie immer. Fleißig, kompetent, aber sehr introvertiert."

Steiger, der sich bisher ruhig verhalten hatte, meldete sich zu Wort: „Auf Arbeit war er sehr professionell. Aber an einem anderen Ort hat er sich anscheinend mitgeteilt: Er war in einer Selbsthilfegruppe."

„In einer Selbsthilfegruppe? Was für eine Gruppe genau? Haben wir Kontaktdaten?", fragte Lambach erstaunt.

„Es war wohl allgemein bekannt. Mehrere seiner Kollegen haben so was angedeutet. Es handelte sich um eine Selbsthilfegruppe für Opferangehörige, wenn ich das richtig verstanden habe. Er war da sehr engagiert."

„Aha, das ist interessant. Da müssen wir dranbleiben. Sachse scheint nach außen hin ohne Ecken und Kanten gewesen zu sein, im Inneren jedoch vollkommen widersprüchlich. Bei ihm passt gar nichts zusammen – nicht mal DNA, Zahnstatus und Schädelbefund."

Lambach musste über seinen eigenen Scherz lächeln und nickte Steiger aufmunternd zu.

„Einer der Befragten erzählte mir, dass Sachse damals nach dem Verbrechen an seiner Tochter und dem Suizid seiner Frau in diese Selbsthilfegruppe eingetreten sei. Was die da genau machen, konnte er mir allerdings nicht sagen. Ich wollte es nur erwähnt haben, ist ja vielleicht wichtig."

„In der Tat, Detlev. Wo sonst krempelt ein Mensch sein Innerstes nach außen, wenn nicht in einer Selbsthilfegruppe? Gute Arbeit!

Doktor Sachse muss Komplizen gehabt haben. Vielleicht sind die auch in dieser Selbsthilfegruppe zu finden? Das Verlies in seinem Keller kann er unmöglich allein gebaut haben."

Steiger lehnte sich gefällig in seinem Stuhl zurück.

„Daniel, ich möchte, dass ihr euch diese Opferangehörigengruppe genauer anseht! Lasst euch Zeit, macht es gründlich! Das ist ein sensibler Bereich. Wir brauchen die Namen aller Mitglieder und die dazugehörigen Fälle."

Lambach wurde klar, welche Arbeit da auf sie zukommen würde.

„Wir müssen wissen, was die dort treiben. Ob sie sich nur gegenseitig ihr Leid klagen oder ob das eine Selbstjustizgruppe ist. Und wir sollten unbedingt verdeckt ermitteln. Daher seid vorsichtig! Wir dürfen niemanden verschrecken. Die Angelegenheit mit dieser Frau Hundertmark übernehme ich selbst."

Lambach musste sich kurz sortieren.

„Kathrin soll, vorausgesetzt, es geht ihr morgen besser, an der Sache mit Mortag dranbleiben. Sie muss in Hamburg Druck machen. Stefan, gibt es schon Ergebnisse, wo die Sondennahrung herkommt?"

„Nichts. Die im Klinikum brauchen Zeit. Ich habe nicht viel Hoffnung. Um jemanden zu ernähren, braucht man täglich drei bis vier Flaschen. Das ist im Klinikum nicht mal ein statistisches Grundrauschen. Wir wissen nicht, wo er das Zeug herhat. Und was die Glasentsorgung angeht, habe ich ebenso schlechte Nachrichten: Wir konnten keine dieser Flaschen in den Altglascontainern der Umgebung finden. Wenn er sich die Sondenkost tatsächlich im Klinikum besorgt hat, dann hat er das Altglas dort vielleicht genauso unauffällig entsorgt. Er konnte es schließlich überall loswerden. Im Hausmüll, an Bushaltestellen, irgendwo versenken. Hier ein bisschen, dort ein bisschen. Kaum eine Chance, so etwas zu entdecken."

Lambach atmete tief durch.

„Was das Auto anbelangt, gab es zwar ein paar Autoaufbrüche und auch einen gestohlenen Pkw, aber nichts für uns. Meine Recherchen bei den Autovermietungen verliefen negativ. Innerhalb der letzten sechs Wochen gab es bundesweit kein Fahrzeug, das an einen Ulrich Sachse vermietet wurde."

„Das ist doch Scheiße!", polterte Lambach los.

Niemand rührte sich.

Lambachs Gedanken überschlugen sich, ihm fehlten die Worte. Was war es, das ihn an der ganzen Sache so unter Druck setzte? Kam es ihm nicht sogar gelegen, dass man Ulrich Sachse nichts nachweisen konnte? Er konnte sich einfach nicht vorstellen, dass dieser Mann so etwas Schreckliches getan hatte.

Er überlegte: Die Situation ist verrückt. Ich will jemanden fassen, von dem ich hoffe, dass er nichts mit der Tat zu tun hat. Doch damit nicht genug: Die Fakten beweisen, dass ich auf der Jagd bin nach einer eindeutig identifizierten Brandleiche.

Hansch räusperte sich und holte Lambach zurück in den Besprechungsraum.

„Alles klar. Wenn sonst nichts mehr ist?"

Niemand meldete sich zu Wort.

Lambach stand auf. Die Besprechung war beendet.

„Daniel, ich habe Freddie vermisst. Wo ist er?", fragte Lambach beim Verlassen des Raums.

„Kann ich dir nicht sagen", antwortete Wollny. „Wahrscheinlich wieder irgendwo außerhalb."

„Er soll mich anrufen. Richte ihm das bitte aus, falls du ihn siehst."

In Lambachs Zimmer wartete bereits von Stetten auf ihn.

„Lambach, ich wollte dich noch was fragen."

„Klar. Setz dich!" Lambach ging voran. „Willst du auch einen Kaffee?"

„Nein, danke."

Er setzte sich an seinen Schreibtisch. Von Stetten nahm auf dem Besucherstuhl Platz.

„Du hättest mir sagen sollen, dass in der Kühltruhe das Fleisch von Udo Mahnke lag. Die Gelegenheit hattest du."

Lambach suchte nach den richtigen Worten.

„Ich weiß, dass es falsch war, dir nichts davon zu erzählen, aber was hättest du an meiner Stelle getan? Du hast ihn in diesem Verlies gefunden. Dann warst du krank, wofür jeder Verständnis hat. Der Anblick muss grausam gewesen sein, und selbst den Ärzten im Krankenhaus ging die Sache an die Nieren. Die haben Mahnke erst mal schlafen gelegt. Als wir gemeinsam in Dresden beim Essen saßen, rief Freddie an, du erinnerst dich? Da hat er mir die Sache mitgeteilt. Ich wollte nicht, dass du innerhalb so kurzer Zeit wieder mit dieser Angelegenheit konfrontiert wirst. Zumindest nicht, solange es sich vermeiden ließ ..."

Es klopfte und Traudel steckte den Kopf durch die Tür.

„Darf ich reinkommen oder störe ich gerade?"

„Sie stören nicht", entgegnete Lambach.

Traudel schritt auf den Schreibtisch zu und legte Lambach einen Zettel hin.

„Die Adresse von Frau Hundertmark. Die Telefonnummer steht drunter."

„Ach ja, danke. Haben Sie schon angerufen in Berlin?"

„Selbstverständlich nicht. Davon haben Sie nichts gesagt", antwortete Traudel.

„Natürlich. Warum sollten Sie auch? War eine dumme Frage von mir. Ich habe ja gesagt, dass ich mich selbst darum kümmere."

Lambach lächelte Traudel zu.

„Dann mache ich mich mal an die Arbeit", sagte sie und verließ das Büro.

„Sie ist wirklich die Seele der Abteilung", meinte von Stetten, nachdem Traudel die Tür geschlossen hatte.

„Das kannst du laut sagen", antwortete Lambach und studierte den Zettel. „Und was die andere Sache betrifft, Max, hoffe ich, du verstehst mich."

„Klar, das Ganze hat mich übel mitgenommen, aber ich bin hier als Polizist mit jahrelanger Diensterfahrung. Bitte überlass mir, was ich verkraften kann und was nicht. Sei in Zukunft ehrlich zu mir!"

Lambach nickte zögerlich.

„Jetzt aber Schwamm drüber! Wenn du nichts dagegen hast, würde ich mir morgen gerne freinehmen. Ich möchte Madeleine mit dem fertigen Kinderzimmer überraschen, wenn sie wieder nach Hause kommt."

Lambach grinste. Vielleicht hatte er den Lebensmut seines Kollegen einfach unterschätzt.

„Welche Farbe bekommen denn die neuen Tapeten?"

„Hellblau."

„Oh, ein Mäxchen", sagte Lambach.

„Über den Namen wird im Hause von Stetten noch diskutiert."

Nachdem sein Kollege das Büro verlassen hatte, rief Lambach bei Ursula Hundertmark an. Er ließ es lange klingeln, aber niemand nahm ab. Auch weitere Versuche im Verlaufe des Tages blieben erfolglos. Ursula Hundertmark schien nicht zu Hause zu sein. Erst nachdem Lambach die Hilfe der Kollegen in Berlin in Anspruch genommen hatte, kam er ein Stück weiter. Ein Kripobeamter namens Lohrengel konnte auf Nachfrage beim Sicherheitsdienst herausfinden, dass Frau Hundertmark sich auf einer vierwöchigen Kur befand. Man teilte Lambach die Adresse eines Hotels in Kühlungsborn mit. Traudel sollte versuchen, zu Frau Hundertmark telefonischen Kontakt aufzunehmen.

Lambach war gerade dabei, seine Papiere zur ordnen, als das Telefon klingelte. Traudel war am Apparat.

„Herr Lambach, ich habe Frau Hundertmark in der Leitung. Ich stelle durch."

„Ja, hier Lambach, Kripo Göttingen. Spreche ich mit Frau Ursula Hundertmark, geborene Lenz?"

„Das ist richtig. Was – um Gottes willen – ist denn passiert? Wurde bei mir eingebrochen?"

„Kein Grund zur Beunruhigung", entgegnete Lambach. „Ich habe nur einige Fragen an Sie, die in Verbindung mit einem Unfall stehen. Die Sache liegt allerdings schon lange zurück. Ich hoffe, Sie können sich dennoch erinnern."

„Ich werde es versuchen."

Frau Hundertmark wirkte gefasster.

„Ihre Kindheit verbrachten Sie in Dresden?", begann Lambach.

„Das ist richtig", sagte sie.

„Es muss im Sommer 1950 passiert sein. Sie waren mit einigen anderen Kindern an der Elbe, genauer gesagt, an der Loschwitzer Brücke. Frau Sachse erzählte uns, dass ihr Sohn Ulrich auf dieser Brücke einen Unfall hatte, bei dem hinterher eine medizinische Behandlung nötig war. Können Sie mir das bestätigen?"

Lambach machte eine Pause, am anderen Ende der Leitung war es still.

„Frau Hundertmark?"

„Ja, ich bin noch da. Frau Sachse lebt noch? Grüßen Sie sie mal herzlich von der Uschi, wenn Sie sie wiedersehen."

„Sie und Ulrich müssten damals ungefähr im selben Alter gewesen sein. Stimmt das?"

Wieder machte Lambach eine Pause, wieder blieb es am anderen Ende still. Dann räusperte sich Frau Hundertmark.

„Ich erinnere mich", sagte sie langsam. „Es war ein schöner Tag. Die Sonne schien und wir sind an die Elbe gegangen. Wir waren zu fünft oder zu sechst. So genau weiß ich das nicht mehr."

„Was wollten Sie an der Elbe?"

„Na ja, es ist schon so lange her. Ganz genau kann ich mich nicht erinnern."

„Lassen Sie sich Zeit, Frau Hundertmark."

„Ich weiß noch, dass ich das einzige Mädchen war. Aber das war meistens so. Der Uli hatte beschlossen, auf dem Träger der Brücke bis zum ersten Pfeiler zu balancieren. Er wollte mir mal wieder imponieren. Er war lange in mich verliebt. Sie wissen ja, wie Jungs so sind."

„Sie reden von Ulrich Sachse?"

„Ja, Ulrich Sachse. Sie müssen wissen, ich war damals ein bisschen in seinen großen Bruder verliebt. Wie das so ist in dem Alter ..."

Lambach konnte hören, dass sie am anderen Ende der Leitung schmunzelte. „Erzählen Sie bitte weiter."

„Es kam natürlich, wie es kommen musste: Der Uli ist bei dieser gefährlichen Dummheit abgerutscht und mit dem Kopf aufgeschlagen. Dann stürzte er in die Elbe."

Sie machte eine Pause.

„Helmut, so hieß sein großer Bruder, hat ihn damals aus dem Wasser gefischt. Sonst wäre der Uli ertrunken."

„Wie ging es dann weiter?"

„Uli war bewusstlos, als ihn Helmut an Land trug. Alle hatten Angst, wir dachten, Uli wäre tot. Irgendjemand muss einen Krankenwagen gerufen haben und Uli wurde in die MedAk gebracht. Leider durften wir ihn da nicht besuchen."

Lambach unterbrach: „In die MedAk? Ist das das Krankenhaus, in dem Ulrich Sachse behandelt wurde?"

„Ja, genau. Das Universitätsklinikum in Dresden-Johannstadt." Lambach nahm einen Kugelschreiber und notierte sich den Namen des Krankenhauses auf seiner Schreibtischunterlage.

„Wie ging es dann weiter? Hatten Sie später wieder Kontakt?"

„Selbstverständlich. Wir wohnten im selben Viertel. Der Uli lag lange im Krankenhaus. Zumindest kam es mir so vor. Aber das ist bei Kindern so: Die Tage vergehen wie im Flug und trotzdem kommt einem ein Monat wie ein Jahr vor. Auf jeden Fall wurde er irgendwann entlassen und kam auch wieder zur Schule."

„Frau Hundertmark, versuchen Sie sich bitte genau zu erinnern", sagte Lambach. „Haben Sie jemals davon gehört, dass Ulrich Sachse im Krankenhaus der Schädel geöffnet werden musste?"

„Oh ja", sprudelte es aus ihr heraus. „Das war kein Geheimnis. Tagelang wurde über nichts anderes gesprochen, auch unter uns Kindern. Uli hatte wohl eine Blutung im Kopf, deshalb musste der Schädel aufgebohrt werden. Die Jungs haben ihn noch eine ganze Weile deswegen gehänselt. Die Haare wuchsen so schnell nicht nach. Kinder können grausam sein, Herr Lambach. Aber was erzähle ich Ihnen? Sie erleben sicher tagtäglich grausame Dinge."

„Ganz so schlimm ist es nicht", antwortete Lambach. Er war jetzt hörbar gelöster. „Um noch einmal auf die Operation zurückzukommen: Sie sind sich also ganz sicher, dass Ulrich Sachse der Schädel geöffnet wurde?"

„Ganz sicher. Mich hat es damals immer gegruselt bei dem Gedanken daran."

„Frau Hundertmark, vielen Dank! Ich möchte Sie jetzt nicht weiter stören. Sie haben mir wirklich sehr geholfen."

„Das habe ich gerne getan. Ich hoffe, Sie kommen weiter in Ihrem Fall. Darf ich erfahren, worum es geht?"

„Dazu kann ich Ihnen leider keine Auskunft geben. Der Fall ist noch nicht abgeschlossen."

„Ich verstehe."

„Es kann allerdings sein, dass ich oder einer meiner Kollegen nochmals Kontakt zu Ihnen aufnehmen. Ich hoffe, das macht Ihnen nichts aus."

„Nein. In meinem Alter ist man doch froh über Abwechslung."

„Eine angenehme Kur noch, Frau Hundertmark. Und ich grüße Frau Sachse, wenn ich sie sehe."

23. KAPITEL

Lambach rief sofort Traudel an und bat sie, die Adresse des Krankenhauses herauszufinden. Dann saß er eine Zeit lang regungslos an seinem Schreibtisch, schloss die Augen, rieb sich über den Kopf und versuchte, klare Gedanken zu fassen. Im Geiste ging er noch einmal alles durch. Er durfte nichts übersehen. Seine Beweise mussten stichhaltig sein. Gerade auch, weil er Kreisler vom Fortbestehen der SoKo überzeugen musste.

Sein Magen knurrte, der Mund war trocken. Also schnappte er sich seine Jacke und holte sich aus der Bäckerei gegenüber ein Schinkenbaguette und eine Flasche Orangensaft.

Er hatte noch nicht ganz aufgegessen, als Traudel den Raum betrat. „Oh, ich wollte Sie nicht beim Essen stören. Darf ich reinkommen?"

„Ja, sicher", antwortete Lambach mit noch vollem Mund.

Traudel schloss die Tür und kam sofort zur Sache.

„Die Klinik in Dresden wurde mehrfach umbenannt. Heute heißt sie Universitätsklinikum Carl Gustav Carus. Ich habe Ihnen die Adresse und die Telefonnummer notiert." Sie legte ihm einen Zettel auf den Schreibtisch. „Kann ich sonst noch etwas für Sie tun, Herr Lambach?"

„Nein, danke. Ich hoffe nur, dass die Krankenakte nach all den Jahren noch auffindbar ist."

Nachdem Traudel sein Büro verlassen hatte, trank Lambach den Orangensaft aus, knüllte die Brötchentüte zusammen und warf beides in den Papierkorb. Dann griff er zum Telefon.

Es dauerte nicht lange und er hatte die gewünschte Person, die für das Archiv der Klinik zuständig war, am Apparat. Es handelte sich um einen älteren Herrn mit dem Namen Petzold. Lambach stellte sich vor und erläuterte sein Anliegen. Herr Petzold erklärte sich gerne bereit, nach der Akte zu suchen. Garantieren, dass diese noch vorhanden war, konnte er jedoch nicht. Krankenakten würden in der Regel dreißig Jahre lang archiviert. Dass eine Akte von 1950 noch im Bestand erhalten sei, hielt er eher für unwahrscheinlich.

Lambachs Stimmung sank schlagartig. Herr Petzold machte ihm dennoch Hoffnung, denn er berichtete, dass es im Archiv des Krankenhauses einen Bereich gäbe, in dem einige Akten aus DDR-Zeiten und zum Teil aus Zeiten vor 1945 gelagert würden. Dort könnte man durchaus noch fündig werden. Das würde nur etwas dauern, da die Papiere weder chronologisch noch alphabetisch sortiert seien. Er versprach, sich darum zu kümmern.

Lambach bedankte sich und wies nochmals auf die Dringlichkeit hin. Dann legte er auf, erhob sich und ging zum Fenster. Wollny und Steiger fuhren gerade vom Hof. Lambach musste an die zurückliegende Dienstbesprechung denken. Wie wohl eine so junge Frau wie Kathrin Adams mit einem derartigen Schicksalsschlag zurechtkam?

Ein Klopfen riss ihn aus den Gedanken. Konsbruch stand in seinem Büro.

„Ich hoffe, ich störe dich nicht bei der Arbeit?"

„Keineswegs", erwiderte Lambach. „Ich wäre ohnehin noch zu dir gekommen."

„Dann hoffe ich, dass du verkünden willst, dass der Opinelli-Fall abgeschlossen ist. Mein Bedarf an unangenehmen Diskussionen ist für heute nämlich gedeckt."

„Was ist denn passiert?", fragte Lambach.

„Nichts, was jetzt besprochen werden müsste", lautete Konsbruchs knappe, aber bestimmte Antwort.

Lambach musste versuchen, Konsbruch auf seine Seite zu ziehen, bevor Kreisler die SoKo endgültig auflöste. Zwar hatte er noch nicht alle gewünschten Ergebnisse beisammen, aber es musste sein. Die Zeit drängte.

„Verstehe. Setz dich doch erst mal. Kaffee?"

Lambach nahm die Thermoskanne und goss seinem Vorgesetzten ein. Er selbst verzichtete.

Nachdem Konsbruch Platz genommen hatte, begann er: „Leider konntest du bei der Dienstbesprechung nicht dabei sein ..."

„Ich hatte meine Gründe", fiel ihm Konsbruch ins Wort.

„Das wollte ich nicht anzweifeln. Es steht mir auch gar nicht zu."

Lambach hatte die Schärfe in Konsbruchs Worten gespürt. Irgendetwas musste am Vormittag ganz und gar nicht nach seinen Vorstellungen gelaufen sein. Er musste behutsam vorgehen.

„Die Ermittlungen haben einige entscheidende Fortschritte gemacht. Überraschende Dinge sind zu Tage gefördert worden. Ich sage mal ..."

Wieder fiel ihm Konsbruch ins Wort: „Rede nicht um den heißen Brei herum! Komm zur Sache! Ist die Opinelli-Geschichte unter Dach und Fach?"

Obwohl Lambach sich zurückhalten wollte, platzte es aus ihm heraus. Er bereute den Satz schon, bevor er ihn ganz zu Ende gesprochen hatte: „Um genau zu sein, ist überhaupt nichts unter Dach und Fach!"

Das Wort „*nichts*" schrie er geradezu heraus.

Konsbruch stellte seine Kaffeetasse auf den Schreibtisch.

„Wie meinst du das?"

„Es geht hier nur am Rande um die Opinelli-Geschichte. Sie ist ein Puzzleteil im Sachse-Fall. Und du verschließt die Augen vor all den Fakten." Lambach schnaufte vor Wut. Warum legten ihm alle Steine in den Weg? Sahen sie nicht, was hinter alldem steckte? Wie konnte man nur so ignorant sein?

Konsbruch blickte Lambach mit versteinerter Miene an. Er sprach mit langsamen, fast bedrohlich wirkenden Worten.

„Und vor welchen Fakten verschließe ich, deiner Meinung nach, die Augen?"

„Das wollte ich dir gerade erklären, aber du lässt mich ja nicht ausreden!"

Konsbruch verschränkte die Arme vor der Brust, schlug die Beine übereinander und lehnte sich zurück.

„Ich bin gespannt."

„Die einzige Verbindung zwischen den Fällen Opinelli und Sachse stellt Udo Mahnke dar. Die ganze Angelegenheit strotzt vor Ungereimtheiten. Doktor Ulrich Sachse hatte nicht das Geringste mit Mahnke zu tun. Ermittlungen in Dresden haben ergeben, dass Sachse nach einem Unfall 1950 eine schwere Operation am Kopf über sich ergehen lassen musste. Von dieser sind sichtbare Spuren am Schädelknochen zurückgeblieben. Dafür gibt es Zeugen. Die Brandleiche, die wir in der Gerichtsmedizin liegen haben, hat aber keine derartigen Verletzungen. Findest du das nicht auch merkwürdig? Das stinkt doch, Johann!"

Konsbruch saß wortlos da und schaute Lambach an.

„Wenn dir das nicht reicht, habe ich noch einige unappetitliche Fakten für dich."

„Ich warte!"

„Bolz hat herausgefunden, dass sich in der Tiefkühltruhe im Kerker auf dem Gutshof Menschenfleisch befand. Verstehst du? Menschenfleisch! Konsbruch, hier geht es nicht nur um ein Vergewaltigungsdelikt mit Todesfolge. Der Opinelli-Fall ist eine ganz andere Liga. Hier geht es um Kannibalismus und um was weiß ich nicht alles. Wir sind an einer großen Sache dran und wir kennen bislang nur die Spitze des Eisbergs. Abgesehen davon, habe ich Doktor Sachse gesehen. Aber das habe ich dir ja schon erzählt."

Konsbruch atmete tief durch. Dann lehnte er sich nach vorn,

stützte die Arme auf Lambachs Schreibtisch und sah ihm ins Gesicht.

„Bist du dir im Klaren darüber, was du erzählst, Lambach?"

„Na sicher, was denn sonst?", antwortete der empört.

„Dass du Sachse in Hamburg gesehen hast, lasse ich mal kommentarlos stehen."

Lambach holte Luft, als Konsbruch die Hand hob und ihn zum Schweigen brachte.

„Ich habe dir zugehört. Jetzt bin ich dran! Die beiden Zeugen, die du angeführt hast, sind die integer?"

„Die Krankenakten von damals sind auf dem Weg. Sie werden den Beweis erbringen", log Lambach.

„Deine Ex-Frau hat doch die Obduktion durchgeführt, oder? Laut ihres Berichts belegen sowohl der Zahnstatus als auch der DNA-Abgleich, dass es sich bei der Brandleiche um Doktor Ulrich Sachse handelt. Es gibt demzufolge nur zwei Möglichkeiten: Entweder sind deine Zeugen unglaubwürdig oder Carola hat ungenau gearbeitet, da sie kein Loch im Kopf dokumentiert hat."

„Dann hat sie halt gepfuscht, verdammt noch mal! Sie ist auch nur ein Mensch", antwortete Lambach harsch.

Konsbruchs Gesichtsausdruck wurde sehr ernst.

„Sag mal, habt ihr beiden noch eine Rechnung offen?"

Lambach traute seinen Ohren nicht. Rachegelüste sollten der Ursprung seiner Theorie sein? Mit der Faust schlug er auf den Schreibtisch. Das kleine Schälchen mit den Büroklammern kippte um und der Inhalt verteilte sich auf der Schreibunterlage.

„Das ist nicht dein Ernst, Konsbruch!", schrie er. „Du traust dich, mir das ins Gesicht zu sagen? Du bist doch von allen guten Geistern verlassen!"

Lambach war auf dem besten Weg, vollständig die Fassung zu verlieren. Noch nie war er einem Vorgesetzten gegenüber laut geworden.

„Auf diese Art und Weise werde ich das Gespräch nicht fortführen", erwiderte Konsbruch mit erhobener Stimme. „Ich glaube, du hast ein Problem damit, Dienstliches von Privatem zu trennen. Das kann dir das Genick brechen. Vielleicht früher als du denkst." Konsbruch war aufgestanden und auf dem Weg zur Tür.

„Willst du mir drohen?", schrie ihm Lambach nach.

„Versteh es, wie du willst. Die *SoKo Netz* ist aufgelöst", sagte Konsbruch knapp und verließ den Raum, ohne sich umzudrehen.

Als die Tür ins Schloss fiel, sackte Lambach an seinem Schreibtisch zusammen. Sein Magen begann zu rebellieren.

„Was machst du eigentlich? Du bist ja gar nicht mehr tragbar", sagte er laut zu sich selbst. Dann überlegte er ernsthaft, die Akte zu schließen. Vielleicht hatte er sich auch einfach geirrt?

„Ja, so muss es sein. Ich habe Sachse nicht gesehen. Sachse ist tot. Ja! Sachse ist tot! Er ist verbrannt! Seine DNA und sein Zahnstatus sind harte Fakten. Lambach, reiß dich zusammen, das ist dein letzter Fall! Den bringst du sauber zu Ende. Du bist ein guter Polizist."

Lambach wurde immer lauter, seine Stimme hallte im Dienstzimmer wider.

„Aber du hast Sachse doch gesehen", flüsterte ihm eine innere Stimme zu.

Er schüttelte den Kopf. Wenn er eine Sache konnte, dann war es, sich Gesichter einzuprägen.

Er presste beide Hände an die Schläfen. Doch die Stimme in seinem Kopf wurde immer lauter. *„Es war Sachse!"*, wiederholte sie unaufhörlich.

Und dann war er sich sicher. Auch wenn ihn alle für irre hielten: Er, Richard Lambach, hatte im Wagen hinter sich Doktor Ulrich Sachse gesehen, seines Zeichens Arzt im Göttinger Universitätsklinikum. Punkt!

Ein Lächeln huschte über sein Gesicht und er wählte eine Telefonnummer, die er schon viel früher hätte wählen sollen.

„Svend? Hier ist Richard. Wie geht es dir?", begann Lambach sein Telefonat.

Die Männer plauderten zunächst über Alltäglichkeiten. Dann folgte Svend Mose kommentarlos Lambachs Ausführungen zum Opinelli-Fall und dem neuen Sachse-Fall.

„Was meinst du, Svend? Wie kann ich die Leute davon überzeugen, mit mir an einem Strang zu ziehen?", bat Lambach ihn um eine knappe Patentlösung.

„Richard, merkst du das nicht? Ihr zieht bereits an einem Strang." Lambach stutzte.

„Aber sie sind alle gegen meine Theorie. Ich habe das Gefühl, sie stellen sich quer."

Svend lachte.

„Genau das meine ich. Ihr zieht am selben Strang, nur eben an unterschiedlichen Enden. Du möchtest nachweisen, dass Sachse ein Loch im Kopf hatte. Carola möchte keinen Fehler begangen haben. Konsbruch möchte ein, zwei Fälle abschließen. Du möchtest den Dingen auf den Grund gehen und forderst, dass etliche Fälle neu aufgerollt werden. Dann müssten andere Kollegen vielleicht Fehler zugeben, Urteile müssten infrage gestellt werden. Nur, weil ein psychisch angeschlagener Herr Lambach meint, er hätte einen Toten gesehen."

Lambach schwieg und hörte aufmerksam zu.

„Bist du noch dran, Richard?"

„Ja, ich höre zu."

„Ich frage dich, auf welche Seite sollen sich die Kollegen stellen? Sollen sie Loyalität oder Vernunft beweisen? Du verlangst sehr viel."

Lambach wurde nachdenklich. Er schwieg. Svend Mose gab ihm Zeit, seine Gedanken zu ordnen.

„Aber ist es so unvernünftig, was ich zu sagen habe? Ich bin mir sicher, dass ich ihn gesehen habe, und ich bin überzeugt, dass die Obduktionsergebnisse falsch sind."

„Dann beweise es!", warf Svend kurz ein.

„Mein Bauchgefühl sagt mir, dass Sachse sich Mahnke nicht zufällig ausgesucht hat. Es muss eine Verbindung geben. Doch wenn es nicht um Rache geht, dann muss es etwas anderes sein, was die beiden verbindet."

„Was soll das sein?", fragte Svend emotionslos.

„Ich habe in Hamburg-Ochsenzoll mit Pflegern und Patienten gesprochen. Die erzählten interessante Dinge von einer Art Rachevereinigung. Ein Patient nannte sie Nemesis. Die Idee oder Theorie scheint in sich schlüssig und dadurch schwer widerlegbar zu sein. Einige Patienten haben eine Heidenangst davor, einer solchen Rachevereinigung zum Opfer zu fallen. Ein rationaler Mann, dem ich von Mahnke und Mortag erzählte, dreht völlig durch bei dem Gedanken."

Lambach zögerte.

„Ich gebe zu, dass ich nicht weiß, was ich davon halten soll. Aber eine Vereinigung könnte das Bindeglied zwischen Sachse und Mahnke sein. Doch wie will man so etwas beweisen? Das ist wie ein Geheimbund."

Lambach machte eine kurze Pause.

„Dass ich mal an einen Geheimbund glaube, hättest du wohl nicht gedacht, oder?"

Svend Mose lachte.

„Und du erwartest von Carola, von deinem Vorgesetzten und deinen Mitarbeitern, dass sie das alles für bare Münze nehmen?"

„Kann nicht auch was dran sein?"

„Ich will ehrlich zu dir sein", sagte Svend. „Die Idee einer Rachevereinigung kursiert in vielen Ländern und Kulturen – und das seit Generationen. Fakt ist, dass eine erhöhte Sterblichkeit unter Schwerverbrechern besteht. Ein Zusammenhang wurde aber nie bewiesen. Ich kenne jemanden, der sich mit diesem Thema befasst. Er hat auch irgendwelche Daten erhoben, soweit ich weiß. Ich werde ihn mal kontaktieren. Vielleicht hast du Glück und mein Bekannter lässt dich an seinem Wissen teilhaben."

„Danke dir, Svend. Das hört sich gut an."

„Und, Lambach, versuch bitte nicht, die Menschen in so einfache Kategorien einzuteilen. Sie sind entweder gegen dich oder für dich. Manchmal gibt es noch was dazwischen."

„Du hast recht, mein Lieber. Wir hören voneinander?"

„Sicher. Ich melde mich, sobald ich etwas weiß."

Lambach legte auf und lehnte sich in seinem Stuhl zurück. Dieser Fall war wie eine Zwiebel. Wer einmal anfing, Haut um Haut abzuschälen, stand unter Umständen am Ende mit leeren Händen da. Je mehr Schichten er freilegte, desto weiter entfernte er sich von der angeblichen Wahrheit.

DONNERSTAG, 20. SEPTEMBER 2001

Wie jeden Tag, verbrachte er auch heute eine Stunde im Innenhof. Er wandelte durch den Kreuzgang, drehte seine Runden zwischen den hohen Mauern der alten Gebäude. Wie so oft dachte er über die Indizien nach, die gegen ihn sprachen. Und wie immer rauchte er auf der Bank unter der gewaltigen Platane eine Zigarette. Er stellte sich vor, wie die Feuerwehrtaucher aus Northeim die Wasserleiche bargen. Wie die Rechtsmediziner ihre Arbeit machten und den Kugelschreiber aus der Schlüsselbeingrube des aufgequollenen Leibs zogen.

Einige bekannte Gesichter gingen an ihm vorüber, manche nickten ihm freundlich zu, andere bemerkten ihn nicht.

Unaufhaltsam wie ein Tsunami breiteten sich Triebls Worte in seinem Kopf aus: „Da muss man schon eine gehörige Portion Wut aufbringen, um einen Kuli so tief dort hineinzurammen."

Die Glocke der kleinen Kapelle schlug vier. Er ging in Richtung Eingang. Sie beobachten mich, dachte er, als er aus dem Augenwinkel jemanden am Fenster sah. Dann betrat er das Gebäude.

24. KAPITEL

Als Lambach nach einem ausgedehnten Spaziergang zu seinem Auto zurückkam, sah er von Stetten schon von Weitem. „Mann, Lambach, wo warst du? Wieso hast du dein Handy nicht an? Weißt du, wie lange ich hier schon stehe? Ich bin um den See marschiert, weil ich dachte, ich gehe dir entgegen. Und als ich drüben war, hatte ich Angst, dass du vielleicht andersrum gegangen bist und wir uns verpassen."

„Kommst du mit in den *Seestern*?", unterbrach ihn Lambach. Er nickte seinem Kollegen aufmunternd zu. „Auf einen Kaffee und vielleicht ein Stück der hervorragenden Apfel-Whiskey-Torte?"

Lambach ging zum Eingang und schmunzelte, als er von Stettens Schritte auf dem Kies hinter sich hörte.

Sie nahmen am Fenster Platz.

„Ich bin um den Kiessee gegangen und dann an der Leine entlang in Richtung Rosdorfer Baggersee. Ich habe das Gefühl, wir müssen die Sachse-Geschichte von einer anderen Seite angehen."

„Und diese Seite ist am Rosdorfer Baggersee zu finden?", spottete von Stetten.

Lambach schwieg und sah beleidigt aus dem Fenster. Als die Bedienung an den Tisch kam, bestellte er zwei Kännchen Kaffee und zwei Stücke Apfel-Whiskey-Torte. Von Stetten vergewisserte sich, dass in der Torte kein Alkohol war, was Lambach mit einem mürrischen „Was soll das denn?" quittierte.

Als die Bedienung gegangen war, beugte sich von Stetten zu ihm hinüber. „Mir reicht es schon, dass ich diese Psychopillen fressen muss. Ich habe keine Lust, mit Alkohol komisch drauf zu kommen. Weiß ich denn, was diese Kombi mit mir anstellt?"

Lambach war irritiert.

„Du musst immer noch Medikamente nehmen? Darfst du denn damit überhaupt Auto fahren?"

„Natürlich nicht! Aber was bleibt mir anderes übrig? Soll ich durchs Präsidium laufen und erzählen, ich schlucke Psychopharmaka? Ihr braucht mich nicht ernst zu nehmen, ich darf nicht mal Auto fahren?"

Lambach verzog das Gesicht.

„Das hättest du mir sagen müssen, Max. Dann wäre ich nach Dresden gefahren."

„Ach, und wieso? Weil du gerade erst deinen Wagen auf der Autobahn geschrottet hast? Ohne Medikamente! Lambach, mir geht es gut. Ich bin zwar manchmal etwas müde, aber das ist in Ordnung. Ich weiß nur nicht, was passiert, wenn ich Alkohol zu mir nehme."

Lambach presste die Lippen zusammen.

„Geht's dir wirklich gut?"

„Es ist in Ordnung. Sonst wäre ich zu Hause geblieben. Mein Arzt hätte mich noch wochenlang krankgeschrieben."

„Es ist gut, dass du wieder da bist. Was gibt es denn so Dringendes?"

„Es stimmt schon, was du sagst, Lambach. Es scheint auf den ersten Blick keine Verbindung zwischen Sachse und Mahnke zu geben. Es gibt aber noch eine dritte Unbekannte in der Gleichung: den Mörder der Sachse-Tochter. Wenn Sachse sich an jemandem rächen wollte, dann doch wohl an dem. Aber genau das macht er nicht."

„Oder wir wissen es noch nicht", unterbrach Lambach. „Vielleicht hängt Riedmann ja auch irgendwo in einem Netz. Oder er hat sein Martyrium schon hinter sich und Sachse ist auf den Geschmack gekommen und hat sich mit Mahnke Nachschlag geholt. Aber wieso Mahnke? Die Frage bleibt."

Die Bedienung brachte den Kaffee und die Torte.

„Lambach, irgendwie muss sich über Riedmann zu Sachse oder Mahnke eine Verbindung herstellen lassen. Wo ist dieser Riedmann eigentlich? Er ist doch noch nicht gefasst, oder? Wir sollten da nachhaken."

Lambach nickte. Kommen lassen, dachte er und musste sich bemühen, nicht zu zufrieden zu wirken.

„Genau meine Gedanken."

„Traudel sagte mir, dass du den Sachse-Fall hast, also die kompletten Akten. Da steht nichts drin?"

Lambach schüttelte den Kopf, löffelte vier Teelöffel Zucker aus der Dose und rührte nachdenklich um.

„Nein. Die Spuren führen nach Süddeutschland. Er wurde zuletzt in Stuttgart an einer Tankstelle in der Rotenwaldstraße gesehen. Die Überwachungskamera im Kassenraum hat ihn aufgezeichnet. Es schien, als würde er auf jemanden warten. Er kaufte drei Dosen Bier und verschwand von der Bildfläche. Die Zielfahnder haben ihn um vierzig Minuten verpasst."

Beide aßen schweigend die Torte und tranken ihren Kaffee. Dabei sahen sie auf den See hinaus.

„Kann ich mal kurz dein Handy haben?", unterbrach Lambach die Stille.

Er wählte Traudels Nummer.

„Traudel, hier ist Lambach. Können Sie für mich etwas über Thorsten Riedmann herausfinden? Ich will alles wissen: Lebt er noch? Ist er verhaftet worden? Gab es nach der Tankstellengeschichte vor ein paar Jahren noch mal eine Spur von ihm? Rufen Sie mich bitte auf von Stettens Handy an, wenn Sie etwas herausgefunden haben. Es ist dringend. Vielen Dank."

Er gab seinem Kollegen das Handy zurück.

„Ist es denn wirklich dringend?"

„Ja, das ist es. Ich hätte es gerne heute noch geklärt. Morgen früh werde ich meinen Wagen aus der Werkstatt holen, anschließend nach Dänemark fahren und dort ermitteln."

„Zufällig bei deinem Freund Svend Mose?", fragte von Stetten mit einem gewissen Unterton.

„Ja, zufällig bei Svend. Er konnte einen Kontakt herstellen, der vielleicht etwas Licht ins Dunkel bringt. Hier drehen wir uns im Kreis."

„Wie lange wirst du bleiben?"

„Drei Tage. Vielleicht sind die Hinweise so gut, dass sie uns auch in der Sache Riedmann weiterbringen. Immerhin, die Beweise gegen ihn sind erdrückend. Die Indizien würden reichen, um ihn zweifelsfrei verurteilen zu können."

Lambach biss sich auf die Unterlippe.

„Weißt du was, Max? Irgendetwas sträubt sich in mir, Sachse als Täter zu sehen. Lass uns ein wenig herumfahren, vielleicht sehe ich dann klarer. Ich möchte mit dir zum Baggersee fahren, dahin, wo die kleine Sachse lag. Dann fahren wir zu Sachses früherem Wohnhaus und anschließend nach Appenrode. Meinst du, du schaffst das?"

„Muss das sein? Bringt das was?"

„Bevor wir die richtigen Antworten finden, müssen wir die

richtigen Fragen stellen. Nicht einmal das will mir gelingen. Da baue ich auf den Kontakt in Dänemark."

Lambach nahm seine Jacke.

„Wenn es nicht geht, dann lassen wir Appenrode. Ich hatte nur gehofft, dass gerade deine starken Gefühle an dem Ort uns etwas verraten könnten."

Lambach griff nach seiner Geldbörse, als von Stettens Handy klingelte. „Hansch ist dran. Für dich."

„Ich hoffe, du hast gute Nachrichten, Stefan."

„Es tut mir leid, Lambach, die Sondenkost scheint eine Sackgasse zu sein. Und bei den Autovermietungen auch nichts. Kein Wagen wurde auf Ulrich Sachse gemietet."

Lambach legte seinen Kopf in den Nacken, schloss die Augen und fluchte lautlos.

„Lambach, ich gebe dich mal an Wollny weiter. Er steht neben mir und hat noch eine Neuigkeit für dich."

Lambach schaute von Stetten an und schüttelte den Kopf.

„Lambach, hier ist Daniel. Nur ganz kurz: Wir sind an der Selbsthilfegruppe dran. Es handelt sich um einen eingetragenen Verein mit festen Mitgliedern. Unter den Opfern waren vier Verkehrstote, bei einigen Verstorbenen wurden Arztfehler in Betracht gezogen. Außerdem zwei Vergewaltigungen und mehrfache Misshandlungen. Hättest du das gedacht, Lambach? Haben wir schon in so vielen Fällen ermittelt?"

Lambach konnte nichts sagen. Wie von fern hörte er Wollny, der etwas von Umfragen des Weißen Rings erzählte.

„Und nun rate mal, wer in den vergangenen Wochen in Deutschland war und letzten Montag nach Australien zurückgeflogen ist? Ach, da kommste nicht drauf! Helmut Sachse, der Bruder von unserem Freund Ulrich."

Lambach kam sich vor wie bei der versteckten Kamera.

„Willst du mich verarschen, Daniel?"

„Nein, Lambach, im Ernst. Helmut Sachse ist beruflich jedes Jahr für einige Wochen in Hamburg. Am Montag ist er von Hamburg nach Australien zurückgeflogen. Alles ganz regulär."

„Hamburg?"
„Ja, Hamburg", wiederholte Wollny.
Lambach gab von Stetten das Handy und verließ wie in Trance den *Seestern*.

25. KAPITEL

Das Frühstück ließ Lambach an diesem Morgen ausfallen. Um Zeit zu sparen, hatte er sich am Abend zuvor zwei Eier gekocht und einige Brote für die Fahrt geschmiert. Am späten Vormittag kam er in Hamburg an. Er wollte die Zeit nutzen, um für Svend eine kleine Aufmerksamkeit zusammenzustellen. Diesmal kam ihm hoffentlich nichts dazwischen. Die Tage im Ferienhaus seines Freundes waren sehr entspannend gewesen und ihm war eingefallen, dass er sich noch nicht richtig dafür bedankt hatte.

Feinkost-Fehrensen hatte einige Varianten von Präsentkörben im Angebot. Lambach entschied sich für die französische Ausführung namens *„Pour toi"* und ergänzte diese noch um ein Glas Hasenterrine mit „Herbes de Provence", „Gallettes de Bretagne", ein Fläschchen Balsamico-Essig mit Trüffeln und eine Flasche Coté de Vivarais, einen fruchtigen Rosé aus dem Département Ardèche. Als Dekoration wählte er getrockneten Lavendel.

Der Himmel hatte mittlerweile aufgeklart und Lambach erreichte den Rastplatz Hüttener Berge um 13 Uhr. Bevor er die dänische Grenze passierte, tankte er noch einmal voll. Anschließend fuhr er auf den Parkplatz. Aus einem vorbeifahrenden VW Golf wummerten Bässe.

Nachdem er ausgestiegen war, stand er vor seinem Kofferraum und ärgerte sich über das defekte Schloss. Nach dem Unfall hatte er schlichtweg vergessen, auch diese Reparatur in Auftrag zu geben. Seit über einem halben Jahr machte es Probleme. Mal funktionierte es, dann wieder nicht. Inzwischen hatte sich Lambach so an diesen Zustand gewöhnt, dass er den Kofferraum nur noch selten benutzte. Er musste das dringend machen lassen. Dabei könnte die Werkstatt gleich das CD-Autoradio einbauen, das Hansch ihm schon vor einem Dreivierteljahr günstig verkauft hatte.

Ohne Jacke ging er auf die Raststätte zu, um sich einen Becher Kaffee zu holen. Als sein Handy klingelte, erkannte er die Nummer von Freddie Bolz auf dem Display. Der kam, ohne zu zögern, zur Sache: „Ich habe Neuigkeiten für dich. Du hattest recht mit deiner Vermutung."

„Welche meinst du?"

„Die mit dem Fleisch. Ich wollte dir nur mitteilen, dass sich in den Kotresten, die wir im Abfluss unter dem Netz gefunden haben, Spuren von humanem Myoglobin befanden."

„Also hat er sich selber verspeist."

„Falls die Exkremente, die in dem Abfluss sichergestellt wurden, tatsächlich von Udo Mahnke sind."

„Freddie, jetzt mal im Ernst: Davon gehe ich aus. Oder glaubst du, dass sich Sachse selbst unter das Netz gehockt hat, nachdem er ein Stück Mahnke gegessen hat?"

„Es war ja kein Stück. Mahnkes Fleisch war püriert."

Bolz schien die ganze Geschichte nicht besonders nahezugehen.

„Freddie, bitte!"

„Noch etwas. Du erinnerst dich an die CD?"

„Du meinst die CD mit den Arien?", fragte Lambach.

„Ich habe mir noch mal die Fotos vom Tatort angesehen", antwortete Bolz. „Auf einem der Bilder ist das Display des CD-Players zu erkennen. Dass die Repeat-Funktion aktiviert war, hatte ich schon gesagt, oder?"

„Ich erinnere mich", erwiderte Lambach.

„Also, nicht die kompletten zwölf Musikstücke auf der CD wurden abgespielt, sondern nur ein einziges. Immer und immer wieder."

„Wie konntest du das feststellen?", fragte Lambach.

„Ich habe alles unter die Lupe genommen. Wenn bei diesem Modell die gesamte CD wiederholt wird, erscheinen drei kleine Balken unter der Repeat-Anzeige. Erscheint dort nur ein Balken, wird ein zuvor ausgewähltes Stück in einer Endlosschleife abgespielt. In diesem Fall handelte es sich um das sechste Stück auf der CD, das *Ave Maria*. Das ist eindeutig auf dem Foto des Displays zu erkennen. Aber der Hammer kommt noch. Lambach, Track 6 auf der besagten CD ist eine digitale Überarbeitung einer Aufnahme von 1958. Gesungen von Francesca-Alessia Opinelli."

Lambach hörte nur noch seinen eigenen Herzschlag.

„Du weißt, was das bedeutet, Freddie?"

„Ja, ich kann es mir denken."

Lambach atmete tief durch, bedankte sich bei Bolz und beendete das Gespräch. Zwei Teenager gingen kichernd an ihm vorbei und betraten den Verkaufsraum der Raststätte. Lambach stand noch immer vor der Eingangstür und hielt sein Handy in der Hand. Dann betrat er ebenfalls das Rasthaus. Am Tresen kaufte er sich einen Kaffee und setzte sich an einen Tisch in der äußersten Ecke. Seine Hände zitterten so sehr, dass er die Tasse mit beiden Händen festhalten musste. Die Bilder von Mahnkes Verlies erschienen vor seinen Augen und vermischten sich mit den Detailaufnahmen, die ihm Doktor Levi in der Uniklinik gezeigt hatte. Irgendwo hinter ihm fiel Geschirr zu Boden; Lambach sah sich nicht einmal um. Er saß nur da und starrte gedankenverloren auf das abgewetzte Buchenfurnier des Tisches.

Eine Männerstimme holte ihn zurück in die Realität. „Ist hier noch frei?"

Vor ihm stand ein Mann mittleren Alters mit einem Tablett in der Hand. Lambach sah zu ihm auf.

„Ich wollte sowieso gerade gehen", antwortete er.

„Ich hatte nicht vor, Sie zu verscheuchen", entgegnete der Mann lächelnd.

„Schon gut. Ich bin spät dran. Guten Appetit!"

Lambach erhob sich, stellte seine Tasse in den dafür vorgesehenen Wagen und verließ die Raststätte.

Um Punkt 14 Uhr überquerte er zum dritten Mal innerhalb eines Monats die deutsch-dänische Grenze. An der ersten Wechselstube kurz hinter der Grenze tauschte er zweihundert Mark in dänische Kronen. Er beschloss, bis Kolding zu fahren und dann den direkten Weg auf der E20 über Varde und Tarm zu nehmen.

Drei Stunden später erreichte er die Kieseinfahrt zu Svend Moses Grundstück am Rande von Skjern. Zu seiner Verwunderung stand Svends Saab nicht vor dem Haus. Lambach parkte neben dem Rondell in der Mitte des Platzes, griff nach dem Präsentkorb und schritt über das knirschende Kiesbett auf Svends Anwesen zu. Inge öffnete mit einem herzlichen Lächeln die Tür.

„Schön, dass du da bist!", sagte sie.

Lambach nahm sie in den Arm.

„Schön, dich zu sehen!"

Er hielt ihr strahlend den Korb entgegen.

„Mensch, Richard, das musste aber wirklich nicht sein."

„Nur eine kleine Aufmerksamkeit für den schönen Urlaub in eurem Ferienhaus."

Inge bedankte sich und bat ihn hinein.

„Ist Svend unterwegs?", fragte Lambach.

„Er ist noch einmal zu *Brugsen* gefahren", antwortete Inge. „Er wollte noch einige Kleinigkeiten besorgen. Bist du denn gut hergekommen?"

„Ohne Probleme. Ich bin früh losgefahren und habe mir Zeit gelassen."

„Svend redet seit gestern von nichts anderem als von deinem Besuch", sagte Inge. „Wann haben wir uns das letzte Mal gesehen?"

„Lange her. Ich glaube, kurz nachdem sich Carola von mir getrennt hat, oder?"

„Kann sein. Ich weiß es nicht mehr genau. Wohnst du noch immer in dieser hohen Wohnung in Göttingen?"

Erst jetzt wurde Lambach klar, dass es für Dänen ungewöhnlich war, in einer Wohnung zu leben, deren Deckenhöhe zweieinhalb Meter überschritt.

„Immer noch in derselben Wohnung wie früher."

Schon beim Betreten von Inges und Svends Haus hatte er automatisch den Kopf eingezogen.

Die Dänen bauen flach, weil sie so viel Land zur Verfügung haben, dachte Lambach.

Das Haus hatte sich seit seinem letzten Besuch kaum verändert. Lambach zog die Schuhe aus und ging mit Inge ins Wohnzimmer. Er sah Svends *Bösendorfer*-Flügel. Ob sein Freund immer noch so gut Klavier spielen konnte wie früher, als sie gemeinsam in den örtlichen Clubs auftraten? Gerne erinnerte er sich: Svend am Klavier, er am Kontrabass.

„Such dir einen Platz, Richard", sagte Inge. „Ich mache uns schnell einen Tee. Du trinkst doch Tee?"

„Ja, gerne", antwortete Lambach, obwohl ihm ein Kaffee lieber gewesen wäre.

„Früchtetee oder schwarzen Tee?"

„Lieber Schwarztee."

Inge verschwand in einem der benachbarten Räume.

Lambach nahm in dem schweren Ohrensessel Platz. Das Zimmer war geschmackvoll eingerichtet, wirkte großzügig geschnitten und dennoch gemütlich. Durch die große Fensterfront konnte man in den weitläufigen Garten sehen. Ein Kiesweg teilte ihn in zwei Hälften, links davon stand eine dunkelrot gestrichene Hundehütte.

„Er hat mir gar nicht erzählt, dass er sich einen Hund angeschafft hat", murmelte Lambach vor sich hin.

„Wir haben ihn erst seit letzter Woche. Eher eine Entscheidung von Svend. Wenn es nach mir gegangen wäre ..." Inge machte eine kurze Pause. „Du kennst ihn ja. Wenn Svend sich etwas in den Kopf gesetzt hat ..."

Inge sprach den Satz nicht zu Ende, sondern verließ das Zimmer erneut. In der Küche hörte er den Wasserkessel pfeifen.

Und wie er das von Svend kannte. Der war schon immer halsstarrig gewesen und sie waren deshalb öfter aneinandergeraten. Lambach erinnerte sich, dass Svend einmal um Haaresbreite einen Auftritt im *Künstlerkeller* hatte platzen lassen – einzig und allein, weil der Besitzer sich ein Mitspracherecht an der Reihenfolge der gespielten Stücke einräumen wollte. Zu guter Letzt setzte Svend seinen Dickkopf durch und der Auftritt begann wie üblich mit einer Eigeninterpretation von Dave Brubecks *Take Five* und endete wie gewohnt mit dem Stück *Blue In Green* von Miles Davis. Die Getränke mussten sie an diesem Abend allerdings selbst zahlen. Lambach erinnerte sich noch gut an Svends trotzige Aussage, nachdem er die Zeche beglichen hatte: „Lieber zahle ich die Getränke für die gesamte Mannschaft aus eigener Tasche, als dass wir uns von solch einem Kretin den Ablauf durcheinanderbringen lassen!"

Inge kam mit einem Teller Haferkekse und einer bauchigen Teekanne zurück, stellte beides auf den kleinen runden Tisch und setzte sich ihm gegenüber auf die Chaiselongue.

„Ich nehme an, du trinkst deinen Tee mit viel Zucker?"

Obwohl sie sich seit Jahren nicht gesehen hatten, erinnerte sie sich anscheinend an Lambachs Gewohnheiten.

„Daran hat sich nichts geändert und wird sich nichts ändern", entgegnete er mit einem Lächeln.

Die nächste Stunde verging wie im Flug. Sie sprachen über Lambachs Verhältnis zu Carola, über ihre gemeinsame Tochter Antonia, seinen Job als Kommissar bei der Kripo und über verschiedene andere Dinge, die Inge betrafen. Insgesamt schien sie ein ausgeglichenes und zufriedenes Leben mit Svend zu führen. Von seinen Problemen erzählte Lambach ihr allerdings nichts. Er wollte die angenehme Stimmung keinesfalls trüben.

„Wo Svend nur bleibt?" Inge sah auf die Uhr. „Er wollte längst zurück sein."

Sie schloss eines der gekippten Fenster und blickte in den Garten hinaus. Draußen verdunkelten Gewitterwolken den Himmel und es wehte ein kräftiger Wind. Ein Sturm zog auf.

„Er wird schon kommen", versuchte Lambach sie zu beruhigen. „Vielleicht hat er jemanden beim Einkaufen getroffen."

„So wird es sein", antwortete Inge. „Der Wetterdienst hat für heute Nacht ein Unwetter vorausgesagt. Ich hoffe, es wird nicht allzu heftig. Im letzten Herbst hat uns der Sturm das halbe Gewächshaus durch den Garten gewirbelt."

„Es wird immer verrückter mit dem Wetter. Aber was soll's? Wir können es ja eh nicht ändern."

Sie lachte. „Und das ist auch gut so."

Inge setzte sich wieder.

„Sag mal, Richard, wie habt ihr euch damals eigentlich kennengelernt, du und Svend? Das war ja vor meiner Zeit und ich habe Svend nie danach gefragt."

Lambach musste einen Augenblick lang überlegen.

„Wenn ich mich recht erinnere, war das in den frühen Sechzigern. Ich muss da etwas weiter ausholen."

„Es interessiert mich", antwortete Inge.

Lambach nahm einen Schluck aus seiner Teetasse.

„Mein Vater bestand darauf, dass sein Sprössling ein Instrument lernen sollte. Und eigentlich hatte er sich Geige oder Cello vorgestellt. Da das Geld nach dem jedoch Krieg knapp war, war natürlich an Unterricht nicht zu denken. Trotzdem brachte mein Vater zumindest so viel Geld zusammen, dass er einen Nachbarn im Mietshaus überreden konnte, mich zu unterrichten. Ich habe diese Unterrichtsstunden natürlich wie die Pest gehasst. Sei's drum … Der ältere Herr spielte jedenfalls nicht Violine oder Cello, sondern Kontrabass. Ich war nie ein großes Talent, aber zum Improvisieren reichte es. Damals war ich sechzehn."

Inge rührte langsam mit einem kleinen silbernen Löffel in ihrem Tee und folgte gespannt Lambachs Worten.

„Eines schönen Abends saß ich in einer der Kellerkneipen in Göttingen. An diesem Abend gab es eine Jamsession. Jeder, der ein Instrument spielen konnte oder es zumindest von sich annahm, durfte für eine halbe Stunde auf die Bühne und sein Können zeigen."

„Und einer war Svend?", fragte Inge.

„Richtig."

„Das hat er mir nie erzählt", sagte sie.

„Svend war einer der Besten. Er bearbeitete das Klavier, als würde er um sein Leben spielen. Ich hörte ihn und war begeistert."

„Und dann warst du an der Reihe?"

„Um Himmels willen! Ich hätte mich zu diesem Zeitpunkt nie getraut, die Bühne zu betreten. Wäre auch gar nicht möglich gewesen. Wie gesagt, ich spielte Kontrabass – also kein Instrument für einen Soloauftritt."

„Und wie habt ihr euch dann kennengelernt?"

„Eigentlich war es Zufall. Ich hatte einen Bekannten, der Psychologie studierte. Alle nannten ihn *Rakete*, weil er einmal zu Silvester besoffen eine Feuerwerksrakete aus der Hand gestartet hatte. Den Namen wurde er nicht mehr los."

Inge schüttelte grinsend den Kopf.

„Rakete hatte einen Kommilitonen, der eine Band gründen wollte. Da er selbst seit Jahren Schlagzeug spielte, und das nicht schlecht, taten sich die beiden zusammen und suchten händeringend nach weiteren Bandmitgliedern."

„Und so kamst du ins Spiel", schlussfolgerte Inge.

„Genau. Rakete sprach mich an, und wir trafen uns."

Inge nickte ihm aufmunternd zu, um ihn zum Weitererzählen zu animieren.

„Als ich Svend bei diesem Treffen wiedererkannte, war die Sache für mich klar. Es dauerte auch nicht lange und wir hatten einen passenden Saxofonisten und einen Gitarristen gefunden. Die Band war geboren. Wir waren alle auf der gleichen Wellenlänge. Nach kurzer Zeit hatten wir uns ein Jazzprogramm erarbeitet, das sich hören lassen konnte. Von diesem Zeitpunkt an spielten wir regelmäßig auf den Kleinkunstbühnen in Göttingen und Umgebung."

Inge goss Lambach den Rest des Tees ein und blies die Kerze des Stövchens aus. Dann lehnte sie sich zurück.

„Es ist schon verrückt, Richard. Man kann einen Menschen über zwanzig Jahre kennen und man kennt ihn trotzdem nicht völlig", sagte sie.

„Wem sagst du das?", antwortete Lambach mit bittersüßer Miene.

Plötzlich stürmte ein kleiner quirliger Hund ins Zimmer, wedelte mit dem Schwanz und schnupperte an seinem Hosenbein. Svend kam ebenfalls herein. Lambach stand auf und ging ihm einen Schritt entgegen. Die beiden Männer umarmten sich und lachten.

„Schön, dass du da bist! Hattest du eine gute Reise?"

„Alles bestens gelaufen", antwortete Lambach.

„Du bist schon eine Weile da", sagte Svend mit Blick auf die Teetassen.

„Wir haben uns sehr nett unterhalten", mischte sich Inge ein.

„Richard hatte einiges über dich zu erzählen."

„Ich hoffe, es waren keine Jugendsünden dabei", erwiderte Svend und zwinkerte Lambach mit einem Auge zu.

„Wer weiß?", antwortete Inge und erhob sich von der Chaiselongue, um das Teegeschirr abzuräumen. „Ich lasse euch beide jetzt allein. Ihr habt euch sicher einiges zu erzählen."

Mit dem Tablett in der Hand verließ sie das Wohnzimmer. Noch immer schnupperte der Welpe an Lambachs Hosenbeinen.

Lambach streichelte ihm über den Kopf. „Du hast mir gar nichts von dem kleinen Racker erzählt. Wie heißt er denn?"

„Snuggle. Er ist noch verspielt, ein Mischling. Er wird mal unser Bootshund, wenn wir beide auf Reisen gehen."

Lambach konnte sich ein Schmunzeln nicht verkneifen.

„Wie alt?", fragte er.

„Gerade mal vier Monate. Hat hier aber schon Schaden angerichtet, der für die nächsten vier Jahre reicht."

Svend zeigte auf den angeknabberten Fuß einer Art-déco-Vitrine.

„Der Präsentkorb in der Küche ist von dir?"

„Ich hoffe, ich habe deinen Geschmack getroffen."

„Was für eine Frage, Richard! Mit französischen Köstlichkeiten liegst du bei mir immer richtig, das weißt du doch. Besten Dank. Apropos Köstlichkeiten: Inge kocht für uns heute Abend. Es gibt Dorsch mit Salzkartoffeln und Senfsoße."

„Das klingt verdammt gut. Ich habe einen Mordshunger."

„Sie hat heute Mittag schon einiges vorbereitet. Ich denke, in einer Dreiviertelstunde können wir essen. Was hältst du bis dahin von einem Aperitif?"

„Gerne", antwortete Lambach.

Die beiden gingen in den kleinen Wohnraum, Snuggle folgte ihnen etwas unbeholfen.

Nachdem Svend eingegossen hatte, erhob er sein Glas. „Skål! Auf das, was wir lieben!"

„Auf das, was wir lieben!", wiederholte Lambach und gab die Geste zurück.

„Du fährst tatsächlich noch immer diesen alten Volvo?", fragte Svend.

Lambach grinste.

„Ich werde ihn fahren, bis er zu Staub zerfällt. Natürlich frisst die alte Kiste Sprit ohne Ende, aber ich kann mich einfach nicht von ihr trennen."

„Dein Vater würde sich sicher freuen, wenn er das wüsste", entgegnete Svend. „Du solltest ihn behalten, so lange es geht."

„Inge, das Essen war fabelhaft!", sagte Lambach, lehnte sich in seinem Stuhl zurück und faltete die Hände über dem Bauch. „Ich hoffe, ich habe nicht zu sehr zugelangt."

Lambach hatte sich während des Essens zweimal nachreichen lassen.

„Es freut mich, dass es dir geschmeckt hat. Ich wäre beleidigt, wenn du es nicht getan hättest", erwiderte Inge lächelnd. „Wie wäre es mit einem Kaffee?", fragte sie und wollte aufstehen.

„Halt! Jetzt bin ich an der Reihe", wandte Svend ein und ging in den Küchenbereich des offenen Esszimmers.

„Vielleicht sollte ich schon mal abräumen", sagte Lambach. Er hatte das Verlangen, sich nützlich zu machen.

„Du bleibst schön, wo du bist", rief Svend ihm zu, während er den Wasserkocher befüllte. „Du bist unser Gast. Und wie sagte Jean Anthelme Brillat-Savarin so schön? *Wer seine Freunde empfängt und nicht persönlich für das Mahl Sorge trägt, ist es nicht wert, Freunde zu haben.*"

Lambach schaute Inge an; sie zuckte nur mit den Schultern.

Nachdem die Kaffeetassen geleert waren, saßen sie noch anderthalb Stunden bei Brandy und Likör zusammen und unterhielten sich. Dann zog sich Inge mit einem Buch und ihrem Likörglas ins Wohnzimmer zurück.

„Habe ich dir von meinem Zimmer erzählt?", fragte Svend.

„Ich kann mich nicht daran erinnern", antwortete Lambach.

„Na, dann komm mal mit!"

Svend stand auf und ging über die lange Diele in einen der Seitenflügel des Hauses. Lambach folgte ihm. Vor Mettes ehemaligem Kinderzimmer blieben sie stehen.

„Ich bin noch nicht ganz fertig, aber ich glaube, es wird dir gefallen", sagte Svend, als sie den Raum betraten. „Inge nennt es scherzhaft mein *Herrenzimmer*."

Lambach kannte den Raum noch aus früheren Zeiten. Hier hatte Svends Tochter ihr kleines Reich gehabt, bevor sie erwachsen wurde und nach Kopenhagen zog. Jahrelang hatte es danach leer gestanden. Es war nicht groß, wirkte aber einladend.

Lambach blieb in der Tür stehen und ließ alles auf sich wirken. Die Wände waren mit Bücherregalen bestückt, die bis zur Decke reichten. Wie in einer kleinen Bibliothek. Zwischen den Regalen hingen gerahmte Kupferstiche alter Meister. Vor dem Kamin standen zwei schwere lederbezogene Chesterfield-Sessel, dazwischen ein kleiner runder Mahagonitisch. Der rosafarbene Teppich des Kinderzimmers war dunklen Eichenbohlen gewichen. Ihr Holzgeruch erfüllte den Raum. In der Ecke entdeckte Lambach eine Stehlampe, deren weiches Licht auf einen aufklappbaren, mit Gläsern und Spirituosen gefüllten Globus fiel. *Herrenzimmer* traf es gut, fand er.

Svend kniete sich vor den Kamin und entzündete mit geübter Hand das Feuer. Lambach ließ sich in einen Sessel fallen. Wohlwollend beobachtete er seinen Freund. Alt ist er geworden, schoss es ihm durch den Kopf. Beide sind wir alt geworden. Er dachte an den jungen, agilen Mann von früher. Aber er ist wenigstens nicht allein.

Ein plötzlicher lauter Knall ließ ihn sich im Sessel aufrichten. Auch Svend war zusammengefahren. Die beiden sahen sich erschrocken an. Urplötzlich setzte der Regen ein und prasselte mit voller Wucht gegen das Fenster.

„Der Wetterdienst hat es vorausgesagt", sagte Svend. „Aber dass es so heftig kommt, damit hätte ich nicht gerechnet. Da hat es wohl irgendwo eingeschlagen."

Durch das Fenster sah man Blitze zucken, abgelöst von weiteren Donnerschlägen. Immer geringer wurden die Abstände. Aus dem Wind war ein massiver Sturm geworden. Eine Böe nach der anderen fegte durch die Bäume. Blätter und kleine Zweige schlugen gegen das Fenster.

„Das soll die ganze Nacht so weitergehen", meinte Svend und setzte sich zu Lambach. Dann nahm er zwei Whiskeygläser aus dem Globus und füllte sie mit Bourbon. Eine ganze Weile saßen sie da, schauten in die züngelnden Flammen und lauschten dem Sturm, der um das Haus pfiff.

„Das letzte Unwetter, das wir gemeinsam erlebt haben, war im Sommer 1961", sagte Svend plötzlich. „Kannst du dich erinnern?"

Lambach überlegte.

„Das ist eine Ewigkeit her. Wie sollte ich ..."

Doch dann stockte er.

„Wir waren damals bei Corny in der Kneipe, oder? Gott, wie hieß die noch?"

Svend nickte ihm lächelnd zu und zuckte mit den Schultern.

„Wir, Rakete und Bruno", sagte Lambach sinnierend. „Und wir hatten dort dieses furchtbare Zeug getrunken", dämmerte es ihm. Langsam kam die Erinnerung zurück. „Bruno wollte noch ins *Intermezzo* und wir haben uns breitschlagen lassen, mitzugehen. Das Unwetter hat uns auf halbem Weg erwischt."

„Richtig. Ab Höhe Marktplatz sind wir gerannt wie die Hasen. Als wir in der Groner Straße ankamen, waren wir nass bis auf die Knochen."

Lambach feixte.

„Weißt du noch, Brunos Anzug? Wie ein Faltenrock sah der aus." Jetzt lachte auch Svend. „Den Zwirn konnte er am nächsten Tag entsorgen. Da war nicht mehr viel dran."

„Es war ein verdammt heißer Nachmittag", sagte Lambach. „Es muss Hochsommer gewesen sein. Nach dem Gewitter stand im Kino *Sternchen* das Wasser und die Hauptstraße glich einem Bach."

„Es war der 2. Juni 1961", antwortete Svend.

„Daran kannst du dich erinnern?", fragte Lambach verblüfft.

„Zwei Tage später fand das Gipfeltreffen zwischen Kennedy und Chruschtschow in Wien statt. Chruschtschow kündigte an, bis zum Jahresende den separaten Friedensvertrag mit der DDR zu schließen", erzählte Svend. „In Deutschland wurde eine Mauer gebaut, die nicht nur das Land, sondern auch Familien trennte. So etwas vergisst man auch nach all den Jahren nicht."

„Also, ehrlich gesagt, kann ich mich nicht einmal daran erinnern, mit welchem Mädchen ich damals liiert war, geschweige denn, was weltpolitisch so passierte."

Lambach zuckte zusammen. Ein weiterer Blitz musste in der Nähe eingeschlagen sein.

„Ich hole mal den kleinen Snuggle zu uns. Dieses Wetter ist er noch nicht gewohnt."

Svend stand auf und verließ das Herrenzimmer.

Unser zukünftiger Bootshund heißt also Snuggle, dachte Lambach. Er überlegte, wie der Hund zu diesem Namen gekommen war.

Als Svend kurze Zeit später zurückkehrte, trug er einen völlig verängstigten Welpen auf dem Arm.

„Er hatte sich unter dem Flügel verkrochen. Ich glaube, bei uns ist er besser aufgehoben", sagte Svend.

Nachdem er Snuggle auf den Boden gesetzt hatte, kroch dieser unter den Mahagonitisch, legte die Schnauze auf die Vorderpfoten und beobachtete die beiden mit wachsamen Augen.

„Was ist eigentlich aus den Jungs von damals geworden?", fragte Svend interessiert. „Ich habe die drei nie wiedergesehen."

„Was aus Bruno geworden ist, kann ich dir nicht sagen. Soviel ich mitbekommen habe, hat er weiter Musik gemacht und ist in den späten Sechzigern den Drogen verfallen. Ob er noch lebt, weiß ich nicht. Rakete hat eine steile Künstlerkarriere hingelegt

— aber als Fotograf. War ja eigentlich schon früher sein Steckenpferd. Ich wollte ihn mal in Hamburg besuchen, aber du weißt ja, wie das ist. Irgendetwas kommt immer dazwischen."

Svend hörte aufmerksam zu. „Und Gunter? Was ist aus Gunter geworden?", fragte er neugierig.

„Rakete hat mir erzählt, dass er nach New York gezogen ist. Gelegentlich hält er sich aber noch in Göttingen auf. Zu ihm habe ich gar keinen Kontakt mehr. Inzwischen ist er ein guter Jazzmusiker und kann davon leben. Tja, so ist das, mein Freund: Die einen verwirklichen ihren Kindheitstraum und werden Künstler, und die anderen werden Polizeipsychologe oder Kriminalbeamter."

Svend zog die Augenbrauen hoch, als hätte Lambachs Aussage etwas Anstößiges. „Das klingt nicht gut", kam der Gegenschuss. „Bist du mit deinem Leben unzufrieden?"

„Unzufrieden trifft es nicht", antwortete Lambach. „Aber wenn ich es mir recht überlege, hatte ich etwas anderes vom Leben erwartet."

„Was meinst du damit?", fragte Svend vorsichtig.

Snuggle drehte sich unter dem Tisch auf den Rücken. Er hatte alle viere von sich gestreckt. Anscheinend fühlte er sich wohl und hatte die Angst vor dem Gewitter verloren.

„Ich will dir nichts vormachen. Mir wächst das alles über den Kopf. Die Sache mit Carola hast du mitbekommen. Danach kam diese Schießerei an der Tankstelle. Da habe ich zum zweiten Mal versagt."

Svend sah ihn stirnrunzelnd an.

„Und momentan klebe ich an diesem Sachse-Fall und kämpfe wie Don Quichotte gegen Windmühlen. Es scheint, verdammt noch mal, in meiner Natur zu liegen, dass ich nicht zufrieden sein kann. Es war immer so und wird sich nie ändern. Wenn der geringste Zweifel besteht, die geringste Ungereimtheit, dann kann ich einen Fall nicht ad acta legen. Es ist wie verhext, aber ich stehe mir manchmal selbst im Weg."

„So viel Grübelei hätte ich nicht von dir erwartet", entgegnete Svend schnippisch. „Hast du immer noch Albträume?"

„Ständig", antwortete Lambach. „Fast jede Woche."

„Wovon träumst du genau?"

„Nur Blödsinn", wich Lambach aus.

„Tu das nicht leichtfertig ab! Niemand träumt nur so vor sich hin."

„Das ist mir klar", murmelte Lambach.

„Hast du eine Idee, was dir dein Unbewusstes sagen möchte?"

Lambach pustete die Wangen auf und atmete aus.

„Ich falle – von einem Hochhaus, von einer Leiter, von allem Möglichen. Nie schlage ich auf, wenn ich unten ankomme." Er machte eine Pause. Svend nickte ihm zu. „Ich laufe – auf einer endlosen Straße, auf einem Laufband, das schneller wird. Doch nie komme ich dort an, wohin ich eigentlich will."

„Und diese Träume plagen dich seit über einem halben Jahr? Irre ich mich oder begann das nach diesem Unglück an der Tankstelle?"

Lambach zuckte mit den Schultern und nickte zögerlich.

„Vielleicht solltest du dir professionelle Hilfe suchen?"

„Jetzt fang nicht auch noch damit an! Das musste ich mir schon von Carola anhören. Ich bin nicht verrückt, nur weil ich gelegentlich schlecht träume."

Svend schüttelte den Kopf.

„Keiner hat gesagt, dass du verrückt bist. Aber gut geht es dir offenbar auch nicht. Anscheinend gibt es nicht viele Menschen, mit denen du über deine Probleme sprichst. Da kann es hilfreich sein, sich in die Hände eines Profis zu begeben."

„Du meinst das wirklich ernst, dass ich mir einen Psychologen suchen soll?"

„Was ist so schlimm daran? Passt das nicht zu deinem Selbstbild oder hast du Angst, dass etwas zutage kommt, was du nicht hören willst?"

„Vielleicht beides", sagte Lambach kaum hörbar.

Der Ärger war gewichen. Nachdenklich saß er da und starrte in das knisternde Kaminfeuer. Auch Svend schwieg.

„Vielleicht hast du recht", sagte Lambach nach einer Weile.

Der Sturm hatte ein wenig nachgelassen.

26. KAPITEL

Als Lambach am nächsten Morgen die Küche betrat, roch es nach frischem Kaffee und aufgebackenen Brötchen. Svend stand hinter dem Tresen und schnitt rohen Schinken in kleine Würfel. In einer Pfanne brutzelten Spiegeleier.

„Gut geschlafen?", fragte er.

„Wie ein Murmeltier", antwortete Lambach, in dessen Gesicht noch deutlich die Abdrücke des Kopfkissens zu erkennen waren.

Snuggle saß zu Svends Füßen, beobachtete mit wachen Augen sein Herrchen und würdigte Lambach keines Blickes. Anscheinend hoffte er, dass ein Stück Schinken für ihn abfiel.

Lambach sah aus dem Fenster in den Garten. Das Unwetter war abgezogen, aber es regnete noch immer.

„Und? Warst du schon draußen?", fragte er Svend.

„Selbstverständlich. Dieser freche Vielfraß fordert jeden Morgen um sieben sein Frühstück." Svend deutete auf den kleinen Hund, der sich noch immer nicht von der Stelle rührte. „Danach haben wir die obligatorische Morgenrunde gedreht. Ist ganz schön was runtergekommen vergangene Nacht. Mein Nachbar Morten hat mir vorhin erzählt, dass ein Blitz den Turm der Lønborg Kirke in Tarm erwischt hätte. Außerdem musste wohl die Kong Hans Bro aufgrund der starken Regenfälle für mehrere Stunden gesperrt werden."

„Da bin ich aber froh, dass mich dein Whiskey sediert hat. Ich bin sofort eingeschlafen." Lambach zog die Glaskanne aus der Kaffeemaschine. „Ich nehme mir mal ein Tässchen."

„Ja, sicher. Fühl dich wie zu Hause", antwortete Svend. „Zucker ist in der blau-weißen Dose."

„Inge schläft noch?"

„Nein. Sie ist sehr früh nach Ribe aufgebrochen. Ihre Freundin zieht um und sie hilft ihr beim Packen. Danach wollte sie noch ihre Schwester Pia vom Bahnhof abholen. Sie kommt für ein paar Tage zu Besuch. Den Abend werden wir also zu viert verbringen. Ich hoffe, du hast nichts dagegen."

„Was sollte ich dagegen haben?", erwiderte Lambach überrascht. „Ich kenne Inges Schwester doch gar nicht."

„War nur eine Floskel", sagte Svend schmunzelnd und schob mit dem Messer die Schinkenwürfel vom Schneidebrett in die Pfanne. Lambach nippte an seinem Kaffee.

„Wenn es euch zu viel wird, müsst ihr es sagen. Ich meine, gleich zwei Übernachtungsgäste ..."

„Nun hör auf! Wir sind doch noch keine achtzig. Wir sind froh, dass du da bist. Und jetzt lass uns frühstücken."

Svend reichte seinem Freund den Brötchenkorb und Besteck, nahm die beiden Teller mit den Spiegeleiern und ging zum Esstisch. Lambach folgte ihm.

Nach dem Frühstück verschwand Lambach unter der Dusche, währenddessen brachte Svend den Hund zu seinem Nachbarn Morten. Gemeinsam fuhren sie anschließend mit Svends Saab in Richtung Lemvig. Noch immer regnete es und der Himmel war wolkenverhangen. Im Radio lief ein Stück von Nils Petter Molvær. Draußen wechselten sich lichte Kiefernwälder mit endlos scheinenden Feldern ab. Dazwischen wieder Flächen mit Flechten und Moosen, unterbrochen von kleinen Bächen und Seen. Ab und zu erblickte Lambach in der Ferne eine kalkweiße Kirche. Fast mystisch wirkte die Landschaft.

„Ich habe mit meiner Frau über unser bevorstehendes Abenteuer gesprochen. Sie hat nichts dagegen."

„Du meinst die Reise mit dem Hausboot?"

„Ja. Hast du schon einmal darüber nachgedacht, wann wir ablegen wollen? Wir reden jetzt schon seit zwei Jahren darüber."

„Stimmt schon, so langsam wird es Zeit, den Anker zu lichten. Was meinst du? Schaffen wir es im kommenden Jahr?"

„Das hängt von dir ab. Ich habe von Inge bereits grünes Licht bekommen. Ich glaube, sie ist froh, wenn sie mal ein paar Wochen Ruhe vor mir hat."

„Das meinst du nicht ernst."

„Nein, natürlich nicht. Obwohl ..."

Lambach sah ihn ungläubig an, als Svend zu lachen begann.

„Sie wird schon ohne mich auskommen."

Die nächsten Stunden verbrachten sie damit, ihre gemeinsame Hausboottour durch Frankreich zu planen. Schon vor Jahren hatten sie den Entschluss gefasst, zusammen auf einem Kahn über den Canal de Bourgogne zu schippern – ohne Ziel, einfach überall haltmachen, wo es ihnen gefiel. Nur den schönen Dingen des Lebens frönen. Sie nannten die Reise ihre „Gourmet-Tour". Essen, trinken und entspannen wollten sie. Die Angeln auswerfen und gemächlich durch die Kanäle treiben. Wie kleine Jungen, die ein Baumhaus bauten, hatten sie in den vergangenen Jahren einen Plan geschmiedet, der nur auf seine Umsetzung wartete. Sie besprachen jedes Detail und malten sich aus, wie es wäre, keine Rücksicht auf irgendwelche Termine nehmen zu müssen. Ihr einziges Interesse war, die besten Weingüter und Restaurants anzulaufen. Den genauen Ablauf hatten sie bei ihrem letzten Treffen ausgearbeitet. Sie wollten in Joigny starten und von dort aus eine Strecke von knapp siebenhundert Kilometern in circa sechs Wochen zurücklegen. Über den Burgundkanal und die Saône sollte es entlang der verschiedenen Weinanbaugebiete der Côte d'Or auf dem Centre bis hin zum Nivernais gehen. Sie wollten die Städte Auxerre, Dijon, Chalon und Paray-le-Monial besichtigen und ihre Reise schließlich in Clamecy beenden.

Die Uhr im Armaturenbrett zeigte halb zwei, als sie in der Hafenstadt Lemvig ankamen. Im *Café Larsen* aßen sie zu Mittag, fuhren dann weiter in Richtung Bovbjerg.

„Hattest du nicht gesagt, Ejner Devantier wohnt in Thyborøn?"

„Ja, das stimmt", antwortete Svend. „Aber sein Sohn lebt in Ferring, ganz in der Nähe. Seit Ejner im Ruhestand ist, verbringt er viel Zeit hier unten an der jütländischen Westküste. Wenn man seinen Worten Glauben schenken kann, zählt die Region Bovbjerg Klit zu den besten Angelgebieten weit und breit. Wir haben uns auf der Buhne am Fuße der Steilküste unterhalb des Bovbjerg Fyr verabredet."

„Und du bist sicher, dass er bei diesem Wetter kommt?", fragte Lambach mit Blick in den immer dunkler werdenden Himmel.
„Er kommt jeden Tag um diese Zeit. Verlass dich drauf!"

Kurze Zeit später rollte der Saab über den Schotterweg auf den Leuchtturm von Bovbjerg zu. Svend hielt am Rande der Steilküste. Beim Aussteigen spürte Lambach den durchdringenden Sprühregen auf seiner Haut. Er zog eine Öljacke von Svend über, dann gingen sie zusammen an den Rand der Steilküste. Man konnte das Meer riechen.

Sie blickten auf die unruhige See. Über eine gewundene Holztreppe stiegen sie zum Strand hinab und erreichten nach einigen Metern den ins Meer laufenden Steinwall. Svend deutete auf eine Person an der Spitze der Buhne.

„Ejner Devantier. Ich habe ja gesagt, er wird da sein."
Lambach nickte. Regenwasser tropfte von seiner Nasenspitze.
„Warte kurz!", sagte Svend. „Ich stelle euch gleich vor."

Vorsichtig ging Svend über die glitschigen Basaltquader auf Ejner zu, der am Ende der Buhne angelte. Eine Welle nach der anderen brach sich an den gewaltigen aus dem Wasser ragenden Steinen. Lambachs Hose war in kürzester Zeit durchnässt.

Erst, als Svend am Ende der Buhne angekommen war, bemerkte ihn Ejner Devantier. Er holte den gerade ausgeworfenen Köder ein, befestigte den Haken am unteren Ende seiner Rute und steckte die Angel in eine Metallhalterung. Die beiden gaben sich die Hand und Ejner legte seine andere Hand auf Svends Schulter. Lambach konnte nicht hören, was sie sagten, doch plötzlich wandte Devantier den Kopf in seine Richtung.

Ejner schien ein rüstiger älterer Herr zu sein. Lambach schätzte ihn auf Ende sechzig. Sein Gesicht war faltig und vom Wetter gegerbt. Selbst auf die Entfernung konnte Lambach den klaren, stechenden Blick erkennen. Bedächtig nickte Ejner ihm zu. Seine Hand ruhte noch immer auf Svends Schulter. Die beiden verabschiedeten sich und Svend kam mit einem Lächeln auf Lambach zu.

„Du kannst jetzt zu ihm gehen. Ich warte am Auto auf dich."
Lambach war aufgeregt. Was würde dieser Mann ihm zu sagen haben?

SAMSTAG, 29. SEPTEMBER 2001

Draußen war es unruhig. Immer wieder fielen die schweren Türen auf dem Flur in die Schlösser. Wie lange würde er wohl noch bleiben müssen? Er glaubte, seinen Namen gehört zu haben, doch niemand kam zu ihm.
Bis zum Abend wollte er die letzten Seiten seiner Unterlagen gelesen und mit Randnotizen versehen haben. Auf diesen Unterlagen ruhte seine Hoffnung; sie würden alles aufklären und seine Unschuld beweisen.
„Erschießen und im See versenken, das passt nicht zu denen", sagte er leise zu sich selbst.
Ihm wurde plötzlich übel. Ein Gedanke schlich sich heran und er wurde mit jeder Sekunde zwingender.
„Es würde zu mir passen."
Er würde die Unterlagen zu gegebener Zeit seinem Anwalt überreichen.

27. KAPITEL

Ejner kramte in seinem Rucksack, als Lambach ihn erreichte. Lambach betrachtete die Brandungsrute, dann Ejners Angelkoffer, der geöffnet neben der Halterung stand. Die oberen Fächer waren zur Hälfte mit Regenwasser vollgelaufen. Zahlreiche selbst gefertigte Blinker und Pilker lagen in den unterschiedlich großen Abteilungen. Glänzendes Kupferrohr, an den Enden verjüngt und bestückt mit Dreifachhaken, wartete dort ebenfalls auf seinen Einsatz.

„Ich muss die Becher vergessen haben", murmelte Ejner Devantier. Er sprach mit deutlichem Akzent und hielt Lambach einen Edelstahlflachmann hin.

Lambach lächelte, nahm die kleine Flasche, nickte Ejner zu und trank einen Schluck. Dann wischte er sich mit dem Handrücken über den Mund.

„Ich bin Richard."

Nachdem auch Ejner einen großen Schluck genommen hatte, deutete er mit dem Flachmann aufs Meer hinaus.

„Svend hat mir erzählt, dass du in einem Fall auf ein paar Ungereimtheiten gestoßen bist, die dir zu schaffen machen."

Lambach war etwas überrascht, dass Ejner so schnell zum Thema kam.

„Ja, ich ermittle gerade in einem Fall ..."

„Der einzelne Fall interessiert mich nicht. Es gibt viele, die scheinbar sauber abgeschlossen wurden. Sie gelten als Unfälle oder als ungeklärte Verbrechen. In manchen Fällen wurden sogar die Täter zweifelsfrei ermittelt, die allerdings ihre Unschuld beteuerten. Vergeblich. Jeder Fall erscheint sauber, wenn nicht etwas Unvorhergesehenes dazwischenkommt. Es gibt keinen Grund, an diesen Ermittlungsergebnissen zu zweifeln. Alles ist schlüssig, nicht wahr?"

Lambach zog die Schultern hoch.

„Im Grunde schon. Bis auf die Tatsache, dass ich jemanden gesehen habe, den ich eigentlich nicht hätte sehen sollen."

Devantier nickte.

„Das war nicht vorgesehen."

„Vielleicht."

„Was ist mit dem, den du gesehen hast?"

Lambach erklärte in knappen Worten, was passiert war. Ejner war kein Typ der lange Ausschmückungen brauchte.

„Wer hat Sachse noch gesehen?"

„Niemand."

Ejners Lachen klang bitter.

„Und du wunderst dich, dass dir niemand glaubt? Das klingt alles sehr dünn."

Lambach musste es Ejner beweisen. Wenigstens ihn musste er doch überzeugen können.

„Mich beschäftigt viel mehr, dass der Täter kein Motiv zu haben scheint."

Ejners Lächeln bekam eine andere Qualität. Es war ein wissendes Lächeln, beinahe väterlich.

„Das Opfer in diesem Fall ist ein Täter in einem anderen Fall?" Lambach stutzte und verspürte ein befreiendes Gefühl. Ejner schien zu verstehen.

„So ist es."

„Und der Täter ist der Angehörige eines Opfers oder selbst ein Opfer?"

„Ja, verdammt! Er ist der Vater eines Mädchens, das vor Jahren missbraucht und getötet wurde."

„Und? Wo ist das Problem? Die Polizei ermittelt doch immer nach dem gleichen Prinzip: Cui bono? Wer schlägt welchen Vorteil aus einem Verbrechen? Habe ich kein Motiv und zudem ein Alibi, bin ich aus der Schusslinie."

Lambach sah auf einmal glasklar.

„Und wer entgeht in jedem Fall einem Verdacht? Ein Toter. Aber warum begeht er ein Verbrechen, das ihm nichts nützt?", fragte Lambach nachdenklich.

„Du denkst in Klischees. Natürlich gibt es eine Verbindung, du kennst sie nur nicht."

„Ich habe alles überprüft. Immer und immer wieder. Es gibt keine Verbindung zwischen Opfer und Täter. Keine zwischen den Opfern."

Ejner Devantier hielt kurz inne.

„Also muss es eine Verbindung zwischen den Tätern geben."

„Das würde in diesem Fall bedeuten, dass Herr Sachse die Angehörigen von Frau Opinelli kennen muss. Aber nichts weist darauf hin."

Ejner stellte sich neben Lambach und deutete aufs Meer.

„Du kannst das Land hinter dem Horizont nicht sehen, aber es ist dort. Du kannst nicht hingehen, aber es ist mit dem Land verbunden, auf dem wir stehen."

Lambach versuchte Ejner zu folgen.

„Es sind achtzehn Prozent. Die Wahrscheinlichkeit, dass ein Gewaltstraftäter gewaltsam ums Leben kommt, ist achtzehn Prozent höher als bei einem Täter, der kein Gewaltverbrechen begangen hat."

Lambach lief ein Schauer über den Rücken. Er zitterte.

„Achtzehn Prozent sind viel", entgegnete er. „Das würde zu dem Phänomen passen, das ich unter dem Namen Nemesis kennengelernt habe. In der Tat häufen sich bei meinen Ermittlungen die Fälle, in denen Täter zu Opfern werden. Aber es gibt keinen Bezug zwischen den Opfern und den Tätern."

Ejner schüttelte den Kopf.

„Kannst du das Land dort hinten sehen?"

Lambach zog die Augenbrauen hoch.

„Nein. Aber ich weiß, dass es da ist."

„Die achtzehn Prozent sind statistisch nachweisbar. Sie sagen jedoch nichts über die Faktoren aus, die dazu führen. Sicher, mir sind diese Gerüchte geläufig. Für die einen sind es nur Verschwörungstheorien von paranoiden Gewaltverbrechern. Aber erschreckend häufig ergibt sich eine dieser besonderen Täter-Opfer-Konstellationen. Eine andere These besagt, dass Gewalttäter generell in einem gewalttätigen Milieu leben und deshalb die Wahrscheinlichkeit höher ist, selber Opfer einer Gewalttat oder eines Unfalls zu werden. Andere halten das bloß für subjektive, selektive Wahrnehmung, sozusagen für einen Kunstfehler in der Auswertung. Aber ich sehe achtzehn Prozent. Es ist das Bauchgefühl, das einen an eine Rachevereinigung, an einen statistischen Fehler oder an eine andere Ursache für diese achtzehn Prozent glauben lässt."

Lambach nickte.

„Was sind diese achtzehn Prozent für dich?", fragte er plötzlich.

Ejner zog lachend seinen Flachmann aus der Tasche und nahm einen Schluck.

„Vielleicht Nemesis", antwortete er. „Wie heißt es doch so schön? *Die raffinierteste List des Teufels war es, die Welt glauben zu machen, es gäbe ihn gar nicht.*" Er reichte Lambach die Flasche. „Eine

Erklärung habe ich nicht. Mich würde es aber nicht wundern, wenn es eine Beziehung zwischen den Tätern gäbe. Dann wäre es ein Beziehungsdelikt – und das ist lösbar."

Bevor Lambach etwas sagen konnte, fuhr Devantier fort: „Ich bin mir sicher, du solltest dieser Sache nachgehen, denn du wirst sonst keine Ruhe finden. Aber mach nicht den Fehler und erwarte, dass alle mit dir gehen. Viele leben ruhiger mit einem statistischen Fehler."

Ejner nahm seine Brandungsrute und wechselte den Köder. Sie verabschiedeten sich und Lambach beschlich das Gefühl, dass er Ejner nicht mehr wiedersehen würde.

Als Lambach die letzte Stufe der Holztreppe erreicht hatte, drehte er sich noch einmal um. Er sah einen einsamen Mann, der auf das Meer hinaussah. Das Gespräch kam ihm unwirklich vor.

Durchgefroren sank Lambach auf den Beifahrersitz. Die nasse Hose klebte kalt an seinen Beinen. Svend sah ihn erwartungsvoll an.

„Achtzehn Prozent", klang Ejners Stimme in Lambachs Kopf nach. Er spürte die warme Luft des Gebläses in seinem Gesicht.

„Wenn Ejner herausgefunden hat, dass es Auffälligkeiten gibt, wieso lässt er das auf sich beruhen? Er müsste doch handeln", sagte Lambach. „Er hat den Beweis, dass Unrecht geschieht, und schaut zu."

Svend runzelte die Stirn.

„Hat er denn wirklich Beweise? Geschieht denn tatsächlich Unrecht? Er hat Zahlen, die sich interpretieren lassen, mehr nicht."

„Sie sind ein Hinweis auf mögliches Unrecht."

„Jetzt mal Klartext, Richard: Wir reden hier nicht über deutsches oder dänisches Recht. Das sollte uns klar sein."

Lambach war irritiert.

„Findest du es richtig, dass sich Menschen über das Gesetz stellen?", fragte er Svend.

„Es geht nicht darum, ob es vor dem Gesetz richtig oder falsch ist. Natürlich darf sich niemand über das Gesetz stellen, aber ich frage mich, ob wir uns über andere Menschen erheben dürfen.

Mir steht es nicht zu, mich über jemanden und dessen Gefühle zu stellen, der einen geliebten Angehörigen auf grausame Art und Weise verloren hat. Ich kann mich nicht über diesen Menschen stellen. Ich nicht", sagte Svend.

Lambach zerriss es beinahe. Musste er als Polizist nicht dafür Sorge tragen, dass sich auch ein Doktor Sachse an geltendes Recht hielt? Sein Mund war trocken und er fühlte sich elend und matt. Erschöpft döste Lambach vor sich hin und ließ die Landschaft Kilometer um Kilometer an sich vorüberziehen.

„Ich wusste gar nicht, dass Inge eine Schwester hat", sagte Lambach plötzlich, als sie das Ortsschild von Skjern passierten.

„Sie lebt in der Schweiz", antwortete Svend. „Es gab eine Zeit, da hatten Inge und Pia wenig Kontakt. Sie haben sich zwar nicht aus den Augen verloren, aber die räumliche Distanz machte sich schon bemerkbar."

„Inges Schwester lebt in der Schweiz?"

„Ach, Richard, das ist eine lange und furchtbare Geschichte. Kurz nachdem Inge und ich geheiratet hatten, lernte Pia einen jungen Architekten namens Steven Holm kennen. Er kam aus Oslo und arbeitete in Kopenhagen in einem renommierten Architekturbüro. Die beiden waren lange Jahre liiert, bevor sie heirateten. Auf dem Heimweg vom Sankt-Hans-Fest 1978 verunglückten sie mit ihrem Wagen. Steven verlor die Kontrolle und prallte gegen einen Telegrafenmast. Er war sofort tot. Pia überlebte schwer verletzt. Bis heute hat sie dieses Trauma nicht überwunden. Vor zehn Jahren nahm sie eine Stelle in der Schweiz an. Ich glaube, einzig und allein, um dieses Land zu verlassen. Sie arbeitet dort in einem Spital in Münsterlingen als Medizinisch-technische Assistentin."

„Und sie hat nie wieder geheiratet? Nach all den Jahren?"

„Nein", antwortete Svend knapp, ohne eine Erklärung. „Nie wieder."

Als sie kurze Zeit später das Grundstück erreichten, stürmte Snuggle mit wedelndem Schwanz auf den Wagen zu. Morten stand am Ende der Auffahrt und unterhielt sich mit Inge, die einen kleinen Blecheimer mit Kartoffeln hielt.

„Da ist aber jemand außer sich!", sagte Inge sichtlich amüsiert über den kleinen Hund. „Schön, dass ihr zurück seid! Wir haben heute noch einen Gast", wandte sie sich an Lambach. „Meine Schwester ist zu Besuch."

„Svend hat mir schon von ihr erzählt."

„Ihr werdet euch sicher verstehen", sagte Inge und deutete auf Morten, der gerade Snuggles Bauch kraulte. „Das ist übrigens Morten Østergaard, unser Nachbar."

Dann sagte sie etwas auf Dänisch zu Morten, von dem Lambach annahm, dass sie ihn kurz vorstellte. Die beiden gaben sich die Hand. Lambach bemerkte den ungewöhnlich kräftigen Händedruck und die kleine Tätowierung auf dem Unterarm seines Gegenübers. Sie zeigte einen Anker, umschlungen von einem Tau. Morten sagte etwas zu Svend und Inge lachte. Dann nickte er Lambach zu und ging in Richtung seines Grundstücks.

Svend nahm Inge den Eimer mit den Kartoffeln ab. „Dann lasst uns mal reingehen", sagte er. „Ich habe einen Bärenhunger."

„Ein Stündchen müsst ihr noch warten. Pias Zug hatte Verspätung und wir haben uns in der Stadt noch einen Kaffee gegönnt."

„Wir werden die Zeit schon überstehen", sagte Svend und strich Inge zärtlich über den Rücken. „Was meinst du, Richard?"

„Wenn ihr nichts dagegen habt, würde ich mich vor dem Essen gern ein wenig zurückziehen. Es sei denn, es gibt etwas für mich zu tun."

„Mach das nur", sagte Inge. „Pia und ich werden uns ums Essen kümmern und Svend wird ein halbes Stündchen Ruhe sicherlich auch ganz guttun."

Svend stand da, den Eimer mit den Kartoffeln vor dem Bauch, und zuckte mit den Schultern. „Wenn du das sagst."

„Richard, bist du eingeschlafen?"

Nur mit einem durchsichtigen Negligé bekleidet, drückte sie ihren Oberkörper an seinen Rücken und berührte mit der Zungenspitze sein Ohr. Sie flüsterte ein zweites Mal: „Richard, bist du eingeschlafen?"

Ein lautes Poltern unterbrach die Szenerie, Lambach schreckte hoch und setzte sich kerzengerade hin. Wo war er? Dann erkannte er das Bett des Gästezimmers. Es klopfte an der Tür. „Richard?", hörte er Inges Stimme. „Das Essen ist fertig und wir warten auf dich."

Lambach gähnte. Er war tatsächlich eingeschlafen.

„Ich bin gleich da. Ich mache mich nur ein wenig frisch."

„Ist alles in Ordnung?", erkundigte sich Inge.

„Ja, alles bestens! Ich bin nur eingedöst. Ich beeile mich."

Als Lambach Minuten später das Esszimmer betrat, saßen Inge und Svend bereits am gedeckten Tisch.

„Deine Schwester isst nicht mit zu Abend?", wandte er sich an Inge.

„Pia holt nur etwas aus ihrem Zimmer. Ich werde sie dir gleich vorstellen."

„Das kann ich auch gern selbst übernehmen", hörte Lambach eine helle Stimme hinter sich. „Hallo, ich bin Pia!"

28. KAPITEL

Inges Schwester trat auf Lambach zu und streckte ihm lächelnd die Hand entgegen. „Schön, dich kennenzulernen. Ich darf doch *du* sagen?"

Er rieb sich verlegen mit der Hand über den Nacken.

„Nun setzt euch doch", sagte Svend. „Möchtet ihr einen Martini als Aperitif?"

„Ja, gerne", antworteten Pia und Lambach fast gleichzeitig.

Die beiden sahen sich an und lachten, dann setzte sich Pia. Lambach schob ihr den Stuhl heran.

„Wie aufmerksam!"

Pia lächelte ihm zu. Auf ihren Wangen zeichneten sich zwei Grübchen ab.

Nachdem Svend ihnen die Getränke serviert hatte, saßen sie bei

Schweinebraten mit Backpflaumen, in Zucker gebräunten Kartoffeln und Rotkohl. Sie unterhielten sich über vergangene Urlaube, aber auch über Architektur und Politik, über die wirtschaftliche Situation in Dänemark und die Bundestagswahl in Deutschland. Lambach war zutiefst beeindruckt, mit welch großem Interesse die drei das politische Geschehen in Deutschland verfolgten. Über die politische Lage in Dänemark wusste er nichts zu sagen.

Nach dem Essen folgten ein Aquavit und Kaffee. Sie plauderten stundenlang, bis Inge und Svend sich zurückzogen. Inge zwinkerte Svend verstohlen zu, bevor sie die Tür schloss. Nun saßen Pia und Lambach allein an dem großen Esstisch.

„Willst du auch schon zu Bett gehen?", fragte Pia.

„Mache ich den Eindruck?", antwortete Lambach. „Ich hoffe nicht." Er lächelte.

„Das ist gut", entgegnete sie. „Was hältst du davon, wenn wir uns ins Wohnzimmer setzen. Da ist es gemütlicher. Den Tisch können Inge und ich morgen abräumen."

„Gerne. Ich nehme die Gläser mit."

„Lass uns noch eine Flasche Wein aufmachen", schlug Pia vor. „In der Küche habe ich vorhin einen Coté de Vivarais entdeckt. Inge und Svend werden es uns bestimmt nicht übel nehmen, wenn wir uns über ihre Vorräte hermachen."

Lambach schmunzelte, behielt aber für sich, dass es sich bei der Flasche um den Rosé aus seinem Präsentkorb handelte.

„Das halte ich für eine ausgesprochen gute Idee", erwiderte er und holte die Flasche sowie zwei Weingläser aus der offenen Küche.

Sie unterhielten sich bis spät in die Nacht und obwohl sie sich kaum kannten, kam schnell eine vertraute Stimmung auf.

Als Lambach gegen zwei Uhr im Bett lag, dachte er noch einmal über den Abend nach. Pia musste mehrere Jahre jünger als ihre Schwester sein. Er schätzte sie auf Ende vierzig. Im Laufe des Abends hatten die beiden viele gemeinsame Interessen festgestellt. Sie hatte einen trockenen Humor, wirkte aber zugleich in einigen Momenten zerbrechlich und nachdenklich; eine Eigenart, die ihm gefiel. Lambach erzählte ihr von seiner Tochter Antonia, von seiner Scheidung und gab auch einige Anekdoten aus der gemeinsamen Zeit mit Svend zum Besten. Pia hatte Tränen gelacht. Am Ende waren sie auf klassische Musik gekommen. Beide liebten die gleichen Komponisten und mochten Orchesterwerke. Für einen Moment hatte Lambach sogar das Bedürfnis verspürt, Pia näherzukommen, als es der Situation angemessen gewesen wäre. Nur über eines sprachen sie den ganzen Abend nicht: über Lambachs Arbeit. Das hatte sich gar nicht so schlecht angefühlt.

Er lauschte noch eine Weile dem Wind, dann schlief er ein. Morgen früh würde er sich auf den Heimweg machen müssen.

MITTWOCH, 3. OKTOBER 2001

Es muss schon nach zwei sein, dachte er. Noch immer lag er mit offenen Augen auf seinem Bett und versuchte in Gedanken, dieser unwirklichen Welt zu entfliehen. Sein Gehirn spielte ihm Streiche. Der Rauchmelder unter der Decke verschwamm in der Dunkelheit zu einem Haken – so stabil, dass man einen Ochsen dranhängen könnte. Es hatte keinen Sinn, hier im Dunkeln zu liegen und zu grübeln. Er knipste die Nachttischlampe an. Der Haken an der Decke verschwand.

Wieder schlichen sich Triebls Worte in seinen Kopf: „Es ist Irrsinn, dass Sie ihn mit Ihrer Dienstwaffe erschossen haben!"

Er setzte sich an den quadratischen Tisch vor dem Fenster und begann zu schreiben. Immer wieder schaute er in den Innenhof. Die Laternen tauchten die uralten Platanen in gelbes Licht. Seite für Seite wich die Nacht dem Morgen.

29. KAPITEL

Irgendwo müssen diese verflixten Pillen doch sein, dachte er. Schon seit dem Autobahnkreuz Salzgitter war ihm flau im Magen, jetzt hatte er Krämpfe. Hektisch durchsuchte er auf einem Parkplatz das Handschuhfach nach Durchfalltabletten. Doch nichts. Auf der restlichen Strecke musste Lambach zahlreiche Zwischenstopps an Raststätten einlegen. Als er endlich gegen 19 Uhr seinen Wagen in der Riemannstraße parkte, fühlte er sich fiebrig und schlapp. Selbst die wenigen Stufen zu seiner Wohnung machten ihm zu schaffen. Schon im Flur verspürte er einen heftigen Würgereiz und erreichte gerade so die Toilette.

Das hat mir gerade noch gefehlt, dachte er, als er kraftlos vor dem Becken kauerte.

Aus dem Putzschrank in der Küche holte er einen Eimer, füllte ihn zu einem Drittel mit Wasser und stellte ihn neben sein Bett. Nur mit Unterhose und T-Shirt bekleidet legte er sich hinein und schob sich das Fieberthermometer in den Mund: 39,2 Grad Celsius. Müde und erschöpft, schlief er ein.

Während der nächsten Tage und Nächte besserte sich sein Zustand nicht, sodass Doktor Paramentic zum Hausbesuch vorbeikommen musste. Lambach ernährte sich ausschließlich von Zwieback und Kamillentee. Wenn er nicht schlief, lag er zusammengekrümmt im Bett und ließ den Wechsel von Hitzewallungen und Schüttelfrost über sich ergehen. Erst am fünften Tag fühlte er sich so weit wiederhergestellt, dass er duschen und die durchgeschwitzte Bettwäsche wechseln konnte. Die Bauchschmerzen waren abgeklungen und auch der Durchfall verschwand. Es blieben nur eine allgemeine Schwäche und Rückenschmerzen vom langen Liegen.

Nach zwei weitere Tagen auf dem Sofa fühlte sich Lambach wieder dienstfähig und rief auf dem Revier an.

„Ach, Sie sind es, Herr Lambach. Geht es Ihnen besser?"

Traudel war am Apparat.

„Geht so", antwortete er. „Gibt es Neuigkeiten?"

„Ja. Ein gewisser Herr Petzold aus Dresden hat vorgestern für Sie angerufen. Ich soll Ihnen ausrichten, dass die Kopie einer Krankenakte auf dem Weg ist."

„Oh, danke, das ist gut. Ist sie schon da?"

„Nein, Herr Petzold hat sie erst gestern losgeschickt. Soll ich mich noch einmal melden, falls sie eintrifft?"

„Ja, danke."

Lambach hörte, wie Traudel in ihrem Kalender blätterte.

„Sonst ist hier eigentlich nichts Nennenswertes passiert. Kathrin ist wieder im Dienst. Ach ja – und Sie haben leider Wollnys Geburtstagsbrunch verpasst. Vielleicht sollten Sie ihm nachträglich gratulieren."

„Ich werde gleich morgen bei ihm reinschauen. Sonst war nichts?"

„Nicht, dass ich wüsste."

„Dann sehen wir uns morgen. Einen schönen Feierabend."

Lambach legte auf, zog eine Fleecejacke über und ging zum Auto, um endlich seine Reisetasche zu holen.

„Guten Morgen. Darf ich reinkommen, Herr Lambach?"

„Guten Morgen, Traudel. Was gibt's?"

Lambachs Blick fiel auf einen braunen DIN-A4-Umschlag, den sie in der Hand hielt.

„Ist das die Akte aus Dresden?"

„Ich hätte irgendwie mehr erwartet", sagte Traudel. „Das sind doch höchstens fünf Seiten."

„Stimmt. Wie eine Akte fühlt sich das nicht an. Aber es ist aus Dresden, und eigentlich muss auch nur ein Satz drinstehen."

Lambach öffnete mit einem Kugelschreiber den Umschlag und zog ein paar zusammengeheftete Blätter hervor. Das Anschreiben legte er sofort zur Seite und durchsuchte das Dokument nach den Worten *„Loch"* und *„Schädel"*.

„Ha! Hier steht es! Traudel, kommen Sie her! Lesen Sie selbst!"

„Die haben ja sogar zwei Löcher gebohrt, wenn ich das richtig verstehe."

„So ist es. Ist Konsbruch schon da? Na, der wird sich wundern!"

Ohne die Antwort seiner Kollegin abzuwarten, eilte Lambach an ihr vorbei ins Dienstzimmer seines Vorgesetzten.

„Hier, Konsbruch! Der Beweis! Sachse hatte sogar zwei Löcher im Kopf."

Konsbruch stand von seinem Schreibtischstuhl auf und nahm den Bericht entgegen, den Lambach ihm hinhielt.

„Guten Morgen erst mal. Dir scheint es ja wieder gut zu gehen. Hast du die Magenprobleme überstanden?"

„Alles in Ordnung. Was sagst du dazu? Zwei Löcher im Kopf. Schwarz auf weiß. Die Brandleiche ist nicht Doktor Sachse. Ich hab's dir doch gesagt! Ich habe ihn in Hamburg gesehen."

„Nun beruhige dich erst mal! Setz dich! Darfst du schon wieder Kaffee trinken?"

„Ich will mich nicht setzen und ich will auch keinen Kaffee. Was sagst du dazu?"

Konsbruch seufzte.

„Richard, nun hör mir mal zu: Wir haben einen Zahnstatus und wir haben eine DNA-Analyse – und nun bringst du mir ein altes Dokument, das lediglich beweist, dass Carola einen Fehler gemacht hat. Oder sind es sogar zwei Fehler, weil sie zwei Löcher übersehen hat?"

Lambach riss Konsbruch den Bericht aus den Händen.

„Weißt du, was du mich mal kannst, du Ignorant? Traudel wird dir gleich den Bericht in Kopie geben. Sachse lebt!"

„Reiß dich gefälligst zusammen! Ich bin dein Vorgesetzter und so einen Ton verbitte ich mir!" Konsbruch lehnte sich am Schreibtisch vor. „Bevor ich etwas dazu sage, werde ich die Person zu Wort kommen lassen, die du eines Fehlers bezichtigst. Das gehört sich so. Wir haben hier lediglich ein widersprüchliches Indiz. Der Sache werde ich schon zu gegebener Zeit nachgehen, da kannst du dir sicher sein."

Lambach setzte sich. Er versuchte, sich zu mäßigen.

„Der Inhalt dieses Berichts ist mir sehr wichtig. Er ist ein Indiz, das für die Richtigkeit meiner Beobachtung und meiner Ermittlungen steht. Es ist also egal, wen ich in Hamburg gesehen habe: Doktor Ulrich Sachse ist nicht auf dem Gutshof verbrannt. Ich habe mit einem namhaften Statistiker vom Verfassungsschutz gesprochen, der belegen kann, dass es Auffälligkeiten bei den Todesursachen von Gewaltverbrechern wie Mahnke und Konsorten gibt. Er spricht davon, dass die Wahrscheinlichkeit für Gewaltverbrecher, durch Gewalt ums Leben zu kommen, um achtzehn Prozent höher ist als für Menschen, die keine Gewaltverbrecher sind. Sogar eine Art Rachevereinigung schließt er nicht aus."

Konsbruch lehnte sich entspannt auf seinem Stuhl zurück, schlug die Beine übereinander und wippte mit dem Fuß.

„Und wer ist dein *namhafter Statistiker*, der dir solche Informationen gibt?"

Lambach rutschte auf die Stuhlkante und beugte sich vor. „Er heißt Ejner Devantier." Er sah, wie Konsbruch stutzte. „Er ist Däne und sehr erfahren."

Konsbruch schmunzelte und neigte den Kopf zur Seite.

„Was heißt *sehr erfahren*?"

Die Worte hatten einen Unterton, der nichts Gutes ahnen ließ.

„Er hat viele Jahre Verbrechen ausgewertet."

Konsbruch nickte langsam und spitzte die Lippen.

„Soso. Lass mich raten: Jetzt ist er im Ruhestand und hat Langeweile, jongliert mit Zahlen herum – und siehe da, es purzeln irgendwo achtzehn Prozent heraus. Und damit versaust du mir meinen Wochenanfang?"

Lambach sprang zornig auf.

„Leck mich doch am Arsch, Konsbruch!"

Ohne sich umzudrehen, verließ er das Zimmer.

Lambach ging in sein Büro, stellte sich ans Fenster und betrachtete die Kastanie im Innenhof. Sie hatte nur noch wenige graue Blätter, die der Herbstwind nicht heruntergeweht hatte. Kleine Schneeflocken vermischten sich mit feinem Regen. Diese Ruhe da draußen widersprach Lambachs innerem Zustand. In ihm tobte es. Konsbruchs Verhalten ärgerte ihn maßlos.

Er nahm seine Jacke und ging zum Bäcker, um sich zwei Milchbrötchen zu holen. Gerade, als er seine Brötchen bezahlte, schoss ihm ein Gedanke durch den Kopf: Wenn der Wert von Zahnstatus und DNA über seiner Aussage und dem Bericht standen, dann musste er die Gewichtigkeit von Zahnstatus und DNA entwerten. Diese Fakten konnten einfach nicht korrekt sein, wenn er seinen Augen und dem Bericht traute.

Noch in der Bäckerei rief er Hansch an und bat ihn, herauszufinden, ob es in der Zahnarztpraxis irgendwelche Unregelmäßigkeiten gegeben hatte.

„Was meinst du denn mit Unregelmäßigkeiten?", fragte Hansch.

Lambach schaute sich kurz im Laden um, ging dann zu einem der Stehtische am Fenster. Mit dem Rücken zum Verkaufsraum sprach er weiter.

„Na, ob jemand neu eingestellt wurde, ein Praktikant oder so etwas. Vielleicht auch eine Putzfrau, die nur kurz da war und die Möglichkeit hatte, die Unterlagen auszutauschen. Oder vielleicht ein Einbruch. Irgendwas Ungewöhnliches. Häng dich da rein, Stefan! Es ist wichtig!"

„In Ordnung, ich klemm mich dahinter. Daniel ist an der Selbsthilfegruppe dran. Er will sich wegen des nächsten Gruppentreffens noch mit dir kurzschließen."

Lambach beendete das Gespräch, verließ die Bäckerei und kehrte zurück ins Präsidium.

In dem Moment, als von Stetten Lambach zum Mittagessen abholen wollte, klingelte das Telefon. Lambach meldete sich wie gewohnt, kam jedoch über ein „Nein, aber ..." nicht hinaus. Er beendete das Telefonat mit: „Ja, ich komme runter."

Von Stetten schaute Lambach erwartungsvoll an.

„Was war das denn? Konsbruch oder Kreisler?"

Lambach schnappte sich seine Jacke.

„Schlimmer. Carola auf hundertachtzig. Geh schon mal vor, ich komme gleich nach."

Durch die Glasscheibe der Präsidiumstür konnte Lambach Carola schon sehen.

„Sag mal, spinnst du jetzt total?"

Er versuchte, ruhig zu bleiben, als er nach draußen trat.

„Hallo, Carola."

„Das kannst du dir sonst wohin stecken! Wenn du ein Problem mit meiner Arbeit oder den Untersuchungsergebnissen hast, dann sag es mir ins Gesicht und lass nicht Konsbruch bei Professor Vauré anrufen! Die haben mich dastehen lassen wie ein dummes Mädchen. Daran bist du schuld, Richard!"

Lambach schlug mit der flachen Hand auf das Dach seines Wagens. „Jetzt reicht es! Schrei mich nicht so an! Was ist denn heute los? Erstens habe ich keine Probleme mit deinen Untersuchungsergebnissen, sondern Konsbruch. Und zweitens hat er von sich aus bei deinem Chef angerufen. Lass deine Scheißlaune also nicht an mir aus!"

„Ach – und wer hat einen Bericht aus Dresden angefordert, weil er meinen Untersuchungsergebnissen nicht traut? Wie stehe ich denn jetzt da? Du hast dafür gesorgt, dass mir ein Fehler in meiner Arbeit nachgesagt werden kann. Man wird jetzt immer Zweifel an meinen Ergebnissen haben können. Danke! Und was heißt das überhaupt, *du* zweifelst nichts an? Meine Ergebnisse stehen im Widerspruch zu deinen Recherchen. Es kann nur eins richtig sein. Und dann sprichst du nicht mal mit mir. Wer dich als Mann hatte, braucht keine Feinde!"

„Du scheinst vergessen zu haben, dass es nicht um dich und deine Karriere geht, sondern darum, die Wahrheit ans Licht zu bringen."

Carola schüttelte den Kopf und schaute sich hilflos um.

„Deine Wahrheit, Richard. Es geht um *deine* Wahrheit. Für alle anderen ist Doktor Sachse verbrannt – und das war zweifelsfrei bewiesen."

„Für mich nicht. Ich habe ihn in Hamburg gesehen und das kann ich nicht verschweigen, nur damit alle zufrieden sind und die Akte geschlossen werden kann. Ich zweifele nicht an deinen Fähigkeiten. Ich bin mir sicher, dass du eine gute Rechtsmedizinerin bist. Und ich bin mir sicher, dass du keine Löcher gefunden hast, weil keine im Schädel waren. Doch Doktor Sachse hätte welche haben müssen. Wir stehen auf derselben Seite, auch wenn es dir nicht gefällt."

Carolas Augen wurden glasig.

„Toll! Und alle lachen uns aus."

Lambach war irritiert.

„Ich brauche Zeit. Lass mich überlegen. Ich rufe dich heute noch an."

Carola drehte den Kopf zur Seite und wischte sich mit der Hand über die Augen. „Ist gut. Ich arbeite bis 17 Uhr. Ab 19 Uhr bin ich beim Aerobic." Dann stieg sie auf ihr Fahrrad.

„Richard?"

„Was denn?"

„Ich weiß nicht, wieso, aber ich habe Angst."

„Ich rufe dich an."

Lambach wurde flau im Magen. Es fühlte sich fast so an wie damals, als er noch in sie verliebt war. Er schaute Carola hinterher, wie sie vom Parkplatz und dann den Steinsgraben entlangfuhr. Sein Hemd war von dem feinen Nieselregen durchnässt. Seine Jacke hatte er noch immer in der Hand.

Bevor er zu von Stetten in die Kantine ging, zog er sich in seinem Dienstzimmer ein frisches Hemd an. Währenddessen klingelte das Telefon. Am anderen Ende meldete sich Kathrin. Als er hörte, was sie zu berichten hatte, musste er laut lachen, obwohl er wusste, dass dies eine absolut inadäquate Reaktion war.

„Das gibt's doch nicht!", sagte er bitter und bat seine Kollegin, sich gleich mit von Stetten und ihm in der Kantine zu treffen.

Nachdem er aufgelegt hatte, horchte er in sich hinein: Werde ich langsam verrückt?

30. KAPITEL

Von Stetten saß auf ihrem Stammplatz und schien schon gegessen zu haben.

„Entschuldige, Max, ich bin aufgehalten worden. Es gibt neue Informationen. Kathrin kommt gleich. Lass uns mal an den Tisch dort drüben wechseln."

„Was soll das denn?"

„Bitte, Max."

Von Stetten brachte sein Tablett weg und setzte sich zu Lambach, der bereits an einem Tisch im abgelegeneren Bereich der Kantine Platz genommen hatte. Kathrin betrat gerade den Raum.

„Hallo, Kathrin. Bist du dir sicher mit dieser Mira? Kein Zweifel? Das ist unglaublich."

Von Stetten schaute irritiert zwischen den beiden hin und her. „Könnt ihr mich mal reinholen ins Boot?"

Lambach lehnte sich zurück, schaute sich nervös um und wischte mit der flachen Hand über den Tisch. „Sag es ihm, Kathrin."

Kathrin Adams sah Lambach verunsichert an.

„Ich bin an dem Unfall in Hamburg dran, bei dem diese Nicole Goldmann einen der Opinelli-Täter überfahren hat."

„Mortag", fiel Lambach ihr erläuternd ins Wort.

Kathrin machte eine Pause und schaute zu ihm.

„Bitte weiter. Jetzt pass auf, Max!"

„Weil die Kollegen in Hamburg nicht mit dem Unfall weitergekommen sind, habe ich das Umfeld von Frau Goldmann überprüft."

Von Stetten nickte bedächtig.

„Auch sie hat eine Angehörige, eine Schwester, die bei einem Unfall ums Leben gekommen ist."

„Es war aber kein normaler Unfall", unterbrach Lambach. „Erzähl weiter!"

„Diese Schwester hieß Mira Kronberg. Sie ist von ihrem Freund Mehmet Kacanci quasi totgefahren worden. Kacanci stand unter Drogeneinfluss – nicht zum ersten Mal. Und es war auch nicht sein erster Unfall."

Lambach rutschte nervös hin und her.

„Verstehst du, Max? Die Goldmann ist eine Opferangehörige, genauso wie Sachse. Und sie hat einen Täter auf dem Gewissen, vielleicht auch genauso wie Sachse."

Von Stetten zog die rechte Augenbraue hoch, verzog den Mund und stöhnte auf. Lambach und Kathrin sahen ihn gespannt an.

„Leute, was soll das werden? In dem Fall ermitteln die Kollegen aus Hamburg. Die hätten schon rausgekriegt, wenn es Mord gewesen wäre. Willst du jetzt auch noch dem alten Opinelli eine Beihilfe zum Mord an Mortag anhängen, weil er in Hamburg wohnt und Angehöriger eines Opfers ist?"

Ein Lächeln huschte über Lambachs Gesicht. Er schaute sich um und flüsterte: „Das ist die Frage, Max. Ist es so? Steckt da ein System dahinter? Ist es so, dass Opferangehörige die Täter anderer Opfer umbringen? Und wenn es so ist, in welcher Beziehung stehen sie zueinander? Wo ist die Verbindung? Hat der alte Opinelli Herrn Mortag vielleicht wirklich geschubst?"

Von Stetten schüttelte den Kopf.

„Du kannst doch nicht jeden Angehörigen eines Opfers unter Generalverdacht stellen."

Kathrin fiel Max ins Wort: „Du wirst lachen, aber die Kollegen aus Hamburg haben Herrn Opinelli tatsächlich überprüft. Er hat ein wasserdichtes Alibi."

Lambach lächelte triumphierend.

„Siehst du, Max? Es ist nicht so abwegig, wie du denkst. Ich will auch nicht jeden Opferangehörigen unter Generalverdacht stellen, wie du sagst, aber ich schaue genau hin."

Von Stetten wandte sich an Kathrin: „Was hältst du davon?"

„Ich?"

Die Kollegin zuckte zusammen und schaute Lambach verlegen an.

„Komisch sieht das schon alles aus, wenn man mal die Fälle so im großen Zusammenhang sieht. Es wäre vorstellbar, dass der alte Opinelli seine Tochter rächen wollte. Die Italiener sind da etwas ... ich nenne es mal: eigenständiger. Selbstjustiz hat gerade auf

Sizilien einen ganz anderen Stellenwert. Nur, wenn er es wirklich gemacht hätte, dann wäre er jetzt im Knast und seine Frau hätte zwei Menschen verloren. Damit wäre niemandem geholfen. Die Kollegen hatten ihn immerhin sofort auf der Liste."

Lambach runzelte die Stirn.

„Ich glaube nicht, dass es eine Selbstjustizgeschichte ist. Kein plumpes Auge-um-Auge-Zahn-um-Zahn-Ding. Das wäre sofort aufgeflogen. Aber da liegt irgendetwas im Argen. Wenn man sich die ganzen Fälle mit Abstand anschaut, ganz unvoreingenommen, und sich auch traut, Fehler von Kollegen in Betracht zu ziehen, dann erkennt man eine Art System. Nur welches, das kann ich noch nicht sagen. Zum Beispiel wurde Mahnke in seinem Verlies das *Ave Maria* in Endlosschleife vorgespielt, gesungen von der alten Frau Opinelli."

„Die Japaner nennen es *Godai*, wenn man den großen Zusammenhang zu erkennen sucht", sagte Kathrin.

Lambach und von Stetten sahen sich an.

„Dadurch wird man von unwichtigen Details nicht in die Irre geleitet", erläuterte sie.

Lambach nickte Kathrin bewundernd zu.

„Ach, diese Japaner! Die sind gut. Genau darum geht es: den Überblick zu behalten, die Zusammenhänge zu erkennen. Woher weißt du denn so was?"

Kathrin errötete leicht.

„Ich habe das mal in einem Buch gelesen."

„Godai", vergewisserte sich Lambach. „Wer weiß, wann ich das mal gebrauchen kann ... Dann meinst du also auch, dass ich nicht ganz falsch liege und wir unbedingt weitermachen sollten?"

Mit einem zufriedenen Lächeln strich er sich über den Bauch. Die Aufregung des Vormittags schien sich zu verflüchtigen. Dass die Kollegin seinen Gedanken zumindest ansatzweise folgen konnte und wollte, beruhigte ihn.

„Ich hab Hunger. Was hast du gegessen, Max?"

„Ich hatte das Rindergulasch mit Nudeln und Salat. War in Ordnung."

Lambach aß zum ersten Mal seit Tagen mit Appetit. Endlich schien es bergauf zu gehen. Als Nächstes mussten der DNA-Analyse und dem Zahnstatus die Grundlagen entzogen werden.

Als Lambach in sein Dienstzimmer zurückkehrte, rief er als Erstes Carola an. Er musste sie um etwas bitten, bei dem er nicht sicher war, wie sie darauf reagieren würde. Mit jedem Tuten im Hörer wurde sein Mund trockener.

Als Carola abnahm, bat er sie lediglich, in der Rechtsmedizin vorbeikommen zu dürfen. Die Angelegenheit war keine, die er am Telefon regeln wollte.

31. KAPITEL

Hast du eine Idee, wie wir die Situation retten können?", fragte Carola.

„Ich habe gründlich nachgedacht. Zwei Indizien sprechen dafür und zwei dagegen. Ohne dass ich deine Kompetenz infrage stellen will: Glaubst du, dass du einen Fehler bei der Obduktion gemacht haben könntest?"

Carola zögerte, wiegte ihren Kopf hin und her, sodass Lambach eindringlicher wurde.

„Glaubst du, du hast einen Fehler gemacht?"

„Mensch, nein! Ich glaube nicht."

„Warum fällt es dir dann so schwer, für deine Arbeit einzustehen? Außerdem – der Fehler muss nicht immer bei dir liegen. Du arbeitest in einem Team. Was ist, wenn sich dein Kollege geirrt hat? Was ist, wenn das DNA-Material nicht korrekt untersucht wurde?"

Carola starrte mit leerem Blick vor sich hin.

„Wieso glaubst du eher an einen eigenen Fehler als daran, dass sich bei Strüwer einer eingeschlichen hat?"

Carola schüttelte den Kopf und schaute Lambach fassungslos an. „Bist du denn von allen guten Geistern verlassen? Soll ich zu

Hagen gehen und ihm unterstellen, dass er Fehler in seiner Arbeit gemacht hat, weil es meinem Ex-Mann besser in seine absurde Theorie passt?"

„Es geht nicht um eine spinnerte Idee. Es geht darum, dass die Obduktion und die Analyse der DNA unterschiedliche Schlüsse zulassen. Also müssen diese überprüft werden. Wovor hast du Angst? Wer, glaubst du, hat einen Fehler gemacht? Du oder dein Kollege Hagen Strüwer? Warum vertraust du seinen Leistungen mehr als deinen?"

Carola sah zu Boden.

„Carola, du bist die beste Medizinerin hier. Du hättest zwei Löcher im Kopf bemerkt. Aber es waren keine Löcher drin. Vielleicht hat Strüwer einen Fehler gemacht? Vielleicht war ein Gerät defekt, eine Einstellungssache von irgendetwas? Ich bitte dich, schau dir die DNA noch mal an, okay?"

Lambach versuchte, Blickkontakt zu Carola aufzunehmen, und strich ihr vorsichtig über den Rücken. Carola schaute zu Lambach auf. Sie wirkte traurig.

„Ach, Richard, ich weiß doch auch nicht ... Okay, ich mach's, aber es wird ein paar Tage dauern."

32. KAPITEL

„Herr Lambach! Treten Sie sich wenigstens die Schuhe ab, wenn Sie ins Haus kommen. Sie schleppen ja den ganzen Rollsplitt mit rein!"

„Guten Abend, Frau Röhse. Hatten Sie einen schönen Tag?"

Lambach ging an seiner zeternden Nachbarin vorbei, zog das Handy aus der Manteltasche und erkannte Carolas Namen auf dem Display.

„Sie entschuldigen?"

Seit Montag wartete er auf ihre Rückmeldung bezüglich der DNA-Analyse.

„Hallo, Carola. Was gibt's?"
Lambach versuchte, möglichst gelassen zu klingen, obwohl ihn die Ungeduld fast auffraß. Leise stieg er die Stufen zu seiner Wohnung hoch. Er wollte jedes Wort genau verstehen, keine Silbe überhören.
„Tu nicht so, als wüsstest du nicht, weshalb ich anrufe! Es ging leider nicht schneller. Ich musste die Tests zweimal machen."
„Und?"
„Hagen hat mustergültig gearbeitet. Die Brandleiche ist Doktor Sachse!"
Lambach musste sich auf die Treppenstufen setzen.
„Richard? Bist du noch dran?"
Es war ihm nicht möglich, auch nur einen klaren Gedanken zu fassen. Er war tief enttäuscht. Langsam lehnte er den Kopf an das Geländer. Das sollte es jetzt also gewesen sein?
„Ist alles in Ordnung? Ich habe die Tests zweimal gemacht. Es gibt keinen Zweifel. Die DNA stimmt überein."
Das Licht im Treppenhaus ging aus.
„Wir müssen uns beide geirrt haben. Du hast Sachse nicht in Hamburg gesehen und ich habe zwei Löcher im Kopf nicht bemerkt. Es tut mir leid."
Carolas Stimme zitterte. Dann hörte Lambach nur noch ein Tuten. Sie hatte aufgelegt.
Er wusste nicht, wie lange er im Dunkeln im Treppenhaus saß. Er hatte nicht mal den Mut aufgebracht, Carola zu sagen, dass er Fotos von Helmut Sachse gesehen hatte. Hansch hatte sie ihm am Tag zuvor präsentiert. Es war niederschmetternd. Ulrich und Helmut sahen sich verblüffend ähnlich. Er musste die Brüder also doch verwechselt haben.
Irgendwann ging das Licht wieder an und der junge Medizinstudent aus der Nachbarwohnung kam ins Haus und trug sein Fahrrad die Kellertreppe hinunter.
„Treten Sie sich wenigstens die Schuhe ab, wenn Sie ins Haus kommen! Sie schleppen den ganzen Rollsplitt mit rein!", hörte Lambach Frau Röhse keifen. Er stand auf und ging in seine Woh-

nung. Aus der Kiste in der Ecke nahm er die letzte Flasche *Altstadt Dunkel*. Es war das Bier des Jahres 1998. Mit Recht, wie er fand. Lambach knipste die Lampe der Dunstabzugshaube an und setzte sich an den Küchentisch.

Nachdem er die halbe Flasche geleert hatte, griff er zum Telefon und rief von Stetten an. Sie telefonierten über eine Stunde, wägten das Für und Wider von Carolas Analyse ab. Lambach stellte Untersuchungsergebnisse infrage, sprach von Manipulation, von Fehlerquellen. Mit jedem Einwand, den er vorbrachte, fühlte er sich stärker. Er zog alles in Betracht – nur nicht mehr die Möglichkeit, dass er selbst sich irren könnte. Das widerstrebte ihm zutiefst. Am Ende war er sicher, dass vermutlich Hagen Strüwer das DNA-Material manipuliert und die Unterlagen bei Sachses Zahnarzt ausgetauscht haben musste. Wahrscheinlich durch Mittelsmänner. Von Stetten widersprach heftig. Er schlug vor, eine Nacht darüber zu schlafen und am nächsten Tag erneut zu diskutieren. Lambach wusste jedoch schon an diesem Abend, wie er weiter vorgehen musste. Er musste tiefer graben – ohne Rücksicht auf Autoritäten und persönliche Vorteile.

Am nächsten Tag bat er Freddie Bolz, weiteres DNA-Trägermaterial zu besorgen. Dabei müsste mit größtmöglicher Sorgfalt vorgegangen werden.

„Wozu brauchst du denn noch Material, wenn ich fragen darf? Carola hat doch alles schon ein zweites und drittes Mal getestet."

Lambach antwortete kühl: „Stimmt, aber es war DNA-Material, das Strüwer vorbereitet hatte. Wenn der dabei Fehler gemacht hat, kann nichts Gescheites herauskommen. Ich traue ihm nicht."

Bolz schaute Lambach ungläubig an.

„Aber Strüwers Ergebnis passt exakt zum Zahnbefund und auch zum allgemeinen Erkenntnisstand."

Lambach tippte sich mit dem Finger an die Nase.

„Das ist gut, Freddie. Strüwer hat also nicht einfach so einen Fehler gemacht, sondern er muss absichtlich DNA-Material ausgetauscht haben."

Bolz hob beschwichtigend die Hände.

„Moment mal! Das habe ich nicht gesagt!"

Lambach wurde lauter.

„Stüwers Ergebnisse passen aber nicht zu der Tatsache, dass ich Sachse noch gesehen habe und dass der Brandleiche zwei Löcher im Kopf fehlen! Es passt einfach nicht, verstehst du? Daher bleibt mir nichts anderes übrig, als ihm Vorsatz zu unterstellen, auch wenn ich mir über sein Motiv noch nicht im Klaren bin."

Bolz legte den Kopf nachdenklich in den Nacken.

„Du beschuldigst Carolas Kollegen, Untersuchungsergebnisse gefälscht zu haben, um uns arglistig zu täuschen? Das ist ein starkes Stück!"

Lambach tippte mit dem Zeigefinger auf Bolz' Brust.

„Genau."

„Und ich soll jetzt neues Material besorgen, damit du ihm das nachweisen kannst?"

„Genau."

Bolz riss die Augen auf.

„Erstens: Sollte es so sein, wie du vermutest, wird er die Referenz-DNA manipuliert oder ausgetauscht haben. In diesem Fall wäre es egal, wie oft und woher neues Vergleichsmaterial besorgt wird. Eine Übereinstimmung wäre garantiert. Der einzige Weg wäre, dass man neues Material aus der Leiche gewinnt."

„Das sollte machbar sein. Und zweitens?"

„Zweitens habe ich so langsam das Gefühl, dass du durchdrehst. Erklär mal Kreisler, was du vorhast! Wenn der mir sagt, ich soll neues Material besorgen, dann mache ich mit, ansonsten lass mich in Ruhe. Du weißt, ich habe immer hinter dir gestanden, aber das kann ich nicht mittragen. Ich gehe jetzt zurück in mein Büro, denn ich habe noch zu tun. Heute ist Freitag und ich will pünktlich Feierabend machen."

„Na gut, Freddie, es wird auch so gehen. Hab ein schönes Wochenende."

Mit einem Lächeln auf den Lippen verabschiedete sich Lambach von Bolz. Aber es war ein bitteres Lächeln. Nicht einmal Freddie war noch auf seiner Seite. Wie ein getretener Hund verkroch sich Lambach auf der Toilette. Er wollte niemanden treffen. Mit heruntergelassener Hose starrte er auf die Bodenfliesen. Es gab sieben verschiedene. Alle hatten eine unterschiedliche Farbtiefe. Jede Nuance könnte für einen Wochentag stehen. Er multiplizierte die Anzahl der Fliesen in Längsrichtung mit der Anzahl der Fliesen in Querrichtung, zog die Anzahl an Fliesen ab, die durch die Toilettenschüssel verdeckt wurden. Die Anzahl der sichtbaren Fliesen würde reichen, um jede Fliese einem Tag im Jahr zuzuordnen.

Lambach fragte sich, ob der Fliesenleger ein System gehabt hatte, als sein Handy in der Hosentasche am Boden klingelte.

Traudel rief an.

Er meldete sich nur mit einem knappen „Ja?".

Lambach hatte etwas Mühe, ihren Ausführungen zu folgen.

„Hansch hat in der Zahnarztpraxis, in der Doktor Sachse behandelt wurde, nachgefragt, ob es in den letzten Wochen einen Einbruch gab."

„Nun machen Sie es nicht so spannend!"

„Wie es der Zufall will, gab es einen Einbruch. Der liegt allerdings schon fünf Jahre zurück. Damals leitete noch ein Doktor Flucke die Praxis."

Alles, was Lambach hörte, war, dass es eine Möglichkeit gab, Sachses Zahnstatusunterlagen anzuzweifeln, obgleich ihm der Zeitraum von fast fünf Jahren sehr lang erschien. Wenn man allerdings berücksichtigte, dass auch das Verbrechen an Mahnke von langer Hand geplant schien, vielleicht ...

„Bitte lassen Sie Hansch alle Informationen zu dem Einbruch zusammentragen. Danke!

Damit legte Lambach auf. Das letzte Wort war noch nicht gesprochen.

33. KAPITEL

Um 18 Uhr betrat Lambach den Musikladen in der Barfüßerstraße. Den ganzen Tag hatte er überlegt, was er Pia zum Geburtstag schicken könnte. Den Blumen, die er telefonisch bestellt hatte, fehlte die persönliche Note. Kurz vor Dienstschluss kam ihm die Idee: die *Goldberg-Variationen* von Bach. Sie mochte Bach, das wusste er. Lange hatten sie sich an ihrem gemeinsamen Abend in Dänemark über ihn unterhalten. Mit Bach konnte er nichts falsch machen, das war gewiss.

Mit der kleinen Tüte in der Hand machte sich Lambach kurze Zeit später auf den Heimweg. Im Treppenhaus begegnete er einmal mehr seiner Nachbarin, die mit einem Zettel auf dem Treppenabsatz stand.

„Das muss man sich mal vorstellen: Jetzt wollen die auch noch einen Winterdienst bestellen!", zeterte sie.

„Das ist doch eine angenehme Sache, Frau Röhse. Dann können Sie morgens länger schlafen und müssen nicht um sieben in der Frühe Schnee schippen."

„Unsinn ist das! Jahrelang ging es auch ohne. Als hätten wir zu viel Geld", knurrte sie. „Die sollen lieber mal das Treppenhaus renovieren. Schauen Sie sich das an!"

Frau Röhse deutete mit dem Zettel auf die beschädigten Wandfliesen.

Lambach zuckte mit den Schultern und setzte seinen Weg fort.

„Einen schönen Abend."

Nachdem er seine Wohnung betreten hatte, wusch er sich die Hände und zog sich ein frisches Hemd an. Er nahm eine Buttermilch aus dem Kühlschrank, setzte sich an den Küchentisch und sah die Post durch. Auch er hatte ein Schreiben der Hauseigentümer bekommen.

Um kurz nach acht verließ Lambach die Wohnung und ging ins *Le Bistro*. Elvira war nicht da, stattdessen stand Rainer hinter dem Tresen. Rainer erinnerte Lambach immer an ein Relikt der 68er-Bewegung.

Elvira hatte immer wieder Probleme mit ihrem Bluthochdruck, sodass Rainer gelegentlich einsprang. Als der Lambach erblickte, hob er die Hand zum Gruß. Er bestätigte, dass Elvira krank im Bett lag. „Aber es ist nichts Ernstes", versicherte er.

Lambach bestellte ein Glas Rotwein und eine Zwiebelsuppe, schnappte sich das *Göttinger Tageblatt* vom Zeitungshaken und setzte sich an einen der hinteren Tische. Im Regionalteil entdeckte er ein Bild von Konsbruch, der – dem Artikel zufolge – Einblick in die Polizeiarbeit gab. Lambach murmelte etwas, dann legte er die Zeitung beiseite und nahm einen Löffel von der warmen Zwiebelsuppe. Als er von seinem Teller aufsah, stand von Stetten vor ihm.

„Woher weißt du, dass ich hier bin?", fragte Lambach erstaunt.

„Du bist doch immer hier, wenn du deine Ruhe haben, aber nicht alleine sein willst", antwortete sein Kollege.

Lambach lächelte. Max kannte ihn gut.

„Was ist passiert? Du kommst doch nicht einfach so her?"

„Ich habe dir auf den Anrufbeantworter gesprochen. Hast du ihn nicht abgehört?"

„Vergessen", sagte Lambach. „Nimm Platz. Möchtest du was trinken?" Lambach schob die Zeitung zur Seite und wischte einige Krümel vom Tisch.

„Nein, danke, ich will nicht lange bleiben. Madeleine wartet zu Hause. Ich dachte nur, ich schaue auf dem Heimweg kurz vorbei. Als du nicht aufgemacht hast, dachte ich mir, dass du hier bist."

„Nun sag schon, was ist los?"

Von Stetten lehnte sich über den Tisch in Lambachs Richtung.

„Wieseler ist wieder aufgetaucht."

Fast wäre Lambach der Löffel aus der Hand gefallen.

„Sag das noch mal!" Er schob den Teller beiseite. „Wo?"

„Sie haben ihn in Marseille gefunden. Gegen Abend kam das Fax rein. Du warst schon weg."

„Du sagtest eben *gefunden*. Soll das heißen, er ist …?"

Von Stetten nickte.

„Wahrscheinlich erstickt. Die Todesursache ist noch nicht hundertprozentig geklärt. Kathrin hat sich mit den Kollegen in Marseille in Verbindung gesetzt. Sie spricht gut Französisch. Den Anzeichen nach handelte es sich um einen Krampfanfall mit Todesfolge. Der Polizeimediziner meinte, dass es durch das abrupte Absetzen eines Psychopharmakons zu einem Entzugskrampf gekommen sei, der sich zu einem sogenannten *Status* ausgedehnt hätte. Wieseler wurde in Ochsenzoll jahrelang das Medikament *Diazepam* verabreicht. Du kennst es vielleicht auch als *Valium*."

Lambach nickte.

„Wenn man es zu schnell absetzt, kann so was passieren", ergänzte von Stetten.

„Du scheinst dich damit auszukennen", sagte Lambach nachdenklich.

Von Stetten biss sich auf die Unterlippe und nickte.

„Wie auch immer ... Ich habe schon damit gerechnet, dass wir Wieseler nicht lebendig wiedersehen. Was hat der denn überhaupt in Marseille gemacht?"

„Keine Ahnung", antwortete von Stetten. „Allerdings habe ich mich nach unserem Ausflug nach Dresden noch mal näher mit dem Opinelli-Fall befasst. Laut der Akte hat Wieseler früher mehrere Jahre in der Fremdenlegion gedient. Wenn ich jetzt eins und eins zusammenzähle, kann ich mir schon vorstellen, was er mit seinem Aufenthalt in Marseille bezweckte."

„Er wollte zurück zur Fremdenlegion?"

„Ich habe keine andere Erklärung."

„Hm ... klingt einleuchtend", sagte Lambach und nippte an seinem Glas. „Soll ich dir was sagen, Max?" Er schaute von Stetten ernst an. „Ein Monatsgehalt würde ich darauf verwetten, dass Wieselers Obduktion nicht die erste Vermutung bestätigt, sondern ..."

„Sondern?"

„Wenn meine Theorie stimmt, dann wurde er ermordet. Eiskalt, skrupellos und geplant."

„Geht das wieder los?"

„Es geht weiter. Unaufhörlich und erbarmungslos. Und ich sage dir noch etwas: Es wird nicht enden."

Von Stetten schaute Lambach konsterniert an und erhob sich. „Ich muss los." Er nahm seine Jacke von der Stuhllehne. „Wir sehen uns morgen im Präsidium."

„Ich möchte, dass sich einige von euch um neun in meinem Zimmer einfinden", sagte Lambach. „Nichts Offizielles. Nur du, Hansch, Kathrin und Wollny."

Von Stetten nickte.

„Konsbruch und Kreisler brauchen davon nichts zu erfahren."

„Schon klar. Du wirst wissen, was du tust", sagte von Stetten, schlug den Kragen seiner Jacke hoch und verließ das Lokal.

34. KAPITEL

Bereits um acht stand Lambach in Traudels Zimmer und ließ sich von ihr eine Tasse frisch gebrühten Kaffee geben.

„Ist der Neue schon da?", fragte er.

„Nein. Er soll um neun seinen Dienst antreten. Haben Sie ihn schon kennengelernt?"

„Bislang nicht. Konsbruch sagte nur, dass wir Verstärkung bekommen. Wie heißt der überhaupt?"

Traudel, die damit beschäftigt war, die Blumen zu gießen, zuckte mit den Schultern. „Mir hat keiner etwas gesagt."

Es klang fast ein wenig beleidigt.

„Wir werden ihn schon kennenlernen", sagte Lambach und ging hinaus auf den Flur. Den Kaffee nahm er mit. Auf dem Weg in sein Zimmer kam ihm Hansch entgegen.

„Guten Morgen, Lambach. Hast du schon gehört? Wir bekommen frisches Blut in die Abteilung."

Lambach grinste.

„Der Buschfunk funktioniert ganz gut, wie mir scheint. Weißt du Genaueres?"

„Soll vorher bei der Droge in Hannover gewesen sein. Ich bin ja mal gespannt."

„Ich würde ihn gerne in deine Hände geben, Stefan. Er wird sicher eine gewisse Einarbeitungszeit brauchen."

„Das ist keine gute Idee. Ich bin voll ausgelastet. Ich habe noch den Mord an der Toilettenfrau auf dem Tisch. Und außerdem ..."

Lambach hob die Hand, Hansch verstummte.

„Dann muss ich Kathrin bitten. Aber eigentlich möchte ich ihr nicht zu viel zumuten. Und Steiger möchte ich wiederum dem neuen Kollegen nicht antun. Max und Daniel habe ich schon anders eingeplant. Wer bleibt übrig?"

„Ich", antwortete Hansch mürrisch.

„Richtig."

„Okay. Wenn es denn sein muss ... Vorher will ich aber noch mal schauen, ob Traudel einen Kaffee übrig hat."

Punkt neun fanden sich von Stetten, Wollny und Hansch in Lambachs Büro ein. Lambach hatte vier Stühle vor seinem Schreibtisch aufgestellt, er selbst saß hinter dem Tisch.

„Wo ist Kathrin?", fragte er in die Runde.

Wollny und Hansch sahen sich an.

Von Stetten ergriff das Wort: „Ich habe sie heute noch nicht gesehen. In ihrem Büro ist sie nicht, und zu Hause ging nur der Anrufbeantworter ran."

„Dann fangen wir ohne sie an", sagte Lambach und kam gleich zur Sache. „Ihr habt euch sicher schon gewundert, dass ich diese inoffizielle Besprechung anberaumt habe. Aber ich habe das Gefühl, dass es in unseren Reihen Zweifler gibt."

Lambach machte eine rhetorische Pause.

„Um es gleich vorwegzunehmen: Ich halte es für produktiv, Skeptiker in der Gruppe zu haben. Ermittlungen können durch das Bezweifeln von Ergebnissen vorangebracht werden. Das Ausblenden von Ungereimtheiten behindert allerdings unsere Arbeit. Das dazu."

Abermals machte Lambach eine kurze Pause und trank einen Schluck Wasser.

„Ich nehme an, jeder von euch ist mit dem aktuellen Ermittlungsstand vertraut. Nun gibt es neue Erkenntnisse. Ich habe eine kurze Reise nach Dänemark unternommen. Diese war nicht privat, sondern dienstlich. Ich habe mich mit einem ehemaligen Statistiker der dänischen Reichspolizei getroffen. Im Übrigen hat er bis zu seiner Pensionierung beim dänischen Staatsschutz gearbeitet. Dieser Statistiker berichtete, dass er Auffälligkeiten in Bezug auf die Mordrate an Gewaltverbrechern gefunden hätte. Allerdings bestätigten sich diese Besonderheiten nie im Einzelfall, da alle Fälle als Unfälle oder im Rahmen anderer Verbrechen aufgeklärt werden konnten. Das Ganze hat sich im kriminellen Milieu zu einem urbanen Mythos entwickelt. Sie nennen es *Nemesis*, *Racheengel*, *Gottes Gerechtigkeit* oder ähnlich. Straftäter mit Gewaltdelikten werden zu achtzehn Prozent öfter Opfer eines Gewaltverbrechens als Straftäter ohne Gewaltdelikt."

Wollny hob die Hand.

„Bitte, Daniel?"

„Ich kann dir nicht folgen. Was haben denn diese Informationen mit unserem Fall zu tun?"

Lambach lehnte sich nach vorn und stützte die Ellbogen auf den Schreibtisch.

„Genau darüber habe ich mir Gedanken gemacht", erwiderte er, atmete tief durch und legte dann die ermittelten Fakten dar. Er erzählte von der Beziehung zwischen den Tätern, den Opfern und den Opferangehörigen, führte dabei detailliert die Verbindungen zwischen Sachse, Mahnke, der Familie Opinelli, Nicole Goldmann und Carsten Mortag aus. Die Reaktionen seiner Kollegen waren zunächst verhalten, nach und nach begriffen sie aber, wohin er sie lenkte.

Lambach nahm erneut einen Schluck Wasser, bevor er seinen letzten Trumpf aus dem Ärmel zog: „Für die, die es noch nicht mitbekommen haben: Der aus der Psychiatrie Hamburg-Ochsenzoll geflohene Gerd Wieseler ist inzwischen wieder aufgetaucht. Er wurde tot in einem Zweimannzelt in Marseille aufgefunden. Bislang ist die Todesursache nicht eindeutig geklärt. Wieseler war der Dritte im Bunde des Opinelli-Falls. Die Ergebnisse der Obduktion an Wieseler werden uns verraten, ob auch er sowohl Täter als nun auch Opfer eines Gewaltverbrechens ist."

Wieder ließ er seinen Mitarbeitern ein wenig Zeit, um das Gehörte zu verarbeiten. Dann fuhr er fort.

„Es muss einen Zusammenhang geben, den wir bislang übersehen haben. Welcher Art ist die Beziehung zwischen den Opfern und den Tätern? Wo laufen die Fäden zusammen?"

Von Stetten ergriff daraufhin das Wort: „Du meinst also, dass an dieser Nemesis-Geschichte etwas dran ist?"

„Ich schließe es nicht aus", antwortete Lambach und lehnte sich in seinem Schreibtischstuhl zurück.

Die nun eingetretene Stille wurde durch ein energisches Klopfen an der Zimmertür unterbrochen. Kurz darauf betrat Konsbruch in Begleitung einer jungen Frau den Raum.

„Guten Morgen. Ach, das trifft sich gut, da ist schon der größte Teil der Abteilung versammelt."

Konsbruch trat auf den Schreibtisch zu und nickte kurz in die Runde, beugte sich dann zu Lambach herunter: „Ich hoffe sehr, ihr seid an der Sache mit der Toilettenfrau dran."

Lambach lächelte süffisant.

„Kommen Sie nur, kommen Sie!", wandte sich Konsbruch nun wieder an die unsicher wirkende Frau, die im Türrahmen stand. „Herr Lambach beißt nicht."

Erstaunt blickte Lambach von Stetten an, der zuckte mit den Schultern.

„Richard, ich möchte dir eine neue Mitarbeiterin vorstellen." Konsbruch machte eine weit ausholende Handbewegung. „Das ist Franziska Parde." Er deutete mit der offenen Hand auf die junge Frau, als wollte er sie auf einem silbernen Tablett servieren. „Sie wird ab sofort in unserer Abteilung ihren Dienst verrichten."

Lambach entdeckte auf ihrem Unterarm eine großflächige Tätowierung.

„Frau Parde, das ist Herr Lambach, Ihr direkter Vorgesetzter und gleichzeitig der erfahrenste Mitarbeiter der Abteilung. Sie werden viel von ihm lernen können."

Lambach stand auf. Franziska Parde trat einen Schritt näher und reichte ihm die Hand.

„Freut mich", sagte Lambach verdutzt. Er hatte mit einem erfahrenen männlichen Mitarbeiter gerechnet. Nun stand ihm eine attraktive junge Frau mit glattem langen Haar gegenüber und lächelte ihn freundlich an. Er schätzte sie auf Ende zwanzig, Anfang dreißig.

„Dann nehmen Sie doch gleich in unseren Reihen Platz. Der Kollege Hansch ist so freundlich, Ihnen beim Einstieg zu helfen. Er wird Ihnen alles erklären und in den nächsten Tagen Ihr Ansprechpartner sein. Stefan, wenn du vielleicht den Stuhl ...?"

Bevor Lambach den Satz beenden konnte, war Hansch schon aufgesprungen und hatte seinen Rucksack von dem freien Stuhl genommen.

„Bitte", sagte Lambach und deutete auf den Sitzplatz.

„Cooles Tattoo", flüsterte Hansch, nachdem Franziska Parde neben ihm Platz genommen hatte.

„Danke. Hat mir 'ne Menge Ärger eingebracht", flüsterte sie zurück, ohne den Blick von Lambach abzuwenden.

Konsbruch räusperte sich.

„So, nachdem das geregelt ist, werde ich Frau Parde jetzt ihrem Schicksal überlassen. Ich wünsche Ihnen einen guten Start in Ihrem neuen Arbeitsbereich. Sie werden sich schnell zurechtfinden in unserer Abteilung."

Dann nickte er Lambach zu und verließ das Zimmer.

Für einen Moment herrschte Schweigen im Raum. Lambach lehnte sich im Stuhl weit zurück und verschränkte die Hände hinter dem Kopf. Sichtlich erleichtert ergriff er wieder das Wort: „Max, tritt bitte den Kollegen in Hamburg noch einmal auf die Füße. An Mortags Unfall ist etwas faul. Am besten, du fährst selbst hin. Telefonisch kommen wir anscheinend nicht weiter."

Von Stetten nickte.

„Ich werde dieser Nicole Goldmann einen Besuch abstatten. Vielleicht kann ich den Druck erhöhen."

„Uns sollte auch dieser Drogendealer interessieren, der die

Schwester von Frau Goldmann auf dem Gewissen hat. Sein Name ist Mehmet Kacanci. Übernimmst du das, Daniel?"

„Kein Problem", antwortete Wollny. „Steiger und ich sind leider mit Sachses Selbsthilfegruppe noch nicht weitergekommen. Es ist schwer, Insider-Infos zu erhalten."

„Bohrt noch mal nach! Wir brauchen Informationen über alle Personen in dieser Gruppe, die sich Sachse vielleicht verbunden oder verpflichtet fühlten."

„Ich würde vorschlagen, Steiger fühlt der Selbsthilfegruppe auf den Zahn und ich kümmere mich um den Dealer. Gibt es denn schon Näheres über diesen Kacanci?"

„Lass mal Steiger da raus. Ihr habt bisher gute Arbeit geleistet, aber jetzt müssen wir vorsichtig sein. Der soll die Akten durchsehen. Wenn wir so nicht an die Namen der Opferangehörigen kommen, soll er sich alle Fälle der letzten fünfzehn Jahre vornehmen. Wir müssen rauskriegen, ob es zwischen Doktor Sachse und den Angehörigen Verbindungen außerhalb dieser Gruppe gibt. Hat Sachse in der Vergangenheit jemanden aus der Gruppe operiert? War seine Tochter mit den Kindern von Opferangehörigen in einer Schulklasse? Gibt es sonst irgendwelche Anknüpfungspunkte? Alles. Und ich will wissen, wann das nächste Treffen der Selbsthilfegruppe stattfindet."

„Das war erst vor Kurzem. Ich muss schauen, wann das nächste geplant ist. Die kommen nicht regelmäßig zusammen."

„Okay, klär das bitte."

Lambach tippte sich mit dem Zeigefinger an die Nase und überlegte kurz.

„Stefan, hat die Toilettenfrau Angehörige?"

„Ja, eine Tochter und einen Sohn. Die Tochter wohnt unterhalb der Zieten-Kaserne, hat aber kein Interesse an ihrer Mutter."

„Und der Sohn?"

„Der sitzt auf dem Leineberg im Jugendknast."

„Gibt es einen Ehemann, Geschwister oder noch Eltern?"

„Der Ehemann hat sich totgesoffen. Eltern und Geschwister gibt es, die leben aber weit hinter Berlin."

„Das ist gut. Alles fügt sich."

„Lass mich raten, Lambach", meldete sich von Stetten wieder zu Wort. „Die Toilettenfrau hat nun wie von Zauberhand einen Bruder namens Richard, der in einer Selbsthilfegruppe sein Leid teilen will, stimmt's?"

Hansch und Wollny sahen ihn verwundert an.

Lambach zwinkerte seinen Kollegen zu.

„Daniel, du besorgst mir den nächsten Termin dieser Gruppe. Und mir ist es lieber, wenn du dich selbst um die Kacanci-Sache kümmerst. Lies dich in die Akten ein, so kannst du dir ein Bild machen. Viel scheinen wir aber nicht zu haben. Schau im Archiv nach und mach einen Datenbankenabgleich. Ich möchte wissen, was für ein Typ das ist und wie genau es zu dem Unglück mit der jungen Frau kam."

Wollny nickte und vermerkte alles in seinem Notizbuch.

„Dich möchte ich bitten, die Stellung zu halten", wandte sich Lambach an Hansch. „Du bist ja mit dem Mord an der Toilettenfrau beschäftigt. Nimm unsere neue Kollegin mit und zeig ihr, wie es läuft. Ach, und noch etwas: Sobald Kathrin wieder auftaucht, soll sie sich mit Marseille in Verbindung setzen. Ich will so schnell wie möglich das Obduktionsergebnis auf dem Tisch haben."

Lambach leerte sein Wasserglas und schaute in die Runde.

„Gibt es Fragen?"

Alle schwiegen.

„Gut. Jeder weiß, was zu tun ist, und jeder weiß, worum es geht."

Beim Verlassen des Raumes wandte Lambach sich noch einmal an von Stetten. „Gibt es etwas Neues von Grams?", fragte er.

„Ich habe nichts von ihm gehört. Das Beste wird sein, du fragst Traudel. Wenn jemand etwas weiß, dann sie."

Lambach blieb stehen und hielt seinen Kollegen am Arm fest.

„Was hältst du von der Neuen?"

„Ich war so erstaunt wie du. Ich hatte mit einem männlichen Kollegen gerechnet, einem harten Typen vom Drogendezernat eben."

„Ging mir nicht anders", erwiderte Lambach. „Doch vielleicht ist es besser so und sie bringt frischen Wind in dieses alte Gemäuer."
Von Stetten grinste.
„Das kann ich mir gut vorstellen, so wie Hansch vorhin von seinem Platz aufgesprungen ist."
Nun musste auch Lambach schmunzeln. „Dabei hat er sich vorhin geziert wie eine Jungfrau, *den Neuen* einzuarbeiten. Hoffentlich versteht sie sich mit Kathrin. Einen Zickenkrieg kann ich gar nicht gebrauchen."
„Da hab mal keine Bedenken", antwortete von Stetten. „Kathrin hat im Moment andere Probleme."
„Was meinst du? Gibt es etwas, von dem ich nichts weiß?"
„Ich habe mich neulich mit ihr unterhalten, aber ich habe ihr Vertraulichkeit zugesichert. Nimm es mir nicht übel."
„Ich hoffe nur, es hat nichts mit uns zu tun", sagte Lambach.
„Keine Sorge. Dienstlich ist alles im grünen Bereich."
„Dann frage ich nicht weiter nach. Hoffentlich geht es ihr bald besser."

Nach dem Gespräch ging Lambach zurück in sein Arbeitszimmer, stapelte die Akten der verschiedenen Fälle und begann zu lesen. Wie ein Schwamm sog er jegliche Information auf. Selbst Kleinigkeiten konnten von Bedeutung sein. Das hatte ihn sein ehemaliger Vorgesetzter Heinrich Coordes in jungen Jahren gelehrt.
Als er um 16.30 Uhr das Präsidium verließ, begegnete er Steiger auf dem Parkplatz. Wortlos gingen sie aneinander vorbei.
Sturer Bock, dachte Lambach und kurbelte die Seitenscheibe der Fahrertür herunter. „Ein *Guten Tag* hat noch niemandem geschadet, Steiger!", rief er aus dem Fenster.
„Ich mag dich auch, Lambach", gab Steiger zurück, startete seinen Wagen und fuhr vom Gelände, ohne Lambach eines weiteren Blickes zu würdigen.

35. KAPITEL

Nachdem Lambach geduscht hatte, setzte er sich an den Küchentisch und sichtete die Post. Im Radio liefen die 18-Uhr-Nachrichten. Der Nachrichtensprecher berichtete von einer Äußerung des Vorsitzenden des Zentralrats der Juden in Deutschland über den Schriftsteller Martin Walser. Ignatz Bubis hatte den Autor anscheinend mit rechtsradikalen Politikern verglichen. Wie Lambach weiter erfuhr, war der heutige 1. Dezember der Welt-Aids-Tag. Er hatte nicht einmal gewusst, dass es einen Welt-Aids-Tag gab. Seit seiner Trennung von Carola hatte er mehrmals ungeschützten Sex mit unterschiedlichen Frauen gehabt. Meistens war er betrunken gewesen und hatte das Bedürfnis nach Nähe gehabt.

Vielleicht war das nötig gewesen, um von Carola Abstand zu gewinnen, überlegte er. Doch am nächsten Morgen hatte er sich jedes Mal geschämt und den Kontakt schlagartig abgebrochen. Die Frauen taten ihm im Nachhinein leid. Und wenn er ehrlich war, tat er sich auch selbst leid. Ohne zu wissen, warum, wurde er nach solchen Nächten regelmäßig von Gewissensbissen geplagt. Es war von Stetten gewesen, der ihm über sein Verhalten die Augen öffnete. Noch heute war Lambach seinem jüngeren Kollegen dafür dankbar.

In seiner Post lag auch ein Brief mit einer Schweizer Briefmarke. Es musste ein Schreiben von Pia sein. Statt es sofort aufzureißen, schaltete er das Küchenradio aus, löschte das Licht und ging ins Wohnzimmer. Den Brief legte er auf den Beistelltisch neben seinem Lesesessel. Er nahm einige Birkenholzscheite aus dem Korb und schichtete sie im Kamin auf. Das Ganze unterfütterte er mit Zeitungspapier. Dann streckte er sich mit einem Glas Rotwein vor dem brennenden Kamin aus. Vorsichtig öffnete Lambach den Umschlag und las:

„Lieber Richard,
ich hoffe, du hattest eine angenehme Heimreise. Ich habe noch einige erholsame Tage bei Inge und Svend verbracht, bevor ich zurück nach Hause gefahren bin. Inzwischen hat mich der Alltagstrott eingeholt; ich habe meinen Dienst im Spital wieder aufgenommen.
Unseren gemeinsamen Abend in Dänemark habe ich sehr genossen und denke gern daran. Vielleicht gibt es irgendwann eine Fortsetzung. Wie mir Inge erzählte, planst du mit Svend eine Hausbootreise durch Frankreich. Falls ihr auf dem Weg dorthin einen Zwischenstopp einlegen möchtet, seid ihr herzlich willkommen. Ich fände es schön, wenn wir uns wiedersehen würden.
Mit lieben Grüßen,
Pia"

Lambach lehnte den Kopf zurück und lächelte. Noch eine ganze Weile saß er so da und genoss den Moment.

Schließlich griff er zum Telefon, um die morgige Dienstreise zu planen. Zu seinem Bedauern erfuhr er von der Bahnauskunft, dass es keine durchgehende ICE-Verbindung zwischen Göttingen und Konstanz gab. Ab Offenburg ging es nur mit dem Regionalexpress weiter. Die Fahrzeit von sechseinhalb Stunden erschreckte ihn. Er reservierte dennoch einen Fahrschein. Mit dem Auto würde die Reise noch deutlich länger dauern.

Nachdem er das Gespräch beendet hatte, nahm er die Fernbedienung seiner Stereoanlage und wählte eine CD aus. Lambach hatte sich die Anlage vor einem knappen Jahr zu Weihnachten gegönnt. Ein Modell eines skandinavischen Herstellers, das ihn aus sechs unterschiedlichen CDs wählen ließ. Mit leisem Zischen fuhr der Schlitten über das horizontal an der Wand montierte Gerät. Sekunden später ertönten die ersten Klänge Klezmer-Musik.

Früher hatte Lambach keinen Bezug zur weltlich jüdischen Musik finden können. Dies änderte ein Konzert des Klarinettisten Giora Feidman, das er damals gemeinsam mit Carola besuchte. Es war ein ausgesprochen gelungener Abend. Nach dem Konzert waren sie noch bei einem Italiener eingekehrt und hatten dort bis Ladenschluss gesessen. Im Verlauf der Nacht zeugten sie Antonia.

DONNERSTAG, 11. OKTOBER 2001

Stundenlang versuchte er erfolglos, die Notizen in eine sinnvolle Reihenfolge zu bringen. Es wollte ihm jedoch nicht gelingen, einen Zusammenhang zwischen den Ereignissen zu konstruieren, und ihn beschlich das Gefühl, dass jemand in seiner Zelle gewesen war und in den Unterlagen gewühlt hatte. Jemand musste Fragmente seiner Aufzeichnungen entwendet oder gegen unsinnige Notizen ausgetauscht haben. In jeder noch so kleinen Anmerkung suchte er nach Anhaltspunkten, die darauf hinwiesen, dass jemand seine Handschrift nachgeahmt hatte. Besonders kritisch war er, wenn seine Anmerkungen nicht mit seinen Erinnerungen harmonierten. Worauf sollte er jetzt noch vertrauen? Auf sein von Medikamenten betäubtes Gehirn oder auf vermeintlich flüchtig gemachte Notizen, die ihm vielleicht untergeschoben wurden? Seine Gedanken schweiften ab und drehten sich immer wieder um die gleiche Frage: Wie haben sie mir den Mord nur unterschieben können?

Noch lange saß er grübelnd vor dem ausgebreiteten Papierstapel. Der Motor des Lastenaufzugs gegenüber sprang an. Dieses Geräusch war für ihn der Beginn des Tages und das Ende einer arbeitsreichen Nacht.

36. KAPITEL

Vor dem gusseisernen Tor stieg Lambach aus und läutete an einer gravierten Messingplatte, auf der „G. Goldmann" stand. Lambach bemerkte das Summen der Überwachungskamera, die auf einer der Säulen angebracht war und langsam in seine Richtung schwenkte. „Sie wünschen?", erklang eine Stimme aus der Gegensprechanlage.

„Mein Name ist Richard Lambach. Ich würde gerne Frau Nicole Goldmann sprechen."

„Sind Sie angemeldet?"

„Ich bin Hauptkommissar der Polizei in Göttingen und habe ein paar Fragen an Frau Goldmann. Wenn Sie bitte das Tor öffnen würden?"

Lambach hörte ein Knacken im Lautsprecher. Kurz darauf bewegten sich die beiden Flügel des reich verzierten Tores leise summend auseinander.

Lambach gab dem Taxifahrer ein Zeichen, die Durchfahrt zu passieren, dann stieg er ein und der elfenbeinfarbene Mercedes rollte über knirschenden Kies.

„Die haben es hier aber dicke", sagte der Fahrer, als sie das Rondell vor dem Haupthaus erreichten.

Lambach bezahlte und bat darum, in einer Stunde wieder abgeholt zu werden. Er ging die Treppe hinauf, die von prachtvollen Blumenkübeln gesäumt war. Oben angekommen, öffnete eine ältere Dame die mit Ornamenten verzierte Eichentür der imposanten Villa.

„Guten Tag, mein Name ist Richard Lambach."

„Ich weiß, Herr Kommissar. Bitte folgen Sie mir."

Die Frau führte ihn zu einer Sitzgruppe im hinteren Teil der Eingangshalle. „Wenn ich Sie bitten darf, hier zu warten? Frau Goldmann wird sich in wenigen Minuten Ihrer annehmen."

Lambach nickte. Ihre Ausdrucksweise erinnerte ihn an einen dieser alten englischen Schwarz-Weiß-Filme. Bisher hatte er angenommen, dass so etwas nur in billigen Groschenromanen vorkam. Jetzt saß er da und war selbst der Protagonist in solch einem Szenario.

Es dauerte nicht lange und die Frau kam zurück.

„Frau Goldmann ist jetzt bereit, Sie zu empfangen."

Lambach erhob sich und folgte ihr abermals. Über eine Treppe, die ihn an die Showtreppen großer Gala-Veranstaltungen erinnerte, erreichten sie das Obergeschoss, von dessen Galerie aus zahlreiche Türen abgingen. Die Wände waren mit goldgerahmten Ölporträts unterschiedlicher Epochen bestückt. Die Frau klopfte an einer der Türen und trat ein; Lambach folgte ihr bis zur Schwelle.

„Frau Goldmann? Der Herr von der Polizei."

„Bitte", wandte sie sich Lambach zu und machte eine Handbewegung, die ihn zum Betreten des Zimmers auffordern sollte. Dann verließ sie den Raum und schloss leise die Tür hinter ihm.

„Sie kommen ohne Vorankündigung, Herr Lambach. Was hätten Sie getan, wenn ich verreist wäre?"
Nicole Goldmann stand am Fenster und kehrte ihm den Rücken zu.
„Dann wäre meine Reise nach Baden-Württemberg umsonst gewesen", antwortete Lambach. „Aber zu meinem Glück sind Sie nicht verreist."
„Zu Ihrem Glück?"
Die junge Frau drehte sich um, kam auf Lambach zu und forderte ihn auf, sich zu setzen. Erst jetzt bemerkte er, wie ausgesprochen attraktiv sie war. Nicole Goldmann war schlank, nach seiner Schätzung mindestens einsfünfundsiebzig groß und hatte ein makelloses Gesicht. Ihr glattes blondes Haar stand im Kontrast zu ihrem schwarzen Rollkragenpullover und reichte ihr bis über die Schultern. Lambach kannte diesen Typ Frau von den Covern der Hochglanzzeitschriften, in denen es fast ausschließlich um Mode ging. Gelegentlich hatte er darin geblättert, wenn er Antonia in Hamburg besuchte.
„Kann ich Ihnen etwas anbieten?", fragte sie.
„Ich möchte Sie nicht lange stören. Ich habe nur ein paar Fragen."
„Falls es um diesen Unfall in Hamburg geht, habe ich dazu alles gesagt."
„Frau Goldmann, es geht auch um den tragischen Unfall Ihrer Schwester vor einigen Jahren."
Lambach bemerkte, dass sich bei ihr etwas veränderte. Es waren nicht die schlanken Hände, die – halb verdeckt von den Ärmeln des Pullovers – gefaltet auf ihrem Schoß ruhten. Es waren die Lippen, die sich fast unmerklich zu einem schmalen Strich zusammenpressten. Ihr Kinn zitterte. Für einen Moment herrschte Stille.
„Was bewegt einen Kommissar aus Niedersachsen, den weiten Weg nach Konstanz auf sich zu nehmen, um in einem längst abgeschlossenen Fall zu bohren? Würden Sie mir das verraten, Herr Lambach?" Nicole Goldmann hatte augenscheinlich die Fassung wiedergefunden.

„Ich arbeite gerade an einem Fall, der mir einige Rätsel aufgibt. Wir fanden heraus, dass der ehemalige Freund Ihrer verstorbenen Schwester ein vorbestrafter Drogenhändler war. Wussten Sie das?"

„Ja, das ist kein Geheimnis."

„Dieser Dealer, Mehmet Kacanci, spielt eine maßgebliche Rolle in einem Fall in Göttingen. Es ist mir daher wichtig, möglichst viele Informationen über ihn zu bekommen."

„Und ich soll Ihnen helfen", schlussfolgerte Nicole Goldmann. Wie in Trance saß sie da und schaute anscheinend durch ihn hindurch.

„Mehmet war ein mieses Dreckstück!", brach es plötzlich aus ihr heraus. „Unterste Stufe."

Lambach sah die Frau an, deren Stimmung von Überheblichkeit in blanken Hass umgeschlagen war.

„Was meinen Sie damit?"

„Er kam aus der Gosse. Wie eine Assel kam er unter seinem Stein hervorgekrochen, um das Leben meiner Schwester zu zerstören. 1984 begann das Drama. Mira war erst vierzehn, als diese Ratte sich an sie heranmachte. Sie hatte ihn in einer Diskothek kennengelernt. Unten am See, beim *Steigenberger*."

„*Steigenberger?*"

„Ein Hotel. Direkt neben dem Casino", antwortete sie. „Er hat da auf Lebemann gemacht. Große Sprüche geklopft und meiner Schwester mit seinem Gehabe den Kopf verdreht."

„War Ihre Schwester so anfällig? Finanziell hat ihr doch nichts gefehlt."

„Ach was! Mira hat es in ihrem ganzen Leben an nichts gefehlt. Unser Vater hatte vorgesorgt. Für uns beide. Schon lange vor seinem Tod hatte er mir die Firma und diese Villa im Musikerviertel überschrieben. Mira sollte im Gegenzug die Häuser in Staad und Petershausen bekommen. Am Geld lag es nicht."

„Sie sind Eigentümerin des Bauunternehmens? Dann ist Ihr Mann also bei Ihnen angestellt?"

„Mein Mann ist in die Firma hineingewachsen. Anfänglich war er stellvertretender Geschäftsführer. Mit zunehmendem Alter hat sich mein Vater aus dem Geschäftsleben zurückgezogen. Die letzten Jahre verbrachte er lieber auf seinem Segelboot als in der Firma. Aber wenn Sie es so nennen wollen: Ja, mein Mann ist bei mir angestellt."

„Erzählen Sie bitte weiter. Was geschah mit Ihrer Schwester und Mehmet Kacanci?"

„Sie war von ihm fasziniert. Ich glaube, sie wusste selbst, dass er nicht gut für sie war. Von ihm ablassen konnte sie trotzdem nicht."

„So was kommt vor", erwiderte Lambach.

„Als unser Vater starb, hätten wir sie fast verloren."

„Wie soll ich das verstehen?"

„Mehmet hat ihr von seinem verdammten Stoff angeboten. Anfänglich haben wir es gar nicht mitbekommen, aber es wurde schlimmer. An den Wochenenden, an denen sie hier war, wirkte sie beinahe manisch. Dann wurden ihre Aufenthalte bei uns seltener. Irgendwann hat sie wohl selbst gemerkt, wie dieses Zeug sie kaputt machte, und sich mir anvertraut."

„Wie ging es weiter?"

„Ich habe Georg eingeweiht."

„Georg ist Ihr Ehemann?"

„Gemeinsam haben wir versucht, ihr zu helfen. Einer Entzugstherapie hat sich Mira jedoch vehement verweigert. Also haben wir das hier auf dem Anwesen durchgezogen. Mithilfe eines Bekannten meines Mannes. Er ist Arzt und hat uns unterstützt."

„Hatte Ihre Schwester in dieser Zeit weiterhin Kontakt zu diesem Mehmet?"

„Nein. Dafür hat Georg schon gesorgt. Ein einziges Mal ist er noch aufgetaucht. Es ist ihm nicht gut bekommen."

Lambach zog die Augenbrauen hoch.

„Mein Mann kann sehr impulsiv sein. Wenn er einmal in Rage ist, ist er schwer zu bremsen."

„Er hat ihn also verprügelt?", fragte Lambach nach.

„Dazu möchte ich nichts mehr sagen. Die Angelegenheit ist abgeschlossen."

„In Ordnung. Aber wenn Sie mir noch eine Frage erlauben?"

Nicole Goldmann schaute auf ihre Armbanduhr.

„Bitte."

„Wenn Ihre Schwester den Kontakt zu Kacanci abgebrochen hat, wie konnte es dann zu diesem Unfall kommen?"

„Das war ein halbes Jahr nach ihrem Kokain-Entzug. Irgendwann traute sich Mira wieder unter Menschen. An einem Abend im April letzten Jahres tauchte er in Konstanz auf. Mira hätte es wissen müssen, aber das Schlechte vergisst man bekanntlich zuerst. Er hat sie zum Essen ins *Steigenberger* eingeladen. Auf dem Weg nach Radolfzell hat er sich dann mit seinem Porsche überschlagen. Mira war in dem Auto eingeklemmt. Von der Straße aus konnte man den Wagen nicht sehen. Er hat sie einfach zurückgelassen, wollte angeblich Hilfe holen. Sie ist jämmerlich zugrunde gegangen."

Lambach bemerkte, wie sich ihre Augen mit Tränen füllten.

„Das Schwein war wieder bis in die Haarspitzen zugekokst. Und er ist nicht das erste Mal in diesem Zustand gefahren. Zwei Jahre auf Bewährung wegen grober Fahrlässigkeit mit Todesfolge und unterlassener Hilfeleistung. Die Ratte hat den Knast nicht mal von innen gesehen. Der war es doch nicht wert zu ..."

Nicole Goldmann verstummte abrupt.

„... nicht wert zu leben? Wollten Sie das sagen?"

„Das haben *Sie* gesagt, Herr Kommissar."

„Und Sie haben es gedacht, nicht wahr?"

„Und wenn schon. Habe ich mich jetzt strafbar gemacht?", erwiderte sie trotzig.

Unter allen Umständen wollte Lambach eine Auseinandersetzung vermeiden. „Ich kann es Ihnen nicht verübeln ... nach allem, was dieser Mann Ihrer Schwester und Ihrer Familie angetan hat", antwortete er. „Was haben Sie eigentlich in Hamburg gemacht, als es dort zu diesem Unfall kam?"

„Ich habe meinen Mann zu einer Tagung begleitet. Warum interessiert Sie das?"

„Ich bin selbst schon mal einen Teil der Strecke gefahren und habe mich gefragt, ob man einfach so mehr als achthundert Kilometer ohne einen bestimmten Anlass zurücklegt. Das konnte ich mir nicht vorstellen. Wäre es nicht einfacher gewesen, zu fliegen?"

„Für gewöhnlich nimmt mein Mann tatsächlich das Flugzeug. Doch wenn wir gemeinsam reisen, nehmen wir das Auto. Ich leide unter Flugangst."

Lambach ging jetzt aufs Ganze.

„Gab es einen Grund dafür, dass Ihr Mann nicht dabei war, als es zu dem Unfall kam?"

„Was soll das werden? Ein Verhör?"

„Es steht mir nicht zu, Sie zu verhören. Ich hätte es nur gern gewusst."

Nicole Goldmann schlug die Beine übereinander und legte die Hände auf ihr Knie.

„Nun gut ... Nach einem Geschäftstermin besuchten wir ein Restaurant. Georg war schlecht gelaunt, weil die Besprechung nicht nach seinen Vorstellungen verlaufen war. Den ganzen Abend gab es Reibereien zwischen uns. Da Georg schon während des Meetings etwas getrunken und im Restaurant noch nachgelegt hatte, sollte ich die Rückfahrt zum Hotel übernehmen. Als er mir dann jedoch Freudlosigkeit unterstellte, weil ich keinen Alkohol trinken wollte, platzte mir der Kragen und ich habe ihn allein in dem Lokal zurückgelassen. Auf dem Weg zum Hotel ist es dann passiert."

„Sie haben Ihren Mann allein im Restaurant sitzen lassen?", fragte Lambach ungläubig.

„Ich bin aufgestanden und gegangen. Er war an diesem Abend nicht auszuhalten. Alt genug ist er ja, um die Konsequenzen seines Handelns zu tragen. Im Übrigen verfügt Hamburg über ausgezeichnete Taxis."

„Ich weiß. Meine Tochter lebt dort."

Lambach sah sie freundlich an und wartete auf eine Gegenfrage.

„Wäre das dann alles, Herr Kommissar?"

Nicole Goldmann erhob sich und drückte auf eine Art Klingelknopf, der in die Wand eingelassen war.

„Marie wird Sie zur Tür begleiten."

Kurze Zeit später betrat die Haushälterin den Raum.

„Wenn Sie mir bitte folgen würden?"

Lambach verabschiedete sich und ging mit ihr hinaus.

„Ich habe noch eine Frage", sagte er, als sie an der Haustür waren.

„Bitte. Fragen Sie!"

„Frau Goldmann soll sich seit dem Tod ihrer Schwester verändert haben. Ich habe gehört, dass sie seither unter Stimmungsschwankungen leidet."

„Das sind Legenden", antwortete die Haushälterin kühl.

Lambach nickte. Für einen Moment hatte er einen Anflug von Unsicherheit gespürt, bevor sie ihn abschmetterte. An nichts festzumachen, es passte nur nicht zu ihrem ansonsten so beherrscht wirkenden Auftreten. Schon früh hatte ihm Heinrich Coordes eingebläut, dass es um die Feinheiten ging, um die unmerklichen Reaktionen der Befragten, wenn man den Hintergrund ihrer Worte erforschen wollte. Lambach stand vor dem Rondell und überlegte, welche Erkenntnisse ihm das Gespräch mit Nicole Goldmann gebracht hatte.

Sie ist eine kühle Frau, deren warmes Herz man nur erahnen kann. Ich werde nichts aus ihr herausbekommen, was sie nicht preisgeben will, schoss es ihm durch den Kopf.

Er schaute sich um. Nicht weit von der Auffahrt entfernt harkte ein Mann mit einem Rechen Laub zu kleinen Haufen zusammen. Abermals drängte sich ihm ein Groschenheft-Klischee auf, als er ein Fahrzeug entdeckte, das vom Tor zum Hauptgebäude fuhr. Der dunkelgrüne Jaguar umkreiste das Rondell und hielt vor dem Eingang der Villa. Ein stattlicher Mann stieg aus und kam auf ihn zu.

„Was machen Sie hier?"

„Mein Name ist Lambach."

„Goldmann. Georg Goldmann. Sie befinden sich auf meinem Anwesen."

Lambach streckte ihm die Hand entgegen.

„Richard Lambach, Hauptkommissar des Göttinger Morddezernats."

„Das beantwortet nicht meine Frage."

„Ich habe ein Ermittlungsgespräch mit Ihrer Frau geführt."

„Ein Ermittlungsgespräch? In welcher Angelegenheit?"

Georg Goldmann schien keineswegs eingeschüchtert zu sein.

„Es ging um ihren Unfall in Hamburg und den Tod ihrer Schwester Mira."

„Aus Göttingen, sagten Sie? Was hat ein Göttinger Polizist mit einem Unfall in Hamburg zu tun?"

„Es gibt vielleicht einen Zusammenhang mit einem Fall, in dem ich gerade ermittele."

„Sie belästigen meine Frau aufgrund einer Vermutung? Das ist nicht Ihr Ernst?"

Jetzt wurde Lambach wütend.

„Wie die Polizei ihren Dienst verrichtet, entscheidet einzig und allein die Polizei. Ich glaube kaum, dass Ihnen eine weitere offizielle Vorladung gefallen hätte."

Georg Goldmann schaute grüblerisch und strich sich mit der Handfläche über seinen Dreitagebart.

„Dennoch werde ich mich bei Ihrem Vorgesetzten erkundigen, ob das wirklich sein musste."

„Tun Sie, was Sie für richtig halten."

Georg Goldmann ging um seinen Wagen herum, öffnete den Kofferraum und nahm eine Squash-Tasche heraus.

„Herr Goldmann, wollen Sie nicht, dass die Angelegenheit in Hamburg endlich aus der Welt geschafft wird?"

„Gewiss. Aber meine Frau hat alles zu Protokoll gegeben, was sie weiß. Ich möchte vermeiden, dass alte Wunden aufgerissen werden."

„Sie meinen den Unfall Ihrer Schwägerin?"

„Was denn sonst? Ich nehme an, Sie wissen Bescheid?"

„Es war sicher eine schlimme Zeit."

„Nicole wäre fast daran zerbrochen. Erst ihr Vater und dann ihre jüngere Schwester. Das war zu viel auf einmal."

Georg Goldmann wirkte nun nicht mehr so hitzig.

„Herr Kommissar, ich bin ein viel beschäftigter Mann. Ich trage die Verantwortung für mehr als zweihundert Mitarbeiter. Die meisten dieser Mitarbeiter haben Familie. Sie haben Kinder zu versorgen, Häuser abzubezahlen und was weiß ich nicht alles. Ich kann es mir nicht leisten, meine Energie an die Aufklärung eines Unfalls zu verschwenden. Das ist die Aufgabe der Polizei."

„Darin sind wir einer Meinung", antwortete Lambach knapp.

Georg Goldmann schulterte seine Tasche und nickte seinem Gegenüber zu. „Sie finden alleine zum Tor?"

„Natürlich", antwortete der Kommissar und setzte sich in Bewegung. Von Weitem konnte er schon das wartende Taxi außerhalb des Grundstücks sehen.

DIENSTAG, 16. OKTOBER 2001

Wie ein unabwendbares Schicksal duldete er seinen nächtlichen Mitbewohner. Er ignorierte ihn meist, beobachtete ihn nur hin und wieder aus dem Augenwinkel. Wieder einmal ertappte er sich, wie er zu ihm sprach.

„Ihm wurden die Knie und die Hände zerschossen ... und später wurde er mit einem Genickschuss niedergestreckt. ... So weit bin ich jetzt schon", flüsterte er.

Kopfschüttelnd machte er sich klar, dass er allein in seiner Zelle war.

37. KAPITEL

Schon nach dem zweiten Klingeln meldete sich eine Frauenstimme: „Wollny?"

„Guten Abend, hier ist Richard Lambach. Ich würde gerne Daniel sprechen."

„Oh ja, er wartet schon auf Ihren Anruf. Er ist gerade draußen. Einen Moment bitte, ich sage ihm Bescheid."

Lambach hörte, wie sie den Hörer zur Seite legte und das Fenster öffnete.

„Schatz, kommst du mal? Dein Chef ist am Telefon."

Im Hintergrund war der Fernseher zu hören. Lambach erkannte die schnatternde Stimme von Donald Duck. Kinder lachten. Es dauerte nicht lange und Wollny war am Apparat.

„Lambach, bist du es?"

„Hallo, Daniel. Ich habe eben erst erfahren, dass du angerufen hast."

„Mensch, du hast Nerven! Ich habe den ganzen Tag versucht, dich zu erreichen. Hast du dein Handy denn nie dabei?"

„Ich hab es im Hotelzimmer vergessen." Lambach zog sich mit der freien Hand die Strümpfe aus. „Hast du Neuigkeiten?"

„Bisher war ich mir nicht sicher, ob du mit deiner Theorie nicht auf dem Holzweg bist. Allerdings kommen mir nun auch Zweifel."

Lambach musste grinsen. Langsam konnte er die Skeptiker für sich einnehmen.

„Was ist passiert?"

„Ich habe diesen Kacanci unter die Lupe genommen. Ich kann es selbst kaum fassen", fuhr Wollny fort und machte eine Pause. „Auch Mehmet Kacanci wurde Opfer eines Gewaltverbrechens."

Lambach war sich sicher, dass er sich verhört haben musste. Damit hatte er nicht gerechnet.

„Auch Kacanci ist sowohl Täter als auch Opfer?", fragte er.

„Genau. Mehmet Kacanci wurde in Zürich quasi hingerichtet. Anscheinend wollte da jemand ein Exempel statuieren. Den oder die Täter hat man noch nicht gefasst. Man geht aber davon aus, dass es Männer aus der Szene waren. Sie scheinen schon außer Landes zu sein."

Lambach saß erstarrt auf seinem Bett, einen Strumpf hielt er in der Hand. „Weißt du, auf welche Art und Weise dieser Kacanci ermordet wurde?"

„Genaues kann ich noch nicht sagen", erwiderte Wollny. „Ich habe mit dem zuständigen Kollegen in Zürich gesprochen. Sein Name ist Urs Reher. Seines Wissens war Kacanci gelegentlich der Kantonspolizei behilflich. Als Informant."

„Ein Spitzel? Erzähl weiter!", forderte Lambach.

„Es gab offenbar eine undichte Stelle im Züricher Präsidium.

Und es muss eine extrem brutale Tat gewesen sein. Nähere Angaben hat Reher am Telefon nicht gemacht. Allerdings wird er uns den Bericht schicken."

„Gute Arbeit, Daniel. Langsam fügt sich das Puzzle zusammen." Lambach legte auf. Draußen hörte man das Martinshorn eines Notarztwagens.

DIENSTAG, 23. OKTOBER 2001

Es ging ihm nicht gut. Hatte er sich sonst eisern an seinen gewohnten Tagesrhythmus gehalten, so war ihm das heute nicht möglich. Er hatte nicht gefrühstückt und auch nicht zu Mittag gegessen. Zusammengekauert lag er in seiner Zelle. Halb schlafend, halb wach, versuchte er zu ergründen, warum er so matt war, warum so appetitlos, so antriebslos. Und wieder dachte er an die Sätze, die er eigentlich nicht hätte hören sollen: „Ich bin dir ja auch dankbar, aber was du verlangst, geht zu weit. Das kann ich nicht machen ... Willst du mich erpressen? Da mache ich nicht mit!"

Heute würde er nichts tun. Nicht einmal essen würde er. Vielleicht etwas Wasser trinken. Mehr nicht.

Das Frühstück nahm Lambach wie immer außerhalb des Hotels zu sich. In einem kleinen Café nahe des St.-Stephans-Platzes bestellte er sich Rührei mit Schinken und einen frisch gepressten Orangensaft.

Nachdem er gegessen hatte, blätterte er in einem Stadtmagazin. Und während er eine Liste der besten Restaurants studierte, kam ihm eine Idee. Anfänglich war er unsicher, ob er nicht zu aufdringlich wirken würde. Dann nahm er jedoch all seinen Mut zusammen und wählte Pias Nummer. Es klingelte ein paarmal, dann nahm sie ab.

„Hallo, hier ist Richard. Richard Lambach. Ich hoffe, ich habe dich nicht geweckt.",

„Das ist ja eine Überraschung! Nein, ich bin schon länger wach. Ich freue mich, dass du anrufst."

„Das ist schön", antwortete Lambach erleichtert. „Ich bin gerade am Bodensee, genauer gesagt, in Konstanz. Und da dachte ich, weil ich in deiner Nähe bin, melde ich mich einfach mal."

„Du bist in Konstanz? Machst du Urlaub?"

„Schön wär's. Ich bin dienstlich hier."

„Und du willst sagen, dass wir uns bei der Gelegenheit treffen könnten", sagte Pia.

Für einen Moment wusste Lambach nicht, wie er auf ihre Direktheit reagieren sollte, dann fing er an zu lachen.

„Also, ich halte das nicht für so abwegig."

„Dann sollten wir das unbedingt tun." Auch Pia lachte. „Wenn du heute Abend Zeit hast, komme ich nach Konstanz."

Lambach merkte, wie seine Anspannung schwand. Er mochte Pias offene, unkomplizierte Art.

„Und es wäre dir nicht zu viel Fahrerei?"

„Dann hätte ich es nicht vorgeschlagen."

Lambach konnte sich ein Schmunzeln nicht verkneifen.

„Wenn es dir recht ist, reserviere ich einen Tisch in einem Restaurant. Hast du Vorlieben?"

„Keine, über die ich am Telefon sprechen möchte", lachte sie. „Ich überlasse dir das. Wann und wo wollen wir uns treffen?"

„Viel kenne ich hier nicht, aber gestern habe ich das Konzilgebäude besichtigt. Kennst du das?"

„Ja, das ist gut zu erreichen. Und einen Parkplatz gibt es dort in der Nähe auch. Um acht?"

„Ich werde da sein", antwortete Lambach.

„Ich freue mich."

Pia hatte aufgelegt. Lambach lehnte sich zufrieden in seinem Rattanstuhl zurück und trank den Rest des Orangensafts. Dann stand er auf, ging an den Tresen, bestellte einen Kaffee und ließ sich ein Streichholzbriefchen geben. Am Zigarettenautomaten im Eingangsbereich des Cafés zog er sich ein Päckchen *Gitanes Légères*. Vor der Tür öffnete er die flache weiß-blaue Schachtel, nahm eine Zigarette heraus und zündete sie an. Er spürte, wie der Rauch seine Lunge füllte. Er legte den Kopf in den Nacken, blies den

Qualm in die kühle Morgenluft. Wann hatte er seine letzte Zigarette geraucht? Den Urlaub in Svends Haus hatte er völlig rauchfrei verbracht. Und auch im Dienst rauchte er nicht mehr, seit er aus Dänemark zurück war.

Dann fiel es ihm ein: Die letzte Zigarette hatte ihm Elvira im *Le Bistro* gegeben.

Nachdem Lambach zu Ende geraucht hatte, ging er zurück ins Café. Auf seinem Tisch stand der bestellte Kaffee. Er nahm sich noch einmal das Magazin mit der Liste der Restaurants vor. An erster Stelle stand die *Zeppelinbar* des *Inselhotels*. Eine Telefonnummer war auch vermerkt. Er wählte die Nummer und bestellte für 20.30 Uhr einen Tisch für zwei Personen. Erst viel später wurde ihm bewusst, dass es sich beim *Inselhotel* um das *Steigenberger* handelte, von dem ihm Nicole Goldmann erzählt hatte.

38. KAPITEL

„Und du hattest die ganze Rückfahrt über Bauchschmerzen? Beim Frühstück war dir davon aber nichts anzumerken", sagte Pia.

„Beim Frühstück war noch alles in Ordnung", antwortete Lambach. „Auf halber Strecke ging es los. Ich war froh, als ich endlich zu Hause war. Und dann lag ich flach."

„Also, am Essen lag es nicht. Weder Inge, Svend noch mir ging es schlecht. Vielleicht hat dich irgendein Virus erwischt."

„Wahrscheinlich", stimmte Lambach zu. „Bist du denn gut hergekommen? Wie lange fährt man von dir aus bis nach Konstanz?"

„Eine knappe halbe Stunde. Ich habe den Weg über die Route 13 genommen. Dort kann man zwar nicht so schnell fahren, aber es sind nur elf Kilometer bis nach Konstanz. Ich fahre nicht gerne Autobahn. Bei Dunkelheit erst recht nicht."

Lambach nickte. Das hatte ganz sicher mit ihrem Unfall zu tun.

„Schon gut, wir wechseln das Thema. Svend hat mir erzählt, was vor Jahren passiert ist", sagte er schnell und überlegte, wie er sich verhalten solle. Er wollte Pias Hand halten, hatte aber Angst, etwas falsch zu machen.

Stattdessen schenkte er ihr noch etwas Wein nach.

„Das Leben nimmt manchmal wirklich einen unvorhergesehenen Lauf", sagte er schließlich nachdenklich. „Aber das ist wahrscheinlich leicht gesagt."

„Vermutlich nimmt es das", antwortete Pia und tupfte sich mit der Serviette den Mund ab.

Lambach erhob sein Glas.

„Auf diesen schönen Abend! Ich bin froh, dass du dir die Zeit nehmen konntest."

„Auf diesen schönen Abend!", erwiderte Pia.

Gerade in dem Moment, als Lambach das Glas zum Mund führen wollte, entdeckte er die blonde, ganz in Schwarz gekleidete Frau. Im Eingangsbereich des Gastraums unterhielt sie sich mit dem Oberkellner, der sie und ihre Begleiterin gut zu kennen schien. Im Anschluss wurden sie zu einem Tisch in der Nähe der Marmorsäulen geführt. Erst war Lambach sich nicht ganz sicher, doch dann bestand kein Zweifel mehr: Es war Nicole Goldmann.

„Richard?" Pia sah ihn verstört an.

„Oh, entschuldige bitte. Ich war abgelenkt."

Ohne getrunken zu haben, stellte Pia ihr Glas zurück auf den Tisch und drehte sich um, um zu sehen, was Lambachs Aufmerksamkeit erregt hatte.

„Du lädst mich in ein schickes Restaurant ein und schaust dann anderen Frauen hinterher?", fragte sie schnippisch.

„Ich kenne die Frau. Sie ist die Verdächtige in einem Mordfall", sagte Lambach mit gedämpfter Stimme.

Nicole Goldmann saß mit dem Rücken zu ihnen. Sie hatte gerade ein Geschenk bekommen und war dabei, es auszupacken. Der Ober servierte Champagner. Anscheinend hatte Nicole Goldmann ihren Geburtstag oder einen ähnlichen Anlass zu feiern.

„Aha, verstehe. Wie kommt es, dass du in Konstanz ermitteln musst? Habt ihr bei euch in Göttingen nicht genug zu tun?"

„Mehr als genug", antwortete Lambach. „Ab und zu komme ich allerdings nicht um Ermittlungen außerhalb Göttingens herum. Und manchmal ist mir das ganz recht. Wie zum Beispiel heute", scherzte er. Er erhob das Weinglas, sie stießen an und tranken dieses Mal tatsächlich beide.

„Na, da bin ich aber froh, dass dich deine Ermittlungsarbeit nicht in die entgegengesetzte Richtung verschlagen hat. Wie lange bleibst du in Konstanz?"

„Bis morgen. Kurz nach zwei fährt mein Zug."

„Ach, das ist schade. Ich habe morgen frei. Wir hätten etwas unternehmen können", sagte Pia.

„Wir könnten zusammen frühstücken", erwiderte Lambach.

„Ich muss heute Nacht noch zurück. Vielleicht ein anderes Mal", antwortete sie.

Lambach erschrak. So hatte er es gar nicht gemeint. Sollte er das Missverständnis aufklären?

„Ich habe mir eine Katze zugelegt", unterbrach Pia seine Gedanken.

„Eine Katze?"

„Ja", antwortete Pia. „Magst du keine Katzen?"

Lambach mochte diese Tiere überhaupt nicht. Er hielt sie für störrische, unberechenbare Geschöpfe. Nie im Leben wäre er auf die Idee gekommen, sich eine Katze anzuschaffen.

„Das würde ich nicht sagen", schwindelte er. „Sind Katzen nicht ein bisschen widerspenstig?"

„Sie sind eigenwillig. Darum mag ich sie. Sie haben ihren eigenen Kopf und machen nur, wozu sie Lust haben."

„Regenwürmer auch. Trotzdem würde ich mir keinen ins Haus holen", sagte Lambach schmunzelnd.

Pia tippte ihm an die Schulter. „Du bist albern, Richard", entgegnete sie und lächelte ihn an.

Obwohl Lambach sich redlich bemühte, nicht zu dem Tisch an den Marmorsäulen zu schauen, zog es seinen Blick immer wieder dorthin.

„Sag mal, ist irgendwas?", fragte Pia. „Du bist so geistesabwesend."

„Die Frau, über die wir gerade gesprochen haben ... Schau jetzt bitte nicht hin."

„Was ist mit ihr?"

„Ich war gestern bei ihr und sie hat sich komisch verhalten. Ich werde aus ihr nicht schlau. Sie scheint in einer großen Sache drinzuhängen. Eigentlich darf ich dir das gar nicht erzählen."

„Dann solltest du es auch nicht", erwiderte Pia.

„Du hast mich doch gefragt."

„Und du hast geantwortet."

Für einen Moment herrschte Schweigen.

„Entschuldigst du mich kurz?", fragte Lambach. Er stand auf und ging zur Toilette.

Nachdem er sich erleichtert hatte, stand er vor dem Spiegel und wusch sich Hände und Gesicht. Georg Goldmanns Worte vom Vortag kamen ihm in den Sinn: *Ich werde mich bei Ihrem Vorgesetzten erkundigen, ob das wirklich sein musste.*"

Lambach überlegte. Wenn sich dieser Goldmann tatsächlich bei Konsbruch beschwert, hätte ich ein echtes Problem, sinnierte er. Dann tupfte er sich das Gesicht ab und verließ den Raum.

Er fuhr zusammen, als er Nicole Goldmann auf dem Flur zu den Toilettenräumen begegnete. Für einen kurzen Moment standen sie sich sprachlos gegenüber, dann ergriff sie das Wort: „Herr Lambach, spionieren Sie mir nach?"

„Um Gottes willen! Wie kommen Sie denn darauf?" Lambach hob beide Hände.

Nicole Goldmann legte den Kopf zur Seite und sah ihn kritisch an.

„Ich bin privat hier, das kann ich Ihnen versichern. Meine Begleitung und ich sitzen zufällig einige Tische von Ihnen entfernt. Wir waren auch schon vor Ihnen da."

„Dann ist es ja gut, Herr Kommissar."

Nicole Goldmann war schon im Begriff, weiterzugehen, als Lambach noch etwas einfiel.

„Ach, Frau Goldmann? Ich habe noch eine Bitte an Sie."

„Ich höre."

„Nach unserem gestrigen Gespräch traf ich Ihren Mann. Er kam wohl vom Squash. Jedenfalls hatten wir eine kurze Unterredung. Eventuell hat er Ihnen davon erzählt?"

„Hat er. Und?"

„Ihr Mann war anfänglich etwas erzürnt. Wenn ich ihn recht verstanden habe, wollte er sich bei meinem Vorgesetzten beschweren."

„Davon hat er mir nichts gesagt", antwortete die junge Frau.

„Wie auch immer. Sie täten mir einen großen Gefallen, wenn Sie ein wenig auf ihn einwirken würden. Ich glaube, es ist für alle Beteiligten angenehmer, wenn nicht so ein großes Aufheben um die Angelegenheit gemacht wird."

„Aha, der Herr Kommissar hat Angst", entgegnete sie schnippisch.

„Ich nenne es einen Appell an Ihre Vernunft", sagte Lambach.

Nicole Goldmann verschränkte die Arme vor der Brust.

„Wenn Sie denken, dass meinem Mann und mir der Tod dieses armen Hafenarbeiters nicht naheging, dann irren Sie sich gewaltig. Auch wir haben sehr unter dem Unfall gelitten. Doch Herr Mortag ist mir vors Auto gelaufen. Ich habe ihn doch nicht mit Absicht angefahren."

„Natürlich nicht", sagte Lambach kaum hörbar.

Nicole Goldmann sah ihm in die Augen.

„Gut, ich werde mit meinem Mann reden. Gleich morgen. Machen Sie sich keine Gedanken."

39. KAPITEL

Als Pia den Heimweg antrat, fühlte Lambach sich einsam. Den Rest des Abends hatten sie ausgelassen verbracht. Bis kurz vor eins hatten sie gegessen, getrunken und sich unterhalten. Die anfänglich angespannte Stimmung war einer verbundenen Nähe gewichen und Pia hatte Lambach zum Abschied einen Kuss auf die Wange gegeben. Jetzt stand er allein am Ufer des Bodensees und blickte in die Dunkelheit. Einige Lichter, rote und grüne Positionsleuchten, waren noch auf dem Wasser zu erkennen, bevor sie im aufziehenden Nebel nach und nach verschwanden.

Sie ist eine attraktive, intelligente Frau, dachte Lambach. Sie hat einen tollen Humor und etwas sehr Warmherziges.

Er zog sein Taschentuch aus der Hosentasche und putzte sich die Nase.

Und ich dummer Tropf schenke ihr nicht meine volle Aufmerksamkeit, weil ich zu sehr mit meiner Arbeit beschäftigt bin. Selbst an solch einem Abend. Ich mache immer die gleichen Fehler.

Pia war durchaus aufgefallen, dass er in einigen Momenten der Arbeit nachhing, das war ihm klar.

„Ich muss etwas verändern. Ich muss *mich* ändern. Mich und mein Verhalten den Menschen gegenüber, die ich mag", murmelte er leise vor sich hin. Inzwischen hatte der Nebel das Ufer erreicht.

FREITAG, 26. OKTOBER 2001

Es war ihm nicht möglich, das gesamte Ausmaß zu erfassen. Selbstmord war für ihn bisher ein absolutes Tabu gewesen. Sich selbst zu töten, sah er als Schlag ins Gesicht derer, die Schlimmeres aufrecht ertrugen. Seit Tagen fragte er sich jedoch, ob es etwas Schlimmeres gab als das, was er durchmachte. Als das, was er begonnen hatte und von dem er glaubte, nicht die Kraft zu haben, es zu Ende bringen zu können.

Die Idee, es wie einen Unfall aussehen zu lassen, gefiel ihm am besten und entsprach ganz dem Bild, das er von sich selbst hatte. Er war nicht stolz darauf, aber sein Entschluss stand fest. Wem konnte er jetzt noch trauen? Er war sich sicher, er würde sowieso nicht mehr hier herauskommen.

Als sich Lambach am nächsten Morgen die Zähne putzte, hörte er aus dem Nachbarraum das Klingeln seines Handys. Mit der Zahnbürste im Mund nahm er ab. „Ja? Hallo?"

„Lambach? Ich bin's, Kathrin. Störe ich dich?"

„Bleib dran", nuschelte Lambach. „Bin gleich wieder da."

Eilig ging er ins Bad und spülte sich den Mund aus.

„So, da bin ich wieder. Ich habe mir gerade die Zähne geputzt. Was gibt's denn?"

„Die Kollegen aus Marseille haben sich gemeldet und erstaunliche Neuigkeiten mitgeteilt. Ursprünglich bestand ja die Annahme, dass Wieseler durch das Absetzen seiner Psychopharmaka einen schweren Krampfanfall bekommen hätte und an den Folgen gestorben sei."

„Das war der letzte Stand", antwortete Lambach.

„Jetzt halt dich fest!", fuhr Kathrin fort. „Du hattest recht: Da hatte jemand seine Finger im Spiel."

„Inwiefern?"

„Tod durch Zyankali. Wahrscheinlich inhaliert."

„Inhaliert?", fragte Lambach erstaunt. „Wie soll das denn gehen?"

„Die Anzeichen sind wohl eindeutig. Unter anderem hatten die Leichenflecken eine Rotfärbung, die durch eine solche Vergiftung entsteht."

„Und wie soll Wieseler das Zeug inhaliert haben?"

„Ganz klar ist das noch nicht. In seinem Zelt konnte keine Blausäure gefunden werden. Das ist aber nicht verwunderlich, denn Blausäure ist schwerer als Luft und sehr flüchtig. Da kann man schnell nichts mehr nachweisen. Allerdings fanden sie Schmauchspuren an der Zelt-Innenseite."

Lambach begriff gar nichts mehr.

„Du hast doch gesagt, Wieseler wurde mit Blausäure vergiftet und nicht erschossen. Was denn nun?"

„Das ist ja das Verrückte", fuhr Kathrin fort. „Die Kollegen aus

Marseille konnten sich anfänglich auch keinen Reim darauf machen. Irgendwann allerdings kam wohl einem die zündende Idee."

„Und die wäre?", fragte Lambach gespannt.

„Es gab 1959 einen Fall in München. Das Opfer war der ukrainische Antikommunist Stefan Bandera. Ein Agent des sowjetischen KGB, Bogdan Staschynski, hatte Bandera in einem Hausflur aufgelauert und ihm aus einer speziellen doppelläufigen Pistole das Gift, das aus zwei Glasampullen austrat, ins Gesicht geschossen. Ich habe in der Kantine Freddie Bolz getroffen. Er konnte mir einiges zu dem Fall erzählen. Bei Wieseler gehen die Kollegen jetzt davon aus, dass die Täter das Zyankali in das Zelt geschossen haben. So würden sich die Schmauchspuren erklären lassen. Eine Vergiftung mit einer hohen Blausäurekonzentration verursacht in Sekunden Hyperventilation, Atemstillstand, Bewusstlosigkeit und innerhalb von wenigen Minuten den Herzstillstand. Wieseler muss elendig verreckt sein."

„Da stellt sich mir eine Frage", sagte Lambach nachdenklich. „Wenn das alles so stattfand, warum haben sie ihn nicht gleich in seinem Zelt erschossen? Das Risiko, erwischt zu werden, wäre das gleiche gewesen."

„Die Frage haben sich die Kollegen in Marseille auch gestellt. Sie vermuten die Täter in den Reihen alter Weggefährten aus Zeiten der Legionszugehörigkeit."

„Nein, es kann nur einen Grund dafür geben, dass Wieseler nicht einfach erschossen wurde", sagte Lambach bestimmt.

„Und der wäre?"

„Der oder die Täter wollten nicht, dass es nach einem Mord, nach einem Racheakt aussieht."

Kathrin schien nachzudenken. Er hörte am anderen Ende ihr leises Atmen. „Jetzt kommt es mir auch irgendwie merkwürdig vor. Aber wer soll einen so aufwendigen Mord planen? Und aus welchem Grund? Ich finde weder ein Motiv noch eine Zielgruppe, der ich den Mord zuordnen könnte."

„Es gibt eine Parallele, eine Verbindung zu all den anderen Merkwürdigkeiten."

„Von welcher Parallele sprichst du?"
„Denk nach, Kathrin!"
„Unser Opfer ist wieder einmal auch Täter?", schlussfolgerte sie mit fragender Stimme.
„Oder unser Täter wurde zum Opfer", sagte Lambach. „Kommt dir das nicht bekannt vor?"
„Es wiederholt sich. Immer und immer wieder."
„Du hast das Muster erkannt. Wir haben es mit einer größeren Sache zu tun."
Durch den Hörer hörte Lambach Kathrin tief einatmen.
„Bislang habe ich deine Theorie für weit hergeholt gehalten", sagte sie. „Ich dachte sogar, dass die ganzen Zusammenhänge ..."
Sie machte eine Pause.
„... das Hirngespinst eines alternden, verschrobenen Polizisten sind", ergänzte Lambach.
„Das wollte ich nicht sagen."
„Du kannst ruhig aussprechen, was alle denken. Ich nehme es dir nicht übel."
„Ich dachte, dass du dich in einen Zufall hineinsteigerst. Aber anscheinend gibt es tatsächlich ein Muster. Mir ist nur nicht klar, wie dieses Muster aussieht."
„Konsbruchs Vorgänger, Heinrich Coordes, sagte immer, dass zur Lösung eines Falles neben Disziplin und Kombinationsvermögen auch Kreativität vonnöten ist. Vielleicht ist mir im Laufe der Jahre diese Kreativität verloren gegangen. Trotzdem bin ich mir sicher, dass wir auf dem richtigen Weg sind. Wollny hat interessante Neuigkeiten in Erfahrung gebracht. Dieser Mehmet Kacanci, du erinnerst dich?"
„Ja, natürlich. Der Ex-Freund von Mira Kronberg."
„Genau. Wie es aussieht, kam Kacanci doch nicht ganz so unspektakulär ums Leben."
„Sondern?", fragte Kathrin erstaunt.
„Genaues konnte Wollny nicht sagen. Wir werden aber umgehend den Bericht zu Kacancis Tod erhalten."
„Da bin ich aber gespannt"

„Kathrin, ich möchte, dass du mir einen Gefallen tust."

„Worum geht's?"

„Wenn der Bericht aus Zürich kommt, kannst du ihn bitte für mich verwahren, bis ich wieder in Göttingen bin? Weder Konsbruch noch irgendjemand anderes soll ihn in die Hände bekommen, bevor ich ihn gelesen habe. Bekommst du das hin?"

„Selbstverständlich."

„Gut. Sprich mit Traudel. Sag ihr, dass alles, was von der Kantonspolizei Zürich kommt, ohne Umwege an dich geht. Sobald ich zurück bin, setze ich mich mit dir in Verbindung."

„Alles klar, Lambach. Du kannst dich auf mich verlassen."

„Dann mach's gut, wir sehen uns", sagte er.

Noch während des Frühstücks, das er diesmal ausnahmsweise im Hotel zu sich nahm, dachte Lambach darüber nach, warum er sich heute so gut fühlte. Lag es an dem Abend mit Pia oder daran, dass Kathrin begann, die Zusammenhänge zu verstehen und seine Theorie zu teilen? Oder war es die Tatsache, dass nun alle Täter des Opinelli-Falls nie wieder ein Verbrechen begehen konnten?

Kurz nach dem Frühstück packte Lambach seine Tasche und ließ sich vom Portier ein Taxi rufen.

Pünktlich um viertel nach sechs erreichte der Zug den Göttinger Bahnhof. Wie immer war Lambach erleichtert, dass nichts passiert war. Nachdem im Juni ein ICE etwa sechzig Kilometer nördlich von Hannover auf dem Weg von München nach Hamburg entgleist war, überkam ihn immer ein flaues Gefühl in der Magengegend, wenn er mit dem Zug fuhr.

In seiner Wohnung angekommen, beschloss er, noch auf ein Glas Wein ins *Le Bistro* zu gehen.

„Sie brauchen nicht zu warten. Die Kneipe ist geschlossen."

Lambach war schon von Weitem aufgefallen, dass im *Le Bistro* keine einzige Lampe brannte. Ein Schild hing ebenfalls nicht am Eingang. Lambach schaute hinauf zu der Frau, die ihm zugerufen hatte. Sie saß an einem offenen Fenster über der Gaststätte.

„Warum ist denn geschlossen?", fragte er.

Die Frau stützte sich auf ihre fleischigen Arme und sah herunter. „Die Frau Kern hat's erwischt", sagte sie teilnahmslos.

Ihre Antwort traf ihn mit der Wucht einer Abrissbirne. Seine Knie wurden weich. Alles, was sie dann sagte, hörte Lambach nur noch wie durch Watte gedämpft.

„Hinten im Hof hat man sie gefunden. Lag wohl schon länger da." Lambachs Herz raste.

„Schlaganfall, habe ich gehört. Musste ja irgendwann passieren. Soviel ich weiß, hatte sie schon immer Probleme mit dem Blutdruck. Und dann noch die Qualmerei. Da darf man sich nicht wundern. Übermorgen ist die Beerdigung."

Lambach ging in die Hocke und stützte sich mit den Unterarmen auf den Knien ab. Der Saum seines Mantels landete im Schneematsch und sog sich mit Wasser voll. Bilder schossen ihm durch den Kopf: Elvira mit einem Glas Rotwein in der Hand, Elvira, wie sie fast mütterlich lächelte, Elvira in den unterschiedlichsten Situationen.

Irgendwann stand Lambach auf, indem er sich an der Mauer abstützte. Er drehte sich weg und ging in Richtung Innenstadt, ohne sich umzublicken. Wie in Trance tappte er durch die matschigen Straßen, unfähig, auch nur einen klaren Gedanken zu fassen. Er betrat eine Kneipe in der Burgstraße und stellte sich an die Theke.

„Rotwein. Eine Flasche. Die Sorte ist mir egal."

Die junge Frau hinter der Theke blickte ihn skeptisch an. Anscheinend überlegte sie, ob Lambach betrunken war. „Wir haben einen ganz guten Spätburgunder im Angebot", sagte sie.

Lambach nickte, ohne sie anzusehen. Er nahm die Flasche und das Glas und setzte sich an einen abgelegenen Tisch im dunkelsten Teil der Kneipe. Dann schenkte er sich das erste Glas ein und trank es in einem Zug aus. Er wollte nicht reden, aber auch nicht allein sein. Er dachte darüber nach, wie vergänglich das Leben war.

Und auch das zweite Glas leerte er in einem Zug. Schlagartig fiel ihm ein Satz von Elvira ein: *„Trink nicht so viel, Richard! Sorgen* kann man nicht im Alkohol ertränken. Sorgen können schwimmen." Er schenkte sich nach. Bis zum Rand.

Als Stunden später das Lied *Nathalie* von Gilbert Bécaud aus den Lautsprechern drang, stand Lambach auf, bezahlte und trat hinaus auf die Straße.

40. KAPITEL

Wie einen streunenden Hund zog es ihn in die Innenstadt. Er streifte durch die Straßen, ohne Ziel und ohne auf die Menschen zu achten, denen er begegnete. Gegen vier Uhr früh stand er an der Bushaltestelle hinter dem alten Rathaus. Es hatte angefangen zu schneien. Gegenüber standen zwei Taxis mit laufenden Motoren. Ansonsten war um diese Uhrzeit keiner mehr zu sehen. Er drehte sich langsam im Kreis, dachte daran, wie sich dieser Platz und diese Bushaltestelle im Laufe der Zeit verändert hatten. Der Alkohol machte ihn gefühlsduselig. Er dachte an die Besuche mit Carola und Antonia auf dem Weihnachtsmarkt, an gebrannte Mandeln, kandierte Äpfel und an die funkelnden Augen seiner Tochter, die strahlend unzählige Runden im Kinderkarussell drehte. Viel zu schnell war diese Zeit vorbeigegangen. In den kommenden Tagen würde wieder der Weihnachtsmarkt aufgebaut werden. Doch nie wieder wäre es das Gleiche wie damals.

Eine blinkende Leuchtreklame im Schaufenster des Reisebüros neben der Sparkasse weckte Lambachs Interesse. Er ging näher heran. Als er die Straße überquert hatte, konnte er die Werbebotschaft lesen: „Sechs Tage für sechs Jahre".

Es war, als würde sich sein Hirn zusammenziehen und den Alkohol herauspressen. Er wurde nüchterner mit jedem Wort, das er las.

„Zu unserem sechsjährigen Jubiläum verlosen wir sechs Flugreisen in den Süden."

Lambachs Gedankenkarussell begann sich zu drehen. Er konnte

es nicht aufhalten, sondern er stand wie teilnahmslos daneben und hörte sich beim Denken zu: Maria Opinelli war sechs Tage weg, Mahnke über sechs Jahre.

Lambach holte sein kleines Notizheft heraus und blätterte aufgeregt hin und her. Schneeflocken fielen auf das Papier. Mahnke wurde auf den Tag genau sieben Jahre nachdem Maria Opinelli gefunden wurde in seinem Verlies entdeckt, schoss es ihm durch den Kopf. Das war kein Zufall. Dieses Datum war kein Zufall. Aber wieso sieben Jahre?

Er ging langsam zurück zu der überdachten Bushaltestelle und setzte sich dort auf einen der Sitzplätze.

„Sechs Tage für sechs Jahre", murmelte er. „Wieso sieben Jahre?"

Lambach ließ seinen Gedanken in alle Richtungen freien Lauf, dachte an die magische Zahl sieben in Märchen, an Wochentage, an die Erschaffung der Welt durch Gott, der am siebten Tage ruhte. Doch nichts passte.

Nach einer Weile rief er sich ein Taxi, um nach Hause zu fahren.

„Das macht dann 5,80 Mark."

Lambach gab dem Fahrer einen Zehnmarkschein und bedankte sich.

„Stimmt so. Wann haben Sie denn Feierabend?"

Der Taxifahrer wiegte seinen Kopf hin und her.

„Ich habe jetzt eine Acht-Stunden-Schicht und dann muss ich noch den Wagen sauber machen und abrechnen."

„Wie? Sie müssen das nach Ihrer Schicht machen? Bekommen Sie diese Zeit nicht bezahlt?"

„Das ist schon in Ordnung so. Wir fangen auch schon vor unserer Schicht an. Die Schicht zählt erst, wenn wir vom Hof fahren, und endet, wenn wir zurückkommen. Aber dafür hetzt uns keiner bei unseren anderen Tätigkeiten. Manche Kollegen trinken erst mal in Ruhe einen Kaffee, wenn sie Kasse machen. Die Wagen bringen halt nur Profit, wenn sie draußen sind. Ein Fahrer in der Zentrale bringt kein Geld, also gibt's auch keines. Dafür bekommen wir Geld, wenn wir nicht fahren und nur irgendwo herumstehen."

„Verstehe. Ich wünsche Ihnen noch angenehme Gäste und später einen schönen Feierabend."

Lambach war müde. Mit schweren Schritten ging er den Weg bis zur Haustür und klopfte seine Taschen nach dem Schlüssel ab. Ihm wurde schwer ums Herz, als er an Elvira dachte, die offenbar stundenlang hilflos im Hinterhof gelegen hatte.

Lambach kam sich einsam vor. Er schaute an der Fassade des Hauses empor. Wem würde es wohl auffallen, wenn er selbst hilflos in seiner Wohnung läge? Würde ihn Frau Röhse finden oder der Medizinstudent? Würde ihn überhaupt jemand vermissen?

Meine Kollegen, beruhigte sich Lambach, die würden mich vermissen.

Ihm wurde noch schwerer ums Herz, als ihm klar wurde, dass er sonst niemanden hatte. Er könnte im Keller verrotten und wahrscheinlich würde sich Frau Röhse nur über den beißenden Gestank echauffieren, und der Student würde meckern, weil er das Fahrrad über den verwesenden Leichnam heben müsste.

Mit deprimierenden Gedanken an eine kalte, gefühllose Welt stieg Lambach die Stufen hinauf. Zählte ein Mensch denn nur, wenn er Leistung erbrachte?

Er zog sich aus, warf seine Kleidung über den Sessel im Schlafzimmer und legte sich ins Bett. Bevor er einschlief, dachte er daran, ob wohl jemand Mahnke vermisst hatte, als dieser in einem Netz unter der Decke seines Kerkers hing.

Er selbst hing in dem Netz, das von dem Haken an der Decke abriss. Er zuckte zusammen, wollte sich halten, um nicht auf dem Boden aufzuschlagen.

Er fiel, aber er spürte keinen Aufprall. Stattdessen fand er sich auf einer Straße wieder, doch die Häuser waren ihm fremd. Sie standen dicht an dicht. Kein Weg führte zwischen ihnen hindurch.

Er entschloss sich, die Straße hinabzugehen, doch er kam nicht vorwärts. Wie ein Laufband bewegte sich der Asphalt unter seinen Füßen in die entgegengesetzte Richtung. Lief er schneller, bewegte sich auch die Straße schneller. Blieb er stehen, wurde sie ebenfalls langsamer und brachte ihn so noch weiter zurück. Jeder Versuch, die Straße auszutricksen, führte zu nichts. Er sprang, schlug Haken, lief rückwärts und auf Händen.

Lambach erwachte, weil ihm kalt war. Seine Decke lag auf dem Boden. Er setzte sich auf die Bettkante und trank in einem Zug die Wasserflasche leer.

Dann dachte er an das Gespräch mit dem Taxifahrer.

„Na klar! Ich Idiot! Eine Acht-Stunden-Schicht besteht nicht nur aus acht Stunden. Die Arbeit muss vorbereitet werden, sie muss nachbereitet werden. Das braucht Zeit. Sechs Jahre sind nicht sechs Jahre. Das muss vorbereitet werden, das braucht Zeit. Acht Stunden stehen aber auf dem Papier."

Lambach schüttelte den Kopf.

„Jetzt rede ich schon mit mir selber."

Dann legte er sich wieder hin und deckte sich zu. Er versuchte zu entspannen und wieder einzuschlafen, doch in seinem Kopf machte sich nur ein Gedanke breit: *Sechs Tage für sechs Jahre.*

Lambach war sich sicher, dass niemand diese Erkenntnis als einen Zufall abtun konnte.

41. KAPITEL

„Guten Morgen."

„Guten Morgen", erwiderte Lambach, der gleich nach seiner Ankunft im Präsidium auf Kathrins Zimmer zusteuerte. „Und, Frau Parde? Haben Sie sich schon eingelebt?"

„Ein wenig Zeit werde ich noch brauchen, aber Stefan gibt sich viel Mühe mit mir."

Lambach nickte ihr zu und ging weiter. An Kathrins Zimmer angekommen, klopfte er und betrat den Raum. Sie zupfte gerade kleine braune Blätter von der Zimmerpflanze auf ihrem Schreibtisch.

„Guten Morgen, Kathrin."

„Der Bericht von Urs Reher aus Zürich ist angekommen", sagte sie und zeigte auf einen Schnellhefter in ihrer Schreibtischablage.

Lambach nahm sich die Unterlagen.

„Was steht drin?"

Kathrin zuckte mit den Schultern.

„Ich weiß nicht. Der Bericht schien mir sehr wichtig für dich. Du solltest ihn als Erster lesen."

Lambach schlug die erste Seite auf und überflog sie im Stehen.

„Du hast das nicht gelesen, Kathrin?"

„Hörst du mir nicht zu?"

Ohne von den Unterlagen aufzublicken, ging Lambach langsam zu einem Stuhl vor dem Schreibtisch und setzte sich.

„Und? Was steht drin?", fragte Kathrin.

Lambach antwortete nicht. Minuten vergingen. Seite für Seite las er stumm, wie Mehmet Kacanci ums Leben gekommen war.

„Was steht drin?", wiederholte sie ihre Frage.

Lambach las noch zwei Seiten, klappte dann die Mappe zu, stand auf und stellte sich ans Fenster. Regungslos stand er da und blickte hinaus. Von Zeit zu Zeit schüttelte er fassungslos den Kopf.

„Nun mach es nicht so spannend."

Kathrin legte ihre Hand auf den Bericht und zog den Hefter zu sich herüber.

„Liegen lassen!", befahl Lambach.

Kathrin zuckte zusammen.

„So schlimm?", fragte sie vorsichtig.

Er trat vom Fenster zurück, griff wieder nach dem Hefter und begann von Neuem, darin zu blättern. Als er zu sprechen begann, klang seine Stimme rau.

„Mehmet Kacanci wurde in einem stillgelegten Heizwerk gefunden. Sein Körper war an einen Stuhl geschnallt, sein Kopf wurde mit Stahlbändern vor einem Käfig fixiert. Dessen Öffnung befand sich direkt vor seinem Gesicht. Und in dem Käfig waren Ratten."

„Sie haben sein Gesicht zerfressen?"

„In dem Käfig standen Futternäpfe. Urs Reher geht davon aus, dass die Ratten anfänglich Futter hatten. Kacanci hatte also genug Zeit, den Ratten beim Fressen zuzusehen, und konnte sich ausmalen, was passieren würde, wenn das Futter aufgebraucht wäre."

„So etwas Ähnliches gab es schon einmal", sagte Kathrin nachdenklich. „Ich habe es in einem Buch gelesen. Da wurde aber nur damit gedroht, dass die Ratten das Gesicht zerfressen würden."

„Guter Hinweis. Der Täter hat sich also inspirieren lassen. Das sagt vielleicht etwas über seinen Bildungshintergrund aus."

Er blätterte weiter.

„Die Ratten haben sich durch sein Gesicht gefressen, in seinen Körper hinein und aus ihm heraus. Kacanci hat es geschafft, eine Ratte totzubeißen."

Kathrin starrte auf den Boden.

„Grausam! Er hatte keine Chance zu entkommen. Und es war nur eine Frage der Zeit, wann den Viechern das Futter ausging, oder?"

„Genau wie bei Mira Kronberg", antwortete Lambach. „Auch sie wusste, dass sie sterben würde, käme ihr niemand zur Hilfe."

„Das ist furchtbar, Lambach. Keinen Ausweg zu sehen, keine Hoffnung zu haben ..."

„Das Entsetzlichste kommt aber noch. Willst du es wissen?"

Kathrin nickte wortlos.

„Mehmet Kacanci hatte Hoffnung. Allerdings eine grausame, aussichtslose Hoffnung. Es gab eine Vorrichtung mit einem Revolver. In diesem Revolver befand sich eine einzige Patrone. Die Mündung des Laufs war auf seinen Kopf gerichtet und seine rechte Hand mit dem Abzug der Waffe verbunden."

Kathrin sah Lambach an.

„Um Gottes willen. Wann erschießt man sich? Wann gibt man die Hoffnung auf? Wie viel Schmerzen erträgt man, bevor man sich selber ..."

„Das Grausamste ist, dass Mehmet Kacanci an seine Grenzen gebracht wurde und lieber sterben wollte, als weitere Qualen zu erleiden. Den Ermittlungen zufolge hat Kacanci irgendwann den

Abzug betätigt. Er erlitt jedoch lediglich eine leichte Wunde und Verbrennungen. Seine einzige Hoffnung auf Selbstbestimmung war vorgetäuscht. Ein perfides Spiel." Lambach schluckte. „Da war nur eine Platzpatrone im Revolver."
Kathrin stand das Entsetzen ins Gesicht geschrieben. „Oh mein Gott!", entfuhr es ihr. Ihre Stimme zitterte.
Für einen Moment herrschte Stille.
„In dem Buch, von dem ich vorhin sprach, gab es eine ähnliche Situation", sagte sie nach einer Weile. „Ich habe es in meinem Bücherregal stehen. Es heißt *1984* und ist von George Orwell."
„1984? Das ist doch kein Zufall!", platzte es aus Lambach heraus.
„Orwell hat das Buch 1948 geschrieben und für den Titel des Buches einfach einen Zahlendreher eingebaut", erklärte Kathrin.
„Das meine ich nicht. Nicole Goldmann, die Schwester von Mira Kronberg, hat mir erzählt, dass das Unglück für Mira 1984 begann, als sie Mehmet kennenlernte. Ihr Unglück, ihre Qualen, ihr langsames Dahinsiechen, ihre Abhängigkeit – alles begann 1984. Mehmet Kacancis Qualen begannen quasi ebenfalls mit 1984. Verstehst du, Kathrin? Siehst du den Zusammenhang?"
Kathrin nickte.

42. KAPITEL

„Sind die für mich?"
Carola zeigte sich erfreut über den kleinen bunten Blumenstrauß, den Lambach ihr zusammen mit einer Tüte frischer Brötchen zur Frühstückspause in die Rechtsmedizin brachte.
„Wie komme ich dazu? Waren die Blumen eine Zugabe zu den Brötchen?"
Lambach verletzten diese Worte mehr, als es ihm lieb war. „Ich wollte dir Blumen schenken, weil ich denke, dass du mal welche verdient hast. Also, nicht verdient hast, sondern weil ich finde ..."

„Die sind sehr schön", sagte sie mit einem Lächeln und roch an dem kleinen Strauß. „Wann habe ich das letzte Mal Blumen von dir bekommen?"

Carola stellte den Strauß in ein Gefäß, das Lambach an die Gläser erinnerte, in denen anatomische Anomalien in Formaldehyd eingelegt wurden. Er überlegte, was wohl vorher in dem Glas gewesen sein mochte. Mit der Brötchentüte in der Hand ging Carola zum Pausenraum.

„Ich wollte mich entschuldigen", druckste Lambach.

Carola blieb stehen und drehte sich mit ernstem Gesicht zu ihm um.

„Ach so? Wofür?"

„Für die letzten Wochen. War auch keine leichte Zeit für mich. Aber mir ist gestern klar geworden, dass es Wichtigeres im Leben gibt als Arbeit. Der Mensch bleibt viel zu oft auf der Strecke."

Carola zog skeptisch eine Augenbraue hoch.

„Alles in Ordnung mit dir?"

„Lass uns frühstücken", sagte Lambach. „Ich habe Hunger und wir müssen auch endlich die Taufe von Felix besprechen."

„Wenn du meinst ... Gerne."

Carola deckte den Tisch. Zu den Brötchen stellte sie Butter, zwei Sorten Marmelade und etwas Aufschnitt.

„Etwas spartanisch, tut mir leid", entschuldigte sie sich.

Für fast eine Stunde hatten beide das Gefühl, wieder wie früher miteinander reden zu können. Es war sogar besser als früher: Vertrautes mischte sich mit Neuem. Lambach entdeckte viel an Carola wieder, was er eigentlich schon gewusst hatte, was aber verloren gegangen war. Sie pulte zum Beispiel immer noch das Weiche aus den Brötchen und aß es zuerst. Auch den Fettrand des Kochschinkens entfernte sie genauso penibel wie damals.

„Ich wünsche dir noch einen schönen Tag. Und danke für die Blumen. Hoffentlich erfrieren sie nicht auf dem Fahrrad."

„Du ziehst das echt durch, das Radfahren? Sommer wie Winter? Respekt."

„Reine Gewohnheitssache."

„Das macht dich aber auch berechenbar", gab Lambach zu bedenken.

Carola runzelte die Stirn. „Wie meinst du das?"

„Wäre dir neulich nicht die Tasche vom Rad gefallen, wäre der Unfall vielleicht nicht so glimpflich ausgegangen."

„Stimmt. Da habe ich Glück gehabt."

„Wenn das geklappt hätte, dann hätte Hagen Strüwer nicht nur die DNA analysiert, sondern auch die Obduktion durchgeführt."

Carola war entsetzt.

„Wie bitte? Was erzählst du denn da?"

Unbeirrt fuhr Lambach mit seinen Ausführungen fort.

„Wenn Strüwer beides gemacht hätte, dann wäre überhaupt nicht aufgefallen, dass die Brandleiche keine Löcher im Kopf hatte. Dann wäre der Plan aufgegangen."

Carola war fassungslos.

„Welcher Plan? Wovon redest du? Bist du jetzt total übergeschnappt? Du kommst hierher, bringst mir Blumen mit und behauptest dann, dass mich jemand absichtlich überfahren wollte, um Hagen die Möglichkeit zu geben, die Untersuchungsergebnisse zu fälschen?"

Lambach nickte lächelnd.

„Ja, jetzt hast du's. Das ist kein Zufall gewesen. Es ist auch kein Zufall gewesen, dass Mahnke an einem ganz bestimmten Datum aufgetaucht ist. Im Reisebüro am Markt werben die damit, dass man eine sechstägige Flugreise gewinnen kann, weil es das Reisebüro seit sechs Jahren gibt."

Carola wurde wütend.

„Du bist doch total paranoid! Lass mich mit diesem Scheiß in Ruhe! Du bist ein verwirrter alter Mann, der sich nur noch in seiner eigenen kranken Welt bewegt!"

Lambach wurde laut: „Ich bin kein verwirrter alter Mann! Ich bin der Einzige, der hier noch klar zu sehen scheint! Ich habe es – *Godai*! Ich habe die Fähigkeit, die großen Zusammenhänge zu erkennen und mich nicht von Kleinigkeiten irritieren zu lassen."

„Hau ab! Du machst mir Angst!"

Durch das Geschrei alarmiert, stürmten Hagen Strüwer und Professor Vauré in den Pausenraum.

Lambach zeigte auf Strüwer und drohte ihm: „Und dich kriege ich auch noch! Dich und deine Komplizen!" Dann verließ er fluchend die Rechtsmedizin.

„Geh mal zu einem Psychologen oder in eine Selbsthilfegruppe! Das kann so nicht weitergehen", rief Carola ihm hinterher und begann zu weinen.

Lambach durchfuhr es heiß und kalt. Carola hatte recht: Es musste etwas geschehen!

43. KAPITEL

Nachdem er telefonisch einen Termin vereinbart hatte, wurde Lambach am nächsten Morgen von Gernoth Gieseke in den Räumen des *Männerbüros* begrüßt. Zeitgleich verabschiedeten sich vier Herren von ihm.

Die Begrüßung fiel überschwänglich aus.

„Einfach nur Gernoth. Wir duzen uns alle. Und um es gleich vorwegzunehmen: Hier sind nicht alle schwul."

Gernoth lachte jovial und schlug Lambach freundschaftlich auf die Schulter.

„Das hätte ich jetzt auch nicht unbedingt gedacht", beruhigte Lambach den Leiter des *Männerbüros*.

„Ich sage es nur immer gleich vorweg."

Der hagere, fast kahlköpfige Mann machte auf Lambach einen merkwürdigen Eindruck. Er war gekleidet wie einer aus der Öko-Szene. Hansch, da war sich Lambach sicher, würde sagen, dass er aussähe wie jemand, der sein Sozialpädagogik-Studium nach zweiundzwanzig Semestern abgebrochen hatte und nun auf dem Wochenmarkt Gemüse verkaufte und nachmittags auf Kindergeburtstagen jonglierte. Lambach mochte diese Art Männer nicht. Doch was ihn viel mehr störte, waren die Tattoos auf seinem Unterarm. Sie waren stümperhaft gemacht, zeigten die typischen Motive wie Anker und Meerjungfrau. Eine Knastträne zierte Gernoths Jochbein. Gernoth Gieseke war damit für jeden Polizisten als einer *von der anderen Seite* zu identifizieren.

Im Gespräch gab Lambach sich als Maximilian Lambach aus, der ein Problem mit seinem Hund hatte. Er verliere leicht die Geduld und neige dazu, ihn zu schlagen. Dies tue ihm leid, aber er könne nicht aus seiner Haut. Ein privater Hundetrainer habe ihm nun ein Anti-Aggressions-Training empfohlen.

„Und nun bin ich hier."

„Das ist gut, Max. Wir hatten irgendwie alle Probleme mit Gewalt."

„Du auch, Gernoth? Du wirkst so abgeklärt", log Lambach.

„Ja, ich auch. Ich war sogar im Knast. Danach wollte ich einen neuen Weg einschlagen. Dabei hat mir das *Männerbüro* sehr geholfen. Ich bin seit drei Jahren hier. Vor allem der Austausch mit den anderen Betroffenen hat mich weitergebracht. Heute kann ich ihnen helfen."

Lambach schaute etwas ungläubig.

„Erzählen Sie ... also du, Gernoth ... erzählst du jedem, dass du verurteilt wurdest?"

„Na klar. Schau mich doch an! Jeder sieht, dass ich ein Knasti war. Das muss ich akzeptieren und offen damit umgehen, sonst habe ich keine Chance, mich zu ändern."

„Meinen Respekt. Das kann bestimmt nicht jeder."

„Viele von uns haben damit Probleme. Aber wer in die Verurteilten-Gruppe möchte, der muss sich als Verurteilter zu erkennen geben. Allen gegenüber."

„Verurteilten-Gruppe? Das hört sich nicht an, als wollte man da gerne Mitglied sein", sagte Lambach. Er wollte mehr über diese Gruppe erfahren und hoffte, Gernoth aus der Reserve zu locken.

„Wir sind da unter uns. Jeder von uns fünf weiß, was die anderen gemacht haben. Wir können deshalb völlig frei über alles reden, über Vergangenes, über Gegenwärtiges, über Wünsche und Ziele. Jeder in der Selbsthilfegruppe weiß, wer zu den Verurteilten gehört. Gewisse Dinge müssen wir einander nicht erklären, weil jeder von uns sie erlebt hat. Allerdings bleibt auch alles unter uns, was wir besprechen."

Lambach folgte aufmerksam Gernoths Worten. Mit so viel Offenheit hatte er nicht gerechnet. Das machte es ihm noch schwieriger, sein Gegenüber in eine Schublade zu stecken. Er empfand sogar ein wenig Respekt und konnte sich vorstellen, dass so ein Neuanfang nicht leicht war. Diese Seite übersah man als Polizist allzu oft.

„Die vier, die gerade gegangen sind, sind das die anderen Verurteilten?", fragte Lambach vorsichtig.

Gernoth lächelte.

„Ja, das sind die anderen. Wir hatten gerade unsere Stunde. Gleich sind die dran, die hoffentlich noch die Kurve kriegen, bevor sie etwas Schlimmeres anstellen."

„Bevor sie in den Knast müssen, meinst du?"

„Nein, ich meine tatsächlich, bevor sie jemandem etwas Schlimmeres antun. Niemand ist einfach nur hier, weil er nicht in den Knast will. Jeder, der zu uns kommt, hat Angst davor, seine Mitmenschen immer und immer wieder zu verletzen. Im Inneren sind wir ja keine bösen Menschen. Wir sind nur hilflos und haben nie gelernt, mit dieser Hilflosigkeit vernünftig umzugehen. Nun ... Max ... bevor die anderen kommen, möchte ich dir noch sagen, dass das eine riesige Chance für dich ist, aber nur, wenn du ehrlich zu uns und vor allem zu dir selbst bist. Wir haben alle unsere Schwierigkeiten damit, die schlechte Seite an uns zu akzeptieren und hier vor uns herzutragen. Es muss aber sein, wenn wir daran arbeiten wollen. Ich bitte dich also, wenn du dich gleich in der Runde vorstellst, dann sag uns deinen richtigen Namen, ja?"

Damit nahm er Lambachs Hand und schüttelte sie wie zur Begrüßung.

„Ich bin Gernoth und ich habe meine Freundin erschlagen, weil ich dachte, dass sie mich betrügt."

Lambach stieg die Schamesröte ins Gesicht. Sein Mund wurde trocken und er räusperte sich, sagte aber nichts.

„Noch mal: Ich bin Gernoth und ich habe meine Freundin erschlagen", wiederholte Gernoth. „Erzähl uns bitte nichts von irgendwelchen Hunden, das nimmt dir hier sowieso keiner ab."
Lambachs Stimme schien ihren Dienst zu verweigern. Er räusperte sich erneut.
„Ich ... bin Richard. Ich bin jähzornig und erschrecke damit meine Tochter und meine Ex-Frau. Es ist zum Glück noch niemand zu Schaden gekommen."
„Meinst du?", fragte Gernoth kritisch nach. Er blickte Lambach direkt in die Augen.
Ein weiteres Mitglied der Gruppe für gewalttätige Männer betrat in diesem Moment den Raum. Gernoth wandte sich ihm zu und Lambach wurde nachdenklich: Dieser Mensch, den er nicht im Geringsten einzuschätzen vermochte, hatte es geschafft, ihn in einem dreiminütigen Gespräch zu durchschauen und seinen wundesten Punkt zu treffen. Er wusste nicht, ob er ihn dafür bewundern oder fürchten sollte.

Die Stunde im Kreise der Mitglieder dieser Selbsthilfegruppe ging an Lambach völlig vorbei. Nachdem er sich vorgestellt hatte, zog er sich gedanklich zurück.

Er musste an Doktor Sachse denken, der in einer ganz anderen Gruppe war. Dort saßen die Opfer, klagten ihr Leid und – ja, was eigentlich? Die Täter gelobten, sich zu ändern. Sie besprachen Strategien, um aus dem Teufelskreis der Gewalt herauszukommen. Aber was besprachen die Opfer? Gab es dort auch einen inneren Kreis, eine interne Gruppe von besonders hart getroffenen Menschen oder deren Angehörigen?

Noch bevor Lambach bei Traudel seinen ersten Kaffee abholen konnte, kam Wollny auf ihn zu und gab ihm einen Zettel. „Hier sind die Informationen zu den nächsten Treffen. Zeit und Ort habe ich dir dahinter notiert."

„Was soll das hier heißen?"

„Das ist das Datum von heute. Und das hier heißt *Kleingartenverein Weende*."

„Das Treffen ist heute?" Lambach kniff die Augen zusammen.
„Und was heißt das hier?"
„Anmeldung."
„Anmeldung? Wolltest du mich dort anmelden?"
„Nein. Natürlich nicht."
„Aber du hast es in Erwägung gezogen, oder warum ist da ein Fragezeichen?"
„Das hat Steiger geschrieben."
„Wieso Steiger?", fragte Lambach verärgert.
„Na, weil der an den Angehörigen sowieso dran ist."
„Woher hat er die Infos?"
„Keine Ahnung. Wenn das Treffen in einer Kleingartenkolonie stattfindet, vielleicht von einem Aushang oder so. Die hängen doch jeden Scheiß ans Schwarze Brett."
„Ich will nicht, dass da zu sehr rumgestochert wird. Sonst werden die misstrauisch, und das kann ich gar nicht gebrauchen." Lambach hatte das Gefühl, dass er seinem Ziel näher kam. Sachse würde auffliegen – und mit ihm die ganze Bande selbst ernannter Rächer.

Zügig ging er zu Traudel und gab ihr den Auftrag, die Telefonnummern aller Selbsthilfegruppen für Opfer und Opferangehörige in Hamburg und Konstanz herauszufinden sowie auch die Nummer der Selbsthilfegruppe in Göttingen, in welcher Doktor Sachse zuletzt aktiv war.

„Es ist dringend", ließ er sie wissen.

Danach zog er sich in sein Büro zurück. Was würde es bedeuten, wenn er mit seiner Vermutung recht behalten sollte?

Eine unerwartete Ruhe durchströmte seinen Körper. Eine Art Gewissheit machte sich in ihm breit. Er stellte sich ans Fenster und betrachtete den verschneiten Innenhof.

Kurze Zeit später betrat Traudel den Raum und überreichte ihm den Zettel mit den Telefonnummern.

„Vielen Dank. Ich frage mich immer, wie Sie das alles so schnell machen."

Traudel schmunzelte verlegen.

„Kann ich sonst noch etwas für Sie tun?"
Lambach überflog das Papier.
„Danke, das war's erst mal."
Im Laufe des Vormittags brachte er in Erfahrung, was er wissen wollte, und fühlte sich in seiner Annahme bestätigt. Er stand vor einer Situation, die er sich zwar erhofft hatte, mit der er aber auch nicht umzugehen wusste. In seinem Kopf klebte zäher Brei. Er musste Klarheit bekommen – und dies gelang ihm immer am besten, wenn er über seine Gedanken sprach.
Kurzerhand ging er zu von Stetten. Er bat ihn, sich mit ihm am Wildgehege in der Nähe des Bismarckturms zu treffen. Es würde ihm leichter fallen, alles zu erzählen, wenn sie gemeinsam spazieren gingen. Da war sich Lambach sicher.

44. KAPITEL

„Herrlich, Max, diese frische Luft!"
Von Stetten blieb stehen.
„Ja, schön. Aber ehrlich, was bewegt dich denn nun? Wir latschen seit zehn Minuten hier rum und du hast nur von der Luft und den Bäumen gesprochen. Es sind weder Rehe noch Wildschweine zu sehen und ich bekomme langsam kalte Füße."
Lambach ging voraus und hörte von Stetten hinter sich. Ihre Schritte knirschten im frisch gefallenen Schnee.
„Ich habe heute Morgen ein bisschen telefoniert."
Von Stetten stapfte wortlos hinter ihm her.
„Ich habe herausgefunden, dass sowohl der alte Opinelli als auch Nicole Goldmann genauso wie Doktor Sachse in einer Selbsthilfegruppe für Opferangehörige sind oder waren."
„Findest du das so ungewöhnlich, dass Angehörige von Opfern in einer Selbsthilfegruppe für Opferangehörige sind?", fragte von Stetten.
„Keineswegs. Genau das ist der springende Punkt. Herr Opinel-

li und Frau Goldmann scheinen in einer Art *innerem Zirkel* zu sein. In diesen Gruppen sind Menschen organisiert, die es besonders hart getroffen hat. Alles, was dort besprochen wird, dringt nicht nach außen. Jede Wette, dass auch Doktor Sachse in solch einem inneren Zirkel war."

Von Stetten blieb stehen.

„Das finde ich nicht verwunderlich. Menschen mit ähnlichem Schicksal stehen sich oft näher und können vertrauter miteinander umgehen."

Lambach hielt ebenfalls an und schaute in den grauen Himmel.

„Es schneit heute bestimmt noch mal", sagte er unvermittelt.

„Auch das finde ich nicht ungewöhnlich im Winter."

„Wusstest du, dass sich viele Opfer von Übergriffen, von Vergewaltigungen und solchen Sauereien selber die Schuld an der Tat geben?"

„Klar. Dadurch bekommen sie das Gefühl, die extreme Situation doch irgendwie beeinflusst zu haben, in der sie sich hilflos fühlten. Das gibt ihnen Kontrolle zurück."

„Was machen aber Angehörige von Opfern, die die Tat nicht überlebt haben? Was macht ein Vater, der seine Tochter nicht beschützen konnte? Was macht eine Frau, die ihre geliebte Schwester verliert? Was machen diese Menschen, die sich nicht einreden können, dass sie Einfluss auf die Situation hatten?"

„So traurig das ist, aber es gibt keine hundertprozentige Sicherheit. So ist das Leben."

„Das Leben? Die kleine Sachse war noch ein Kind. Sie war auf dem Weg zur Schule und ist vergewaltigt und umgebracht worden."

„Ja, ich weiß – und ich finde das auch ganz schlimm, glaub mir! Doch so was gab's früher und wird es auch immer geben. Was soll man als Eltern da tun? Man kann vielleicht versuchen, über seinen Schmerz zu reden. Dafür sind diese Selbsthilfegruppen doch da. Man spürt, dass man nicht alleine ist. Das ist doch meist schon was wert ..."

Lambach ging weiter, von Stetten versuchte, mit ihm Schritt zu halten.

„Wird aus Hilflosigkeit ein anderes Gefühl, wenn man merkt, die anderen sind genauso hilflos? Macht es das besser? Oder wird es vielleicht sogar noch schlimmer, wenn klar wird, dass andere auch nichts gegen diese Ohnmacht tun können?"

„Kein Mensch ist gerne hilflos", erwiderte von Stetten. „Menschen werden zu Tätern, weil sie ihre Hilflosigkeit nicht ertragen. Wenn sie mit Worten nicht weiterkommen, schlagen sie zu. Das machen manche Eltern, und sie machen es bestimmt nicht gerne. Das machen Halbstarke, und sie werden darüber nicht nachdenken. Wenn es diplomatisch nicht geht, dann ist eben Krieg. Wenn ich gegen die herrschende Klasse nicht ankomme, dann fliegen Steine und Autos brennen."

„Und du meinst, die Angehörigen von Opfern haben sich zusammengetan, um einen Feldzug gegen die Täter zu beginnen?"

Lambach ging an von Stetten vorbei.

„Ja."

„Warum hat dann Salvatore Opinelli nicht einfach ein paar Mafiosi beauftragt, Wieseler und Mahnke mit Betonschuhen in die Elbe zu stellen?", fragte von Stetten provokant.

„Der alte Opinelli wäre doch sofort in den Knast gegangen. Und wer hätte sich dann um die Signora gekümmert? Davon einmal abgesehen, leben wir nicht in Palermo oder sonst wo in Italien. Wir leben in einem Rechtsstaat mit Gewaltenteilung. Da kann man nicht einfach so einen Straftäter in der Elbe versenken. Das weißt du, das weiß ich und das weiß auch ein alter, gebrochener Herr aus Sizilien."

Von Stetten neigte den Kopf zur Seite. Er musterte Lambach nachdenklich.

„Du glaubst wirklich, dass sich in einigen Selbsthilfegruppen Menschen zusammenfinden, die Rache nehmen? Aber nicht einfach Auge um Auge, Zahn um Zahn – sie tauschen quasi ihre Täter, damit es nicht auffällt?"

Lambach nickte.

„Niemandem wäre geholfen, wenn ein Familienvater im Knast landen würde, weil er sich um den Mörder seiner Tochter gekümmert hat. Dann müsste der Rest der Familie auch noch auf den Vater verzichten. Deshalb machen sie es nicht nach dem Motto ‚*Eine Hand wäscht die andere*', sondern es ist wie in einem Tauschkreis, wie ein Ringtausch. A kümmert sich um den Täter von B und B von C und C von D und D von A oder so in der Art."

Von Stetten strich sich nachdenklich übers Kinn. Sie waren am Ende des Wildgeheges angekommen, und Lambach blieb stehen.

„Es klingt zwar in sich schlüssig, aber das ist bei allen Verschwörungstheorien so. Sag mal, Lambach, muss ich mir Sorgen machen?"

Lambach schwieg.

„Überleg doch mal, welches Ausmaß das annehmen würde", fuhr von Stetten fort. „Schon allein zu behaupten, dass die Kollegen nicht ordentlich ermittelt hätten, finde ich grenzwertig. Dann wäre der türkische Ex-Freund von Mira Kronberg einer Hinrichtung zum Opfer gefallen, welche Nicole Goldmann zu verantworten hätte und nicht irgendwelche zwielichtigen Gestalten aus dem Milieu. Mortag wäre demnach absichtlich vor das Auto der Goldmann in Hamburg geschubst worden. Wer soll denn so was koordinieren? Die ganzen Fälle, die wieder aufgerollt werden müssten! Und damit wäre es nicht getan. Wer hat Mortag gestoßen? Der alte Opinelli war es ja wohl nicht. Und wer hat sich um Wieseler gekümmert? Ist der aus Hamburg entführt worden? Du spinnst da ein Netz, das europaweit, vielleicht sogar weltweit tätig wäre."

Lambach bückte sich, nahm eine Handvoll Schnee vom Waldweg auf und presste ihn zu einer Kugel zusammen.

„Ich weiß nur, wenn man das Ganze betrachtet, bemerkt man eine Häufung von vermeintlichen Zufällen. Es ist unsere Pflicht, dem nachzugehen, egal, wie viele Fälle wieder aufgerollt werden müssen. Wo etwas schiefgelaufen ist, muss nachgebessert werden, sonst kommen einige ungeschoren davon und andere sitzen unschuldig ein. Abgesehen davon haben auch Opferangehörige nicht das Recht, sich über das Gesetz zu erheben."

„Wenn du die Opferangehörigen und ihre Hilflosigkeit so gut verstehst, dann lass ihnen doch diese Art der Traumatherapie", erwiderte von Stetten.

„Sie zu verstehen, bedeutet nicht, es auch gutzuheißen", sagte Lambach.

„Du musst es ja nicht gutheißen, aber vertrau doch einfach den Kollegen. Meinst du, die machen alle Fehler, nur weil sie den großen Zusammenhang nicht sehen? Wem willst du etwas beweisen?" Lambach drehte sich um und ging mit zügigem Schritt zurück in Richtung Auto.

„Ich muss niemandem etwas beweisen, aber ich werde zeigen, dass in dem Haus von Doktor Sachse nicht Doktor Sachse verbrannt ist. Das bedeutet, dass dort jemand anderes lag – und das ist ein ungeklärtes Verbrechen."

Von Stetten bemühte sich, auf Lambachs Höhe zu bleiben.

„Und wenn ich recht habe, erlebt Riedmann gerade ein ähnliches Martyrium wie Mahnke. Wenn er überhaupt noch lebt ..."

„Das ist makaber, Lambach."

„Das ist die Realität. Du kannst die Augen nicht davor verschließen, dass scheinbar immer dann, wenn ein ehemaliger Täter ums Leben kommt, ein Opferangehöriger wiederum als Täter infrage kommt. Einer, der im inneren Zirkel einer Selbsthilfegruppe engagiert ist. In diesem Kreis hat Doktor Sachse wahrscheinlich auch die nötige Unterstützung bekommen, so ein aufwendiges Verlies zu bauen."

„Riedmann hat man noch nicht gefunden. Und bei Mortag konnte die Goldmann nichts dafür, dass ihr der Typ vors Auto gestoßen wurde. Auch den Mörder von Kacanci hat man bisher nicht gefasst. Bei Wieseler tappen die Kollegen noch im Dunkeln. Man weiß zwar, dass er auf hinterhältige Weise hingerichtet wurde, aber nicht, von wem. Ich weiß nicht, was du da siehst." Von Stetten ergriff Lambachs Schulter und drehte ihn zu sich herum. „Mensch, Lambach, du gehst bald in den Ruhestand. Du bist ein guter Polizist. Vergiss, verdammt noch mal, diese Geschichte!"

Lambach riss sich los.

„Weißt du was, Max? Wer nicht für mich ist, ist gegen mich!"

Der Schneeball in seiner Hand hatte sich inzwischen in eine harte Eiskugel verwandelt.

Am späten Nachmittag fuhr Lambach auf den Parkplatz der Kleingartenkolonie Weende Junkernberg. Von hier aus konnte er das kleine Vereinsgebäude sehen, in dem das Treffen der Selbsthilfegruppe stattfinden sollte. Es brannte schon Licht.

Lambach überlegte, ob das überhaupt der richtige Ort für seine Ermittlungen war. Würde er es heute besser hinbekommen, sich als Leidensgenosse auszugeben? Er dachte an Gernoth Gieseke und daran, wie schnell dieser ihn durchschaut hatte. Vielleicht würde man ihn als Polizisten erkennen. Er würde sich rechtfertigen müssen, erklären, wieso er sich eingeschlichen hatte. Womöglich müsste er sich die Frage gefallen lassen, ob denn die Angehörigen nicht einmal unter ihresgleichen Frieden finden könnten, ohne von der Polizei belästigt zu werden. Und natürlich würden sie ihm keinesfalls von dem inneren Zirkel erzählen, wenn es denn dort einen solchen gäbe.

Er öffnete das Fenster einen Spalt. Kalte Luft zog herein.

„Kann ich etwas für Sie tun?"

Lambach erschrak. Eine Frau mittleren Alters mit streng zurückgekämmten Haaren stand neben dem Auto und bückte sich zu ihm herunter. Er konnte das Gesicht im Gegenlicht der Laterne nicht erkennen. Ihr Atem roch nach Kaffee und Nikotin.

„Äh ... nein. Danke der Nachfrage. Ich stehe hier nur."

„Sie stehen schon eine ganze Weile hier. Kann ich Ihnen helfen?"

„Wie bitte?", stammelte Lambach. „Mir helfen?"

„Soll ich die Polizei für Sie rufen?"

„Hier ist doch heute Abend das Treffen der Selbsthilfegruppe ..."

Die Frau richtete sich auf. Jetzt erkannte Lambach, dass ein Mann hinter ihr stand, der nun das Wort ergriff: „Haben Sie angerufen?"

„Angerufen?"

„Ja, angerufen."

Der Mann schaute zu der Frau, die kaum merklich den Kopf schüttelte.

„Vielleicht darf ich Ihnen kurz erklären ..."

„Nein, das brauchen Sie nicht. Heute Abend findet hier eine

Sitzung der Kleingartenpächter statt. Wenn Sie Interesse an einer Parzelle haben, müssen Sie anrufen und werden dann auf die Warteliste gesetzt. Sie sollten aber Geduld mitbringen, die Liste ist lang. Ich wünsche Ihnen einen schönen Abend." Lambach schaute den beiden hinterher, als sie das quietschende Tor hinter sich zuzogen. Dann schlug er mit der Faust ein paarmal auf das Lenkrad und schrie: „Scheiße! Scheiße! Scheiße! Verbrannt!" Er schnaufte, als wäre er gerade um den Block gesprintet. „Das kann doch nicht wahr sein! Die wussten, dass ich von der Polizei bin." Mit beiden Händen umschloss er das Lenkrad und rüttelte daran. „Scheiße! Deswegen haben die mich auch gleich draußen abgefangen. Die haben einen Tipp bekommen. So ein Arschloch! Das war Steiger! Garantiert!"

Lambach kochte vor Wut und rief Wollny an.

„Hat Steiger bei der Selbsthilfegruppe angerufen?"

„Was ist los, Lambach?"

„Beantworte einfach meine Frage! Hat dieser Schwachkopf hier angerufen?"

„Nein, ich denke nicht. Also nur, um die allgemeinen Infos rauszukriegen. Nichts Spezielles, das auf dich hinweisen würde."

„Wem hast du noch davon erzählt, dass ich heute die Selbsthilfegruppe besuchen wollte?"

„Niemandem habe ich davon erzählt ... außer Hansch und der Neuen. Wieso fragst du?"

„Weil ich gerade aufgeflogen bin", schrie Lambach in sein Handy. „Die haben mich draußen abgefangen und mich hier stehen lassen wie einen Dorftrottel. Die müssen was gewusst haben. Verdammt noch mal, ich habe dir gesagt, halt Steiger da raus!"

Dann legte er auf, ohne sich zu verabschieden.

Lambach startete den Motor und schaltete das Licht an. Als er in einem Bogen zurücksetzte, streifte das Scheinwerferlicht über den Aushangkasten der Kleingartenkolonie. *„Die hängen doch jeden Scheiß ans Schwarze Brett"*, erinnerte er sich an Wollnys Worte.

Ganz langsam fuhr er, so dicht es ging, mit dem Auto davor, konnte aber nichts erkennen. Kurzerhand stieg er aus und überflog die Aushänge. Sie waren teilweise veraltet. Termine vom Frühjahr und Sommer des Jahres wurden mitgeteilt. Eine Parzelle zur Übernahme wurde gesucht, das Sommerfest verschoben. Ganz rechts der Termin der Jahreshauptversammlung, Ende Dezember, mit Wahl des Vorstandes und der Entlastung des Kassenwarts Johann Konsbruch.

45. KAPITEL

Betroffen von Elviras Beerdigung kauerte Lambach schwermütig am Schreibtisch und rührte in seinem Kaffee. Viele der Stammgäste aus dem *Le Bistro* waren dort gewesen, auch ein Bruder von Elvira, den Lambach nicht kannte. Es war sehr friedlich gewesen. Dennoch traf ihn ihr Tod hart.

In Gedanken war er noch auf dem Friedhof, als er Traudel von den neuen Erkenntnissen im Fall Sachse berichtete.

„Was sagen Sie dazu, Traudel?"

„Sie sollten mit niemandem darüber sprechen, Herr Lambach. Wer Sie nicht kennt, wird Sie für verrückt halten, und wer Sie kennt, so wie ich, wird sich fragen, was mit Ihnen los ist."

Lambach bereute in diesem Augenblick, dass er ihr alles gesagt hatte. Sie konnte es nicht verstehen. Damit war allerdings von Anfang an zu rechnen gewesen.

„Aber Sie unterstützen doch meine Arbeit", vergewisserte er sich irritiert. „Wie passt denn das zusammen?"

„Ich maße mir nicht an, über Ihre Arbeit zu urteilen. Es wird sich alles finden. Aber wenn Sie mich so direkt nach meiner Meinung fragen: Ich denke, Doktor Sachse ist identifiziert, und vielleicht haben Sie sich ja in Hamburg verguckt."

Lambach überlegte kurz, dann bedankte er sich für ihre Ehrlichkeit und verließ sein Dienstzimmer. Er ging direkt zu Konsbruch. Selbst durch die geschlossene Bürotür konnte Lambach seinen Vorgesetzten deutlich hören. Anscheinend führte er ein hitziges

Telefonat: „Ich bin dir dankbar, Kreisler, aber was du verlangst, geht zu weit! Das kann ich nicht machen! ... Willst du mich erpressen? Da mache ich nicht mit!"

Lambach hörte, wie Konsbruch den Hörer auf die Gabel knallte. Er wartete einen Moment, dann öffnete er die Tür und trat ein.

„Komme ich ungelegen?"

Konsbruch starrte auf seine Pokale in der Glasvitrine.

„Nein, nein, komm rein!", erwiderte er gedankenverloren. Lambach bemerkte kleine Schweißperlen auf seiner Stirn. „Was kann ich für dich tun?"

„Ich muss mit dir reden. Es geht um den Sachse-Fall."

Konsbruch sagte nichts. Er schaute Lambach lediglich erwartungsvoll an.

In einem beinahe viertelstündigen Monolog erläuterte Lambach seinem Vorgesetzten bis ins kleinste Detail die Theorie, die er – in Anlehnung an die Ausführungen des Psychiatriepatienten Kalldasch – „*Nemesis-Theorie*" nannte. Erst, als Lambach fertig war, ergriff Konsbruch das Wort.

„Richard, ich lasse mal deine Hypothesen weitestgehend unkommentiert, da sie weder eindeutig zu belegen noch zu widerlegen sind oder mir irrelevant für die seriöse Ermittlungsarbeit der Polizei erscheinen."

Lambach schnappte nach Luft.

„Lass mich bitte ausreden! Für den Fall Sachse lässt sich sagen, dass sowohl der Zahnstatus als auch die DNA-Analyse eindeutig besagen, dass es sich bei der Brandleiche um Doktor Ulrich Sachse handelte. Die Löcher im Kopf schließe ich nicht aus, sie sind nur leider nicht mehr nachzuvollziehen, da die Leiche schon zur Einäscherung freigegeben wurde. Carola muss die Löcher übersehen haben. Du selbst hast die Akte aus Dresden besorgt, die beweist, dass die Leiche Löcher im Schädel gehabt haben muss. Diese Akribie ist es, die dich auszeichnet."

Lambach spürte Konsbruchs Überlegenheit. Er fühlte sich von seinem Vorgesetzten nicht ernst genommen. Im Gegenteil, er hatte den Eindruck, dass Konsbruch bewusst mit ihm spielte.

„Ich glaube, du hast dich in etwas verrannt. Lass es gut sein! Du hast den Opinelli-Fall geklärt. Alle drei Täter hast du ermittelt."

„Und was ist mit dem Sachse-Fall?", warf Lambach ein.

„Das hatten wir schon. Es ist nur ein Fall, weil du glaubst, einen Toten in Hamburg gesehen zu haben."

Langsam verlor Lambach die Fassung.

„Sachse hatte nicht den Mörder seiner Tochter im Netz, sondern einen wildfremden Mann. Das ist kein Zufall. In der Musikanlage dieses Kellerraums befand sich eine CD. Diese CD beschallte Mahnke wahrscheinlich seit er in diesem Netz unter der Decke hing mit Schuberts *Ave Maria*, gesungen von Francesca Opinelli. Verstehst du? *Ave Maria* – Maria Opinelli? Erzähl mir nicht, dass das ein Zufall ist! Und auch die Goldmann. Die wohnt in Konstanz und fährt nach Hamburg, nur um dort mal eben den mordenden Hafenarbeiter Mortag zu überfahren!"

„Wieseler", wandte Konsbruch ein. „Wieseler war Hafenarbeiter, nicht Mortag. Sie hat aber Mortag überfahren. Du bringst da einiges durcheinander."

Lambach stutzte, dann sprang er auf. Seine Gedanken überschlugen sich.

„Aber Nicole Goldmann hat gesagt, dass Mortag Hafenarbeiter war! Konsbruch, sie hat die beiden verwechselt! Verstehst du das nicht? Sie kannte alle beide und muss gewusst haben, dass es um den Opinelli-Täter ging. Die hat Mortag nicht aus Versehen überfahren."

Lambach wurde hektisch. Er spürte das rhythmische Pochen seines Pulsschlags. „Ich muss sofort nach Konstanz! Nicole Goldmann muss mir das erklären! Wir haben sie!"

Konsbruch stützte sich mit den Händen auf seinen Schreibtisch, lehnte sich nach vorn und erhob die Stimme: „Du fährst nirgendwohin! Die *SoKo Netz* ist aufgelöst. Ich habe den Kollegen ausdrücklich untersagt, dich weiter in deinen absurden Bemühungen zu unterstützen. Wir haben hier richtige Fälle zu klären. Der Opinelli-Fall ist abgeschlossen und der Sachse-Fall, den es so nie gab, ebenfalls. Ich untersage dir, nach Konstanz zu fahren und diese Frau zu belästigen!", forderte er mit Nachdruck. „Herr Goldmann hat auch schon bei mir angerufen und sich weitere Belästigungen verbeten. Das nächste Mal hörst du von seinem Anwalt. Lambach, lass es sein!"

„Wo kommen wir denn hin, wenn uns jeder die Ermittlungsarbeit verbieten kann? Die Frau ist eine Verdächtige in einem Mordfall!"

„Richard, du fährst da nicht hin! Drehst du denn jetzt völlig durch? Es gibt Kollegen, die in dem Fall ermittelt haben! Du bleibst hier, verdammt noch mal!"

Lambach ging zur Tür, drehte sich um und schrie: „Du steckst doch mit denen unter einer Decke! Kleingartenverein – schon klar! Aber ihr könnt mich nicht aufhalten! Und dass ihr Sachse freigegeben habt, ist der Beweis dafür, dass ihr versucht, eure Spuren zu verwischen!"

„Von wem redest du, mein Gott?"

Lambach knallte die Tür zu, rannte durch die Flure, stürzte auf die Toilette und schloss sich ein. Er fühlte sich wie ein gehetztes Tier. Alle waren gegen ihn.

46. KAPITEL

Gut eine Viertelstunde hatte Lambach auf der Toilette verbracht, bevor er von Stettens Büro betrat. Dieser füllte gerade neue Heftklammern in seinen Tacker. Als er den Kollegen bemerkte, legte er das Gerät beiseite.

„Ich brauche deine Hilfe, Max."

„Setz dich!", erwiderte von Stetten.

Lambach nahm auf dem Stuhl vor dem Schreibtisch Platz.

„Was ist passiert? Du bist ja ganz aufgelöst."

„Er hat mir den Fall entzogen. Das Arschloch hat mir tatsächlich verboten, nach Konstanz zu fahren und Nicole Goldmann zu überführen. Stell dir das mal vor!"

„Ich nehme an, du redest von Konsbruch."

„Natürlich. Von wem denn sonst?", fuhr Lambach von Stetten an.

„Nun beruhige dich erst mal und trink einen Kaffee."

Von Stetten griff nach seiner Thermoskanne.

„Es gibt keinen Grund, sich zu beruhigen!" Lambach holte tief Luft. „Max, hast du etwas über den Unfall in Hamburg herausgefunden?"

„Nein, die Kollegen dort sind kooperativ, aber es gibt schlichtweg keine Spur."

„Alles klar. Du musst mir einen Gefallen tun."

„Und der wäre?"

„Du musst für mich in Konstanz anrufen. Du musst aus Nicole Goldmann herausbekommen, wie sie darauf kam, dass Mortag Hafenarbeiter war."

„Das ist nicht dein Ernst, Lambach! Du erwartest von mir, dass ich in Konstanz bei dieser Frau Goldmann anrufe, obwohl Konsbruch es untersagt hat? Ich bin doch nicht verrückt geworden! Wenn das rauskommt, habe ich nichts mehr zu lachen. Zumindest so lange Konsbruch das Sagen hat."

„Mensch, es ist wichtig! Versteh doch! Nicole Goldmann hat mir gegenüber erwähnt, dass Mortag Hafenarbeiter war. Das stimmt aber nicht. Wieseler war Hafenarbeiter, nicht Mortag. Verstehst du nicht, was das bedeutet?"

Von Stetten sah Lambach ernst an. „Das hieße, dass Frau Goldmann die beiden verwechselt hat. Demzufolge hätte sie wissen müssen, dass es sich bei der Person, die sie überfahren hat, um einen der Täter im Opinelli-Fall handelte."

„So ist es. Und wenn das der Fall ist, war es kein Unfall, sondern Mord. Genau aus diesem Grund brauche ich deine Hilfe. Wenn ich in Konstanz anrufe, wird das gar nichts bringen. Nicole Goldmann kennt meine Stimme. Du musst dort anrufen und dich als einer der Kollegen aus Hamburg ausgeben."

„Und dann?", fragte von Stetten.

„Was – *und dann?*"

„Und dann soll ich sie in die Enge treiben?"

„Sie hat einen Fehler gemacht, Max. Ich bin sehr gespannt, wie sie den korrigieren will. Wenn du sie am Telefon festnagelst, bricht vielleicht ihr Kartenhaus zusammen. Es wackelt schon."

Von Stetten starrte ins Leere.

„Gut, ich mache das für dich. Um unserer alten Freundschaft willen. Aber es ist das letzte Mal. Ich kann diesen ganzen Sachse-Mist nicht mehr hören! Jedes Mal, wenn du damit anfängst, kommen bei mir diese ekelhaften Bilder von Mahnke wieder hoch. Ein einziges Mal noch, dann will ich von dieser ganzen Scheiße nie wieder etwas hören! Hast du das verstanden?"

Lambach erhob sich von seinem Stuhl.

„Danke. Das werde ich dir nie vergessen."

Nachdem von Stetten die Nummer gewählt hatte, schaltete Lambach das Telefon auf Mithören. Es dauerte nicht lange und Nicole Goldmann nahm ab.

„Mein Name ist Westphal von der Kripo Hamburg", log von Stetten. „Spreche ich mit Nicole Goldmann?"

„Ja, das ist richtig."

„Frau Goldmann, es tut mir leid, dass ich sie noch einmal kontaktieren muss. Es geht leider nicht anders."

„Worum geht's?"

„Ich schreibe gerade den Abschlussbericht in der Unfallsache Mortag. Sie erinnern sich sicher."

„Natürlich", antwortete Nicole Goldmann.

„Eigentlich ist es nur eine Routineangelegenheit, aber mir fiel eine Ungereimtheit in Ihrem Unfallprotokoll auf."

„Und die wäre?", fragte sie.

„Sie erwähnten Herrn Mortags Tätigkeit als Hafenarbeiter."

Von Stetten schaute Lambach unsicher an. Lambach nickte seinem Kollegen zu. „Kommen lassen!", flüsterte er.

„Und was stört Sie daran, wenn ich fragen darf?", erkundigte sich Frau Goldmann.

„Für mich stellt sich die Frage, woher Sie wussten, dass Herr Mortag diese Tätigkeit ausübte."

„Diese Information habe ich von Ihrer Kollegin, die das Unfallprotokoll aufgenommen hat. Sie hat es in unserem Gespräch beiläufig erwähnt."

Von Stetten sah Lambach an und zuckte mit den Schultern. Lambach schüttelte den Kopf und deutete von Stetten an, weiter zu bohren.

„Ach so", sagte von Stetten. „Dann wäre das auch geklärt. Eine abschließende Frage habe ich noch."

„Fragen Sie!", antwortete Nicole Goldmann.

„Sagt Ihnen der Name Gerd Wieseler etwas?"

Die Antwort kam verzögert, aber bestimmt: „Ist mir nicht bekannt."

„Gut, Frau Goldmann", sagte von Stetten. „Dann kann ich meinen Bericht jetzt abschließen. Auf Wiederhören!"

Er legte auf.

Damit hatte Lambach nicht gerechnet. Er musste überlegen.

„Das Protokoll – das will ich genau wissen! Die Goldmann kann uns viel erzählen! Ich rufe jetzt auf der Stelle bei Coordes in Hamburg an. Es kann nicht schwer sein, die Kollegin zu ermitteln, die das Protokoll verfasst hat. Dann wird sich herausstellen, ob Frau Goldmann die Wahrheit sagt oder nicht."

„Tu, was du nicht lassen kannst. Für mich ist die Sache jetzt beendet. Konsbruch hat einen Strich darunter gezogen", erwiderte von Stetten.

Lambach ging in sein Zimmer und wählte Traudels Nummer, um sich eine Verbindung mit Heinrich Coordes herstellen zu lassen. Kurze Zeit später rief Traudel zurück und teilte ihm mit, dass der Anschluss besetzt gewesen sei. Sie würde es weiter versuchen.

Während Lambach wartete, überlegte er, wie alt sein ehemaliger Vorgesetzter inzwischen wohl sein mochte. Nach kurzem Rechnen kam er auf fünfundsechzig. Lambach hatte Heinrich Coordes als hervorragenden Kriminalisten in Erinnerung. Viele Jahre lang war er für ihn Chef und Mentor gewesen. Im Laufe der gemeinsamen Dienstzeit hatte sich zwischen den beiden ein freundschaftliches Verhältnis entwickelt. Als Coordes dann Dienststellenleiter eines Hamburger Präsidiums wurde und Konsbruch den vakanten Posten übernahm, war Lambach zutiefst enttäuscht gewesen. Er selbst hatte sich Chancen auf diese Stelle ausgerechnet und sollte nun einen Externen vorgesetzt bekommen. Auch Heinrich Coordes hätte Lambach gerne als seinen Nachfolger gesehen und hatte sogar versucht, das durchzusetzen. Leider vergeblich.

Lambachs Telefon klingelte erneut und Traudel stellte durch. Nach einigen persönlichen Worten beschrieb Lambach in groben Zügen die Zusammenhänge und formulierte sein Anliegen. Heinrich Coordes verstand schnell und sicherte Lambach zu, ihm die Tonbandaufnahmen des Goldmann-Verhörs zugänglich zu machen.

„Wenn es dir passt, komme ich gern morgen im Laufe des Vormittags in deiner Dienststelle vorbei, um mir die Aufzeichnung anzuhören", sagte Lambach.

„So machen wir das", antwortet Coordes. „Ich habe allerdings um zwölf einen Termin, den ich nicht verschieben kann. Kannst du schon gegen neun hier sein? Dann hätten wir noch ein wenig Zeit, über alte Zeiten zu plaudern."

„Ich werde pünktlich sein", versprach Lambach und verabschiedete sich.

„Hier befinden Sie sich jetzt – und dort müssen Sie hin."

Der junge Beamte hinter der Glasscheibe zeigte Lambach den Weg zu Coordes' Büro auf einem Lageplan des Geländes.

„Nehmen Sie die Karte lieber mit. In unserem Labyrinth kann man sich schnell verlaufen."

Lambach ging durch die mit Linoleum belegten Gänge und stieg in einen Fahrstuhl. Er fuhr in den dritten Stock. Das Präsidium von Heinrich Coordes war offensichtlich um ein Vielfaches größer als das Göttinger Präsidium. Es erinnerte Lambach an einen Irrgarten.

„*Heinrich Coordes, Dienststellenleiter*" las er auf dem Glasschild neben der Tür. Er steckte den Orientierungsplan in seine Jackentasche und klopfte. Kurz darauf öffnete Coordes die Tür. Nach einer herzlichen Begrüßung setzten sich die beiden in eine Sitzgruppe in der Nähe des Fensters. Eine Sekretärin brachte Kaffee und Trockengebäck und verließ dann wieder den Raum.

Das Büro war weitaus geräumiger als Coordes' ehemaliges Dienstzimmer in Göttingen. Es wirkte modern und schien erst vor Kurzem gestrichen worden zu sein. Es roch noch nach frischer Farbe.

„Wird hier etwa renoviert?", fragte Lambach erstaunt.

„Hör bloß auf! Das nimmt kein Ende. Wenn sie fertig sind, können sie gleich wieder von vorne anfangen. Was da an Geld verpulvert wird, möchte ich gar nicht wissen."

„Sei doch froh", erwiderte Lambach. „Hast du vergessen, wie es bei uns war? Da musstest du einen Antrag für einen Locher stellen, wenn der alte das Zeitliche gesegnet hatte."

„Immer noch besser, als kurz vor meiner Pensionierung den ganzen Tag diesen Lärm und diesen Farbgestank zu ertragen", antwortete Coordes. „Mir wäre mit einer Aufstockung des Personals mehr gedient. Aber was soll's? Ich will nicht meckern. Wie sieht's bei euch aus?"

„Im Großen und Ganzen läuft alles. Grams ist ausgefallen. Hat sich mit der Kreissäge einen Finger abgetrennt. Einige neue Kollegen sind dazugestoßen. Und Konsbruch macht mir zurzeit das Leben schwer."

Coordes wischte sich mit der flachen Hand über die Stirn.

„Ich weiß. Er hat mich heute Morgen angerufen."

Lambach schaute Heinrich Coordes verständnislos an.

„Ich habe noch versucht, dich zu Hause zu erreichen, aber du warst wohl schon losgefahren. Und deine Handynummer hatte ich nicht."

„Was wollte er denn von dir?", fragte Lambach ungläubig.

Coordes stellte die Kaffeetasse ab und sah Lambach ernst an.

„Er hat mir mitgeteilt, dass du in Erwägung ziehst, mir einen Besuch abzustatten, um in einem Fall zu ermitteln, der dir entzogen wurde. Während dieses Telefonats hat er mir unmissverständlich mitgeteilt, welche Konsequenzen es hätte, wenn ich dir unter diesen Voraussetzungen Akteneinsicht gewähren würde."

Lambach verstand.

„Dieser Dreckskerl! Das kann doch nicht wahr sein! Der sitzt mit seinem Arsch auf einem sicheren Stuhl und verschließt beide Augen vor der Wahrheit."

Lambach schüttelte verbittert den Kopf.

„Wir werden schon eine Lösung finden. Wut war noch nie ein guter Ratgeber."

Coordes griff nach der Kaffeekanne und schenkte Lambach nach.

„Ich frage mich bloß, woher Konsbruch überhaupt wusste, dass ich vorhatte, mich mit dir zu treffen."

Der Gedanke, der Lambach nun durch den Kopf schoss, verletzte ihn und machte ihn wütend zugleich. Innerhalb des Bruchteils einer Sekunde wusste er, von wem Konsbruch die Information erhalten hatte. Dass von Stetten ihm derart in den Rücken fallen würde, hätte er sich nicht träumen lassen.

„Ich mache dir einen Vorschlag, Richard. Dass ich dir unter diesen Umständen weder Akteneinsicht geben noch Verhörmitschnitte aushändigen kann, wird dir klar sein. Aber ich werde dir eine Frage beantworten. Also, worum geht's?"

Lambach verstand.

„Ich muss wissen, ob die ermittelnde Kollegin Nicole Goldmann die Fehlinformation gegeben hat, dass Mortag Hafenarbeiter gewesen sein soll. Selbst wenn es von deiner Mitarbeiterin nur am Rande erwähnt wurde, ist es von immenser Wichtigkeit."

„Bis wann musst du das wissen?", fragte Coordes und lockerte mit Daumen und Zeigefinger seinen Krawattenknoten.

„So schnell wie möglich", antwortete Lambach.

„Ich werde mich darum kümmern und dir die Antwort umgehend zukommen lassen", versprach Coordes.

Lambach schaute zu Boden und nickte. Dann sah er Coordes an.

„Danke. Ich weiß das zu schätzen."

Noch über eine Stunde saßen sie zusammen, tranken Kaffee und unterhielten sich über alte Zeiten, bevor Lambach sich verabschiedete. Als er das Präsidium verließ, schneite es. Gedankenverloren überquerte er den Parkplatz. Als er vor seinem Wagen stand, öffnete sich die Tür des Autos neben ihm. Es war ein Mercedes. Von Stetten stieg aus.

„Was willst du hier? Hat Konsbruch dich geschickt?", schnauzte Lambach ihn an.

„Ja, hat er. Er macht sich Sorgen um dich. Und mir geht's genauso."

„Dass ich nicht lache! Du spionierst mir nach? Das hätte ich nicht von dir gedacht."

„Mensch, Lambach! Ich bin nur hier, weil ich das Gefühl habe, dass du Hilfe brauchst."

„Auf diese Art Hilfe kann ich verzichten! Es ist erbärmlich, wie du dich von Konsbruch zum Wachhund degradieren lässt!"

Von Stetten war fassungslos.

„Ihr könnt mir noch so viele Knüppel zwischen die Beine werfen, aber das wird nichts ändern. Ich habe Sachse gesehen und ich werde ihn finden. Mit ihm wird sich alles aufklären", schrie Lambach.

„Was ist denn bloß in dich gefahren?", flüsterte von Stetten kopfschüttelnd, als Lambach den Motor startete, mit schlinderndem Heck den schweren Eisenpfosten der Präsidiumsausfahrt schrammte und davonraste.

FREITAG, 30. NOVEMBER 2001

Grübelnd saß er auf der Bettkante. Zweifel überkamen ihn. Konnte er seinem Anwalt trauen? Seit er seine Aufzeichnungen übergeben hatte, wartete er auf eine Reaktion. Vergeblich.

„Ich soll ihn umgebracht haben", sagte er laut zu sich selbst. „Alles würde zu mir passen. Alle Indizien sprechen gegen mich."

Wieder hörte er das Brummen des Lastenaufzugs. Noch eine halbe Stunde, dann würde es Mittagessen geben.

47. KAPITEL

Ziellos fuhr Lambach durch Hamburg. Seine Laune war auf dem Tiefpunkt angelangt. Die Enttäuschung über von Stettens Verhalten saß tief. Er hatte überlegt, Antonia zu besuchen, wollte ihr aber in dieser Stimmung nicht begegnen. An einer Tankstelle hielt er an, kaufte eine Flasche Bourbon und aß eine Bockwurst mit Senf. Dann setzte er seinen Weg fort. Der Feierabendverkehr ließ ihn nur langsam vorankommen. Er verfuhr sich mehrmals und erreichte erst gegen halb fünf die Hotelgarage.

Lambach verstaute die Whiskeyflasche in seiner Reisetasche und fuhr mit dem Fahrstuhl in die Hotellobby. Draußen begann es zu dämmern.

„Haben Sie ein Zimmer nach vorne raus?"

Der Portier schien etwas verunsichert.

„Sie meinen, zur Straße hin?"

„Ja, genau."

„Die Fenster sind leider nicht schalldicht. Es sind auch sehr schön gelegene Zimmer im hinteren Teil frei. Die sind deutlich ruhiger."

„Ich sehe gerne dem Treiben auf der Straße zu. Also, lieber nach vorne raus und, wenn Sie haben, an einer Ecke."

Im Zimmer angekommen, stellte sich Lambach ans Fenster, genoss die warme Luft, die von dem gusseisernen Heizkörper nach oben strömte, und betrachtete die rege Geschäftigkeit auf der Straße unter sich. Vor dem Supermarkt gegenüber bettelte ein Mann. Lambach zählte die Menschen, die in die Busse ein- und ausstiegen, und stellte sich vor, wie sie wohl ihren Feierabend verbringen würden. Langsam fiel die Aufregung des Tages von ihm ab. Aus der Minibar griff er sich ein Glas, füllte dieses zur Hälfte mit Bourbon und nahm einen großen Schluck. Lambach spürte eine angenehme Wärme, als das Getränk die Speiseröhre hinabfloss und sich schließlich in seinem Magen verteilte. Mit einem weiteren Schluck leerte er das Glas vollständig. Obwohl die Welt hinter der beschlagenen Scheibe kalt wirkte, verspürte er Lust, in sie einzutauchen. Er zog seinen Mantel an und ging zur Bushaltestelle gegenüber. Er steckte dem Bettler einen Fünfmarkschein in den Pappbecher und stieg einfach in den nächsten Bus. Lambach fuhr ein paar Haltestellen, stieg dann aus und ging zu Fuß weiter. Immer wieder beobachtete er die Leute um sich herum. An einer S-Bahn-Station setzte er sich auf eine Bank im Wartebereich. Menschen kamen und gingen. Lambach stieg in die dritte Bahn. Als er auf einem Schild das Wort „*Airport*" las, stieg er aus und ließ sich von einem Taxi zum Flughafen bringen. Der Gedanke reizte ihn, einfach ein Ticket zu lösen und irgendwohin zu fliegen. Er kaufte sich ein Sandwich und eine Cola und stellte sich an einen Stehtisch, sodass er die Ankommenden beobachten konnte. Verwandte holten ihre Liebsten ab und umarmten sie. Neue Mitarbeiter wurden begrüßt, entsprechende Schilder hochgehalten. Lambach biss von seinem Sandwich ab und sah einem grau melierten Herrn nach, der auf einen Mann zuschritt. Der trug ein Schild mit der Aufschrift „*Blohm + Voss*".

„Ich Idiot! Ich dämlicher Idiot! Sachse hat den Wagen nicht selber gemietet. Der hat sich den Wagen mieten lassen", sagte er laut. Ein Pärchen am Nebentisch starrte irritiert zu ihm herüber.

Lambach warf das Sandwich auf den Pappteller und suchte den Bereich, in dem sich die Autovermietungen befanden. Er drängelte sich an den Wartenden vorbei und knallte dem Mitarbeiter des Unternehmens seinen Dienstausweis auf den Tresen.

„Mein Name ist Lambach. Ich bin Polizist und muss sofort Ihren Vorgesetzten sprechen!"

Der Mann hinter dem Schalter schaute auf den Ausweis und griff ohne Umschweife zum Hörer. Lambachs Auftreten hatte anscheinend Wirkung gezeigt. Wenige Minuten später stand er dem Filialleiter der Autovermietung gegenüber.

„Kommen Sie doch bitte mit nach hinten", bat der korpulente Herr. „Es macht sich nicht gut, wenn die Polizei unseren Schalter blockiert. Mein Name ist Konradi. Was kann ich für Sie tun?"

In einem Besprechungsraum ließ sich Lambach von ihm die Daten der Kunden heraussuchen, die ein entsprechendes Auto gemietet hatten. Die daraus resultierende Liste enthielt zwei Privatpersonen und vier Firmen. Eine der Firmen hatte den Wagen erst vor Kurzem zurückgegeben. Es handelte sich um die Ohlsenwerft. Für einen Moment entflammte in Lambach die Hoffnung, doch noch Spuren von Ulrich Sachse zu finden.

Ein letzter Aufruf für einen Flug nach London weckte Lambachs Aufmerksamkeit. „Ich bedanke mich für Ihre Mühe und wünsche Ihnen noch einen schönen Feierabend", sagte er.

„Das wird noch ein wenig dauern", erwiderte Konradi und begleitete Lambach zurück in die Halle.

Lautes Stimmengewirr empfing ihn. Lambach versuchte sich zu konzentrieren. Für einen Moment blieb er stehen und sah sich um. Er musste einen klaren Gedanken fassen.

Fluchtartig verließ er das Flughafengebäude und atmete draußen die frische Luft ein. Ein Flugzeug erhob sich in den Abendhimmel. Lambach vermutete, dass es der Flieger nach London war.

Er überlegte: Hatte er damals an der Tankstelle versagt? Hatte er nicht auch jetzt wieder versagt? Vielleicht hatte er tatsächlich die beiden Brüder verwechselt? Wie konnte Helmut Sachse einfach wieder nach Australien fliegen, wenn sein Bruder Tage zuvor verbrannt war? Wusste er davon vielleicht gar nichts? Hatten die beiden überhaupt Kontakt? Wenn Lambach Helmut Sachse im Auto hinter sich gesehen hatte, wo war dann Ulrich Sachse? Was wäre, wenn Carola ordentlich gearbeitet hätte und seine Vermutungen bezüglich DNA und Zahnstatus zuträfen? War Hagen Strüwer mit von der Partie? Ulrich Sachse könnte überall sein, sogar in diesem Flieger nach London, schoss es ihm durch den Kopf.

„Kennen Sie die Ohlsenwerft?", fragte Lambach den Taxifahrer auf dem Rückweg zum Hotel.

„Sagt mir nichts. Warum fragen Sie?"

„Ich wüsste gern, wo die sich befindet."

„Das haben wir gleich", sagte der Fahrer mit einem Griff zum Funkgerät, während Lambach seine Taschen vergeblich nach seinem *Montblanc* durchsuchte. Eine Minute später notierte er sich die Adresse mit einem Werbe-Kugelschreiber des Taxiunternehmens in seinem Notizheft. Die Ohlsenwerft befand sich an den Landungsbrücken.

Lambach sah auf die Uhr. Es war ihm bewusst, dass es keinen Sinn hatte, um diese Uhrzeit dort anzurufen. Gleich morgen früh würde er es jedoch versuchen.

Lambachs Mobiltelefon klingelte.

„Hier ist Heinrich. Ich habe Neuigkeiten für dich", sagte Coordes.

Lambach bat den Taxifahrer, die Musik leiser zu drehen.

„Schieß los, ich höre!"

„Ich habe mir die Aufzeichnung des Verhörs angehört und anschließend mit der zuständigen Kollegin gesprochen. Weder in dem von ihr angefertigten Protokoll noch auf dem Tonband ist die Rede davon gewesen, dass Mortag Hafenarbeiter war. Leider konnte sich die Beamtin nicht daran erinnern, ob sie so etwas mal eventuell beiläufig im Laufe des Gesprächs erwähnt hat. Ich weiß, das hilft dir jetzt nicht, aber ich wollte es dir trotzdem gesagt haben."

„Danke, Heinrich."

Lambach verabschiedete sich und steckte sein Telefon in die Manteltasche.

48. KAPITEL

Aus dem Frühstücksraum des Hotels holte er sich eine Tasse Kaffee, nahm sein Telefon zur Hand und wählte die Nummer der Ohlsenwerft. Am anderen Ende meldete sich eine Frau Fahrenholz. Wie er im Laufe des Gesprächs erfuhr, handelte es sich um die Sekretärin. Lambach erläuterte kurz sein Anliegen und vereinbarte für zwölf Uhr einen Termin.

Gegen elf verließ er das Hotel und machte sich auf den Weg in Richtung Landungsbrücken. Die aufgerissene Wolkendecke ließ hier und da einige Sonnenstrahlen durch und etwas blauen Himmel erkennen. Lambachs Stimmung war gut.

Frau Fahrenholz begrüßte ihn am Eingang.

„Herr Adachi erwartet Sie bereits", sagte sie und deutete auf eine Tür, die von ihrem Vorzimmer abging.

Der Raum, den sie nun betraten, war größer, als Lambach es erwartet hatte. An den Wänden hingen Ölbilder in Goldrahmen; alle zeigten Dreimaster auf hoher See. Beherrscht wurde das Zimmer von einem riesigen Konferenztisch, der in der Mitte stand. Ein stattlicher Mann Ende fünfzig schritt mit ausgestreckter Hand auf Lambach zu. Er trug einen tadellos sitzenden dunkelblauen Anzug. Die Knöpfe waren aus Messing und die Krawatte passte farblich zum Einstecktuch. Genau so hatte sich Lambach einen Reeder oder Werftbesitzer vorgestellt.

„Mein Name ist Peer Adachi. Was kann ich für Sie tun?"

Während ihm Lambach sein Anliegen erläuterte, hörte Herr Adachi genau zu.

„Natürlich, da geben wir Ihnen gerne Auskunft. Frau Fahrenholz wird sich darum kümmern", sagte Adachi. „Ich muss mich leider schon wieder von Ihnen verabschieden, ich habe noch wichtige Termine." Er drückte Lambach die Hand und begleitete ihn ins Vorzimmer. „Frau Fahrenholz wird Ihnen alle Fragen beantworten. Es war nett, Ihre Bekanntschaft zu machen."

Nachdem Adachi den Raum verlassen hatte, wandte sich Lambach der Sekretärin zu.

„Sie haben also persönlich diesen Wagen gemietet?"

Frau Fahrenholz blätterte in ihrem Kalender.

„Ja, am 18. Oktober um etwa 9 Uhr morgens."

„Und der Wagen ist korrekt wieder abgegeben worden?"

„Ja, hier in Hamburg. Gemietet für Herrn Professor Helmut Sachse", konkretisierte die Sekretärin. „Herr Professor Sachse hatte mal eine Gastprofessur an der Hochschule. Er ist Schiffbauingenieur, gebürtig aus Dresden, glaube ich, er lebt aber schon lange in Australien. Er betreut noch immer einige Projekte bei uns in der Werft. Man kann sagen, er ist jedes Jahr um diese Zeit in Deutschland. Stimmt etwas mit dem Führerschein nicht? Ich denke, es wird sich alles klären lassen."

„Es gibt doch sicher Unterlagen mit einem aktuellen Foto des Professors?", fragte Lambach.

„Ja, natürlich. Wenn Sie möchten, kann ich sie Ihnen holen", antwortete Frau Fahrenholz.

„Das wäre sehr nett von Ihnen."

Frau Fahrenholz stellte Lambach eine Tasse Kaffee hin und verließ den Raum. Geistesabwesend zuckerte er sich sein Getränk. Er fühlte sich elend.

„So, Herr Lambach, da haben wir zwei Fotos von unserem Herrn Professor."

Lambach wollte nicht glauben, was er da sah. Sein Verstand schien sich aufzulösen. Die Gespräche der letzten Wochen zerplatzten in Hunderte Bruchstücke, Wortfetzen flogen ihm um die Ohren.

„Was habe ich ihnen bloß angetan? Ich war mir so sicher!", sagte er leise zu sich selbst. Das war der Mann, den er im Auto hinter sich gesehen hatte!

Lambach blickte zu Frau Fahrenholz auf, die freundlich lächelnd versuchte, ihre Unsicherheit zu überspielen. Sein Blick wurde glasig.

„Denken Sie, dass ein Mensch spürt, wenn er verrückt wird?"

„Wie meinen Sie das?" Die Sekretärin schaute sich verwirrt um. „Gibt es Probleme mit Herrn Sachse?"

Lambach nahm einen kleinen Schluck von seinem Kaffee und stand auf.

„Kommt darauf an, welchen Herrn Sachse Sie meinen."

Er bedankte sich für die Unterstützung und ging, ohne ein weiteres Wort zu verlieren. Er hatte Ulrich Sachse also nicht gesehen. Ihm wurde übel bei dem Gedanken, seinen Kollegen – allen voran Konsbruch – seinen Fehler und vor allem seine Besessenheit eingestehen zu müssen. Aber was war mit all den Zufällen? Wieso schien niemand hier zu wissen, dass der Bruder von Professor Helmut Sachse verstorben war? Diese Frage brannte ihm unter den Nägeln. Er musste noch einmal zurück zu Frau Fahrenholz. Diese letzte Ungereimtheit musste aus dem Weg geräumt werden.

„Entschuldigen Sie, Frau Fahrenholz, wenn ich noch einmal stören muss."

„Kein Problem. Ist Ihnen noch etwas eingefallen?"

„Hat der Professor eigentlich noch Familie in Deutschland?"

Die Sekretärin tippte sich mit dem Zeigefinger an den Mund.

„Ja, einen Bruder. Er ist Arzt in Göttingen. Und die Mutter lebt wohl noch in Dresden."

Lambach nickte.

„Gut, das ist auch mein Wissensstand."

„Soviel ich weiß, wollte er seine Mutter besuchen, bevor er zurückfliegt."

„Wie bitte? Herr Sachse ist noch in Deutschland?"

„Sagte ich das vorhin nicht? Er hat kurzfristig seinen Aufenthalt verlängert – und das, obwohl sein Flug bereits gebucht war."

„Kommt er vor seiner Abreise noch mal hierher?"

„Das schafft er nicht. Sein Flug müsste in knapp anderthalb Stunden gehen."

„Sie sagten, dass sein Ticket schon gebucht war. Hat er den Flug einfach so verstreichen lassen oder hat er das Ticket zurückgeben können?"

„Tut mir leid, das weiß ich nicht. Wir kümmern uns um das Organisatorische vor Ort. Die Flüge bezahlt er selbst."

Lambachs Gedanken überschlugen sich.

„Sie haben mir sehr geholfen. Vielen Dank. Rufen Sie mir bitte ein Taxi. Ich warte unten. Mein Auto hole ich später ab."

In rasender Geschwindigkeit spielte Lambach alle Möglichkeiten durch. Wollny! Er musste Wollny erreichen! Lambach nahm sein Handy und wählte. Die Sekunden, bis Wollny abnahm, kamen ihm wie eine Ewigkeit vor.

„Lambach hier! Wie gesichert ist die Information, dass Helmut Sachse vor drei Wochen nach Australien geflogen ist?"

„Wo steckst du denn? Konsbruch ist stinksauer auf dich."

„Es ist dringend, Daniel. Beantworte einfach meine Frage!"

„Hundert Prozent. Wenn du kurz wartest, suche ich dir die Flugnummer raus."

Lambach hatte bereits aufgelegt. Für ihn gab es nur zwei Möglichkeiten. Die erste war: Ulrich Sachse war anstelle seines Bruders und mit dessen Papieren nach Australien geflogen und Helmut Sachse würde innerhalb der nächsten Stunde einchecken. Die andere Möglichkeit raubte Lambach fast den Verstand: Helmut Sachse war bereits selbst vor drei Wochen nach Adelaide geflogen. Dann würde ihm Ulrich Sachse schon bald gegenüberstehen.

Am Flughafen angekommen, stürmte Lambach direkt an den Informationsschalter.

„Wo starten die Flüge nach Australien?", brüllte er.

Die Frau am Schalter schaute auf ihren Bildschirm.

„Terminal 1, Gate 6. Das wird aber knapp."

Lambach hetzte durch das Flughafengebäude. Er konnte sich nicht erinnern, wann er zuletzt eine so lange Strecke am Stück gelaufen war. Völlig atemlos erreichte er Gate 6.

„Lambach, Kripo Göttingen! Ich muss wissen, ob Professor Helmut Sachse schon eingecheckt hat." Lambach knallte seinen Dienstausweis auf den Tresen der Fluggesellschaft.

„Ich schaue nach. Einen Moment bitte."

Zwischen den Reisenden hoffte er, einen der Sachse-Brüder zu entdecken.

„Hier haben wir ihn", sagte die Frau hinter dem Tresen. „Boarding in knapp fünf Minuten. Herr Sachse befindet sich bereits in der Wartezone." Sie zeigte auf eine große Glasfront neben ihrem Schalter.

„Vielen Dank."

Lambach eilte hinüber. Gelangweilte Business-Leute, die Zeitung lasen, Familien, deren Kinder wild durch die Halle liefen. Hier wurde noch ein Handy ausgeschaltet, dort nahm ein Mann seine Medikamente ein.

Lambach kniff die Augen zusammen. „Das ist doch ..."

Der ältere Herr faltete eine Zeitung zusammen, hob sein Handgepäck vom Boden auf und war im Begriff zu gehen. Lambach hämmerte mit den Fäusten gegen die Scheibe. Die Leute drehten sich um und schauten irritiert. Einige Mitarbeiter der Gepäckabfertigung warfen sich ernste Blicke zu.

Lambach schrie: „Herr Sachse! Hier! Herr Sachse!" Wie ein Besessener trommelte er gegen das Glas, bis sich der Mann umdrehte und ihn verständnislos ansah.

Völlig außer Atem schaute er dem Herrn auf dem Weg zur Gangway nach. Das war nicht Ulrich Sachse, den er dort sah. Es war der Mann, den er in der Ohlsenwerft auf dem Foto und vor gar nicht allzu langer Zeit im Auto hinter sich gesehen hatte.

Lambach war sich sicher, dass der Professor vor drei Wochen nicht nach Australien geflogen war. Jemand musste also mit seinem Ticket gereist sein. Jemand, der ihm sehr ähnlich sah. Und da fiel ihm nur einer ein: Doktor Ulrich Sachse. Er wäre demzufolge außer Landes, müsste jedoch seinem Bruder per Post dessen Papiere nach Deutschland zurückgeschickt haben. Und nun flog dieser völlig unbehelligt selbst nach Australien.

Lambach lächelte still in sich hinein. „So muss es gewesen sein", bestätigte er sich in seinen Überlegungen. „Sie haben es von langer Hand geplant. Bis ins kleinste Detail", mutmaßte er. „Ein perfekter Plan, dem nur der Zufall in die Quere kommen konnte."

Wie ein Film zogen die letzten Wochen an ihm vorüber, all die zweideutigen Ermittlungsergebnisse, all die Gespräche mit den Kollegen, das mit Svend.

Es war vorbei.

Lambach rief als Erstes Konsbruch an.

„Ich bin's. Ich wollte dir nur kurz sagen, dass ich gerade in Hamburg bin und herausgefunden habe, dass ich nicht Ulrich Sachse, sondern seinen Bruder Helmut gesehen habe. Dieser Helmut Sachse war zu der betreffenden Zeit mit einem Mietwagen hier in Hamburg unterwegs. Die beiden sehen sich extrem ähnlich. Ich will nichts hören. Ich mache erst mal ein paar Tage frei."

Ohne eine Antwort abzuwarten, legte Lambach auf. Dann wählte er von Stettens Handynummer und erzählte ihm das Gleiche.

„Und jetzt?", fragte Max besorgt.

„Ich werde ein paar Tage Urlaub machen und dann meinen Ruhestand vorbereiten. Ich kann nicht mehr. Ihr Jungen müsst jetzt übernehmen."

„Und du hältst das für eine gute Idee?", fragte von Stetten.

„Ich weiß nicht, ob das eine gute Idee ist. Eines weiß ich allerdings genau: Maria Opinelli musste sechs Tage lang erbärmliche Qualen erleiden, bevor sie sterben durfte. Dafür sollte Mahnke exakt sechs Jahre in seinem Verlies Buße tun. Die kleine Laura Sachse wurde am 1. Juli 1988 entführt und nach dreizehn Tagen gefunden. Sollte an der Nemesis-Geschichte etwas dran sein, dann wird am 13. Juli 2001 Riedmann auftauchen und aller Voraussicht nach in einem ähnlich bemitleidenswerten Zustand wie Mahnke sein."

„Glaubst du das tatsächlich immer noch?", fragte von Stetten vorsichtig.

„Es ist egal, was ich glaube. Das interessiert sowieso niemanden. Nur wenn es so sein sollte, dann ist es euer Problem. Ich werde dann nämlich mit meinem Freund Svend irgendwo auf dem Canal de Bourgogne unterwegs sein und einen guten Roten trinken. Aber erst mal sehen wir uns nächste Woche, wenn ich meine Sachen zusammenpacke."

Lambach verabschiedete sich, stellte sein Handy aus und ließ Hamburgs Fassaden an sich vorüberziehen.

49. KAPITEL

FRANKREICH,
13. Juli 2001

Den Kopf auf den Vorderpfoten lag Snuggle auf den Holzplanken des Hausboots und schaute müde aufs Wasser. Gelegentlich erhob er sich, drehte sich einige Male um sich selbst, um sich danach erneut in die Sonne zu legen. Seine ursprüngliche Lebhaftigkeit war im Laufe der vergangenen drei Jahre einer zunehmenden Gemütlichkeit gewichen. Svend saß auf einem Klappstuhl und schuppte über einer Emailleschale eine Forelle, während Lambach eine Pose am Vorfach seiner Angelschnur befestigte. Aus dem Kofferradio erklang leise die Musik eines französischen Senders. Die Sonne hatte die Luft auf angenehme 24 Grad erhitzt. Lambach zog sich den Teller mit den Wassermelonenstücken heran und spießte eine Scheibe mit seinem Angelmesser auf. Er aß sie direkt vom Messer und der süße Saft tropfte auf die Planken.

„Schau dir diesen Prachtkerl an!", rief Svend von seinem Platz aus herüber. Er hielt die fertig geschuppte Forelle in die Luft. „Das ist der kapitalste Brocken, den ich je gefangen habe! Und das an einem Freitag den Dreizehnten! Da soll mal einer sagen, das sei ein Unglückstag. Die kommt heute Abend auf den Grill."

Lambach nickte Svend nachdenklich zu. Snuggle hob die Nase in die Luft und witterte. Er sah erst den Fisch, dann sein Herrchen an und wedelte mit dem Schwanz. Anschließend legte er seinen Kopf zurück auf die Pfoten und döste weiter in der Sonne.

„Was meinst du, Richard: Baguette und mit Ziegenkäse gefüllte Tomaten dazu?"

„Klingt verdammt gut", erwiderte Lambach und warf mit einem leichten Schwung aus dem Handgelenk seinen Köder aus. „Wir müssen demnächst irgendwo anlegen und einkaufen. Wein und Oliven gehen zur Neige."

„Lass uns das später machen. Wir brauchen ohnehin noch zwei bis drei Stunden bis nach Chalon", antwortete Svend.

Fünf Stunden später saßen die beiden am Heck des Hausbootes und betrachteten die rötliche Verfärbung der untergehenden Sonne, als plötzlich Lambachs Handy klingelte. Das Display zeigte von Stettens Nummer.

Lambach legte sein Handy ganz unten in den Angelkoffer, schloss den Deckel, lehnte sich zurück und nippte an seinem Bordeaux.

50. KAPITEL

FRANKREICH,
29. Juli 2001

Wohlig breitete sich der Duft von frisch aufgebrühtem Kaffee in der schwach beleuchteten Kombüse des Hausbootes aus. Svend Mose schlief noch, als Lambach zwei Tassen aus dem kleinen Hängeschrank hervorkramte und eine ungewöhnliche Schwankung des Bootes wahrnahm. Durch das beschlagene Glas der Luke über der Spüle sah er in der Morgendämmerung nur die üppigen Trauerweiden im schweren Bodennebel am Ufer stehen. Ein kühler Luftzug fiel ins Boot, als er die Luke öffnete, um zu lauschen.

Stille. Nicht einmal die Enten gaben einen Ton von sich. Etwas stimmte nicht.

Angestrengt suchte Lambach das Ufer nach etwas Verdächtigem ab, als sich aus den Umrissen einer Weide ein paar Silhouetten lösten. Er meinte, zwei Männer durch das Schilf zu erkennen, die lautlos auf den Steg zukamen.

Sollte er Licht machen, Svend wecken?

Am Steg blieben die Männer stehen und schauten sich um. Sie redeten zu leise miteinander, als dass Lambach sie hätte verstehen können. Dann riefen sie: „Herr Lambach, hier ist das LKA Niedersachsen! Wir wissen, dass Sie da sind. Bitte kommen Sie von Bord und halten Sie Ihre Hände so, dass wir sie sehen können!"

Lambach war klar, dass die Riedmann-Sache ihm noch nachhing, aber dass sie so schnell zu ihm kommen würden, damit hatte er nicht gerechnet.

LKA Niedersachsen? Die schicken doch keine Zielfahnder, um mich zu befragen, dachte er, als er die letzten Stufen an Deck emporstieg. Er öffnete die Kajütentür und erschrak.

An Deck des Hausbootes lauerten sechs vermummte Polizisten einer französischen Spezialeinheit, die ihn ohne Chance auf Gegenwehr zu Boden brachten. Schmerzhaft bohrte sich ein Knie zwischen seine Schulterblätter und sein Gesicht wurde von behandschuhten Männerhänden auf die feuchten Planken des Decks gedrückt. Überall spürte er Finger, die ihn abtasteten, Handschellen wurden ihm angelegt, und nach wenigen Sekunden zog man ihn unsanft nach oben.

„Kommen Sie hier herüber, Herr Lambach!", forderte ihn einer der beiden Zielfahnder auf und machte dabei eine einladende Handbewegung, so, als wollte er ihn an seinen Tisch bitten.

Lambach schaute kurz zum Kajüteneingang und fragte sich, ob Svend etwas mitbekommen hatte, als er schon schmerzhaft mit einem Maschinenpistolenlauf in Richtung Steg dirigiert wurde. In Pyjamahose und T-Shirt, begleitet von drei Männern des Einsatzkommandos, überschritt er die Planken, wissend, dass gerade etwas schrecklich schieflief.

„Guten Morgen, Herr Lambach. Triebl ist mein Name. Mein Kollege heißt Wolff", begrüßte ihn der vordere der beiden Zielfahnder fast freundlich, während der andere nur nickte. „Lassen Sie uns zum Auto gehen, dann werden wir Ihnen alles erklären."

Wolff ging voraus.

Kurze Zeit später erreichten sie einen dunkelgrünen VW-Bus mit französischem Kennzeichen. Aus dem Fahrzeug heraus konnte Lambach sehen, wie mindestens zehn Männer der Spezialeinheit in zwei ankommende Kastenwagen stiegen. Aus dem umliegenden Schilf lösten sich weitere vier Männer in Scharfschützenmontur, die in einen anderen Transporter sprangen und wegfuhren. Ein dritter Wagen stellte sich hinter den Van der Zielfahnder.

„Sie sind nicht hier, um mich zu befragen, oder?", eröffnete Lambach das Gespräch. Er saß an dem kleinen Tisch auf der Rückbank des Busses.

Wolff, der ihm gegenübersaß, beugte sich vor.

„Nein. Sie sind dringend tatverdächtig, Thorsten Riedmann getötet zu haben, und hiermit verhaftet. Wir bringen Sie nach Göttingen."

„Wann und wie soll ich den denn umgebracht haben? Und wieso?"

Triebl trommelte mit den Fingern auf den Tisch, während er nach den richtigen Worten zu suchen schien.

„Einzelheiten erörtern Sie bitte mit den fallführenden Kollegen. Der Todeszeitpunkt lässt sich nur schwer bestimmen, da das Opfer, wie Ihnen bekannt sein dürfte, in einem See versenkt gefunden wurde. Und Sie wissen ja auch, wie das mit Wasserleichen so ist."

„Ist er ertrunken?"

„Ich möchte offen mit Ihnen reden. Ich weiß nicht, woran ich bei Ihnen bin. Sie sind ein ehemaliger Kollege. Diese Situation hatte ich noch nie. Wir werden Sie respektvoll behandeln, aber spielen Sie keine Spielchen mit uns."

„Ich spiele keine Spielchen. Ist er nun ertrunken?"

„Nein, er wurde erschossen. Auf eine Art und Weise, die darauf schließen lässt, dass er keinen leichten Tod haben sollte."

„Das war doch klar", murmelte Lambach kaum verständlich.

„Und er wurde am 13. Juli gefunden?"

„Das ist einer der Punkte, Herr Lambach, die Sie dringend verdächtig machen."

„Mich verdächtig machen?" Lambach traute seinen Ohren nicht.

„Ihm wurden die Knie und die Hände zerschossen und später wurde er mit einem Genickschuss niedergestreckt", schilderte Wolff. „Es handelte sich offensichtlich um eine Hinrichtung. Anders kann man so etwas wohl nicht nennen."

„Das ist ja schrecklich! Wie kommen Sie darauf, dass ich ihn erschossen und irgendwo versenkt habe?"

„Weil er mit Ihrer Waffe erschossen wurde."

„Ich habe keine Waffe ... mehr."

„Richtig. Und nach Ihnen hat niemand mehr mit Ihrer ehemaligen Dienstwaffe geschossen. Sie war in der Waffenkammer unter Verschluss."

„Das ist doch Irrsinn! Ich würde doch niemanden erschießen – und dann auch noch mit meiner Dienstwaffe!" Lambachs Mund wurde trocken. „Entschuldigen Sie, haben Sie vielleicht einen Schluck Wasser für mich?"

Triebl griff in ein Fach in der Seitenwand und öffnete ihm die Flasche. Lambach deutete mit dem Kopf auf die Handschellen.

„Ich kann so nicht trinken. Sie müssten mir schon helfen oder mir die Dinger abnehmen. Ich haue nicht ab. Ich weiß nicht, wann ich das letzte Mal mehr als hundert Meter gerannt bin."

Triebl schaute Wolff an und nickte ihm zu. Während Wolff die Handschellen löste, stieg Triebl wieder in das Gespräch ein: „Stimmt, es ist Irrsinn, dass Sie Riedmann mit Ihrer Dienstwaffe erschossen haben. Vielleicht aber auch Taktik."

Lambach rieb sich die Handgelenke.

„Wo würde man denn eine Leiche versenken, wenn man sie in Göttingen oder Umgebung verschwinden lassen müsste?"

Lambach trank einen Schluck aus der kleinen Plastikflasche.

„Im Harz in einem Stausee. Oder in einem Kiesteich", antwortete er.

„Warum nicht in einem Fluss? Leine? Weser?", wollte Wolff wissen, der sich wieder neben Triebl gesetzt hatte.

„Weil ..." Lambach zögerte. „Weil dort eine Leiche zwar ein paar Kilometer weit abgetrieben, aber relativ schnell gefunden wird, könnte ich mir vorstellen."

Wolff setzte ein breites Grinsen auf.

„Was glauben Sie, wo die Leiche von Herrn Riedmann gefunden wurde?"

Lambach zuckte mit den Schultern. „Sagen *Sie* es mir."

„In einem Baggersee in der Nähe von Göttingen, also in einem Kiesteich. Da, wo auch Sie eine Leiche versenken würden."

Lambach schaute verunsichert zu Triebl hinüber.

„Ich glaube, ohne einen Anwalt sage ich besser nichts mehr."

Wolff legte nach: „Sie brauchen auch nichts mehr zu sagen. Sie haben nicht nur gewusst, wann die Leiche gefunden wurde und wo sie versenkt wurde, Herr Riedmann wurde zudem mit Ihrer Dienstwaffe erschossen, die Sie als Letzter benutzt haben."

Lambach wurde unruhig.

„Natürlich wusste ich, wann Riedmann wieder auftaucht. Nemesis handelt schließlich nach einem bestimmten Muster. Dass Riedmann am 13. Juli 2001 gefunden wurde, ist doch der Beweis, dass ich recht habe. Es gibt Nemesis!"

„Und Nemesis hat Ihre Waffe genommen?", hakte Wolff nach.

„Wohl schon, wenn Riedmann mit der Waffe erschossen wurde."

„Woher wussten Sie von dem See?"

„Ich wusste nichts davon. *Sie* haben mir gesagt, dass er versenkt wurde."

„Ja, aber Sie wussten, wo."

Lambach wurde zornig.

„Wusste ich nicht! Ich sagte, dass man eine Leiche wohl am besten in einem See versenkt, und nicht, dass *ich* eine Leiche in einem See versenkt habe! Legen Sie mir nicht irgendwelche Aussagen in den Mund!"

„Und ihr Kuli?"

„Was für ein Kuli?"

„Der *Montblanc* mit den Initialen *R. L.*"

Lambach wurde heiß.

„Den habe ich schon seit ..." Er überlegte. „... seit der Ermittlung im Fall Sachse nicht mehr. Was hat der jetzt mit alldem zu tun?"

„Sie hatten also einen Kuli, auf dem so etwas stand?", wollte Triebl wissen.

„Ich sage nichts mehr."

„Er steckte in Thorsten Riedmanns Schlüsselbeingrube. Man muss schon eine gehörige Portion Wut aufbringen, um einen Kuli so tief dort hineinzurammen."

„Wann soll ich Riedmann denn getötet haben? Ich bin seit Monaten hier in Frankreich, dafür habe ich Zeugen. Und wie soll ich es organisiert haben, dass Riedmann genau an diesem Tag gefunden wird? Ich habe mir das Datum doch nicht ausgedacht. Es stand schon vor Jahren fest."

„Wir wissen nicht genau, wie lange die Leiche von Herrn Riedmann in dem Baggersee lag. Maximal aber ein Jahr."

„Mensch, Leute, macht mich nicht irre! Seit drei Jahren habe ich diese Waffe nicht mehr in der Hand gehalten, mit der er erschossen wurde, und maximal seit einem Jahr liegt die Leiche da in dem See? Was wollt ihr von mir? Wie soll das gehen? Wie soll ich die Leiche am 13. Juli auftauchen lassen, wenn sie seit knapp einem Jahr versenkt war? Und dann noch aus Frankreich? Denkt doch mal nach!"

Wolff meldete sich zu Wort: „Die Zellen der Wasserleiche wiesen Frostschäden auf. Das heißt, Riedmanns Leiche wurde eingefroren."

Lambach schaute ungläubig zwischen Triebl und Wolff hin und her. „Wollt ihr mich verarschen?"

„Sie haben Riedmann mit Ihrer Dienstwaffe erschossen, die Pistole brav abgegeben und die Leiche eingefroren. Die Tatwaffe würde unter normalen Umständen nicht auftauchen, dachten Sie sich, denn sie war verschlossen und ausgemustert. Bevor Sie sich mit Ihrem Freund nach Frankreich absetzten, versenkten Sie die Leiche an einer Stelle im Baggersee, von der Sie annehmen konnten, dass dort kein Kies mehr gefördert wird."

„Ihr Jungs aus Braunschweig seid klasse, aber ich kann mir diesen Unsinn nicht anhören. Wie hätte ich Riedmanns Leiche von hier aus zum besagten Datum auftauchen lassen sollen, ihr Schlauberger?"

Wolff stieg aus und lehnte sich mit verschränkten Armen von außen an die Schiebetür des Busses.

„Jedes Jahr im Sommer machen die Feuerwehrtaucher aus Northeim, die auch für die Polizei tauchen, mit der Suchhundestaffel eine große Übung. Die Suchhunde sind zum Aufspüren

von Wasserleichen ausgebildet. Das Datum stand schon seit der Einsatzplanung fest – letztes Jahr im November. Sie hatten also Zeit, sich zu überlegen, wie Sie die Leiche zum 13. Juli 2001 auftauchen lassen wollten. Etwas Besseres, als diese langfristig geplante Übung hätte Ihnen nicht passieren können."
Lambach wurde übel. Schweigend schaute er hinunter aufs Wasser.

GÖTTINGEN, 3. DEZEMBER 2001

Kleine Flocken fielen vom Himmel und hatten die Landschaft mit einem dünnen weißen Kleid bedeckt. Es war jetzt vier Wochen her, dass sein Anwalt die Unterlagen von ihm entgegengenommen hatte.

Nur Minuten waren vergangen, nachdem sich Konsbruch von ihm verabschiedet und seine Zelle verlassen hatte. Durch die verschlossene Tür hörte Lambach die Worte des leitenden Psychiaters: „Er hat alles aufgeschrieben. Akribisch bis ins kleinste Detail. Über dreihundert Seiten."

Doktor Verhaaren reichte Konsbruch den Papierstapel mit den Aufzeichnungen.

„Ich habe ihn noch gewarnt und ihm gesagt, er soll die Finger davon lassen", sagte Konsbruch. „Aber er wollte einfach nicht auf mich hören."

„Wir werden ihn hierbehalten müssen. Er stellt sonst eine Gefahr für uns alle dar", entgegnete Verhaaren.

Konsbruch überlegte und wandte sich nachdenklich an Kreisler: „Und du meinst auch, dass das die einzige Möglichkeit ist?"

„Wäre er nicht so besessen davon gewesen, unseren Uli vor dessen Abflug nach Australien gesehen zu haben, müsste er jetzt nicht hier sein", antwortete dieser. „Ein für alle Mal, Johann: Wir werden die Organisation nicht gefährden! Hast du das endlich kapiert?"

Lambach verstand, was hier gespielt wurde. Er bebte und biss sich dabei kleine Hautfetzen von der Innenseite seiner Wange. Wie gern hätte er jetzt das Fenster geöffnet und die kalte Luft eingeatmet! Er dachte an seine Tochter. Ihr Bild erschien vor seinem geistigen Auge. Erst nur schemenhaft, dann immer deutlicher. Ihr dunkles Haar umschloss ihr bleiches, schmales Gesicht, die Augen waren geschlossen. Dann lauschte er dem Kinderlied in seinem Kopf:

Wie ist die Welt so stille,
Und in der Dämmrung Hülle,
So traulich und so hold!
Als eine stille Kammer,
Wo ihr des Tages Jammer
Verschlafen und vergessen sollt.

Regungslos stand er hinter der vergitterten Scheibe und starrte ins Leere. Seine Augen füllten sich mit Tränen und alles um ihn herum verschwamm.

ENDE

DANKSAGUNG

An dieser Stelle danken wir Ihnen, liebe Leserinnen und Leser, dass Sie sich die Zeit für Kommissar Lambach genommen haben. Seine Geschichte musste erzählt werden.

Ein besonderer Dank gilt unserem Literaturagenten Dr. Uwe Heldt †, der uns nicht nur freundlich in die Mohrbooks-Familie aufnahm, sondern uns auch jahrelang mit Rat und Tat zur Seite stand.

Danke an C., Hannelore Wiesenmüller, Jasmin Krafft, Kirstin de Boer und Heiko Vielmäder für ihre Geduld.

Schließlich gilt unserer Dank der Verlegerin Katharina Salomo und unserem Verlagslektor Dr. Willi Hetze, die diesen Kriminalroman maßgeblich geprägt haben.

Zu guter Letzt danken wir dir, Richard Lambach, wo immer du in diesem Moment auch sein magst.

Im Oktober 2018,
Thomas Koehler & Konstantin Zorn

DANKSAGUNG

An dieser Stelle danken wir Ihnen, liebe Leserinnen und Leser, dass Sie sich die Zeit für Kommissar Lambach genommen haben. Seine Geschichte musste erzählt werden.

Ein besonderer Dank gilt unserem Literaturagenten Dr. Uwe Heldt †, der uns nicht nur freundlich in die Mohrbooks-Familie aufnahm, sondern uns auch jahrelang mit Rat und Tat zur Seite stand.

Danke an C., Hannelore Wiesenmüller, Jasmin Krafft, Kirstin de Boer und Heiko Vielmäder für ihre Geduld.

Schließlich gilt unserer Dank der Verlegerin Katharina Salomo und unserem Verlagslektor Dr. Willi Hetze, die diesen Kriminalroman maßgeblich geprägt haben.

Zu guter Letzt danken wir dir, Richard Lambach, wo immer du in diesem Moment auch sein magst.

Im Oktober 2018,
Thomas Koehler & Konstantin Zorn

THOMAS KOEHLER

Thomas Koehler, 1966 geboren, arbeitete mehr als zwanzig Jahre in der geschlossenen Akutpsychiatrie. Dort hatte er sowohl mit Sexualstraftätern als auch mit schwer traumatisierten Opfern Kontakt.

Einen Teil des Jahres verbringt er regelmäßig in Dänemark, um seiner schriftstellerischen Tätigkeit nachzugehen.

Nachdem Koehler einige Jahre auf einem abgelegenen Gutshof lebte, zog er 2002 mit seiner Tochter in einen kleinen Ort nahe Göttingen.

KONSTANTIN ZORN

Konstantin Zorn, geboren 1970, studierte in Göttingen Psychologie und arbeitete über zwanzig Jahre lang sowohl in der Akutpsychiatrie als auch in der Forensischen Psychiatrie. Täglich hatte er dort intensiven Kontakt zu psychisch kranken Straftätern, aber auch zu traumatisierten Menschen, die Opfer teilweise extremer Gewalt wurden. Mehr als zehn Jahre war er in der Gewaltprävention aktiv und schulte potenzielle Opfer im Selbstschutz.

Neben einigen Fachartikeln erschienen von ihm bisher zwei Bücher zum Thema Gewaltprävention.

Heute lebt und schreibt Zorn in der Nähe von Konstanz, direkt am Bodensee.

**SALOMO PUBLISHING
IM INTERNET:**
www.salomo-publishing.de